バックストリート

The Back Street

逢坂 剛

毎日新聞社

バックストリート

主な登場人物

岡坂神策《おかさかしんさく》　現代調査研究所所長。

萱野《かやの》信夫《のぶお》　バー〈ヘンデル〉のマスター。

桂本《かつらもと》忠昭《ただあき》　弁護士。

知恩《ちおん》炎華《ほのか》　半蔵門警察署警務課の刑事。

神成《かんなり》真里亜《まりあ》　バイラオーラ（フラメンコの踊り手）。

神成アナ　真里亜の母。

神成繁生《しげお》　真里亜の父。ドイツ料理〈フランツハウス〉店主。

松野《まつの》有美子《ゆみこ》　バイラオーラ。

洞院《とういん》ちづる　バイラオーラ。真里亜、有美子の師匠。

左近寺《さこんじ》一仁《かずひと》　ギタリスト。

高石《たかいし》英男《ひでお》　ギタリスト。

岸川《きしかわ》芳麿《よしまろ》　英京大学文学部独文科の教授。

佐伯《さえき》ひより　岸川の教え子。

藤崎《ふじさき》研一《けんいち》　〈ＪＫシステム〉社長。

藤崎雪絵《ゆきえ》　研一の妻。

装幀　安彦勝博
画　渡邊伸綱

1

「オーレー、オーレー」

隣にすわる桂本忠昭が、やたらに間延びしたハレオ（かけ声）をかけるので、わたしはいいかげんはらはらした。

ステージでは、服部《はっとり》たまきがきゅっと眉根を寄せ、暗いシギリージャを踊っている。間違っても、調子はずれのハレオをかけるような、タイミングではないのだ。

近くの席から、見たところフラメンコの踊り手か、少なくとも愛好家と思われる女が二人、露骨に非難の目を向けてくる。

わたしは、桂本の耳元でささやいた。

「少し、静かにしてくれませんか、先生」

桂本が、顔を振り向ける。

「今さら、何を言っとるんだ。あんたも、オーレとかけ声をかけるのが通だ、と認めたじゃないか」

あわてて、人差し指を立てる。

「声が大きすぎますよ。とにかく、終わるまで黙っていてください。まわりの人が、迷惑しますから」

桂本は、不服そうに大きな肩を揺すり立てたが、それきり声を出すのをやめた。

ほっとすると同時に、冷や汗が出てくる。

桂本は、わたしの住居兼仕事場があるシャトー駿河台の、斜め向かいの部屋に事務所を構える、腕利きの弁護士だ。

麻袋に、目一杯ジャガイモを詰めたような肥大漢で、向き合うと今にも押しつぶされそうな、威圧感を覚える。

桂本には、江戸時代以降の春本のたぐいを漁り、金にあかして買い込む優雅な趣味がある。妻子の目を逃れるため、それらの貴重なコレクションは、事務所のスチール書棚に詰まった、法律書の奥に隠されている。

そうした散財のせいで、桂本は一流の弁護士にもかかわらず、いつまでたっても古いマンションから、脱出できずにいるのだった。

もっとも、稼ぎがきわめて不安定という事情で、同じマンションに居続けるわたしよりは、ましかもしれない。

この店〈サンブラ〉は、神田小川町の靖国通り沿いに、最近忽然と現れたタブラオだった。

新宿の〈エル・フラメンコ〉、西日暮里の〈アルハムブラ〉、高円寺の〈カサ・デ・エスペランサ〉、新大久保の〈カサ・アルティスタ〉など、東京にはフラメンコを見せるタブラオが、いくつかある。

しかし、まさかお茶の水や神保町界隈にできるとは、考えてもみなかった。

その存在を知ったのは、ほんの一時間前のことだ。

桂本に頼まれた、あまり金にならない調査を終えたあと、珍しく晩飯をおごると言われた。

桂本が、おごるなどと言い出すことは、めったにない。何か、下心があるのではないかと疑ったが、そのときはそのときと肚を決めて、付き合うことにした。

神保町交差点際の、〈新世界菜館〉で中華料理のコースを、ごちそうになった。

そのあいだ、桂本は危惧したような無理難題を、吹っかけてこなかった。わたしはむしろ、拍子抜けがした。

ただ、食べたあと一杯おごれ、という。

それですむならと、桂本を猿楽通りの近くにあるバー、〈ヘンデル〉に連れて行った。

気心の知れたなじみの店なので、わたしから〈新世界菜館〉のコース料金を上回る、法外な金を巻き上げることはない、と考えたのだ。

桂本を、〈ヘンデル〉へ連れて行くのは、それが初めてだった。

そのため、多少の気がかりが、ないでもなかった。

マスターの萱野信夫は、直感的に無神経でがさつな客を見破り、いろいろな手段を弄して追い返そうとする、悪い癖がある。

もし桂本一人だったら、萱野は会員制を口実にして、店に入れないかもしれない。

かりに入店を許しても、勘定の際にとてつもない金額を請求して、二度と来ないように仕向けるだろう。

もっとも、桂本はしたたかでしぶとい男だから、あらゆる詭弁と小理屈をこね回して、店に押し入るに違いない。

また、吹っかけられた理不尽な勘定を、おとなしく払うとも思えない。

どちらにしても、大もめにもめることは確かだ。

だが、わたしが一緒なら萱野も桂本の入店を断らず、べらぼうな勘定を取ることもあるまい。そう考えて、連れて行くことにしたのだ。

予想どおり、萱野は桂本を見て軽く眉をひそめたが、何も言わずに店に入れてくれた。ほかに客がいなかったせいかもしれない。

カウンターだけの店なので、狭い通路を奥まではいれば、ほかの客が手前にすわったとき、桂本は出るときに体がつかえて、苦労するだろう。

そこでわたしたちは、入り口に近い端のカウンターに、席を定めた。

桂本がすわったストゥールは、さいわいぎしぎしと音を立てただけで、壊れなかった。

ともかく、入店という第一関門を突破したので、少しほっとした。

案に相違して、カウンターに腰を落ち着けたとたん、桂本はいつもに似ず紳士的な態度になった。おなじみの毒舌も吐かず、〈ヘンデル〉の落ち着いた雰囲気を、ほめちぎりさえした。

萱野に、わたしたち二人の関係を簡単に話し、桂本を紹介する。

驚いたことに、桂本は萱野にカウンター越しに、握手を求めた。

もっと驚いたことに、萱野もいくらかとまどいながら、それに応じたのだった。

水割りを作ったあと、萱野は例のごとくグラス磨きに、専念し始めた。

酒を飲みながら、桂本とわたしは野放図に大声を出すこともなく、満腹しきった狼と同じくらい静かに、たわいのない会話を続けた。

しばらくすると、新しい客が二人はいって来た。蟹のような足取りで、桂本の背後をどうにかすり抜け、奥の席にたどり着く。

ときどき顔を合わせる、近くの出版社の編集者だった。

その相手をするため、萱野がそばを離れるのを見計らって、桂本はにわかに声をひそめた。

「昨日の昼過ぎ、仕事の帰りに靖国通りを歩いていたら、小川町のあたりでフラメンコのポスターが、目に留まってね。そこに写っていた踊り子が、なんともぞくぞくする飛び切りの、ナイスバディの持ち主なんだよ」

わたしは、ぞくぞくする飛び切りのなんとかより、フラメンコという言葉を聞きとがめて、桂本の方に向き直った。

「小川町ね。どうしてそんなところに、フラメンコのポスターなんか、貼ってあったんですか」

「そんなこと、知るものかね。どこかでフラメンコをやるから、貼ってあったんだろう」

要領を得ない。

「なんという踊り子ですって」

「名前なんか、覚えとらんよ。とにかく、いい女だった。ほかにも二人、別の踊り子の写真が載っていたが、その子に比べりゃ問題にならなかった」

少し考える。

出演者が三人となると、ジョイント・コンサートか何かの、ポスターだろうか。

「このあたりなら、大手町の日経ホールあたりでやる、小さなコンサートかもしれませんね」

そう言ったとき、奥にいた萱野がもどって来て、立てた人差し指を小さく振った。

「そんなんじゃありませんよ、岡坂さん」

どうやら、話を聞いていたらしい。

「それじゃ、なんなんだ」

「そのポスターは、最近小川町に開店したばかりの、〈サンブラ〉というタブラオのウインドーに、貼ってあったものでしょう」

「タブラオ」

わたしはあっけにとられて、つくづくと萱野の顔を見た。

萱野は、ダシール・ハメットによく似た顔を、軽く傾けた。

「ご存じなかったんですか」

一息つくために、水割りを飲む。

「知らなかった。この界隈に、タブラオができたなんて、聞いた覚えがないな」

桂本が、割り込んできた。

「なんだね、そのタブラオというのは」

「フラメンコを見せる、レストラン・バーのことですよ」

萱野の答えに、桂本はうなずいた。

「ああ、新宿の伊勢丹会館にある、なんとかいうあれだな」

「そうです。もっとも小川町ですから、〈エル・フラメンコ〉ほど大きくはない、と思います。わたしも、店の前を通ったことがあるだけで、詳しくは知りませんが」

今度は、わたしが割り込む。

「そんな店が、いつできたんだ」

まだ、信じられない気持ちだった。

「ほんの、一カ月ほど前ですよ」

「一カ月前。開店ほやほやじゃないか。しかし、フラメンコに縁のなさそうなこの街に、なんだってタブラオができたのかな」

「さあ。岡坂さんを、あてにしたんじゃないですか。なんといっても、岡坂さんはフラメンコ雑誌に寄稿するライターだし、常連になってくれると思ったんでしょう」

「まさか。ぼくも、それほどフラメンコ業界で、名が売れているわけじゃない」

まじめに応じると、萱野は口髭をつまむようにして、にっと笑った。

「分かってますって」

少し、気分を害する。

桂本が、またはらはらするような音を立てて、ストゥールをおりた。

「ちょっと、トイレに行ってくる。続きは、そのあとだ」

桂本は、奥の客の背を押しつぶしながら、どうにか狭い通路を通り抜けて、トイレに姿を消した。

萱野が、カウンターの下に腕を伸ばし、チラシを取り出す。

「先週でしたか、これを置かせてもらえないかと言って、〈サンブラ〉のマネージャーが挨拶に来ましてね」

わたしはそれを、ほとんど引ったくるようにして、手に取った。

タブラオ〈サンブラ〉
小川町に堂々オープン！
古書の街にフラメンコが来た！
お料理も最高！

そんな惹句が、目に飛び込んでくる。

お世辞にも、あかぬけたコピーとはいえないが、バイラオーラ（フラメンコの踊り手）の写真は全身像で載り、いずれもきちんと撮れている。

タブラオと称しながら、毎日ショーがあるわけではないらしい。

週の半ば、水曜と木曜の二日間だけのライブで、午後七時と八時半の二部構成になっている。

出演者は毎回三人で、週ごとに替わる。

今月を含めて、二カ月分の予定がカレンダーに、書き込んであった。

三人の出演者のうち、少なくとも一人は中堅以上の踊り手で、だいたい名前に見覚えがある。ギタリストとカンタオーラ（女の歌い手）は、中堅の小田秀平《おだしゅうへい》と森本美紀子《もりもとみきこ》が務めており、これはレギュラーのようだ。

ちなみに、今週の踊り手は広島明美《ひろしまあけみ》、菅生真喜子《すごうまきこ》、服部たまきの三人だった。

その中で、わたしが知っているのは服部たまきだけで、あとの二人は見たことも聞いたこともない。

たまきは、中堅からすでにベテランの域に達した、評価の高い踊り手の一人だ。

ただし、写真を見れば一目瞭然だが、バイラオーラにしてはいささか、肉がつきすぎている。その、太めの体を目にしただけで、とても踊りには向かないように、思えてしまう。

ところが、さにあらず。

わたしがライブを見たとき、たまきは体つきに似合わぬ鋭い切れ味の、スピード感豊かな踊りを披露した。

一見、弱点ともいえそうな太めの体を、むしろ武器にしているのだ。その踊りに接すると、さすがに鍛えられたプロの体は違う、と納得させられる。

桂本がもどって来て、横からチラシをのぞき込んだ。

声をはずませて言う。

「これこれ、ポスターと同じ写真だ。真っ先に目についたのが、この踊り子だよ。ぞくぞくするじゃないか」

太い指で叩いたのは、服部たまきの写真だった。

萱野が、驚いたように目をぱちぱちさせ、わたしを見る。

わたしは唇を引き結んで、何も言うなと合図した。

実際、踊りのうまいへたを別にすれば、たまきはあとの二人に比べて年も上だし、プロポーションも負けている。

萱野が驚くのは、無理もなかった。

しかしわたしは、長年にわたる桂本の春本や怪しい絵画、写真等のコレクションを通じて、その好みをよく承知している。

どういうわけか、桂本はすらりとした体型を好まず、まさにたまきに見られるような、太めの女性が好きなのだ。その上、顔の好みは目鼻立ちの整った美人ではなく、あまり造作のまとまらない丸ぽちゃ、とくる。

そこからすると、たまきの体つきは文句なしに、基準どおりといってよい。

しかし、顔の方は桂本の好みに照らして、少々まとまりすぎている。

そう、たまきは絶世の美女とはいえないにしても、バイラオーラの中では顔立ちのいい方で、少なくとも桂本独自の基準とは、合致しないように思える。

桂本が、唐突に言った。

「よし。これから、繰り出すぞ」

あっけにとられて、桂本を見る。

「繰り出すって、このタブラオへですか」

「あたりまえだ。彼女の出演は、昨日と今日だけだろう。今日を逃したら、二度とお目にかかれんかもしれん。付き合ってくれるだろうな」

「しかしショーは、とうに始まってますよ」

桂本は、またチラシを叩いた。

「第一部は終わったが、第二部は八時半スタートだから、まだ間に合う」

確かに、まだ八時を回ったばかりだが、さすがに躊躇する。

「先生は、たとえば〈エル・フラメンコ〉なんかに、行ったことがあるんですか」

念のために聞くと、桂本は首を振った。

「いや、ない。しかし、テレビや映画で見たから、雰囲気は分かっているつもりだ」

口ではなんとでも言えるが、桂本の興味の対象は明らかにフラメンコではなく、服部たまきその人にある。

どうにも、困った男だ。

2

桂本忠昭は続けた。

「ええと、なんといったかな。ほら、通ともなればなんとかかんとか、声をかけるじゃないか。よいしょ、とか、せえの、とか」

「オーレ、ですか」

わたしが応じると、桂本は指を立てた。

「それそれ、オーレだ。オーレと、手拍子さえ覚えておけば、間違いないだろう」

そううそぶき、どうだまいったかと言わぬばかりに、胸を張ってみせる。

「まあ、そうですけどね」

とはいうものの、歌舞伎のかけ声にタイミングがあるように、フラメンコにもそれなりの決まりがある。

　だいいち、へたにパルマ（手拍子）など打とうものなら、踊りや伴奏ギターの調子を狂わせ、ショーを台なしにする恐れがある。

　しかし、今それをレクチャーする暇は、とてもなさそうだ。

　桂本は、わたしの肩をつついた。

「おごりついでだから、タブラオもわたしが持とうじゃないか」

　またも、餌をまいてくる。

　こうなったら、食いつくしかない。

「分かりました。お付き合いします。でも、あまり張り切らないようにしてください。あとで、くたびれますから」

「それじゃ、さっそく出陣だ。お勘定、急いで頼む。ここは、岡坂君持ちだからな」

　桂本はそう言って、さっさとストゥールをおりた。

　萱野信夫が、毒気を抜かれたように、桂本とわたしの顔を見比べる。

「ええと、お勘定は、あとでいいですよ。帰りにもう一度寄って、感想を聞かせてください」

「よし、分かった。ううむ、しびれるぞ」

　桂本は先に立って、ドアを押しあけた。

　わたしは、萱野に断ってチラシをもらい、桂本のあとを追った。

〈ヘンデル〉を出て、駿河台下へ向かう。

　携帯電話を取り出し、〈サンブラ〉に確認の電話を入れた。

　ほどなく第二部が始まるが、席はまだ空いている、という。

　二人分、予約した。

駿河台下を越えて、小川町の交差点を目指す。

靖国通りが、緩やかにカーブする少し手前に、左へはいる細い路地があった。

その角に、プラスチックの枠に収まった、フラメンコのポスターが、掲示されている。

「これだ、これだ」

桂本はうれしそうに、服部たまきの写真に向かって、指を振り立てた。

表通りにはなんの表示もないが、路地をはいったすぐ右側に、スペインの国旗の色をあしらった、〈サンブラ〉の電飾看板が出ていた。

狭い戸口があり、赤い光に照らされて下へ延びる、螺旋状の階段が見える。

桂本はためらわずに、その階段をおり始めた。

狭いこともあって、桂本の巨体は階段をほとんど、ふさいでしまった。

地下の入り口のドアに、〈ZAMBRA〉と読めるタイル文字が、貼りつけてある。

それを押しあけ、店の中にはいった。

ちょうど、第二部が始まるところらしく、店内が薄暗くなる。

予約したのがきいて、すぐに壁際のテーブルに、案内された。

席は、奥のステージを囲むような具合に、半円形に配置されている。

さして広い店ではないが、客の入りはまずまずだ。

テーブルは、店の規模相応に小さくできており、椅子も桂本の巨体の下に隠れて、脚が見えない。

ただ、地下の店にしては天井が高く、圧迫感があまりないのは、救いだった。

内装は、タブラオとしてはありきたりで、いかにもスペイン風に仕上げた、という印象だ。

間なしに、ショーが始まった。

それが一時間前、いや、つい四十五分ほど前のことだ。

服部たまきが、シギリージャを踊り終わった。

桂本が、われを忘れたように椅子を立ち、スタンディング・オベーションを送る。

初めてのタブラオで、踊りのよし悪しが分かるとも思えない。むろん、その賛辞はたまきの豊満な肉体に、向けられたものだろう。

先刻、こちらを非難の目で見た女たちも、これには苦笑するしかないようだった。

フィナーレが、全員でにぎやかに繰り広げられ、そのあとギタリストの小田秀平が、出演者を一人ずつ紹介する。

第一部は知らないが、第二部の取りをとった服部たまきは、いちばん大きな拍手を受けた。その夜のメインの踊り手らしく、客もそれを承知しているようだった。

桂本が、またスタンディング・オベーションを送り、今度は隣の二人の女もそれに従う。

わたしも、付き合って席を立ち、拍手を送った。

店内が明るくなり、出演者がステージからおりると、ざわめきは潮のように引いた。

桂本は立ったまま、楽屋とおぼしき横手のドアに消えるたまきを、未練がましく目で追った。

そのすきに、わたしは並びのテーブルに座り直した、例の二人に声をかけた。

「すみませんでしたね。素人が、妙なところでハレオを入れたりして。お耳ざわりだったでしょう」

とたんに桂本が、くるりと振り向く。

「待てまて。オーレと言えば通だ、と請け合ったのはあんただぞ、岡坂君」

耳だけはいいのだ。

二人の女が、顔を見合わせる。

意味ありげなそのしぐさに、わたしは少し緊張した。

小柄な方の女が、わたしにおずおずと目をもどして、ためらいがちに言う。

「そのことは、別にいいんです。でも、ええと、間違いでしたら、すみません。岡坂さんとおっしゃると、〈ジャマーダ〉にときどき寄稿してらっしゃる、岡坂神策さんですか」

わたしは、ガードレールのように平然としていた、といえば嘘になるだろう。

気を落ち着けるために、一呼吸おいた。

「ええと、はい。その岡坂ですが」

応じると、女はまた意味ありげに連れの女と、うなずき合った。

桂本が、いやな顔をする。

「失礼。わたしが邪魔だ、とでも」

わたしは、それを駄洒落とは思わなかったが、女たちはそろって白い歯を見せながら、ころころと笑った。

背の高い方が、息をついて言う。

「邪魔だかじゃなくて、ジャマーダ。踊りの用語なんです」

桂本は、すわり直した。

「邪魔だかジャマーダだか知らないが、そいつは何かの名前ですか」

小柄な方が、笑うのをやめる。

「フラメンコの、専門雑誌の名前です。そこにときどき、辛辣なフラメンコ評を書くライターがいて、その人の名前が岡坂神策さんなんです。それで、もしかしてと思って」

そこで言葉を切り、軽く肩をすくめた。

桂本は椅子を揺らし、二人のほうに巨体を傾けた。

「この岡坂君が、そんなに名の売れたライターだとは、今の今まで知りませんでしたよ。わたしが、ちょっと名前を呼んだだけで気がつくとは、たいしたものだ」

疑わしげどころか、いかにも納得がいかない、という口調だ。

背の高い方が、背筋を伸ばして答える。

「岡坂さんて、なんとなくありそうでないお名前ですし、ここはフラメンコのお店ですから、ぴんときたんです」

わたしは咳払いをして、二人の注意を引いた。

「ええと、そちらがわたしの名前をご存じだとすれば、こちらもお二人のお名前をうかがわないと、公正を欠くような気がしますが」

すると、二人はあわててハンドバッグを引き寄せ、中に手を入れた。

桂本とわたしもポケットを探り、二人と名刺を交換する。

小柄な方の名刺は、〈BAILAORA〉とスペイン語で印刷された下に、松野有美子とある。

住まいは、杉並区西荻窪。

背の高い方は、肩書が片仮名で〈フラメンコダンサー〉、名前は神成真里亜となっていた。

住まいは、千代田区三番町。

それぞれ、マツノユミコ、カンナリマリアと、振り仮名が振ってある。年は、どちらも似たようなもので、三十歳を出たあたりだろう。

その字面を見て、〈ヘンデル〉でチェックしたチラシの予定表に、二人の名前があったのを思い出した。近ぢか出演するので、下見に来たのかもしれない。

有美子は、白いブラウスの裾を胴で縛り、ジーンズをはいている。

真里亜よりは背が低いが、正確には小柄というほど小さくなく、百六十センチはありそうだ。長い髪を引っ詰めに結い、鼈甲《べっこう》色の髪飾りをしている。

腰回りが豊かで、いわゆるグラマーな体つきだ。そのわりに、顔は細面で鼻筋が通り、美人の部類に属するだろう。

一方真里亜は、百七十センチ近い長身の持ち主で、かなり人目を引く。

顔立ちも、やや日本人離れした趣がある。外国人の血が、混じっているのかもしれない。

上半身は、どちらかといえば華奢な感じだが、腰の張りは有美子に負けていない。

同じように髪を引っ詰めにし、銀色の長い髪留めで留めている。脚はどう見ても、わたしより長そうだ。

桂本が、つくづくと名刺を眺めて、おもむろに言う。

「ふうむ。フラメンコの踊り子さんと、名刺交換したのは生まれて初めてだ。まことにもって、光栄です」

めったに吐かない、殊勝なせりふだ。

有美子が応じる。

「わたしも、弁護士先生の名刺をいただくのは、初めてです。あまりお世話には、なりたくありませんけど」

真里亜は言った。

「わたしは、三度目かしら。弁護士や税理士さんが、わりとライブに来てくださるので」

桂本は、指を立てた。

「フラメンコが好きな弁護士に、ろくなやつはいませんよ。気をつけた方がいい」

真里亜が笑う。

「それじゃ、桂本先生はどうなんですか」

「わたしは、フラメンコなんかに、興味はない」

「あら。それじゃ、今日はなぜこのお店に、いらっしゃったんですか」

有美子の問いに、わたしが答える。

「わたしが、無理やり誘ったんですよ」

助け舟を出したのに、桂本はいっこうに頓着しなかった。

「いや、誘ったのはわたしですよ。フラメンコはともかく、服部たまきという踊り子の写真を見て、一目惚れしたのでね」

有美子と真里亜は、少しのあいだぽかんとして、桂本を見た。

有美子がわれに返り、とってつけたように言う。

「たまきさんは、わたしたちのあいだでもファンの多い、すてきなバイラオーラですよ。桂本さんは、お目が高いんですね」

桂本は、手を振った。

「いやいや。踊りのよし悪しなんぞ、分かりゃしません。わたしは服部たまきの、あのプロポーションに惚れたんです。顔はその、ちょっと、好みじゃないがね」

それを聞いて、真里亜が困った顔をする。

「わたしはたまきさん、けっこう美人だと思うんですけど。ええと、プロポーションがいいかどうかは、別としてですね」

言葉を選んでいる。

桂本は、がんこに首を振った。

「いや。プロポーションはすばらしいが、決して美人とはいえない。やはり、天は二物を与えずだ。皮肉なものですな」

真里亜も有美子も、世間の見方とは反対の評価を耳にして、すっかり調子が狂ったようだ。

有美子が言う。

「そんなにお好きでしたら、たまきさんに来てもらいましょうか。わたしたち、面識がありますから」

そのとたん、桂本は尻に花火を突っ込まれたように、背筋をぴんと伸ばした。

「い、いや、そんな必要はない。わたしは別に、彼女と口をきくつもりはない。まして、彼女と知り合いになりたいとか、そういう大望を抱いとるわけじゃない。ただ写真を眺めたり、こうして遠くから見るだけで、十分なんです。よけいなおせっかいは、しなくてよろしい」

そのうろたえぶりが、よほど滑稽に見えたらしく、有美子も真里亜も笑い出した。

また、助け舟を出さなければならず、わたしは咳払いをして、割り込んだ。

「つまり先生は、なんというか、憧れは憧れのまま残しておきたいと、そういうことなんです。どんなに好きなものでも、一度手に入れるとありがたみが失せ、情熱が消えてしまう。それを恐れてるんですよ、先生は。ですよね」

最後に念を押すと、桂本はあわててうなずいた。

「そのとおり。岡坂君の言うとおりだ。だいじなものを、簡単に手に入れてはいかん」

わたしは、急いで話題を変えた。

「ええと、チラシで見たんですが、お二人とも近いうちに、ここに出演するんですよね」

二人が、同時にうなずく。

「来週の水、木です」

有美子が言い、真里亜が続けた。

「お時間がありましたら、ぜひ見にいらしてください」

「スケジュールを確かめます」

わたしが請け合うと、桂本はわざとらしく腕時計を見た。

「そんなことより、ここでお会いしたのも、何かのご縁でしょう。わたしたちは、これから神保町のバーへ回るつもりだが、ご一緒にどうですか」

わたしは驚いて、桂本を見直した。

「ちょっと、先生。それはあんまり、唐突すぎませんか」

桂本が返事をする前に、有美子が言う。

「喜んで、お付き合いします。だよね、真里亜」

同意を求められた真里亜も、こくりとうなずいた。

「もちろん。早く、お勘定しましょうよ」

手を上げて、ボーイを呼ぶ。

桂本は、急いで上着の内ポケットに手を入れ、ブリーフケースほどもありそうな、大きな財布を取り出した。

「ここは、わたしがおごりましょう。次のバーは、岡坂君が払います。文句は言わせませんよ」

その断固とした口調に、だれも反論できなかった。

3

桂本忠昭が、ボーイに勘定を頼む。

そのあいだに、〈ヘンデル〉に席を確保しようと思い、携帯電話を取り出した。

画面を見ると、地下で電波が圏外になっている。

一足先に席を立ち、戸口を出て階段をのぼった。

外に踏み出したとたん、路地の奥の暗がりで人影が動き、ぎくりとする。

男女の、二人連れだった。

二人は、わたしを目に留めたはずだが、かまわずその場でしっかりと、抱き合った。

黒っぽいスーツの男と、やはりダークカラーの服を着た、背の高い女だ。

路地に街灯はないが、表通りの明かりに女の耳元で、何かきらりと光るのが見えた。

キスまで始めた様子に、興ざめして表通りに出る。

萱野信夫は、すぐに電話に応じた。

「もう、終わったんですか」

「終わった。これからもどるけど、人数が四人に増えてしまった。だいじょうぶかな」

「四人までなら、だいじょうぶ。さっきの、服部たまきという踊り子さんが、一緒なんですか」

「いや、彼女じゃない。お客で来ていた、別のバイラオーラを二人、連れて行くことになったんだ」

「ほう。どちらが、ナンパしたんですか。岡坂さんですか、それとも桂本さんですか」

「ナンパなんて、言うことが古いね。とにかく先生が誘ったら、すぐにOKしたのさ」

「弁護士先生、なかなかやりますね」

「マスターの好みかどうか分からないが、二人とも美人の部類に属することは、請け合ってもいい」

「わたしの年になると、好みなんてものはありませんよ。目鼻さえ、ついてりゃね」

わたしは笑った。

「いつからそんな、下世話なセリフを口にするようになったんだ」

「それじゃ、お待ちしています」

萱野は、一方的に通話を切った。

「何が、下世話なセリフなんですか」

いきなり、背後から声をかけられ、あわてて向き直る。

松野有美子が、いたずらっぽい目で、わたしを見ていた。

携帯電話を畳む。

「これから行くバーのマスターに、席を取っておくように頼んだんですよ。そうしたら、男の客なら満員だが、女の客なら空いているなどと、きざなことを言うものだから」

みなまで聞かずに、桂本が天を指さした。

「ぐずぐずするな。さあ、行くぞ」

その後ろで、神成真里亜がくすくす、と笑う。

例の二人の男女は、もう姿を消していた。

わたしたちは、めっきり人影の少なくなった靖国通りを、神保町方面へ歩き出した。

駿河台下の交差点を渡り、錦華通りの一方通行をはいって、左へ曲がる。

真里亜が、〈ヘンデル〉の古風な木の扉を見て、嘆声を漏らした。

「へえ、ずいぶんクラシックなお店ですね。ベルリンの、古いカフェみたい」

「へえ、ベルリンね。行ったことがあるの」

わたしが聞くと、真里亜はうなずいた。

「ええ、何度か」

桂本が、扉を押す。

出るときまでいた、二人の編集者はすでにおらず、店はからっぽだった。

入り口に近い方から、桂本、有美子、真里亜、わたしの順にすわる。

萱野は、ことさら愛想のよい顔も見せず、有美子と真里亜と挨拶を交わした。

しかし、機嫌が悪くないことは、注文した酒を作るしぐさで、なんとなく分かった。

慣れた手つきで、二人の女の前にモスコミュール、桂本とわたしの前に水割りを置く。

萱野にも、好きなものを飲んでいい、と声をかけた。

萱野は、あまりうれしそうでもなく、自分用の水割りを作った。ウイスキーは、わたしたちと同じ〈山崎〉の、十二年ものだ。

そろって、乾杯する。

萱野は、なんの屈託もない口調で、桂本に聞いた。

「どうでした、服部たまきさんの踊りは」

桂本が、さまにならないきざなしぐさで、肩をすくめる。

「踊りはともかく、抜群のプロポーションだったよ」

有美子も真里亜も、だれかの葬式に参列したように、厳粛な表情を保った。

助け舟を出す。

「いい踊りだった。初めて見たら、だれでも驚くだろうね」

萱野は口髭をなで、わたしに目を向けた。

「あいにく、日本人のステージは、縁がなくてね。スペイン人なら、見たことがあるんですが」

「だれのステージですか」

真里亜が聞くと、萱野は指を鳴らした。

「マヌエラ・カラスコ、という踊り手です」

「マヌエラ・カラスコ、ごらんになったんですか。すごい人でしょう」

声がはずんでいる。

「ええ、すごかった。大きな踊りでした」

萱野が、マヌエラ・カラスコを見たという話は、初耳だった。わたしでさえ、生では見ていない。

有美子が言う。

「前回、来日したときですか」

「そうです。あれほどの踊り手なのに、会場が埋まっていなかったのは、意外でした」

わたしは、そのとき地方の仕事がはいっており、マヌエラのステージを見そこなったのだ。

「宣伝が、行き届かなかったんじゃないかしら。わたしも見ましたけど、もうやる気がなくなるくらい、圧倒されちゃって」

有美子の感想に、真里亜も口を出す。

「あの、ヒターナ（ジプシーの女性）そのものの踊りには、だれもかなわないわよね」

わたしは、舌を鳴らした。

「マヌエラと比べられちゃ、だれだってかわいそうだよ。あの迫力に対抗できるのは、マティルデ・コラルくらいだろう」

ベテランの、バイラオーラの名前を出す。

マティルデはヒターナではなく、いわゆるパジャ（非ジプシーの女性）の踊り手だが、フラメンコの世界では大御所の一人だ。

だれも何も言わないので、わたしはまた口を開いた。

「そうは言っても、昨今は日本の踊り手もレベルが上がって、スペイン人にひけをとらないくらい、うまくなったと思うな」

真里亜が乗り出す。

「ほんとですか。〈ジャマーダ〉のエッセイには、厳しいことばっかり書いてらっしゃるのに」

「あれは、別さ。ぼくは、怠惰な軍馬が眠らないように、ときどき刺して起こす虻と、同じ役割を果たしているつもりなんだ」

桂本が、割り込んできた。

「岡坂君。自分を、ソクラテスになぞらえるとは、おこがましいぞ」

有美子が、桂本とわたしを見比べる。

「それ、どういう意味ですか」

桂本は、水割りをがぶりと飲んだ。

「その昔アテネに、ソクラテスというじいさんが住んでいた」

「ええ、知ってます。会ったことは、ないですけど」

有美子の返答に、みんな吹き出す。

真里亜が、桂本を見た。

「そのソクラテスという人が、岡坂さんに似てるんですか」

「いや、ソクラテスは岡坂君と似ても似つかぬ、ハードボイルドなじいさんだ。彼は、アテネ市民を議論に巻き込み、その結果人びとを害する者として、識者と称する連中に告発されたのさ。裁判にかけられたじいさんは、法廷でこう抗弁した。アテネは、大きいけれども動きの鈍い軍馬で、ほうっておくとすぐ居眠りをする。この都市を、眠らさずに起こしておくには、これを刺すものが必要である。つまり自分は、そうした虻のような役割を果たすために、神によってアテネに遣わされた者なのだ、というわけさ」

有美子と真里亜は、顔を見合わせた。

有美子が、わたしに目を向ける。

「つまり、今のフラメンコは動きの鈍い軍馬のようなものだ、とおっしゃりたいわけですか」

わたしは、少し考えた。

「いや。よく考えると、むしろ逆かもしれないね。今のフラメンコは、あまりに変化のスピードが速すぎて、どこへ行くのか分からない。だれかが横から手綱を引いて、その動きを牽制する必要がある、と思うわけさ」

なんとはなしに、店の中が静かになる。

真里亜が、ため息をついて言った。

「そうかもしれませんね。たとえば最近、スペインのフラメンコのCDを聞くと、カンテがみんなポップス調になっちゃって、少しいやな気分になるの」

有美子もうなずく。

「そう、そう。まだ、日本の方が伝統を守ってる、という感じよね」

「そのとおり。さっきのマヌエラ・カラスコが、アメリカのメディアのインタビューに答えて、本物のフラメンコの伝統は日本に残っている、と言ったそうだ。だいぶ前に、インターネットで見た覚えがある」

真里亜も有美子も、驚いてわたしの顔を見た。

「ほんとですか」

「ほんとうさ。これが、〈ジャマーダ〉のインタビューだったら、日本人に対する社交辞令だろう、と思ってしまう。しかし、相手はなんの関係もない、アメリカのメディアだからね。彼女もけっこう、本音を吐いたのかもしれないよ」

真里亜が、有美子を見る。

「うれしいけど、ちょっと信じられないわよね」

有美子は、首をかしげた。

「でも、わたしはマヌエラの気持ちが、分かるような気がするわ。いっとき、バイレが新体操みたいになって、分からなくなったことがあるもの」

「時代の流れですかね」

萱野がつぶやき、わたしは酒を飲んだ。

「アントニオ・ガデス以来、フラメンコを大劇場でやるのがはやって、芸術的に洗練される結果になったのはいい。しかし、もともとフラメンコというのは、煙草の煙がもうもう渦巻いて、酔っ払いが大声で騒ぎ立てるような、そんなタブラオで演じられていた。それが本来の、フラメンコだったんだ。どちらがいいかは、にわかに判断できないけどね。ことに、スペインがEUに加盟したり、ユーロを導入したりしたあと、さらに新しい要素が加わることになった。インターネットの影響もある。世界中の最新の音楽が、どんどんスペインに流れ込んできて、フラメンコに影響を与えるようになったわけだ。思うに、ここ二十年くらいのフラメンコの変化は、それ以前の百年よりも激しいんじゃないかな」

わたしの長広舌を、あきれ顔で聞いていた桂本は、急いでストップをかけた。

「おいおい。そういうむずかしい話は、別席でやってくれんかね。今日はむしろ、お嬢さんがたの話をじっくり、聞こうじゃないか」

真里亜が抗議する。

「わたしは、岡坂さんのおっしゃることが、もっともだと思います」

有美子も、それに応じて言った。

「確かに、耳が痛いお話よね。でも、わたしたちはこれでご飯を食べているわけだから、時代の流れを無視するわけに、いかないでしょう」

わたしが口を開こうとすると、萱野がぽんぽんと手を叩いた。

「はい、そこまで。話題を変えましょう。松野さんは、どちらのご出身ですか。わずかながら、関西訛りがあるようだけど」

有美子は、出端をくじかれたように瞬きしたが、すぐに相好を崩した。

「分かりますか。大津なんです、滋賀県の」

「ほう、大津ですか。なんとなく、琵琶湖の周辺じゃないか、という気がしていた。わたしは、彦根でしてね」

これには、驚いた。

彦根という出身地が、意外だったわけではない。

萱野が、無造作にそれを明かしたことに、驚いたのだ。萱野の口から、そうした個人情報が出たことは、これまでほとんどなかった。

有美子が、手を打ち合わせる。

「へえ、偶然ですね。東京には、滋賀出身の人って、少ないんですよね」

桂本が、おもしろくもなさそうな顔で、真里亜に聞く。

「何か、ローカルな話題になってきたな。ちなみに真里亜君は、どこの出身かね」

「わたしは、東京です」

「もし、失礼な質問だったら、勘弁してもらいたい。きみには外国人の血が、混じっていないかね」

桂本も、わたしと同じような印象を、抱いたらしい。

真里亜が、あっさりうなずく。

「ええ。母方の祖父がスペイン人で、祖母がドイツ人でした」

「ほう。すると、お母さんはスペイン人とドイツ人のハーフ、ということになるわけか」

「そうです。父は日本人で、ドイツ留学中に母と知り合って、結婚したんです」

「すると、きみは日本人の血が二分の一、スペインとドイツの血が四分の一ずつ、というわけだね」

わたしが念を押すと、真里亜はまたうなずいた。

「はい」

ベルリンに、何度か行ったことがあると言ったのは、そういう事情からだろう。

萱野が口を挟む。

「すると、真里亜さんは日本語のほかにスペイン語、ドイツ語も話すわけですか」

「日常会話に、不自由しない程度ですね。母も、スペイン語とドイツ語を話しますけど、今では日本語がいちばん得意みたい」

「日本に来て、何年くらいかね」

桂本の質問に、真里亜は天井を見た。

「ええと、わたしが生まれる一年前だから、三十二年ですね」

「するときみは、三十一歳というわけだ」

「そうです。若く見えますか」

あっけらかんと言うので、桂本はたじたじとなった。

「ああ、そうだな。うちの、行き遅れた娘より、若いことは確かだ」

有美子が乗り出す。

「あら、お嬢さんがいらっしゃるんですか」

「いる。不幸にして、わたしによく似とるんだよ」

一瞬しんとなり、気まずい雰囲気が漂う。

有美子が、それを打ち破った。

「今、何をなさってるんですか」

「司法試験を通って、弁護士をしとるよ」

「あら。お父さまのところで、働いてらっしゃるんですか」

「いや、知り合いの弁護士のところで、修業をさせてるのさ。親娘《おやこ》が、一つ事務所で顔を突き合わせる図なんて、しゃれにもならんからな」

そのとき、扉があいた。

4

男と女が、はいって来る。

見たことのない顔なので、常連ではなさそうだ。

萱野信夫も、初顔の客がはいって来たときに見せる、軽い緊張の色を浮かべた。

しかし、別に悪い客ではないと判断したのか、こんばんは、と挨拶する。

「二人ですけど、いいですか」

男が言い、萱野はどうぞ、と応じた。

二人は、背後の通路を苦労してすり抜け、いちばん奥の席に着いた。

男は、紺のスーツにノーネクタイで、三十歳前後。頭のてっぺんをとがらせた、今風の髪形をしている。

女は、濃いグレイのテイラードスーツ、同じような色合いのブラウス、という装いだ。

年齢は分からないが、少なくとも相手の男よりは、いくつか上だろう。

日焼けした細面の顔に、緑の丸い薄緑色のしゃれた眼鏡を、かけている。化粧気はほとんどない。

わたしは、気づかれないうちに視線をそらし、水割りを飲み干した。

奥に移動した萱野が、二人におしぼりを出して、注文を聞く。

桂本忠昭はそのあいだに、新しい話を持ち出した。

「きみたち、サミュエル・ジョンソンを知ってるかね」

松野有美子は、神成真里亜と顔を見合わせてから、首を振った。

「知りません」

「十八世紀の、イギリスの辞書編纂者だ。この男が、さるご婦人の家の音楽会に、招かれてね。そのとき、あるソプラノ歌手が、トタン屋根から猫がすべり落ちるような、ひどい声で歌ったのさ。主催者のご婦人が得意げに、これはだれにでも歌えるような、簡単な歌ではございませんのよ、と説明した。そうしたら、ジョンソンはなんと言った、と思うね」

二人は知らないと答え、わたしを見た。

わたしも、首を振る。

もどって来た萱野が、重おもしく言った。

「いっそ、だれにも歌えない歌だったらよかったのに、でしょう」

真里亜も有美子も、そしてわたしも吹き出した。

桂本が、憮然とした顔で言う。

「なかなか物知りだな、マスターは。岡坂君とは、大違いだ」

萱野は肩をすくめ、新来の二人の客のために、カクテルを作り始めた。

わたしも、水割りのお代わりを頼み、真里亜に言った。

「さっきも聞いたけど、来週〈サンブラ〉に出るんだよね」

「ええ。それで今日は、下見しに行ったんです」

やはり、そうか。

チラシを取り出し、もう一度見直す。

「もう一人、洞院ちづるというバイラオーラが、一緒に出るんだね」

わたしの問いに、有美子が答えた。

「ちづる先生は、わたしたちのお師匠さんなんです。先生がメインで、わたしたちはおまけというか、にぎやかしというか」

なるほど、そういうことか。

メインに、ある程度名の通った踊り手を起用し、あとの二人はその生徒たちとか、後輩たちでまかなう。

店にとっては、師匠のバイラオーラと話をつければ、あとの人選を任せることができるから、それだけ手間が省ける。

師匠の側からすれば、生徒や後輩を出演させることで、ライブの経験を積ませられるから、これまたプラスになるというわけだ。

萱野が、奥へカクテルを置きに行き、もどって来た。

わたしの水割りを作り、チラシをのぞき込む。

「岡坂さんは、この洞院ちづるという踊り手を、ご存じなんですか」

「名前は知っているけど、踊りは見たことがないね」

わたしが答えると、真里亜は熱心な口調で言った。

「踊り手は星の数ほどいますけど、ちづる先生はパリージョに関するかぎり、日本で三本の指にはいる名手だ、と思います」

それを聞いて、桂本が太い指を立てる。

「ちょっと。その、パリージョというのは、なんのことかね」

真里亜は両手の指を広げ、細かく動かしてみせた。

「スペイン語で、カスタネットのことです。カスタニュエラ、ともいいます」

「なぜ、パリージョと呼ぶのかね」

「パリージョは本来、爪楊枝とか太鼓のばちのことなんです。でも、対になるとお箸やカスタネットを、意味します。正確にはパリージョス、と複数になるんですけど、スペイン語では語尾のSは、発音しないので」

「ちなみに、パリージョの名手のあと二人って、だれなのかな」

わたしが聞くと、真里亜はすぐに答えた。

「まずは、ベテランの小林《こばやし》伴子《ともこ》さん。キャリアからいっても、この人は別格でしょう。でも、第一線のバイラオーラの中では、公家《くげ》千彰《ちあき》さんとちづる先生。このお二人が、文句なしに双璧ですね」

まるで、自分のことのように、誇らしげな口調だ。

公家千彰の名前には、聞き覚えがあった。

「洞院ちづるは知らないけど、公家千彰のライブは一度だけ、見たことがある。確かに、あれだけすごいパリージョに接したのは、生まれて初めてだった。目から、うろこが落ちる気がした」

パリージョが、単にリズムを刻むだけの打楽器ではなく、何かを語ることができるのを知ったのは、そのときが最初だった。

真里亜が、姿勢を正す。

「ちづる先生も、公家さんに負けませんよ。岡坂さんがごらんになったら、きっと目のうろこがもう一つ、落ちます。もし、まだうろこが残っていれば、ですけどね」

そう言って、同意を求めるように有美子を見た。

有美子もうなずく。

わたしは、あえて首をひねった。

「どれだけすごいか知らないけど、ルセロ・テナほどじゃないだろう」

ルセロ・テナは、世界的に知られたスペインの、カスタネットの名手だ。

もういい年だが、若いころはバイラオーラとしても、評価が高かった。

有美子は言った。

「ちづる先生は、ルセロ・テナのCDを聞いて、パリージョの魅力に取りつかれた、とおっしゃっています。彼女を目標にする、というのが口癖なんです」

「ふうん。目標にするだけでも、すごいじゃないか。普通なら、ルセロのパリージョを聞いたとたんに、あきらめるだろうからね」

おもしろくもなさそうな顔で、わたしたちの話を聞いていた桂本が、口を挟んでくる。

「それで、そのちづる先生というのは、どんなプロポーションの持ち主なんだね。たとえば、服部たまきと比べてだが」

有美子は、桂本を見返った。

「まったく、逆ですね。たまきさんは肉づきがいいけれど、ちづる先生はもっと痩せていて、筋肉質な体なんです。バイレのスタイルも、全然違いますし」

それを聞くと、桂本は急に興味を失ったように、水割りに手を伸ばした。

「痩せていて筋肉質、というのはいかんね。ことにフラメンコは、やはりどっしりと太めでなきゃ、色気が出ないだろう」

あくまで、自分の好みにこだわる。

真里亜は桂本の方に、体を乗り出した。

「ちづる先生は、確かにグラマーとはいえませんけど、独特のお色気がありますよ。スカートなんか、躊躇せずに思い切りよく、まくっちゃうし」

そう言ってから、わたしを見て舌を出す。

わたしは、苦笑した。

「スカートを、景気よくまくるからお色気がある、とはかぎらないよ。ただ、日本のバイラオーラは、とかくスカートの扱いが控えめで、物足りなく思うことがあるね。脚を見せることに、抵抗があるのかな」

真里亜が、首をかしげる。

「そうですね。スカートは持ち上げても、その下にはくペチコートは上げないように、と教える先生もいますし。あまり、脚を見せるのはお上品ではない、という流れになっているかも。ちづる先生はそんなこと、おっしゃいませんけどね」

「別に、無理やりまくってみせる必要はないけど、ペチコートを持ち上げないのは、なんとなく出し惜しみしているようで、あまり感心しないな」

桂本が、鬼の首でも取ったように、指を振り立てる。

「人前で、脚を見せるか見せないかは、フラメンコの本質と関係あるまい。それは単に、岡坂君の趣味の問題だ。きみたちも、岡坂君に中をのぞかれないように、気をつけた方がいいぞ」

真里亜も有美子も、わざとらしく体を引いて、わたしを見る。

わたしは、桂本に指を突きつけた。

「おっしゃいましたね、先生。それじゃ、こっちも言わせてもらいましょう。先生の事務所の、戸棚の奥に何が隠してあるか、ここでばらしてもいいんですか」

桂本は、真っ向からパンチを食らったように、のけぞった。

「お、おい。何を言い出すんだ」

「ほら、戸棚の奥の、あれですよ」

追い討ちをかけると、桂本はおしぼりで顔をふき、早口に言った。

「あんたも、冗談の分からん男だな。今のは冗談だよ、冗談」

わたしは、有美子にウインクした。

「冗談だそうですよ」

「そう、岡坂君は紳士の中の紳士だ。そうだな、マスター」

桂本に同意を求められて、萱野は瞳をくるりと回したが、何も言わなかった。

有美子が、興味津々という顔つきで、わたしを見つめる。

「桂本先生は、戸棚の奥に何を隠してらっしゃるんですか」

わたしが答える前に、桂本がわめいた。

「ただの古本だよ、古本。なあ、岡坂君」

猫なで声で名を呼ばれて、膝の裏がくすぐったくなる。

「ま、そういうことに、しておきましょう」

「しておきましょうって、それ以外に何があるというのかね」

桂本は言い、急いで水割りを飲み干した。

その様子を見て、真里亜が気まずい雰囲気を断ち切るように、話を変える。

「そう言えば、さっきのソクラテスの話の続きですけど、いいですか」

桂本が、ほっとしたように、息をつく。

わたしは少し溜飲が下がり、鷹揚にうなずいた。

「いいとも」

真里亜が、息を吸って言う。

「裁判を受けた結果、ソクラテスはどうなったんですか」

「確か、二度投票が行なわれて、二度とも有罪になった。プラトンの、『ソクラテスの弁明』によれば、だけど」

「それで、刑務所に入れられたんですか、市民に議論を吹っかけた、というだけで」

「いや。刑務所には、はいらなかった。死刑判決を受けたからね。毒杯を仰いで、死んだんだ」

真里亜も有美子も、驚いて声を上げた。

落ち着きを取りもどした桂本が、もったいぶって口を開いた。

「もちろん、裁判官に命乞いをすれば、助かる余地もあった。しかしじいさんは、それをいさぎよしとしなかった。いい年をして、そんなことをするのは、みっともない。悪法といえども、法は法だと言ってね。これが男の生きざま、というやつさ。実に、ハードボイルドじゃないか」

「でも、だれか弁護するお友だちとか、いなかったんですか」

有美子が眉をひそめて言い、真里亜も同感だというように、うなずいた。

「いたことはいたが、弁護してもだれも耳を貸さなかった」

桂本の説明に、真里亜があきれ顔で首を振る。

「文明が栄えたわりに、けっこう頭が固かったのね、大昔のギリシア人って」

率直な意見だ。

「一般市民からすると、いつも議論でやり込められるものだから、ソクラテスがわずらわしかったんだろうね」

わたしが言うと、萱野が口を出した。

「桂本先生が、ソクラテスの弁護人を務めていたら、どうなったでしょうね」

桂本は顎をなでて、無愛想に応じた。

「無罪を勝ちとった上に、訴えたやつらを誣告罪《ぶこく》で、告訴していた。さらに、民事訴訟を起こして、百万ドラクマくらいは、むしり取っただろうな」

それから、急に思い出したように袖をまくり、腕時計を眺める。

「おっと。あしたも午前中、法廷があるんだった。そろそろ、引き上げるとするか」

真里亜も有美子も、同じように時間を確かめる。

「そうですね。今日は楽しかったです。ぜひ来週、〈サンブラ〉に見に来てくださいね。わたしたち、というよりりちづる先生を見に」

真里亜が言い、桂本はあいまいにうなずいた。

「そうだな。気が向いたらな」

「まあ」

有美子が、桂本をぶつまねをする。

わたしは萱野に、勘定を頼んだ。

思ったより安かったのは、萱野自身が話に割り込んだからだろう。

金を払い、それとなく奥に目を向けると、二人の男女はカクテルグラスを前に、黙りこくっていた。

それまで、何かひそひそ話でもしていたのか、あるいは何も話していなかったのか、ほとんど声が聞こえなかった。

わたしたちの話がおもしろくて、ずっと耳をそばだてていたのかもしれない。

どちらにしても、奇妙なカップルだった。

店を出るとき、もう一度振り返る。

すると、手前にすわっていた女が、すばやく顔をそむけた。

その拍子に、耳たぶのピアスかイヤリングが、きらりと光った。

わたしは、先刻〈サンブラ〉を出たとき、路地の奥の暗がりにいた女の耳元で、何かが光ったのを思い出した。

眼鏡には気づかなかったが、あれはこの女ではなかったか。

顔は見ていないものの、二人が身に着けた黒っぽい服が、一致している。

あのとき二人は、わたしの目もかまわずキスを交わすか、交わすふりをした。

もし、奥にすわる男女がその二人だとすれば、〈ヘンデル〉にはいって来たのは、偶然だろうか。

それとも、わたしたちのうちのだれかを、つけて来たのだろうか。

5

〈ヘンデル〉を出る。

松野有美子も神成真里亜も、すぐには歩き出さずに向き直り、そろって頭を下げた。

「今日はどうも、ごちそうさまでした」

有美子が言い、真里亜が続ける。

「わたしたちの出演日に、〈サンブラ〉に来ていただけるようでしたら、お二人をご招待しますから」

桂本忠昭は、迷惑そうに手を振った。

「そんなこと、気にせんでいいよ。なあ、岡坂君」

「そのとおり。行くときは、こちらで店に予約するさ。あなたたちの紹介、と言えばだいじょうぶだろう」

わたしが言うと、真里亜は目を輝かせた。

「うれしいわ。そうしてくださると、お二人はわたしたちのお客さんということで、集客のノルマにカウントされますから、ありがたいです」

桂本は、顎を引いた。

「ノルマがあるのかね、お客さんを集めるのに」

「ええ。ギャラにも、影響しますしね」

有美子が言うと、桂本は首筋を掻いた。

「へえ、そうか。フラメンコの世界も、けっこう厳しいんだな」

それから、また腕時計を見て続ける。

「さて、と。わたしは、明日の公判の資料を取りに、一度事務所にもどるぞ」

真里亜が、目を丸くする。

「これからまた、お仕事ですか」

「さよう。家へ持ち帰って、読み込まねばならんのでな。岡坂君。きみは、二人を神保町の駅まで、送ってやってくれ」

わたしが口を開くより早く、有美子が言った。

「あ、だいじょうぶです、道は分かりますから。お名刺によれば、岡坂さんも桂本先生もこの近くの、同じマンションですよね。どうぞ、ご一緒にお帰りください」

桂本は、首を振った。

「子供じゃないんだから、かまわんでくれ。さあ、行ったり行ったり」

鶏でも追うように、両手であおり立てる。

そのとき、〈ヘンデル〉の扉がゆっくりと開いて、例の二人連れの男女が出て来た。

わたしたちが、店の前で立ち話をしているのに気づき、一瞬とまどったようなそぶりをする。しかし、すぐに錦華通りの方へ、歩き出した。

「それじゃ、お休み」

桂本はそう言い残して、二人連れのあとを追うように、きびすを返した。

わたしは、有美子と真里亜を先に立てて、反対方向に向かった。

まっすぐ歩き、白山通りにぶつかって左へ曲がれば、神保町の交差点に出る。地下鉄の駅は、その真下にある。

真里亜が言った。

「桂本先生って、おもしろい人ですね。すごく、迫力のある体をしてらっしゃるし」

有美子も、それに合わせる。

「そうそう。それに、弁護士さんてもっと怖い人か、と思ったわ」

「あれで法廷に立つと、半端じゃなく手ごわいらしいよ。あの顔と体で、がんがんまくし立てられたら、検察官も真っ青だろう」

そんな話をしながら、さりげなく後ろを見返る。

例の、二人連れの姿は、どこにもない。あとをつけて来る者は、だれもいなかった。

有美子は、九段下まで行って東西線に乗り換え、西荻窪に帰る。駅から五分ほどの、アパート暮らしだという。

真里亜は、半蔵門線で半蔵門まで行く。三番町のマンションで、両親と同居しているのだそうだ。

二人を見送ったあと、〈ヘンデル〉に引き返した。

新しい客ははいっておらず、カウンターは空っぽだった。

ど真ん中の席に陣取る。

「もどって来ると思いましたよ」

萱野に言われて、顔を見直した。

「どうして」

「さっきいた二人連れが、岡坂さんたちに関心を抱いたようだったし、岡坂さんもそれに気づいた様子だったから」

萱野の観察眼には、いつも驚かされる。

「あの二人、初顔だろう」

「ええ」

「なんとなく、気になる連中だったな」

「そうですね。初顔のくせに、出るとき男の方がみなさんのことを、この近くの客かと聞くんですよ。分かりません、と答えておきましたがね」

水割りを頼む。

「あの二人、さっき小川町の〈サンブラ〉を出たときも、路地の奥に立ってたんだ。ここまで、あとをつけて来たんじゃないか、という気がしてね。偶然にしては、できすぎている」

「あとをつけられたとすれば、それなりの理由があるでしょう。岡坂さんに、心当たりはないんですか」

「ないね。あとの三人は、分からないけど」

萱野は、水割りを作る手を止めた。

「女性二人は、関係ないでしょうね。となると、残るはあの弁護士先生しかいない」

「そういうことになるね。だとすれば、夕方一緒にマンションを出たあと、〈新世界菜館〉、ここ、〈サンブラ〉、そしてまたここと、ずっとつけられていたわけだ。全然、気がつかなかったが」

「つまり、最初からマンションを見張られていた、ということですよね」

萱野はそう言って、水割りをわたしの前に置いた。

「さっき、ここを出たあとぼくは女の子二人を、駅まで送って行った。あのカップルは、一人になった先生のあとを、またつけて行ったのかもしれないな」

「そうなりますね」

水割りに、口をつける。

「あの先生、腕っこきなだけに、敵も多いだろう。身に覚えがあるはずだ」

「といっても、あの二人が先生を襲うなんてことは、ないでしょう。男と女だし、わたしたちに顔をさらしてるし」

「まあ、それはないだろうね」

「民事事件で、相手方の弁護士に雇われた、私立探偵かもしれませんよ」

萱野が言ったとき、ポケットで着信音が鳴った。

「失敬」

萱野に断り、携帯電話を取り出す。

「もしもし」

「さっきの男と女の二人連れが、わたしのあとをつけて来たんだ」

声をひそめて言ったのは、桂本だった。

桂本が、あの男女に気を留めていたとは、知らなかった。そんな気配は、毛ほどもなかったのだ。

「やはりね。今も、〈ヘンデル〉のマスターと、その話をしてたとこなんです」

萱野の目が光る。

察しのいい男だから、桂本からの電話と分かったのだろう。

「彼女たちを送って、またもどったのか」

「そうです」

「錦華通りに出たところで、立ち止まっていたあの二人を、追い抜くかたちになった。二人は、わたしをやり過ごして、尾行し始めたらしい」

「あのカップルは、さっき〈サンブラ〉の外の路地でも、見張っていたみたいです。へたをすると、わたしたちが夕方マンションを出たときから、ずっとつけ回していたのかもしれない」

「ほんとか。だとしても、ついさっきまで気がつかなかったな」

「いつ、気がついたんですか」

「錦華公園を抜けるときだ。錦華坂へ上がる階段の途中で、砂利を踏む音が聞こえてね。振り向いたら、あの二人が見えたのさ。直感的に、おかしいと思った」

わたしたちのマンション、シャトー駿河台はＪＲ御茶ノ水駅から徒歩数分、通称マロニエ通りから錦華坂をくだった、すぐ左側にある。

逆に、坂の下から行くときは、錦華公園を横切って階段をのぼると、少し近道になるのだ。

「おかしい、と思ったわけは」

「〈ヘンデル〉で、二人ともろくろく口もきかずに、こっちの話を聞いているようだった。それに、店を出て来たときの態度が、なんとなく不自然だったろう。ただのアベック、という感じじゃなかった」

アベックなどという、古い表現を遣うところが、桂本らしい。

それにしても、弁護士だけあって観察眼が鋭いところは、萱野に負けていない。

桂本は続けた。

「公園で、二人がベンチにでもすわれば、別に変だとは思わなかった。しかし、階段の方にやって来る様子が、いかにもわたしを見失うまいという、そんな感じだった。階段は木が茂っているし、街灯の明かりも届かないから、こっちの姿が見えなかったんだろう」

「ところで、心当たりはないんですか、あとをつけられるような」

「ないと言えばないし、あると言えばある。あんたも、弁護士の仕事がどんなものか、知っとるだろう」

「ごく最近、ひどくもめている民事の案件とか、やばいにおいのする刑事事件とか、何かありませんか」

「あると言えばあるし、ないと言えばない」

まるで、禅問答だ。

少し考える。

「このケータイ、どこからですか」

「山の上ホテルの、旧館のラウンジだ。このまま、まっすぐ事務所にもどるのは、気が進まなかったのでね。かといって、明日の公判に必要な資料だから、取りにもどらぬわけにいかんのだ」

困惑した口調だ。

「二人は今、どこにいますか」

「フロントを挟んだ、反対側の狭いラウンジにいる。わたしが動くのを、待ってるのさ」

あまりいい知恵が浮かばない。

「あの二人、別に危害を加えるつもりじゃなさそうだ。そのまま事務所へ、もどればいいじゃないですか。夕方から、ずっとわたしたちをつけていたのなら、マンションの場所はとうに承知してるはずだし」

桂本は、鼻を鳴らした。

「事務所はともかく、そのあと綾瀬の自宅までつけられたりしたら、がまんがならん。なんとかしてくれんか」

「先生が、事務所へもどったことを確かめれば、満足して引き上げますよ。そこに住んでいる、と思うんじゃないかな」

「引き上げなかったら、どうするんだ」

「まあ、そのときは裏階段を使って、抜け出せばいいじゃないですか」

シャトー駿河台には、表の通りに接する玄関ホールと別に、裏通りにつながる路地に出る、非常用の階段があるのだ。

「それにしても、あの二人をほっとくわけにはいかんだろう。どこの何者か、正体を突きとめる必要がある」

いやな予感がしたので、話を変えた。

「あの二人、先生を尾行しているにしては、用心深さに欠けますね。そもそも、怪しまれたくないと思ったら、〈ヘンデル〉にはいって来たりは、しないでしょう」

桂本は、少し黙った。

「なるほど。もしかすると、単にわたしに接触を求めようとして、機会をうかがっているだけかもしれんな」

「だったら、先生が自分で二人のところへ行って、なんの用だと聞けばいいじゃないですか」

「いや、それではおもしろくない。あんたの手で、なんとかしてくれんかね。たとえば、胸ぐらをつかんで脅しをかける、とかな」

「夜の夜中にですか」

「それがだめなら、わたしが事務所へもどったあと、あの二人が引き上げるのを逆に尾行する、というのはどうだ。尾行は、お手のものだろう」

「無理ですよ。わたしは二人に、顔を見られてますからね。すぐに、ばれちゃいます」

「わたしは、あしたの朝一番で法廷がある。こんなところで、長電話をしてるわけにいかん。あんたに、うまく処理してもらいたい。伊達や酔狂で、中華やフラメンコをおごったわけじゃないぞ」

とんだところで、弾が飛んできた。

わたしは萱野に、顔をしかめてみせた。

萱野は萱野で、瞳をくるりと回す。

こうなると、言われたとおりにするしかない。

「分かりました。これから、すぐにマンションへもどります。着替えをして、用意ができたら電話しますから、それまでそこにじっとしていてください」

それを聞いて、桂本はほっとため息をついた。

「分かった。ただし、あまり待たせんでくれよ。時間が時間だし、ホテルがいやな顔をするからな」

「ホテルを出て、マンションへもどったら、そのまま事務所へ上がって、用をすませるんです。マンションを出るときは、念のため裏階段を使うように」

「あんたはどうする」

「先生がマンションにもどって、二人が引き上げる段になったら、あとをつけて素性を確かめます」

桂本は満足げに、喉を鳴らした。

「よし、それでいい。頼んだぞ」

携帯電話を切った。

萱野が、薄笑いを浮かべて言う。

「なんだか、またやっかいなことを、引き受けたようですね」

「引き受けさせられたのさ。どうも、中華料理をおごると言われたときから、いやな予感がしていたんだ」

〈ヘンデル〉を出て、錦華通りから猿楽通りに向かう。

お茶の水小学校の前を抜け、錦華公園にはいった。遅い時間なので、人影はない。

桂本と同じように、錦華坂につながる階段を、小走りに駆け上がった。

きつい坂をのぼって、山の上ホテルの旧館裏を抜け、シャトー駿河台にもどる。

このマンションは一階に裏口がなく、非常階段の出入り口は二階から上、という変わった設計になっている。正面玄関を使わずに、別の裏通りへ抜けられる構造は、けっこう重宝だ。

三階に上がり、仕事場にはいった。

奥のリビングで、着替えをする。

ジーンズを脱ぎ、茶色のジャケットとスラックスを、身に着けた。靴は足音のしないように、スニーカーにはき替える。

はずしたままだった、遠近両用の眼鏡をかけ直し、格子縞《こうしじま》のハンチングをかぶった。

さらに、よれよれのトレンチコートを着込んで、また外へ出る。

錦華坂を少しのぼり、左側のレンガ造りのビルの、柱の陰にはいった。そこからなら、マンションの入り口が、よく見える。

桂本に電話した。

「準備ができました。マンションへ、もどってください」

「分かった。どこにいるんだ」

「すぐ近くです。間違っても、わたしを探さないでくださいよ」

6

十分後。

桂本忠昭が巨体を揺すり、おそらく息を切らしながら、錦華坂をのぼって来た。

わたしの側から見ると、シャトー駿河台はくだり坂が左斜めに折れて、しだいに勾配を増す前後の、左側に建っている。

言われたとおり、桂本はわたしを目で探すこともせず、まっすぐマンションにはいった。

わずかに間をおき、あとから坂をのぼって来た例の二人連れが、足を止めてマンションを見上げた。

きょろきょろしながら、位置関係を確認する様子だ。

そのそぶりから、二人がここへ来るのは初めてだ、という気がした。

夕方、マンションからつけ始めたのなら、とうにこのあたりを調べたはずで、何もきょろきょろすることはない。

桂本の尾行を始めたのは、どこか途中からと思われる。もしかすると、〈サンブラ〉からかもしれない。

しかし、〈サンブラ〉行きは急に決めたことだから、あらかじめ待ち伏せしたはずがない。

あるいは〈新世界菜館〉か、そのあと〈ヘンデル〉へ移動する途中、桂本を偶然見かけて尾行を始めた、ということか。

いくら考えても、納得のいく答えは見つからない。

桂本の事務所は、通りに面した三階の四部屋のうち、いちばん南側にある。

ほどなく、真っ暗だったその窓に、明かりがついた。

二人連れも、どうやらそれが桂本の部屋らしい、と目星をつけたようだ。

二人はそのまま、マンションの玄関をはいって行った。メールボックスを、チェックするつもりだろう。

そこには、桂本の法律事務所だけでなく、〈現代調査研究所　岡坂神策〉の表示も、ちゃんと出ている。

二人は〈ヘンデル〉で、わたしたちの名前を耳にしたはずだから、少なくともこれで素性が分かったことになる。

一分ほどで、二人が出て来た。

短く言葉を交わし、男の方はまた坂をくだって行った。

女は逆に、マンションに沿った植え込みつきの、ゆったりした歩道をのぼって来る。

その端のあたりに、半地下の喫茶店〈マラガ〉におりる、キャノピーつきの入り口があった。

女は、桂本の事務所の窓が見える位置で、足を止めた。

キャノピーの支柱に、身を隠すようにして立つ。

桂本に、まだなんらかの動きがあると判断したのか、見張りを続けるつもりのようだ。

もう一人の男は、おそらく坂をくだったどこかで、待機しているのだろう。出て来た桂本が、どちらの方向へ歩き出しても対応できるように、二手に分かれたに違いない。

五分もしないうちに、桂本の事務所の明かりが消え、窓が暗くなった。

用をすませた桂本が、出て行ったのだ。

わたしは、点灯したまま事務所を出るように、言っておけばよかったと思った。部屋がずっと明るければ、二人はいいかげんしびれを切らして、引き上げたかもしれない。

マンションの両側は、別のビルが壁を接しているので、建物の裏に階段があることは、表からは分からない。

明かりが消えて、たっぷり五分もたったころ、女が待ちくたびれたように、キャノピーのそばから動いた。

桂本が、なかなか姿を現さないので、不審を覚えたのだろう。

ゆっくりと、玄関の方へ歩いて行く。

わたしは、柱の陰から少し身を乗り出し、前方の坂を見渡した。

案の定、下の方から連れの男が、足早にのぼって来る。

二人は玄関の前で落ち合い、桂本の事務所のあたりを見上げて、何か言葉を交わした。どうやら、待ちぼうけを食わされたことに、気づいたようだ。

当然、尾行を断念して引き上げるもの、と思った。

しかし、予想ははずれた。

二人はためらう様子もなく、玄関をはいって行った。桂本が、実際に姿を消したのかどうか、確認するつもりらしい。

急いで通りを横切り、二人の姿が見えないのを確かめて、玄関ホールにはいる。

ちょうど、エレベーターの階数標示板が、三階を示して停まった。

階段を三階まで、一気に駆けのぼる。

フロアの奥で、靴音が聞こえた。

最近はほとんど見かけないが、このマンションは各室を廊下の両側に配置する、ホテル形式の構造になっている。

角からのぞくと、男が桂本の事務所のドアのノブを、試しているところだった。

女は女で、反対側にあるわたしの仕事場のドアを、じっと眺めている。

そこにはメールボックスと同じく、〈現代調査研究所　岡坂神策〉と書かれた、合成樹脂の白いプレートが、張りつけてある。

二人がもどって来る前に、階段の踊り場に引っ込んだ。

ほどなく、歩き出す靴音がした。

しかし、その靴音は近づいて来ずに、むしろ遠ざかって行く。

とっさに、廊下の突き当たりにある、非常口へ向かったのだ、と察しがついた。二人連れも、桂本がそこから遁走したに違いない、と当たりをつけたらしい。

どうするか、選択は二つに一つ。

二人が、非常口と外階段をチェックしたあと、あきらめて廊下を引き返すか、それともそのまま階段をおりて、裏の通りに出るか。

おそらく、抜け出した経路を確認するために、非常階段をおりて路地へ向かうだろう。

そう判断した。

わたしは階段を駆けおり、玄関を飛び出した。

坂を駆けもどって、マロニエ通りに出る。

そこを、右へ五十メートルほど行くと、右から来る通りにぶつかる。

マンションの裏の路地は、その通りにつながっているのだ。

角まで、あと十メートルほどのところで、マロニエ通りに出て来る二人連れが、視野にはいった。

ほっとしながら、急いで街路樹の後ろに身を隠す。

街灯が遠いので、こちらの姿は見えないはずだ。

二人は足を止め、まだ桂本がその辺にいるのではないか、と期待するように通りの左右を、丹念に見渡した。

トレンチコートの襟を立て、ハンチングの下に顔をうつむかせて、上目遣いに二人の動きを見守る。

二人はまた言葉を交わし、腕時計を街灯にすかして見たあと、明大通りの方へ歩き出した。

重そうなその足取りから、桂本を探すのはあきらめたようだ、と見当がつく。

まずはこちらの、狙いどおりだ。

明大通りに出ると、二人は御茶ノ水駅の方に曲がり、坂をのぼって行った。

午後十一時半を回れば、さすがにこのあたりも、人通りが少なくなる。

二人は駅前の交差点を渡り、茗渓通りにある深夜営業の、古いラーメン屋にはいった。あとをつけ回すのに忙しくて、食事する暇がなかったのだろう。

理由はともかく、ご苦労なことだ。

狭い店だから、いくら変装してきたとはいえ、中にはいるわけにいかない。

少し離れた場所で、待機することにした。

二人が出て来たときは、午前零時を過ぎていた。

明大通りにもどり、お茶の水橋の方へ歩いて、タクシー乗り場に並ぶ。

先客が三人いたが、客待ちの車は途切れていた。

あまりそばにも行けないし、先に乗られて別の空車が続かなければ、あとを追えなくなる。

わたしは、交差点を駿河台下方面へ渡り、流しのタクシーを探した。駅づけせずに、銀座あたりへ客を漁りに行く車が、何台かはあるはずだ。

タクシー乗り場に、空車が立て続けに三台横づけされ、わたしは焦った。

二人連れの番になったとき、おあつらえ向きに流しの空車が、交差点を越えて来た。

わたしはそれを停め、急いで乗り込んだ。

とりあえず、運転手に千円札を二枚差し出し、ぶっきらぼうに言う。

「すまないが、後ろから来るタクシーのあとを、追ってくれないか。これは駄賃だ」

「あ、はい」

中年の、人の好さそうな運転手はとまどいながら、札を受け取った。

後ろを見ると、二人の乗ったタクシーが発進し、交差点を渡って来た。

スピードを上げ、こちらの車を追い越して行く。

「あの車だ。見失わないようにな」

「はい」

運転手は、急いで車を発進させた。

わたしのことを、刑事か何かだと思ってくれれば、それに越したことはない。

むろん、こうした運転手が尾行の仕事に、慣れているはずはない。したがって、対象の車と自分の車のあいだに、別の車を挟むというような機転は、きかなかった。

しかし、それまでだれかを尾行していた人間が、逆につけられることになるなどとは、なかなか思いつかないものだ。

車は、駿河台下から靖国通りを右折し、神保町、九段下の交差点を経由して、市ケ谷方面へ向かった。

JR市ケ谷駅の、五百メートルほど手前の信号で、二人はタクシーを停めた。一口坂の交差点だ。

青信号を確かめ、わたしは運転手に交差点を渡るよう、指示した。

渡ったところで停めさせ、後ろの様子をうかがう。

車をおりた二人は、交差点を左にはいって行った。

運転手に、さらに千円札を二枚手渡し、釣りはいらないと言って、車をおりた。

二人がはいった道は、一方通行の入り口だった。

そこへ乗り入れずに、タクシーを表通りで捨てたのは、正確な行き先を運転手にも知られたくない、ということかもしれない。

二人は、一本目の十字路を左に曲がった。背後には、まったく注意しなかった。

角まで行き、十字路を渡りながら、横目で二人の様子をうかがう。

二人は、三十メートルほど先の右側の建物に、姿を消した。ただ、はいるときに二人とも、通りの前後に目を配った。

わたしは、そのまま十字路を渡り切って、二人の視野から消えた。目にはいったとしても、ただの通行人と思っただろう。少なくとも、そうであってほしい。

次の十字路を左に折れ、そのブロックを一回りして、二人がはいった通りの先に出る。

そこをもどれば、左側に目的の建物が見えるはずだ。建物の二階と四階に、白い袖看板が出ていたので、間違うことはない。

電柱の住所表示によれば、その界隈は千代田区九段南だった。

街灯の明かりを頼りに、ゆっくりと歩き出す。

一度、目当ての建物の前をまっすぐに、通り過ぎた。

横目で、看板だけ確かめた。

二階の看板は〈マリモ鍼灸所〉で、四階は〈湊《みなと》行政書士事務所〉だった。

付近の建物は、大半が新しいビルやマンションに、建て替わっている。

しかしその一角だけは、まだ手がついていないようだ。

二人がはいったのは、ビルと呼ぶのもはばかられるような、小さな四階建てのビルだった。そこから二軒先まで、モルタル造りの一般住宅とおぼしき、古い建物が並んでいる。地上げに、抵抗したのかもしれない。

きびすを巡らし、通りを引き返す。

今度は、目当てのビルをよく見た。

暗くて、はっきりとは分からないが、築三十年から三十五年、というところだ。住居用なのかオフィス用なのか、それとも両方が混在しているのか、判断がつかない。

一階は牛乳販売店だった。

脇のスペースに、配達に使うらしい自転車が、何台か停めてある。

二階から上は、いかにも狭苦しいベランダが、境目が分からぬほど接した状態で、二つずつ並んでいる。

三階の左側の部屋から、かすかな明かりが漏れるだけで、ほかは真っ暗だった。

とりあえず、二人がはいったのはその部屋だ、と考えるのが順当だろう。

ビルの入り口に、ドアはなかった。

のぼり階段の横手に、メールボックスがある。

ビルの名前は、勝倉《かつくら》ビルとなっている。

一階は、〈田崎《たざき》牛乳販売所〉。

二階は、201の編集プロダクション〈ポロ〉と、202の〈マリモ鍼灸所〉。

四階は、401が〈湊行政書士事務所〉、402が個人名で〈勝倉信次《しんじ》〉。ビルの名前と同じ名字なので、オーナーかもしれない。

肝腎の三階は、302が〈JKシステム〉で、隣の301は空白になっている。

単純に、ネームなしは空き部屋だ、と考えるわけにはいかない。例えば女の一人暮らしで、用心のために名前を出さない、ということもありうる。

とりあえずは、明かりのついている左側の部屋を、〈ＪＫシステム〉としておこう。

今夜できることは、そこまでだった。

タクシーを拾って、駿河台へもどる。

九段下まできたとき、携帯電話が鳴った。

桂本だった。

「もう家にいる。そっちの首尾はどうだ」

「ついさっき、市ケ谷の近くまで二人を尾行して、行く先を確認しました。今、タクシーを拾って、駿河台へもどるところです」

「市ケ谷か。それで、二人の素性は」

「分かりませんが、建物は確認しました。一口坂の交差点の、一本南側の通りに面した、勝倉ビルというビルです。二人がはいったのは、たぶん三階の二部屋のどちらかで、メールボックスによれば〈ＪＫシステム〉と、もう一つはネームなしでした。たぶん、〈ＪＫシステム〉の方でしょう」

「〈ＪＫシステム〉ね。どんな会社だろう」

「インターネットで調べれば、分かるんじゃないかな。それでだめなら、紺野《こんの》女史に法務局へ行ってもらって、調べるしかありませんね」

紺野よし子は、わたしが知るかぎり通算四人目の、桂本の秘書兼雑用係だ。

「そうだな。すまんが、あしたの朝あんたから紺野君に、調べるように言ってくれんか。わたしは、地裁へ直行するんでな」

まったく、人使いが荒い。

「分かりました」

桂本は、例の猫なで声を出した。

「ところで、今夜は遅くまで働かせて、すまなかったな。タクシー代くらいは持つから、紺野君に請求してくれ。もちろん、領収書はもらったよな」

「帰りのはもらいますが、行きはそんな余裕がなかった。理由は、分かりますよね」

わたしが言い返すと、桂本はぐすんと鼻を鳴らした。

「ああ、分かるとも。しかし、あんたも今夜の中華とフラメンコの代金を、だれが払ったか思い出してみるといいぞ」

7

翌朝。

九時過ぎに、桂本忠昭の事務所に顔を出すと、秘書の紺野よし子が新聞を読んでいた。

「先生は、今朝来てないだろう」

よし子は、新聞を畳んだ。

「はい。ご自宅から地裁に、直行されたはずです」

わたしは、ドアの横手の長椅子に、腰を下ろした。

「実は先生に頼まれて、パソコンで〈ＪＫシステム〉という会社を、調べてみたんだ。そうしたら、ぴったりマッチするものが、出てこなくてね。ついでに、似たような社名の会社も当たったんだが、所在地の千代田区九段南で合致するものは、見つからなかった」

よし子が、唇を引き締める。

「なんの会社でしょうね。社名からすると、コンピュータ関係のようですけど」

「むしろ、何をやっている会社か分からないように、こういう社名をつける場合もあるんだ。悪いけど、法務局へ行ってどういう会社か、調べてもらえないかな。先生から、きみに頼んでおいてくれ、と言われてね」

よし子は、眉根を寄せた。

「先生ったら、わたしに直接、言ってくれればいいのに。いつも、岡坂さんを便利屋みたいに、お使い立てして。困った先生だわ」

「いや、これはゆうべ遅くの話だから、きみに連絡する暇がなかったのさ」

よし子は、横目でわたしを睨んだ。

「かばってますね、先生を。岡坂さんたら、先生にやっかい仕事を頼まれるのを、いやがってるんだか、喜んでるんだか」

「先生に頼まれたら、いやも応もないよ。それと、ゆうべのタクシー代をきみに請求してくれ、とも言われたんだ。領収書一枚と、領収書をもらえなかった分、四千円を合わせて金四千九百八十円なり、なんだけど」

「はいはい、そういうのはいつでも、言い値どおりに出しますから」

よし子はそう言って、手提げ金庫をでんとデスクに置いた。

精算をすませてから、よし子をお茶に誘った。桂本がいないときは、ときどき息抜きに連れ出すのだ。

不在中、事務所にかかってくる電話は、よし子の仕事用の携帯電話に、転送される仕組みになっている。

下の喫茶店、〈マラガ〉に行った。

この店は、夜は七時と少し早い時間に閉まるが、そのかわり朝八時には開店する。

正直なところ、歴代の桂本の秘書の中で、よし子はいちばんの美女、とは言いがたい。

しかし、明るくて機転のきく点では、だれにも負けない。桂本の、セクハラまがいの冗談やいやみにも、へこたれない打たれ強さがある。

そろそろ、三十歳になるはずだが、浮いた噂一つ聞かないのが、いささかさびしい。

コーヒーがくると、よし子はブラックのまま、一口飲んだ。

「ゆうべは先生に、遅くまで付き合わされたんですか、岡坂さん」

「まあね。すっかり、ごちそうになってしまった。頼まれごとをしたら、断れないよ」

「たかだか、〈新世界菜館〉のコースくらいで、恩にきせるなんて」

「そのあと、フラメンコもおごられた。いずれ先生から、領収書が回ると思うけど」

よし子は、意外そうな顔をした。

「先生がフラメンコなんて、珍しいわね。〈エル・フラメンコ〉ですか、〈アルハムブラ〉ですか」

「よく知ってるね。行ったことがあるのか」

「ええ、二度か三度」

「ゆうべは、どちらでもないんだ。最近小川町にオープンした、〈サンブラ〉というタブラオでね」

驚いて、背筋を伸ばす。

「小川町にタブラオなんて、ほんとですか」

「ほんとうだ。今度、一緒に行こうか」

よし子は相好を崩し、手を打ち合わせた。

「わあ、うれしい。ぜひ、お願いします。でも、どうして小川町なんかに」

「それが、謎なんだよ。まあ、フラメンコに詳しい、ぼく目当てに開店した、という噂もあるらしいけど」

そのとき、よし子の携帯電話が鳴った。

「あら、事務所に電話だわ」

すみません、と断りを言って、話すために外へ出て行く。

五分ほどして、もどって来た。

「ごめんなさい、長話になってしまって。居留守を使えば、よかったわ」

「おいおい、穏やかじゃないね。弁護士事務所に電話する人は、だいたい悩みを抱えているわけだから、しかたないんじゃないの」

「前に、離婚のことで先生のお世話になった人が、一件落着したあとしつこくわたしに、電話をよこすんです」

「なんだ、プライベートの電話か」

「最初は、支払いの延期のこととか、財産整理の後始末のこととか、多少とも仕事に関係あることでした。それなのに、最近はおいしいワインの店を紹介したいとか、どこかの山奥の窯でお皿を焼かないかとか、関係ないことばっかり。今の電話も、富士急ハイランドのジェットコースターだかに、乗りに行かないか、ですって」

よし子は、憤懣やる方ないという口調で、まくし立てた。

「肝腎の離婚の方は、成立したの」

「ええ、とっくに。先生のところには、奥さんから離婚されないように、うまく話をつけてほしい、ということで相談に来たんです。先生も、最初はいろいろ知恵を出したんですけど、その人のねちっこい性格にうんざりして、これじゃ離婚を求められてもしかたないな、と思ったんでしょう。最後の方は、奥さん側の弁護士に、味方しちゃったみたい。先生にしては、珍しい負けいくさでした」

これには苦笑した。

お茶を飲み終わると、よし子は九段の法務局へ、出かけて行った。

わたしは仕事場にもどり、週刊誌に一週おきに書いている書評の原稿を、ワープロで打った。

書評するのは、新刊本ではない。絶版、ないしは品切れ状態が長く、古書市場にもめったに出ない、珍しい文庫本の紹介だ。

四十年近く前に、角川文庫から出たオランダの作家、ヤン・デ・ハートックの『遙かなる星』を、取り上げる。

第二次大戦終結の翌年、ナチスの収容所から救出された娘を、オランダ人の警部がパレスチナへ連れて行く、ただそれだけの話だ。

しかし、あらゆる辛苦と障害を乗り越え、娘のために尽くす警部の誠意には、胸を打たれるものがある。ユダヤ人問題を巡る、どのようなプロパガンダ出版物より、心にしみる小説だ。

このような佳作が、なぜ絶版になったきりなのか、分からない。

ミステリーでも、アドベンチャーものでもないが、これほど手に汗を握らせる小説は、めったにない。

編集部に、メールに添付して原稿を送ったあと、早い昼飯を食べに神保町へおりた。

すずらん通りと交差する小路にある、〈オオドリー〉と称するスープカレーの店にはいった。スープ状のソースの中に、野菜や鶏肉がぶつ切りではいった、ダイナミックなカレーだ。

神田神保町界隈は、古書のメッカというだけでなく、カレーライスの激戦区としても、つとに知られている。

〈ボンディ〉〈マンダラ〉〈共栄堂〉などの老舗から、〈オオドリー〉〈ガヴィアル〉といった比較的新しい専門店も含め、カレーを食べさせる店が優に百軒を超える、という。

わたしのように、トンカツとカレーに目がない人間には、こたえられない街だ。

ちなみに、トンカツは意外に専門店が少ない。

錦華坂をおり切った裏通りの、〈とんかつ駿河〉くらいだろう。ロースカツ定食で七百円、アジフライ定食と同じ値段という、驚くほどの安さだ。カキフライもうまい。

喫茶店の〈さぼうる〉に寄って、コーヒーを飲んでいるとき、携帯電話が鳴った。

法務局へ行った、よし子からだった。

店を出て、通話ボタンを押す。

「紺野です。今、だいじょうぶですか」

「ご苦労さん。今〈さぼうる〉だけど、外に出て受けたから、だいじょうぶだ」

「すみません、お昼休み中に」

「きみこそ、昼飯はまだなんじゃないか。だいぶ、時間がかかったようだね」

「ええ。あちこち、書類を引っ繰り返してもらったんですけど、〈ＪＫシステム〉なる会社は、千代田区九段南どころか、東京のどこにもありませんでした」

「ほんとうか」

「ええ。少なくとも、法人登記は見つかりません」

「そうか。きみが調べて、見つからないとすれば、実際にないということだろう。悪かったね、むだ足を踏ませて」

「いいんです。会社がなかった、という事実が分かっただけでも、収穫があったわけですから」

「いや、まったく、その通りだ。桂本先生の法廷は、何時までだったかな」

「三時には、おもどりになる予定です」

「分かった。ご飯でも食べて、ゆっくりしてくれ。今の件は、ぼくから先生に話すよ」

店にもどり、コーヒーを急いで飲み干す。

外へ出て、靖国通りでタクシーを拾い、一口坂へ向かった。

〈ＪＫシステム〉が、現実に存在しない会社と聞いて、にわかに好奇心をそそられた。

別に、珍しいことではないだろうが、名前だけしかない幽霊会社には、それなりの理由があると考えてよい。

一口坂の交差点で、車を捨てる。

すぐ近くに、不動産屋が店を出していたので、足を向けてみた。

ガラス戸の内側に、ところ狭しと物件情報が、貼りつけてある。

ざっと眺めたところでは、勝倉ビルの空き室情報はなかった。

勝倉ビルまで歩いた。

下から、三階のベランダを見上げたが、人がいるかどうか見当がつかない。

もう一度、メールボックスの表示を確かめて、階段をのぼる。エレベーターはない。

階段は、ところどころ縁がかけており、スニーカーの底が引っかかりそうになった。

三階に上がり、少しのあいだ耳をすます。

手前の、表示なしの３０１からも、奥の３０２の〈ＪＫシステム〉からも、人の気配は感じられなかった。しかし、だれもいないとは限らない。

そのまま、階段をのぼって行く。

四階は、手前の４０１が〈湊行政書士事務所〉で、奥の４０２が〈勝倉信次〉だった。

勝倉の部屋の前に立つ。

ブザーらしきものがないので、しかたなく鉄のドアをノックした。

十秒ほど待ったが、応答がない。

もう一度ノックしようとしたとき、いきなりドアがあいた。

小柄な、目つきの鋭い胡麻塩頭の男が、振り上げたわたしの手を、睨みつける。

「なんの用だ」

急いで、腕を下ろした。

男は七十歳前後で、らくだのシャツに腹巻きをつけ、下はステテコといういでたちだった。

「ご多用のところ、すみません。勝倉信次さんは、ご在宅でしょうか」

「勝倉はおれだ。ご多用中に見えるか」

にこりともしない。

「恐縮です。少し、お尋ねしたいことがあって、おじゃましました」

「言ってみな」

「勝倉ビルという名前からして、勝倉さんがこのビルのオーナーではないか、と拝察したのですが」

「ふん。オーナーなんて、しゃれたもんじゃねえよ。大家でけっこうだ」

勝倉信次は、しゃべり方こそヤクザまがいだが、別に柄が悪いというわけではない。最近見かけなくなった、古い侠客のような雰囲気だ。

「分かりました。ええと、すぐ下の三階の301号が、空いていると聞いたのですが、見せていただけないでしょうか。もし、気に入れば」

勝倉は、わたしの言葉をさえぎった。

「だれに聞いたんだ」

少し声がとがっている。

「聞いたというか、インターネットの不動産情報で、見たんです」

「嘘をつけ。おれはそんなとこに、案内も告知も載せてねえぞ」

冷や汗をかく。

「ええと、表通りの不動産屋だったかも」

「今は、どこの不動産屋にも、出してねえんだ。301は、空き部屋じゃねえからな」

勝倉の言葉に、虚をつかれる。

「しかし、301のネームプレートは、空白になっていますが」

「301も302も、〈JKシステム〉が借りてるのよ。だから片っぽしか、名前を書いてねえんだ」

胃のあたりが、すっと冷たくなった。

その可能性に、思いいたらなかったのは、うかつだった。

わたしは、頭を下げた。

「すみません。実は、下のメールボックスのプレートを見て、てっきり空き部屋だと思ったものですから、上がって来た次第です。どうも、失礼しました」

勝倉は、あいまいに手を振った。

「いいってことよ。借り主も、実のところ３０１は使ってねえようだから、貸してやってもいいんだがね。まあ、部屋代を二部屋分払ってくれるから、別に文句はねえが」

「それはまた、気前がいいですね。〈ＪＫシステム〉って、何をしている会社ですか」

「さあ、知らねえな。一度中をのぞいたが、コンピュータとコピー機くらいしか、置いてなかった。人もあんまり出入りしねえし、おれにもよく分からねえよ」

「そうですか。いずれにしても、お忙しいところを失礼しました」

「忙しそうに見えるかよ、え」

勝倉はそう言い捨てて、ドアをどしんと閉じた。

わたしは、おりる途中また三階で足を止めて、様子をうかがった。

ためしに、手前の３０１のドアを引いてみたが、やはり鍵がかかっていた。

思い切って、奥の部屋も試してみようかと考えたとき、そのドアに何かぶつかる音が聞こえ、開きそうな気配がした。

わたしは、われながら驚くほどの勢いで、階段を駆けおりた。しかも、ほとんど足音を立てずに、だ。

ビルを飛び出し、とっさに一階の牛乳店にはいる。

「牛乳一本」

声をかけると、背中を向けてテレビを見ていた女が、くるりと振り向いた。

牛乳屋にふさわしい、色白の太った女だった。

「そちらでどうぞ」

そう言って、パックの牛乳がたくさん詰まった、横手の自動販売機を示す。

小銭を出して、ワンパック買った。

飲みながら外をうかがうと、例の男女がビルから姿を現し、左の方へ歩き出した。

昨夜とは打って変わって、二人ともジーンズにジャケットという、カジュアルな装いだった。

牛乳を急いで飲み干し、空のパックを屑籠に投げ入れて、店を出た。

8

むろんわたしも、服装を変えてある。

地味な、グレイのジャケットにスラックスをはき、トレンチコートは脱いで来た。ハンチングも、柄違いにした。

メールを打つ思い入れで、携帯電話を見ながら歩く。

二人の男女は、背後に注意を払う気配も見せず、十字路を昨夜の一口坂とは逆方向の、左に曲がった。

広い通りにぶつかり、今度は右へ折れる。

標示板によれば、二七通りという名前の通りだ。

二七不動尊が近くにあり、それに因んだ名称のようだが、不動堂そのものは何年か前、火事で焼失したと聞く。

やがて、東郷公園前という標示の出た、十字路に差しかかった。

公園に沿って左に折れ、次の十字路を右へ曲がる。行く先はどこか分からないが、徒歩圏内には違いなさそうなので、ついて行くしかない。

やがて、日本テレビ通りにぶつかる手前の右側に、学校らしき建物が見えてきた。

二人は、その門をはいった。

門柱には、〈英京大学文学部〉とある。大都市の大学に多い、分散したキャンパスの一つらしい。

あとを追って、門の中をのぞく。

すぐわきに守衛室があり、男の方が窓口のカウンターにかがんで、ノートに記入していた。入構の手続きのようだ。

守衛が、記入されたノートを見ながら、受話器を取ってどこかに電話する。訪問先の確認を取るのだろう。

守衛は受話器を置き、ノートをもとの位置にもどした。

校舎の方を指差しながら、男に何か言おうとする。

男は、よく分かっているというように、軽く手を振って歩き出した。女も、そのあとを追う。

二人が、中央通路を歩いて行くのを見て、わたしは守衛室のカウンターに近づいた。

守衛に愛想よく笑いかけ、ノートの上にかがみ込む。

訪問者氏名と勤務先、面会者氏名、日付と時間を記入する欄が、設けられている。住所や電話番号の欄は、見当たらない。きわめて形式的な、訪問者ノートだ。

直前の、二人の訪問者の欄は藤崎研一と藤崎雪絵、勤務先はともに〈JKシステム〉、となっている。

訪問先は、独文科の岸川芳麿教授。

男女二人が同じ名字だとすれば、夫婦かそれを装った恋人同士、ということだろう。キスし合ったことからしても、そう考えるのが妥当だ。

わたしは、記載事項をしっかり頭に叩き込み、顔を上げて守衛に話しかけた。

「すみません。入学案内がほしいんですが、どこをお訪ねしたらいいでしょうね」

「それでしたら、記入していただかなくて、けっこうです。三号館の一階の、入学センターの窓口へ行ってください」

守衛が、そばに標示された構内図を、指で示した。

「どうも」

ノートを閉じてその場を離れ、二人のあとを追う。

その昔、学生運動が華やかだったころに比べて、今の大学は外部の人間の出入りに、あまりうるさくないらしい。

時代が変わったのか、それともこの大学だけのことなのか。

いずれにせよ、こうした尾行の場合はまことにもって、好都合ではある。

藤崎研一、同じく雪絵と称する二人は、レンガ敷きの通路をまっすぐ歩いて、一号館と看板の出た建物の角を、右に折れた。

わたしも、走っていると見えない程度に足を速め、その角に急ぐ。

二人は、そのまま一ブロック歩いて、広場に面した左手のレンガ造りの建物に、はいって行った。

二号館とある。

わたしも、出入りする学生たちに紛れて、あとに続いた。

二人は、エレベーターホールに行き、リフトがおりて来るのを待った。

少し離れた場所から、様子をうかがう。

どうしようか、と迷った。さすがに、同じリフトには乗れない。

幸か不幸か、おりて来たリフトはからっぽで、だれも乗っていなかった。

二人が乗ると、すぐに扉がしまる。

エレベーターに近づき、上の階数表示盤に目をこらした。

リフトは、六階に直行して停まった。

入れ違いにおりて来た、別のリフトに乗って、六階に上がる。二人との差は、一分足らずだ。

六階は、節電のためか廊下が薄暗く、人の数も極端に少ない。

すでに、二人の姿はなかった。

ホールの脇に、案内板が設置されている。

六一二号に、岸川芳麿の名があった。

藤崎たちは、岸川の教授室なり研究室なりを訪ねた、とみて間違いあるまい。

別に根拠はないが、すぐには出て来ないだろう、と判断した。

一階におりる。

二号館の前は、円形の小さな広場になっており、それを取り囲むように木のベンチが、いくつか置いてあった。

あらためて、周囲を見回す。

学生はたくさんいたが、多くはベンチや芝生にすわり込み、携帯電話で話すかスマートフォンをいじるかの、どちらかだった。

連れがいても、ほとんど会話を交わす様子がなく、それぞれ自分一人の世界に没頭している。そのせいか、人が多いわりには静かだった。

向かい側のベンチで、ただ一人熱心に本を読む女子学生の姿が、目にはいった。眼鏡をかけ、中高生のように髪をお下げにした、小柄な女子学生だ。白いブラウスに、タータンチェックのスカートをはいている。

わたしは、ぶらぶらとそのベンチに近づいて、女子学生の隣に腰をおろした。

女子学生は、雀が留まったほどにも関心を示さず、じっと本を読み続ける。

横目で本を見たが、ブックカバーがしてあるために、タイトルが分からない。

そっと首をのばして、開かれた本のページをのぞく。

上部に印刷された、章題がちらりと見えた。〈VI　ヨゼフ・ベルクリンガーの手紙〉とある。

ヨゼフ・ベルクリンガー、という名前に遠い記憶を呼び覚まされ、胸にぽっと灯がともった。

思い切って、声をかける。

「失礼。ちょっと、お尋ねしていいですか」

女子学生は、隣に人がいることに初めて気がついた、という様子で顔を振り向けた。

「はい」

語尾を上げる返事だ。

「実は、わたしの姪が来年こちらの大学の、独文科を受験するんですよ。できれば、英京大学がどんな雰囲気の学校なのか、ここの学生さんに校内の様子や、先生の評判などを聞かせていただきたい、と思いましてね」

女子学生は、屈託なくうなずき返した。

「お答えできる範囲でしたら」

わたしは、女子学生が手にした本に、うなずいてみせた。

「今読んでおられるのは、ヴァッケンローダーの『芸術幻想』じゃありませんか。ちらっと、章題が見えたんですが」

女子学生は、すぐに本のタイトルページを開き、わたしが言ったことを確かめた。

「ええと、著者名はそのとおりですけど、タイトルは『芸術に関する幻想』で、ちょっと違いますね」

「ああ、それは最近出版された、改訳版ですね。わたしが、若いころに読んだ最初の刊本は『芸術幻想』、というタイトルでした。太平洋戦争のさなかに、七丈書院という出版社から出た、古い本ですが」

女子学生は、本のいちばん後ろの方を開いて、眉根を寄せながら何かチェックした。

「はい。その本のことも、この〈訳者あとがき〉に、書いてありますね。翻訳の参考にしたらしいです」

「今どきそんな、あまりはやりそうもないジャンルの本を、一心不乱に読んでおられるところをみると、あなたはさだめし独文科の学生さんでしょうね」

わたしのもって回った言い方に、女子学生はさもおかしそうに笑った。

「当たりました。確かに、あまりはやらない本ですよね、今どき」

「いや、むしろ感心してるんです。最近は本もろくに読まずに、ケータイやスマホに熱中する若者が、増えていますからね。そもそも、ヴァッケンローダーはドイツ浪漫派の中でも、独自の地位を要求できる、重要な詩人なんです。目のつけどころが、いいですよ」

力説すると、女子学生は少し赤くなった。

「別に、好きで読んでいる、というわけでもないんです。読んでみたら、けっこうおもしろいですけど」

あいまいな言い方をする。

さりげなく、本題にはいった。

「ところで、独文科に岸川芳麿、という先生はいらっしゃいませんか。姪から、そういう先生がここの独文科におられる、と聞いたんですが」

「ええ、いらっしゃいます。実はこの本は、岸川先生の課題図書なんです」

虚をつかれる。

「とおっしゃると、あなたは岸川先生の授業を、受けておられるわけですか」

「はい、ドイツ語講座ですけど」

それはもっけの幸いだ。

女子学生は続けた。

「ドイツの近世文学、ことにシュトゥルム・ウント・ドゥランク（疾風怒濤《しっぷうどとう》）と、浪漫派時代の文学がご専門なんです。ときどき訳読に、飾り文字のテキストを使われたりするので、苦労しますけど」

「ほう。疾風怒濤と、浪漫派ね」

青春の一時期、わたしは十八世紀、十九世紀のドイツ文学にはまったことがあり、いろいろな作家や詩人、評論家の本を買いあさったものだった。

ヴィルヘルム・ヴァッケンローダーも、その中の一人にはいる。

一七七三年に生まれたヴァッケンローダーは、芸術に対する熱烈な憧憬につき動かされて、その思いを気の向くままにノートに書き留めた。

しかし一七九八年、神経熱のためにわずか二十五歳で、夭折する。

親しい学友だったルートヴィヒ・ティークは、ヴァッケンローダーの才能を惜しんで、その遺稿にみずからの未発表原稿も加え、『芸術の友のための芸術についての幻想』として、死の翌年に刊行した。

それが今、女子学生の手の中にある、『芸術に関する幻想』なのだ。

女子学生は、思慮深い顔になった。

「ドイツ浪漫派という呼称には、なんとなく引かれるものがありますね。理性的、合理的な古典主義と違って、すごく個性的、非合理的なんですよね。なんて、みんな岸川先生の受け売りですけど」

そう言って、ぺろりと舌を出す。

「姪は、岸川先生を本か何かで知ったらしいけど、どんな先生なんですか。あいにくわたしは、最近の事情にうといものだから」

女子学生は軽く眉根を寄せ、答えにくそうに口を開いた。

「ええと、そうですね。岸川先生は、学生が聞いていようといまいと、何かに憑かれたように熱っぽく語る、そんなタイプの先生ですね。授業はまじめ一方で、ちょっと疲れますけど、わたしは嫌いじゃありません。ドイツ文学が好きですし、先生の熱い思いが伝わってきますから」

「そういう熱い先生は、珍しいんじゃないかな、近ごろでは」

「そうですね。音楽にも詳しくて、浪漫派のリヒアルト・ワグナーがお好きなんです。そのせいか、ワグナーのファンだったヒトラーのことも、ある程度評価してるみたい」

「ヒトラーを」

思わず聞き返すと、女子学生はあわてて手を振った。

「わたしが言ったなんて言わないでくださいね。ヒトラーは、最後は頭がおかしくなって悲劇を招いたけど、ナチズムの思想がすべて間違っていたわけではない、というようなことを授業でおっしゃって、しらけたことがあったんです」

「今どき、大胆なことを言う先生ですね」

「ヒトラーは、ワグナーだけじゃなく浪漫派の作家も、評価していたらしいです。ナチズムと、どこに共通点があるのか、わたしには分かりませんけどね」

「どんな作家を、評価してたんだろう」

「先生の口から出たのは、E・T・A・ホフマンとか、ハインリヒ・フォン・クライストとか、ですね」

「ホフマンに、クライストね」

「そうそう。クライストといえば、『ミハエル・コールハースの運命』というのが、岸川先生の次の課題図書に、挙げられています。訳書を読んで、リポートを書くんです。それも、ドイツ語で」

「たいへんですね、熱心な先生に当たると」

「ええ、ほんとに。だけど、勉強ばかりというわけでも、ないんですよ。先生はときどき、わたしたち学生に声をかけて、麴町の〈アイゼン〉というドイツ料理店に、連れて行ってくださいます。そこでのお話の方が、授業よりおもしろいくらい。もし、姪御さんが入学なさったら、ぜひ岸川先生のドイツ語講座をとるように、おすすめします」

「そう言っておきましょう。〈アイゼン〉というお店では、どんな話をするんですか」

「ほとんど雑談ですけど、ドイツ文学に関するいろいろなエピソードを、話してくださることもあります。たとえば、日本ではドイツ浪漫派のブームが、大きく分けて二度あったとか、そんなお話です。昭和十年代から二十年代にかけてと、一九七〇年代から九〇年代にかけてと」

元号と西暦が、ごちゃまぜになって出てくるところが、ほほえましい。

「ブームかどうかは別として、その時期に翻訳がたくさん出たことは、確かですね。ただし、昭和二十年代までの本は、めったに見かけなくなった。紙の質が悪かったから、ごみ屑にされたんでしょうね」

わたしが言うと、女子学生は体を斜めにして、向き直った。

「もったいないわ。それと、一九七〇年代から二十年以上もかかって完結した、深田甫《ふかだはじめ》さんの個人訳の〈ホフマン全集〉も、揃いではめったに古書店に出ませんね」

「あれは、正確には完結してないんですよ。最終巻になるはずの、評伝と書簡が未完のままで、出版社が倒産したんです」

わたしが言うと、女子学生の目が眼鏡の後ろで、丸くなった。

「そうなんですか。知りませんでした」

それから、はっと気づいたように腕時計に目をやり、あわてて立ち上がる。

「すみません、次の授業に遅れそう。姪御さんに、がんばるように言ってください」

わたしも腰を上げた。

「ありがとう。話を聞かせてくれて、助かりました」

女子学生の背中を見送りながら、名前も聞かなかったことを思い出し、なんとなく後ろめたい気分になった。

9

仕事場にもどったのは、午後三時半過ぎだった。

紺野よし子に電話を入れ、桂本忠昭がいるかどうか尋ねた。

桂本は法廷を終え、五分ほど前に事務所に出て来た、という。

都合を聞いてもらうと、すぐに報告に来てくれ、と呼びつけられた。

わたしは仕事場を出て、桂本の事務所に行った。

よし子が、〈ＪＫシステム〉の件を報告しておいた、と言う。

その日の、タクシーの領収書をよし子に手渡して、桂本の執務室にはいった。

桂本はワイシャツ姿になり、応接セットの長いソファに、ふんぞり返っていた。

その向かいに、腰を下ろす。

「いかがでしたか、今日の法廷の首尾は」

「交通事故で、首が横に回らなくなった、と言い張るたぬきおやじを、反対尋問でぎゃふんと言わせてやった」

「どうやって」

「事故にあう前は、どれくらい回ったのかと聞いたら、これくらい回りましたと言いながら、真横を向いてみせたんだ。これには裁判官も、大笑いさ」

わたしも笑ったが、作り話だと分かった。

同じような話を、昔買ったアメリカの弁護士の本で、読んだ覚えがあったからだ。

桂本が、指を振り立てる。

「紺野君の話では、〈ＪＫシステム〉という会社は存在しないらしいじゃないか」

「そのとおりです」

桂本の眉が、ぴくりと動いた。

「つまりは幽霊会社、ということだな」

「少なくとも、法人登記はしてませんね」

桂本は唇をつまみ、天井を睨んだ。

「ふむ。そんな幽霊会社の連中が、わたしに何の用があるのかな」

独り言のように言い、じろりとわたしを見て続ける。

「まさか、それで終わりじゃないはずだ。続きがあるんだろう」

「もちろん。午後から、もう一度〈ＪＫシステム〉のビルへ、出直して行きました」

わたしの返事に、桂本は満足そうな顔をして、もぞもぞと尻を動かした。

「そう来なくちゃな。幽霊会社と分かって、あんたもじっとしていられなくなった、というわけだ」

すっかり、読まれている。

「仰せのとおりです」

わたしは、ビルのオーナーの勝倉信次と話し、〈ＪＫシステム〉について聞き出したことを、手短に報告した。

途中でよし子が、お茶を運んで来る。

話を聞き終わると、桂本はソファをぎしぎしいわせて、すわり直した。

「二部屋も貸しながら、店子が何をする会社か知らないとは、とんでもない大家だな」

「コンピュータと、コピー機が置いてあったらしいし、〈ＪＫシステム〉という社名からして、ＩＴ関係かもしれませんね」

「今どき、どんな会社でもパソコンとコピー機くらい、備えているさ。ＩＴ関係とは限らんよ」

それもそうだ。

「要するに、どんなことをやってる会社か、外から分からないようにつけた名前、ということですかね」

「何もやってない、実体のない会社かもしれん。詐欺師が、よく使う手だ」

そのあたりは、職業柄桂本の方が詳しい。

桂本は顎をしゃくり、先を促した。

「まだ、続きがあるんだろう」

「ええ。勝倉信次と話したあと、〈ＪＫシステム〉の前で様子をうかがっていると、突然だれか出て来る気配がしましてね。急いで、階段を駆けおりて待機したら、ゆうべの二人連れが出て来たんです」

二人のあとをつけて、英京大学の文学部校舎へ行ったことを、報告する。

「訪問者の記帳で、二人の名前が藤崎研一、藤崎雪絵だということが、分かりました」

字を教えたが、桂本は首をひねるだけだった。

「藤崎研一、雪絵ね。ううむ、心当たりがないな。名字が同じとなると、二人は夫婦か親戚同士だろう。女の方が年上に見えたから、あるいは姉と弟かもしれん。まあ、養子縁組した親子という可能性も、ないとはいえないが」

いかにも、弁護士らしい発想だ。

「〈サンブラ〉の外で、堂々とキスしてましたから、夫婦か夫婦を装った恋人同士とみて、いいんじゃないですか」

「どちらにせよ、聞いたことのない名前だ。それで、二人は英京大学の文学部に、だれを訪ねて行ったのかね」

「独文科の、岸川芳麿という教授です」

桂本は一瞬顔を引き締め、それから背を起こした。

「岸川芳麿、と言ったか」

「ええ。ご存じですか」

桂本は眉根を寄せ、顎に手を当てた。

「うむ、その男なら知っている。しかし、岸川の名前が出るとは、意外だったな」

わたしは、すわり直した。

「ようやく、話がつながったみたいですね。どういうお知り合いですか」

「知り合い、というほど親しくはない。実のところ、その昔何度か酒席を同じくしただけで、付き合いがあるわけじゃないんだ」

「しかし、藤崎たちが岸川教授と接触したとなれば、教授の依頼で先生をつけたと考えるのが、自然な流れでしょう。そんな偶然は、めったにありませんからね。お二人のあいだに、何かしかるべきいきさつが、あったんじゃないんですか」

桂本は腕を組み、首をひねった。

「ううむ、覚えがないな。岸川が、そんなことをする理由は、どう考えてもないぞ」

「岸川教授とはどこで、どんな風に知り合ったんですか。過去に、何かもめたことは」

少しのあいだ、考えている。

「もめた、というほどじゃないが、意見の相違でやり合ったことはある。といっても、二十五年以上前の話だが」

「二十五年か。ずいぶん昔ですね」

「そのころ、わたしは弁護士業のかたわら、母校の大学の司法試験サークルで、指導教官を務めていた。そのとき、やはり教官だった後輩の弁護士で、高橋《たかはし》というこちこちの保守派がいてね。高橋は、在学中から複数の大学に働きかけて、独逸《ドイツ》現代史会議という研究会を組織、運営していた。独逸は、片仮名じゃなくて、漢字で書く独逸だが」

「独逸現代史会議か。すごい名称ですね。何をする研究会なんですか」

桂本は、渋い顔をした。

「いわば、〈JKシステム〉と似たようなもので、何をやってるのか分からん、いかがわしいサークルだ。二十世紀の、ドイツ政治史研究を名目にしていたが、実態はネオナチズムのプロパガンダ活動さ」

「ネオナチズム」

「さよう。ひところドイツでも、スキンヘッドのネオナチスが跳梁して、話題になったことがあるだろう」


その記憶はある。

「日本にもいたんですか、ネオナチスが」

「数は少ないが、いたことはいた。しかし、独逸現代史会議はそういう派手な運動よりも、思想的、理論的なナチズムの研究、さらにはその復権を目指していたんだ」

「おやおや、復権ときましたか。アナクロもいいとこですね」

「二十五年前には、そうでもなかった。話がそれたが、わたしが岸川と知り合ったのは、その高橋を通じてだったんだ。岸川も、英京大学に在学中から、独逸現代史会議に所属していて、高橋と付き合いがあった。それでわたしとも、何度か一緒に飲んだことがある、というわけさ」

頭の中で、ぴんとはじけるものがあった。

英京大学のキャンパスで、岸川のことを話してくれた女子学生は、授業中に岸川がナチズムに絡んで、不適切な発言をしたと言っていた。

わたしはその話を、ざっと桂本に聞かせてやった。

「その女子学生によれば、岸川はナチズムの思想がすべて間違っていたわけじゃない、と言って学生をしらけさせたことがあるそうです。二十五年以上たっても、まだ独逸現代史会議とやらのしっぽを、引きずってるんですかね」

「いい年をして、それはないと思うんだが、なんとも言えんな」

歯切れが悪い。

「そのなんとか会議は、まだ存続してるんですか」

「いや、どの大学も櫛の歯が欠けるように脱退して、今はもう残ってないだろう。英京大学も、とうに抜けたはずだ」

「どんな大学が、参加してたんですか」

桂本は指を折りながら、十くらいの大学の名前を挙げた。

桂本の卒業校を含む、普通の大学のほかに女子大や医科大、獣医大もはいっている。

「岸川教授と、最後に会ったのはいつごろですか」

「もう、十年以上も前になるな。そのときは、高橋やほかのＯＢも何人か、一緒だったと思う。あれは麴町の、なんとかいうドイツ料理店だった。名前は忘れたが」

「もしかして、〈アイゼン〉ですか」

桂本が、人差し指を立てる。

「そうそう、〈アイゼン〉だ。どうして、分かったのかね」

「その女子学生に、聞いたんですよ。岸川教授は、ときどきその店へ学生を連れて行く、と言ってました。うまい店でしたか」

「どうだったかな。覚えているのは、でかいソーセージを食ったことだけだ」

桂本に、料理のよしあしを聞くのはどだいむだだ、と思い当たった。

話をもどす。

「岸川教授と、意見の相違でやり合ったというのは、そのときですか」

「いや、そのときはもうお互いに、いい年になっていたし、そんなばかなまねはしなかった。だいたいわたしは、法廷以外で論争するのは時間のむだだ、と思う口だからな」

「それじゃ、二十五年かそこら前の話だとして、どんな論争をしたんですか」

「岸川が、ナチス体制の功績をあげつらうものだから、たしなめてやっただけさ。あんたの言うとおり、あの男がまだたわごとを吐いているとすると、あまり進歩がないな。とうに卒業した、と思っていたのに」

話を聞くほどに、岸川が桂本を尾行させる理由が、見えてこない。

「藤崎たちが、先生のあとをつけたことと、岸川教授となんの関係もないとすれば、もうお手上げですね」

桂本の顔が、また渋くなった。

「それならそれで、ますます気味が悪い。なんとかならんかね」

「なりませんね。ほっとけば、いいじゃないですか。実害があるわけでもないし」

「実害が発生してからでは遅い。その前に、手を打たなければな」

わたしは、ソファの背に体を預けた。

「これ以上、ただ働きはできませんよ。わたしも、先生ほど忙しくはありませんが、そんなに暇というわけでもないんです」

桂本は、負けたというように両手を上げ、ぶっきらぼうに言った。

「分かった、分かった。たとえ、わたしの身に何かあっても、あんたの責任じゃないさ。まったく、いい友だちを持ったものだよ」

わたしは、ソファを立った。

ここで、甘い顔を見せては、癖になる。

「それじゃ、これで失礼します」

ドアに向かったものの、ふと思い出して向き直る。

「そうだ。今度、紺野君を〈サンブラ〉に連れて行く、と約束したんだった。かまわないでしょうね」

「勝手にしてくれ。ただし、勘定をこっちへ回すんじゃないぞ」

桂本はそう言って、ため息をついた。

まるで、ジャガイモ袋から空気が抜けたように、体が一回り小さくなった。

執務室を出ると、よし子が興味ありげな顔で、わたしを見る。

「長かったですね」

「また、ただ働きをさせられそうになって、逃げ出して来たところさ」

よし子は、立て替えたタクシー代を差し出し、わたしを横目で睨んだ。

「岡坂さん、今度一緒にフラメンコに行こうかって、誘ってくれませんでしたか。今朝のことですけど」

「そんなに怖い顔をしなくても、ちゃんと覚えてるさ。それどころか、たった今桂本先生に、きみを〈サンブラ〉に連れて行くと、そう宣言したところなんだ」

よし子は、たちまち相好を崩した。

「ほんとですか」

「ほんとうさ。来週の木曜日の夜、あいてるといいんだがね」

「あいてます」

言下に応じたので、面食らった。

「いいのか、予定を確かめなくて」

よし子は、少し赤くなった。

「ええと、その日はたまたま、あいてるんです」

「それは、運がよかった。じゃあ、また連絡する」

仕事場へもどった。

書棚から、久しぶりにヴァッケンローダーの『芸術幻想』を、取り出してみる。

ギネスを飲みながら、拾い読みした。

この作家の作品で、若いころすぐ手に入れることができたのは、岩波文庫の『芸術を愛する一修道僧の真情の披瀝《ひれき》』だけだった。

同じ江川英一《えがわえいいち》訳による『芸術幻想』は、昭和十九年に七丈書院なる出版社から出た、ということしか分からなかった。

神田神保町の古書店を、足を棒のようにして探し回ったのを、三十年もたった今でもよく覚えている。

探し始めてから三年後、仕事で訪れた札幌の町角の古書店で、この本を偶然発見したときは、体が震えるほど感動した。

それも、背綴じの緩んだ汚れ本だったせいか、ただのような値段だった。

全編が、ヴァッケンローダーの作品というわけではなく、むしろ半分以上がティークの手になるものだが、日本語で読む分には違和感がない。

ティークも、ヴァッケンローダーと話を交わすうちに、根幹となる着想を得たのだと説明し、自分一人の勝手な創作ではない、と弁明している。

あの、名前も聞かなかった女子学生のおかげで、わたしは若き日の感動を思い出すことができた。

とっさの作り話で、心ならずもだましてしまったが、今さら後悔しても始まらない。

女子学生によれば、次の岸川の課題図書はハインリヒ・フォン・クライストの、『ミハエル・コールハースの運命』だ、ということだった。

パソコンの電源を入れ、ためしにインターネットで検索してみる。

すると、思いもかけぬ情報にぶつかり、また少し血が騒いだ。

今年は、クライストの没後二百年に当たるため、それにちなんでドイツでも日本でも、いくつか催しものがある、というのだった。

10

紺野よし子は、興奮していた。

「すごいですよ、岡坂さん。日本人の踊り手が、こんなにすごいとは思わなかったわ」

そう言いながら、一所懸命拍手する。

これだけ感激されると、連れて来た甲斐があった、というものだ。

神田小川町の、タブラオ〈サンブラ〉。

第一部が終わり、三人のバイラオーラがステージをおりて、横手の楽屋口に姿を消す。

店内が明るくなり、よし子はぐったりと椅子の背に、もたれかかった。

「ああ、くたびれた。まるで、自分が踊ったみたい」

「もっと、肩の力を抜いて見ないと、あした筋肉痛が出るぞ」

「まさか」

よし子は笑って、白ワインをぐいと飲み干した。

グラスを掲げ、ボーイにお代わりを頼む。見かけによらず、なかなかの酒豪だ。

客の入りは前回よりもよく、席のほぼ九割が埋まっていた。

タブラオのショー形式は、店や出演者によるが、おおむね決まっている。

今夜の踊り手は、先週この店で知り合った神成真里亜、松野有美子と、二人の師匠にあたる洞院ちづるの、三人だ。

第一部の頭では、三人がいっせいにステージに上がり、ファンダンゴを踊った。

オープニングは、だいたいファンダンゴ・デ・ウエルバか、セビリャナスと相場が決まっている。三人そろって、パリージョを巧みに使い、にぎやかに幕をあけた。

それが終わると、三人はステージ後方に引き、ギタリスト、カンタオーラと並んで、椅子に腰を落ち着ける。

やがて、ギタリストがティエントの導入部を、静かに弾き始めた。

引きずるようなラスゲアド（弦の掻き鳴らし）の、ゆったりした二拍子の曲種だ。

ついで、カンタオーラが歌い出す。

最初の踊り手、松野有美子がゆっくりと立ち、踊り始めた。

有美子は、体こそ決して大柄ではないが、ゆったりしたスケールの大きい動きで、迫力のある踊りを見せる。

上半身は華奢なのに、腰の張りが日本人離れしていて、フリルのついた重そうな衣装を、軽がると操った。

次に、神成真里亜が長身を生かした、華麗なアレグリアスを踊った。

真里亜が回転すると、赤と黄と緑の三色のドレスが華やかに舞い、満艦飾《まんかんしょく》のメリーゴーラウンドのように見えた。

有美子ほどの迫力はないが、そのかわり独特の優美さと、上品さがある。

そして三番目に、洞院ちづるがシギリージャを踊った。

先週見た、服部たまきとはまったく別の、壁にゆらぐ蠟燭の火影《ほかげ》のような、ほの暗いシギリージャだった。

舌を巻いたのは、そのパリージョだ。

以前耳にした小林伴子や、公家千彰のそれに勝るとも劣らぬ、めくるめく技の持ち主だった。

華麗なだけではなく、深さと広がりを兼ね備えたパリージョの使い手は、そういるものではない。

先週、真里亜と有美子が口を極めて称賛したのも、あながち師匠だからというだけではない、と分かった。

パリージョは、基本的に中指と薬指で打つ単打音（ゴルペ）と、小指から人差し指までを使って、連続的に細かく打つ連打音（カレティージャ）の、二つの技法からなる。

それらを組み合わせて、あの途切れのない流れるような、さざなみ音を生み出すのだ。

原則として、左手はゴルペを担当し、右手はカレティージャを受け持つ。とはいえ、そのバリエーションは極めて多彩で、とても覚え切れるものではない。

むろんわたしは、パリージョを習ったわけではない。

しかし、分からないことを調べるのが仕事でもあり、持って生まれた性分でもある。

一年ほど前、公家千彰のステージを見てから、それまでさして関心のなかったパリージョに、興味がわいた。

そこで、その昔古書店で見つけて買ったものの、長いあいだほこりをかぶったままになっていた、『カスタネット奏法』という教本を、引っ張り出した。

この教本は、富田《とみた》澄子《すみこ》というスペイン舞踊家が筆をとり、一九六七年に全音楽譜出版社から刊行された、貴重な著作だ。

おそらく、本邦唯一のパリージョの教本だった、と思う。

そのおかげで、パリージョの基本的な知識だけは、ひととおり頭に入れたつもりだった。

ところが、ちづるはそうした古い知識を超越する、耳を疑うようなパリージョを打った。

たとえば、カスタネット同士をぶつけて打ち鳴らす、チョケと称する技法がある。

これは、教本にも載る基本的な技の一つだが、ちづるは体の前、後ろ、頭上と位置を変えながら、変幻自在にチョケを打ってみせた。

しかも、そのあいだに細かいカレティージャを、間断なく鳴らし続ける。

その緊張感はすばらしく、よし子でなくても肩に力がはいるのは、当然だった。

わたしは、大御所ルセロ・テナのパリージョを、レコードやCDでしか聞いたことがないが、ちづるも十分その域に達する素質がある、と思った。

パリージョはさておき、ちづるの踊りそのものも、独特の妖艶な雰囲気に満ちており、自分の刻印を持っていた。

体の動きは、使い込まれた鞭のようにしなやかで、獲物を狙う女豹の野性を感じさせた。

店に来たとき、よし子とわたしの二人分をそれぞれ、真里亜と有美子の紹介客、と申告しておいた。

前回、出演者には集客のノルマがある、と聞いていたからだ。

それもあってか、始まる前に二人が挨拶かたがた、席に礼を言いに来た。

よし子を紹介すると、ステージが終わったあとで、お返しに師匠を引き合わせたい、と言われた。

ちづるを含めて、三人とも仕事の前には食事をしない、という。

いつもは、仕事のあとに店の賄いがつくらしいが、パスしてもかまわないとのことだった。

そこで、終わったあと打ちそろって、近くへ何か食べに行こう、ということになった。

よし子の提案で、すずらん通りのイタリア料理店、〈リベルテ〉へ行くことにした。

神保町界隈は、概して閉店時間が早いが、〈リベルテ〉は夜遅く、というよりも明け方近くまで、やっているのだ。

そうこうするうちに、第二部が始まる時間が迫った。

その前に用を足そうと、入り口の脇のトイレに行った。

用をすませて外へ出たとき、ちょうど店にはいって来た客と、ぶつかりそうになった。

「失礼」

反射的にわびを言い、何げなく相手の顔を見た。

そのとたん、わたしは驚くそぶりも見せなかった、といえば嘘になる。

それどころか、もろにぎくりとするのが、自分でも分かった。

なぜならそこに、先週英京大学まであとをつけた、藤崎雪絵の眼鏡顔があったからだ。

しかもその背後には、藤崎研一まで控えている。

二人はしかし、わたしほどに驚いた様子も見せず、軽く目礼さえしてよこした。

その真意を量りかねているうちに、二人はウエイターに先導されて、壁際のテーブル席に着いた。

その雰囲気から、どうやら予約していたようだ、と察しがついた。

席にもどって、よし子にささやく。

「きょろきょろしちゃだめだよ。こないだ話した、〈ＪＫシステム〉の二人連れが、店にはいって来た」

「ほんとですか」

よし子はみじろぎもせず、声だけ緊張させて聞き返した。

よし子には、週の初めにお茶を飲みに行ったとき、桂本忠昭が尾行された話をしておいた。

そのとき、相手が〈ＪＫシステム〉の看板を掲げた、怪しげな会社の二人連れだったことも、打ち明けた。

どうせ桂本は、よし子に何も話さないだろう、と考えたからだ。

尾行の一件が、このまま落着するとは思われず、いずれ蒸し返されるのではないか、という気がしていた。

だとすれば、法務局へ足を運んでもらったことも含めて、よし子にいつまた手を借りることになるか、知れたものではない。

そこで、ひととおり事情を知ってもらうため、桂本に代わって大筋を説明しておいた、という次第だった。

よし子は、もとはといえば桂本の秘書だが、ときにはわたしの秘書のような役も、務めてくれるのだ。

少し間をおき、よし子が続ける。

「でも、今日は一緒じゃありませんよね、桂本先生」

「そうだね」

桂本は仕事で、茨城の方へ行っている。

よし子は、少し考えて言った。

「もしかして、その人たちが尾行しているのは、先生じゃなくて岡坂さんじゃないんですか」

そのことには、一度も考えが及ばなかったので、驚いた。

「そんな」

言い返そうとしたとき、照明が落ちてギターが始まり、話はそのまま中断した。

真里亜、有美子、ちづるが順にステージに上がり、オープニングのセビリャナスを、踊り始める。

ギターもカンテも、先週と同じく小田秀平と、森本美紀子。この二人は店のレギュラーで、踊り手だけが代わるようだ。

藤崎たちを気にするのはやめ、ステージに集中することにした。

第二部は、真里亜のソレアから始まった。

第一部の、明るくて陽気なアレグリアスから、一転して深く重厚な曲調に変わる。

上背があるだけに、ともすれば大味な踊りになりがちだが、真里亜はまずまず無難に踊り切った。

続いて有美子が、これまた重いタラントを踊る。

スペイン東部の、炭鉱夫のあいだに生まれた曲で、なんともいえぬ不協和音が、哀愁を漂わせる。

有美子は、すさまじいサパテアード（靴の踏み鳴らし）を披露して、満場の喝采を浴びた。

最後に、ふたたびちづるが取りをとって、ガロティンを踊る。

黄色いドレスに、腰に巻いた赤いレースのショールが、目に染みるほどあでやかだった。

第一部のシギリージャとは対照的に、スペイン北部に起源を持つガロティンは、小粋で軽快な踊りだ。

ちづるは、パリージョを使うかわりに、黒い粋なコルドバ帽を巧みに操り、まったく異なる持ち味を出してみせた。

真里亜が言ったとおり、ちづるのスカートの扱いは自由奔放で、なんのためらいもなかった。ときに、きわどいところまでのぞきそうなほど、手加減のない裾さばきをみせる。

それがいっそ、いさぎよかった。

踊りの途中、コルドバ帽を客席に向かって投げる、というパフォーマンスがあった。

帽子は、水平に回転しながら壁際の方へ、斜めに飛んで行った。

客の一人が、それをうまく受け止めたとみえ、客がいっせいに拍手する。

わたしも、首を巡らして壁際を見た。

帽子を受け止めたのは、例の藤崎だった。

なんとなく、おもしろくない気分だ。

ちづるは、ガロティンの終わりを今風ではなく、昔風のやり方で締めてみせた。

最近のバイレは、締めに当たって踊りながらステージを去る、というパターンが増えている。余韻を残すためかもしれないが、わたしはそれが気に食わなかった。

その昔のフラメンコは、最後の最後でギターの締めに合わせ、ステージ上できりりと見栄を切って、気持ちよく終わったものだ。

昨今のように、踊りながらフェイドアウトされると、観客はだれもいない空間に向かって拍手する、というなんとも間の抜けた状況に、置かれてしまう。

踊り手によっては、そのあとステージに立ちもどり、あらためて拍手を受け直す者もいる。

しかし、劇場での公演ならまだしも、タブラオに関する限りフェイドアウトは、遠慮してもらいたい。

うれしいことに、この日の三人の踊りはすべて、ステージの中央でギターの締めに合わせ、ぴたりと見栄を決めて終わった。

それがなんとも、心地よかった。

最後は当然、スタンディング・オベーションだ。

先週の、服部たまきの一座も悪くはなかったが、今日はそれを上回る出来だった。

三人が楽屋に引っ込むとき、藤崎が席を立ってちづるに近づき、受け止めたコルドバ帽を返すのが見えた。

ちづるは、二言三言藤崎と言葉を交わし、楽屋に姿を消した。

真里亜の話では、メークを落として衣装を服に着替え、ギャラを受け取って帰り支度ができるまで、早くても三十分はかかるということだった。

十分とたたぬうちに、客の三分の二がいなくなった。

もっとも、閉店までまだしばらく時間があるため、料理や酒を終えていない客は、腰を落ち着けたままでいる。

残った客の中に、藤崎と雪絵もいた。

わたしは、よし子ととりとめのない話をしながら、二人の様子をうかがった。

藤崎も雪絵も、この日はパーティにでも来たような、きちんとした服装だった。

二人が、どんな話をしているのかは、むろん聞こえてこない。

見たところ、話題がはずんでいる風ではないが、退屈したという様子もうかがえない。べたべたもせず、かといって他人行儀でもない。

よく分からない関係だ。

それにしても、いったいなんのために予約までして、この店にやって来たのか。

わたしの考えを読んだように、よし子が小さな声で言う。

「さっきは、話が途中になっちゃいましたけど、あの壁際の二人が尾行しているのは、岡坂さんじゃないんですか。桂本先生がいないのに、この店にやって来るというのも、おかしいし。岡坂さんが目当て、ということじゃないのかしら」

「しかしあの二人、先週は確かに先生をつけていた。もしかすると、ぼくが同じマンションにいると分かって、様子を探りに来たのかもしれない」

「それにしても、岡坂さんのいる店にぬけぬけとはいって来るなんて、いい度胸してますよね」

「あの様子では、予約して来たみたいだ。ぼくが、今夜ここへ来ることを知っていた、とは思えない。顔が合っても、それほど驚いた様子はなかった。先週の、〈ヘンデル〉のときもそうだったが、自分たちの存在を知られまい、とする態度じゃない」

よし子は、眉を曇らせた。

「おかしな二人、ですね」

そのとき、楽屋口のカーテンが二つに割れて、真里亜たちが姿を現した。

11

残っていた客から、拍手がわき起こる。

神成真里亜、松野有美子、そして洞院ちづるの三人は、客たちに小さく挨拶を返しながら、わたしたちの席にやって来た。

着替えた服装は、三人そろって申し合わせたように、ジーンズのパンツ姿だった。

いずれも、重そうなキャリーバッグを、引きずっている。バイラオーラは、衣装や靴や小物が多いから、移動がたいへんだ。

紺野よし子とわたしは、立ち上がって三人を迎えた。

「お疲れさま。いいステージだった」

声をかけると、よし子もそれに続いた。

「すばらしかったです。これまで見た中で、最高のフラメンコでした」

真里亜が、笑顔を見せる。

「ありがとうございます」

有美子も、うれしそうに応じた。

「気に入っていただいて、よかったです。今日は、岡坂さんが来てくださったので、特に力《りき》がはいりました」

真里亜が、後ろに控えていたちづるを、わたしに紹介する。

「わたしたちの師匠、洞院ちづる先生です」

ちづるは、わたしをまっすぐに見つめ、やや緊張した口調で言った。

「洞院ちづるです。お越しいただいて、ありがとうございました」

日焼けした肌に、力のある目をしている。

「岡坂です。よろしく」

わたしが手を差し出すと、ちづるは躊躇なく握り返してきた。

しなやかな手だが、思った以上に力強い。パリージョで、鍛えられているのだろう。

日焼けした肌が、なめした革のような艶を放ち、照明の光をはね返す。

背丈は、真里亜と有美子のあいだくらいだが、ステージでは実際より高く見えた。引き締まった、細身の体のせいかもしれない。

むろん、ただ痩せているだけではない。

たとえて言えば、鍛えられた陸上選手のような体で、人並み以上に手足が長い。

ちづるに、よし子を紹介した。

「こちらは、桂本法律事務所で秘書の仕事をしている、紺野よし子さんです」

よし子が、おおげさに手を振る。

「いえいえ。秘書じゃなくて、ただの雑用係の、紺野です。よろしくお願いします」

ちづるは、真里亜たちから話を聞いたらしく、すぐに応じた。

「先週は、こちらの二人が桂本先生と岡坂さんに、すっかりごちそうになったそうで、ありがとうございました。先生にも、よろしくお伝えください」

「いいんです。先生からは、別に報告を受けていませんから」

あっけらかんとした返事に、三人はそろって笑った。

「みんな、喉が渇いたでしょう。打ち上げに行く前に、ここで生ビールを一杯だけ、飲んで行きませんか」

わたしが提案すると、真っ先に有美子が手を挙げた。

「賛成。喉がからからなの」

ボーイに声をかけ、生ビールを注文する。

わたしたちは、適当に空いた椅子を動かして、席を作った。

キャリーバッグも、一まとめにして置く。

ちづるのバッグの上には、平たい円筒形の帽子ケースが、載っていた。ガロティンで使った、コルドバ帽だろう。

ちづるは、わたしの隣にすわった。

ほかの客が、好奇心と羨望の入り交じった目で、わたしたちを見る。

その中には、例の藤崎研一と雪絵も、含まれていた。

なんとなく、気分がよくなる。

ちづるは真里亜たちより、いくつか年上に見えた。三十代の半ば、といったところか。

バイレのクラスを開くには、少し若すぎるような気がしたが、それだけ才覚があるのだろう。

「久しぶりに、迫力のあるステージを見せてもらった。いい生徒さんを、お持ちですね」

わたしが言うと、ちづるは表情を緩めた。

「ありがとうございます。二人とも、まだまだ伸びしろがあります。恥ずかしながら、わたし自身もいまだに、修業中の身ですし」

「フラメンコは、一生が修業の連続だから、それでいいんですよ」

有美子が、割ってはいる。

「また、岡坂さんのフラメンコ談義が、始まりそう。踊ったあとは、少しきついかも」

「分かった。今日は、やめておこう」

苦笑して言うと、真里亜がさもおかしそうに、笑い出した。

ちづるを見て、話を変える。

「先週、このお二人があなたのパリージョを、すごくほめていた。今日のステージで、それが嘘でないことが、よく分かりましたよ」

「でしょう」

真里亜はそう言って、有美子とうなずき合った。

ちづるが、軽く眉根を寄せる。

「パリージョも、まだ修業中なんです。やってみると、フラメンコと同じくらい奥深いことが、分かってきます。見た目は、単純な楽器なんですけど」

「単純なものほど、奥が深い。複雑なことを浅くやるより、単純なことを深くやる方が、ずっとむずかしいんです」

わたしが言うと、有美子が横目で睨んだ。

「やっぱり、始まりましたね、岡坂さん。でも、ちづる先生には釈迦に説法、ですよ」

ちづるが、真顔で首を振る。

「岡坂さんのおっしゃるとおりよ、有美子さん。今のフラメンコは、スペインのアルティスタを含めて、複雑なことをやりすぎだわ。カルメン・アマジャの、若いころの映像を見てごらんなさい。シンプルで、深くて、目からうろこが落ちるわよ」

カルメン・アマジャは、二十世紀最高のバイラオーラの一人だ。

幸いにも今、カルメンが踊っている古い映画などを、ＤＶＤやユーチューブで見ることができる。

むずかしそうな踊りには見えないが、そのスピード感と切れ味は圧倒的で、最初はコマ落としをしているのか、と思ったほどだ。

とはいえ、若い世代に属するちづるが、そんなものまで見ているとは、思わなかった。

真里亜が、わたしを見て言う。

「目からうろことといえば、残ったうろこが落ちませんでしたか」

わけの分からない顔をするちづるに、有美子が先週の話をする。

「岡坂さんが、公家千彰さんのパリージョで、目からうろこが落ちたとおっしゃったから、先生のを聞いたらもう一つうろこが落ちる、と真里亜さんが言ったんですよ」

ちづるは、真顔でわたしに聞いた。

「ほんとうに。いかがでしたか」

「確かに、落ちました。パリージョに関するかぎり、公家さんで打ち止めかと思っていたけれども、そうじゃないと分かった。でも、ライバルがいるのは、悪いことじゃないね」

ちづるが、力強くうなずく。

「おっしゃるとおりです。優れた競争相手がいる、というのはとてもだいじですし、ありがたいことだと思います」

よし子が、口を挟む。

「そうですよね。一人でがんばるのは、すごくたいへんなことだと思うわ。自分との、限られた戦いになりますから」

よく分かる、というように真里亜も有美子も、深くうなずいた。

生ビールが来る。

ジョッキを配りながら、ボーイが笑みを浮かべて言った。

「この生ビールは、あちらのお客さまからのご挨拶、ということですので」

その視線を追うと、壁際で藤崎がジョッキを掲げ、愛想よく笑うのが見えた。

それを無視して、ボーイに言う。

「よけいな気遣いは無用だ、と言ってくれないか。この席は、わたしの仕切りなのでね」

ボーイの顔から、笑みが消える。

「承知いたしました」

ボーイが去ると、真里亜は心配そうに言った。

「いいんですか。せっかくのご厚意なのに」

「あなたたちには申し訳ないが、ここは勝手を言わせてもらいますよ」

よし子が、声をひそめる。

「きっと、ちづるさんに帽子を投げてもらった、お礼のつもりなんでしょう」

ちづるは苦笑した。

「狙って投げたわけじゃないんです。でも、わたしとしては受け止めてもらったお礼に、こちらからご挨拶したいくらい」

「その必要はないと思うけど、挨拶に行きたいのだったら、止めはしませんよ」

わたしが言うと、ちづるには皮肉に聞こえたらしく、少し頰をこわばらせた。

有美子が、とりなすように口を開く。

「ほうっておきましょうよ、先生。さっき、帽子を返してもらったときに、ご挨拶されたんでしょう」

「ええ」

ちづるはうなずいたが、まだ気になるようだった。

壁際に目を向けると、ボーイが藤崎にわたしの言ったことを、伝えている様子だ。

聞き終わった藤崎は、ちらりとわたしを見て肩をすくめ、うなずいた。

それから、やおらジョッキを置いて立ち上がり、こちらの席にやって来る。

喧嘩なら受けて立とう、とばかなことを考えた。

そばに来た藤崎は、ぺこりと頭を下げた。

「出すぎたことをして、すみませんでした。みなさんの踊りが、あまりにすばらしかったものですから、ついお礼を言いたくなりまして」

そのしおらしい態度に、わたしも振り上げかけた拳を、下ろさざるをえなかった。

「そのお気持ちだけで、十分ですよ。この席は、わたしが持つと約束したものだから、悪しからず」

「分かりました」

そう応じてから、藤崎は初めて気がついたという風情で、わたしを見直した。

「失礼ですが、先週神保町の〈ヘンデル〉というバーで、お見かけしませんでしたか。こちらの踊り子さんたちと、ご一緒だったと記憶していますが」

そうくるとは、思わなかった。

そっけなく応じる。

「覚えていませんね。あなたたちには、ずっと背を向けていたので」

藤崎は目をぱちぱちとさせ、少しのあいだその意味を考えていた。

それから、作り笑いを浮かべて言った。

「わたしの、記憶違いかもしれませんね。どうも、失礼しました」

それからちづる、真里亜、有美子を順に見回しながら、わざとらしく付け加える。

「ともかくみなさん、すてきな踊りでした。また近いうちに、ステージを拝見したいと思いますので、そのときはよろしく」

だれにともなく頭を下げ、自分の席へもどって行った。

そのまま雪絵を促し、そそくさと帰り支度をする。

二人は、またわたしたちに軽く目礼して、出口へ向かった。

姿が見えなくなると、真里亜が肩をふっと下げて、体ごとため息をついた。

「岡坂さん、ほんとに覚えてらっしゃらないんですか。あのとき、わたしは話に夢中で、全然気がつきませんでしたけど」

有美子も言う。

「わたしも、奥に二人連れがいたのは覚えているけど、あの二人だったかどうかは、記憶にないわ」

よし子が、口を出した。

「岡坂さんの口ぶりでは、覚えているけど知ったことか、という感じでしたね」

その意味が分かったらしく、真里亜も有美子も吹き出した。

ちづるが、妙に思慮深い表情になって、わたしに言う。

「岡坂さんは、言いたいことをけっこうはっきりと、おっしゃいますね。〈ジャマーダ〉の筆法と、同じだわ」

フラメンコの専門誌、〈ジャマーダ〉にときどき書くコラムを、読んでいるらしい。

「長く生きていると、人間も辛口になるんですよ」

ちづるは顎を引き、つくづくとわたしを眺めた。

「岡坂さんて、おいくつくらいかしら」

「自分の年は、おふくろにも言ったことがないんでね」

いつも使うギャグを言うと、みんなが笑った。

よし子が、わざと声をひそめる。

「意外に、年とってるかも。ふだん、自分のことを〈ぼく〉とか言うのは、若く見られたい証拠ですよ。そのくせ、〈何なにしたまえ〉なんて、今どきはやらないしゃべり方をしちゃって」

これには、苦笑した。よく観察している。

わたしは、もったいぶって宣言した。

「ぼくは、自分でそう見てほしい、と思うほど若くはないけれども、あなたたちが考えているほど、年をとってもいないんだ」

生ビールを飲み終わって、勘定を頼む。

いくらか、気が大きくなったことには、理由がある。

だいぶ前、ゴーストライターの仕事をしたとき、通常の原稿買い取り方式を断り、率は低いが印税払いにしてもらった。

今週の初め、一年ぶりにその本の増刷通知が届き、わずかながら臨時収入がはいることになったのだ。

支払いは少し先だが、〈リベルテ〉で四人におごるくらい、どうということはない。

店を出たとき、反射的に路地の奥を見渡したが、藤崎たちの姿はなかった。

二人の意図がどこにあるのか、ますます分からなくなってくる。

関心の対象は、桂本忠昭なのか、わたしなのか。

それとも、フラメンコなのか。

よし子とわたしは、キャリーバッグを引いて歩く三人の先に立って、神保町方面へ向かった。

歩きながら、それとなく前後左右に、目を配る。先週以来、尾行に対して妙に敏感になり、ときどき周囲に注意する癖がついた。

藤崎たちの姿は、影も形もなかった。

スーツ姿のサラリーマン風の男。

革ジャンと、ジーンズに身を包んだ若者。

グレイのコートを着た、足取りの重い女。

それぞれ、わたしたちのあとをついて来るのが、なんとなく気になる。

しかし、三人とも駿河台下の交差点の前後で、ちりぢりになってしまった。

それにしても、藤崎がどういう風の吹き回しで、わたしたちに挨拶を求めてきたのか、理解に苦しむ。

名乗りこそしなかったが、正面から顔をさらした以上、もう尾行する気はない、と考えるしかない。

すでに午後十時を回り、すずらん通りは静かだったが、〈リベルテ〉はそこそこににぎわっていた。

わたしたちは、奥の方のテーブルに陣取って、打ち上げを始めた。

12

午後十一時過ぎに、〈リベルテ〉を出た。

ライブのあとは、かなり体力を消耗しているはずだから、早めに切り上げたのだ。

わたしたちは前後して、地下鉄の神保町駅に向かった。

紺野よし子が、神成真里亜、松野有美子と談笑しながら、前を歩いて行く。

洞院ちづるとわたしは、並んでそのあとに続いた。

白山通りの角を曲がるとき、ちづるが少し小さい声で言った。

「ちょっとだけ、二人で飲み直しませんか」

耳を疑った、とまで言うつもりはない。

しかし、ちづるからそのような誘いを受けるとは、予想していなかった。

しかし、一秒以上は迷わなかった。

「いいですよ。ぼくは、駅まで送ったら失礼しますから、あとでケータイに電話をください」

そう言って、名刺を渡す。

「分かりました」

よし子は、中央線の三鷹に両親と住んでおり、有美子と途中まで一緒だ。

わたしは、地下鉄のおり口の上で四人を見送り、回れ右をした。

すぐ外のガードレールにもたれ、携帯電話を手に持って、待機する。

あたりに目を配ったが、わたしを見張る者はだれもいなかった。

三分もしないうちに、ちづるが階段を上がって来た。

キャリーバッグがなくなり、小さなポーチを持っている。

「荷物は、どうしたんですか」

「ロッカーに、預けてきました」

「三人に、なんて言ってきたの」

「別に、何も。ケータイに、電話がかかったふりをして、三人を先に帰したんです」

考えるほどのこともない、という口ぶりだった。

午後十一時を回ると、この街は極端に人が少なくなる。

それでも、明け方まで開いているバーが、何軒かはある。

例の〈ヘンデル〉は、午前零時まで開いているが、今夜は避けたい気分だった。

神保町の交差点を渡り、水道橋方面へ数十メートル行くと、右側の小さなビルの上に〈ミラグロス〉、というバーがある。

スペイン語で、〈奇跡〉を意味する店名だが、由来は知らない。

めったに行かないし、マスターが恐ろしく無口な男なので、聞いたことがないのだ。

そこへ向かいながら、ちづるに聞く。

「お住まいは、どちらですか」

「白金台です。三十平米足らずの、狭いマンションですけど」

白金台なら、神保町から都営地下鉄三田線で、二十分足らずの距離だ。

「クラスは、どこで開いてるんですか」

「一分ほど離れた、古いビルの地下フロアを借りて、そこをスタジオにしています。大家さんがフラメンコ好きで、好きなように改装していい、と言ってくれたんです」

「いつから」

「もうすぐ、三年になります」

ちづるは答えてから、笑い出した。

「岡坂さんは、いつもそうやって質問攻めにするんですか、初対面の人を」

「失敬。名刺にもあるとおり、調査研究が専門なものでね」

歩きながら、ちづるはわたしの名刺を取り出し、あらためて目を通した。

「現代調査研究所。どんなお仕事ですか」

「言ってみれば、きわめて現代的なテーマを調査、研究する仕事ですね」

いつもの返事をすると、ちづるはまた笑った。

それから、自分の名刺をよこす。

「よろしくお願いします」

大きな活字で、エストゥディオ・フラメンコ〈バリエンテ〉、その横に小さく洞院ちづる、とある。

スタジオの住所は、港区白金台五丁目。

「もしかして、目黒の国立自然教育園の近くかな」

「はい。教育園の、東側の塀に沿った道に、面しています。あの辺、ご存じですか」

「学生時代、自然教育園に女の子を連れ込んで、いろいろ教育したものだった」

目当てのビルに着いた。

二人だけで、ほとんど満員のエレベーターに乗り、四階に上がる。

ちづるの髪から、なつかしいスペインの香りが、漂ってきた。あるいは、そういう気がしただけかもしれない。

扉が開くと、そこは半畳ほどのホールで、その向こうに別の扉がある。

横手には、体を斜めにしなければおりられそうもない、極端に狭い階段がついている。火事のときには、思い切って窓から飛びおりた方が、よほど早そうだ。

扉を押し、店にはいった。

細長いカウンターに、ストゥールが八つだけの、小さなバーだ。

先客が一人。

みごとな銀髪の初老の男が、一番奥のカウンターに突っ伏し、静かに背中を上下させていた。

血色のいい、丸顔のマスターが何も言わずに、手前の席にうなずいてみせる。

わたしたちは、そこにすわった。

マスターは、おそらく五十代だと思うが、白いシャツにグリーンのベストを着け、まったく似合わないコールマン髭を、生やしている。

わたしを覚えていないか、たとえ覚えているとしても、おくびにも出さなかった。

酒を作ること以外に、何も関心がないようだった。

この店は有線ではなく、自前のオーディオ装置を備えている。〈ヘンデル〉と違って、古いアメリカン・ポップスが主流だ。

今も、ポール・アンカの〈ダイアナ〉が、小さく流れている。

ちづるが、ドライシェリーを飲みたいと言うので、同じものを二つ頼んだ。

グラスを合わせて、乾杯する。

「さっきも思ったんだけど、ちづるさんの年でクラスを開くのは、早い方でしょう」

「わたしの年、ご存じなんですか」

「いや。ただ、真里亜さんが三十一、と聞いたものでね。彼女より、四つ五つ上だとして三十半ば、と見当をつけたんだけど」

ちづるは笑った。

「それは、ほめすぎですよ。わたしは今年、三十九になりました。来年は不惑です」

これには、少し驚く。

「夜のせいで、若く見すぎたかもしれないな。いずれにしても、お世辞を言ったつもりはないので、気にしないでほしい」

「お世辞でもいいんです。わたしたち、人前で踊ってお金を稼ぐ人間は、若く見せるのも仕事のうちですから。それなりの努力も、してますしね」

「エステとか、高級な化粧品とか」

「エステは行きませんが、化粧品には気をつけています。高いものがいい、とは限りませんし」

銀髪の男が、突然身を起こした。

「ポール・アンカは、もういい。ニール・セダカにしてくれ」

そう言って、またカウンターに突っ伏す。

マスターは、眉一つ動かさずにCDを入れ替え、〈恋の片道切符〉をかけた。

「ちづるさんの先生は、だれなのかな」

「小塚静子《こづかしずこ》先生です」

小塚静子は、ベテランのバイラオーラの一人で、わたしもだいぶ前にソロライブを、見たことがある。小島章司《こじましょうじ》、小松原庸子《こまつばらようこ》、岡田昌巳《おかだまさみ》といった超ベテランより、ほぼ一世代若いグループに属する。

それを考えると、ちづるもすでに中堅どころで、クラスを持ってもおかしくはない。

「ちづるさんのバイレ歴は、どれくらいになるの」

ちづるは、指を折って数えた。

「今、十七年目かしら。大学を出たあとですから、始めるのが少し遅すぎたかも」

日本には、大学出のバイラオーラが、けっこう多い。在学中に始める者もいれば、ちづるのように卒業後に始める者もいて、かなりの数にのぼる。

ちづるの年齢からすると、たぶん就職は氷河期に当たり、大卒女子は特に厳しかったはずだ。就職しそこなって、趣味で始めたつもりのフラメンコが、仕事になってしまったケースも、少なくないだろう。

ちづるは、まるでわたしの考えを読んだように、話を続けた。

「わたしの場合、就職試験に全部失敗しちゃって、アルバイトや契約社員をしながら、フラメンコを続けたんです。プロになる覚悟を決めたのは、十年くらい前かしら」

「そのきっかけは」

「スペインで、パリージョを作る職人さんと知り合ったのが、きっかけでした。その人は、パリージョを打つ腕もすばらしくて、わたしにいろいろな技を教えてくれました。そのとき、パリージョの持つ魅力というか、魔力を初めて知ったわけです。それだけでも、フラメンコを続ける価値がある、と思いました。なぜか、わたしにはパリージョが必要なんだ、とひらめいたんです。今考えると、不思議ですけど」

「それは運命だな。ちづるさんに、パリージョが必要なんじゃなくて、パリージョがちづるさんを必要とした、ということでしょう」

ちづるは、一瞬目を丸くしてから、笑い出した。

「物を書く人は、おっしゃることが違いますね」

「ぼくの発明じゃありませんよ。クラシック・ギターの、セゴビアが言ったせりふです」

わたしは、その話をした。

アンドレス・セゴビアはあるとき、マドリードの王立音楽アカデミーの教授に、ギターなどというくだらぬ楽器に才能を浪費せず、バイオリンに転向するように勧められた。

セゴビアは首を振り、ギターはわたしを必要としているのです、と答えたというのだ。

ちづるは唇を引き締め、まじめな顔で考え込んだ。

「セゴビアの気持ちが、分かったらしいね」

からかうと、ちづるは表情を緩めた。

「なんだか、含蓄のある言葉ですね。そんなこと言われると、ますますパリージョから、離れられなくなりそう」

「それでいいんだ、と思う」

ちづるが、壁の時計に目をやる。

十一時四十五分だった。

「そろそろ、終電かな」

「終電は十二時八分発の、白金高輪行きになります。そこで、合流して来る二十四分発の南北線に、乗り換えます。一駅くだると、白金台です」

「ずいぶん、詳しいね。神保町には、よく来るのかな」

「いいえ、めったに。知らない場所で、ライブの仕事がはいったときは、行き帰りの電車の時間を、調べておくんです。遅刻したり、終電を逃したりすると、最悪ですから」

「几帳面な性格だね。血液型は、A型かな」

「いいえ、O型。仕事以外は、アバウトなんですよ」

十一時五十五分になったので、勘定をして店を出た。

ビルを出ると、ちづるは気をつけをして言った。

「今日はどうも、ごちそうさまでした」

「どういたしまして。急ごうか、乗り遅れるといけないから」

「はい」

駅に向かいながら、冗談めかして聞く。

「飲み直そうと言ったのは、何か話があったからじゃないのかな。それとも、男っぷりに惚れただけ、とか」

ちづるは笑った。

「真里亜さんたちが、岡坂さんのことをおもしろい人だ、と言うものだから。どれくらいおもしろいか、確かめてみたかっただけ」

「おもしろかったですか」

「ええ。ちょっと、理屈っぽいところが」

「やっぱり、そうか。昔、ある女友だちに、理屈という靴を脱ぎなさい、と言われたことがあった」

「ほんとに」

「そして、ぶったまげたという下駄をはきなさい、と」

「そのあと彼女、どうなりましたか」

「どこかの馬の骨と、結婚しましたよ」

ちづるは、また笑った。

「岡坂さんは、口が悪いですね」

「りっぱな馬の骨だから、ちょっと焼き餅を焼いただけさ」

駅に着いた。

階段をおりようとすると、ちづるはわたしを押しとどめた。

「だいじょうぶです。ロッカーから荷物を出して、一人で帰りますから」

無理じいするのはやめた。

「それじゃ、ここで。またいつか、ライブを見に行きますよ」

ちづるは、ちょっとためらってから、早口に言った。

「またお誘いしても、いいですか。スタジオの近くに、居心地のいいバーがあるんです」

「誘うのは男の方、と相場が決まってるんだけど、別にかまいませんよ」

「それじゃ、おやすみなさい」

ちづるは、いきなり背伸びをして唇を突き出し、わたしの両頬にキスした。

スペイン式の挨拶、と気がついたときにはちづるはもう、階段を駆けおりていた。

わたしは、ちづるが姿を消すまで見送り、それからいくらか夢見心地のまま、マンションへ向かった。

別に、深い意味はないと分かっていたが、悪い気分ではなかった。

親娘とまではいわぬまでも、年の離れた兄妹くらいの差はあるから、ちづるも気を許したのだろう。

歩きながら、その日のライブのことを、思い返してみる。

冷静に考えると、真里亜の踊りも有美子の踊りも、ちづるの踊りとあまり似ていない。

ちづるは、自分のスタイルを押しつけるより、二人の持ち味を生かすような教え方を、しているのかもしれない。

それが、いいのか悪いのか分からないが、わたしには好ましく思われた。

いつものように、錦華公園を抜けて階段をのぼり、シャトー駿河台にもどる。

玄関ホールにはいったとき、何か引っかかるものを感じた。

理由はない。いわゆる、虫の知らせ、というやつだ。

わたしは、エレベーターで三階に上がり、足音を忍ばせて脇の階段をおりた。

一階に通じる踊り場から、壁に沿って階段をくだり、玄関ホールをのぞいてみる。

メールボックスのコーナーで、人影が動いた。

グレイのコートの裾が、ちらりとのぞく。

手のひらに、汗がにじみ出た。

ライブのあと、〈サンブラ〉から神保町へ向かう途中、わたしたちの後方を歩いていた三人の中に、グレイのコートを着た女がいたのを、思い出した。

偶然だろうか。

それとも、新たにわたしを尾行する者が、現れたのだろうか。

13

わたしは迷った。

グレイのコートの女が、尾行して来たと考える根拠は、何もない。かりにつけられたとしても、まったく気がつかなかった。

さっきまで、洞院ちづるとずっと一緒だったせいもあり、注意力が散漫になっていた。だれかが、すぐ後ろを歩いて来たとしても、気がついたかどうか怪しいものだ。

どちらにせよ、覚えているのはグレイのコートの女、というだけで顔や髪形は見なかった。同じコートかどうかも、分からない。

このところ、腑に落ちないことが続いたために、いくらか神経過敏になっているのは確かだ。

とはいえ、確かめずにはいられなかった。

階段に身をひそめたまま、様子をうかがう。

ほどなく、グレイのコートに黒いパンプスをはいた足が、メールボックスのコーナーから出て来た。

上半身は見えなかったが、女であることは間違いない。

コートの女は、すぐに視界から消えた。

靴底が柔らかいのか、玄関ホールから出て行く足音は、ほとんど聞こえなかった。

少なくとも、女がこのマンションの住人でないことは、それではっきりした。

やはり、わたしを尾行して来たのだ。

おそらく、エレベーターが停まった階を確認して、わたしを含む三階の住人の部屋を、チェックしたのだろう。

そう思うと、急にむらむらと怒りに近いものが、込み上げてきた。

自分の行動を、人に見張られても平気でいるのは、動物園のパンダくらいのものだ。

わたしは、はずしたままだった眼鏡をかけ直し、リバーシブルのブルゾンを裏返した。

さらに、尻のポケットに突っ込んであった、薄手のハンチングをかぶる。

長いあいだの習慣で、いついかなるときにも外見の印象を変えられるように、最低限の用意をしているのだ。

外に出ると、錦華坂をくだって行くグレイのコートが、目にはいった。

あとを追う。

遠い街灯の明かりに、コートからのぞくふくらはぎが、軽やかに躍った。髪を、高く結い上げてでもいるのか、白いうなじが目を打つ。

女は、階段をおりて錦華公園を抜け、猿楽通りから錦華通りをへて、靖国通りに出た。

なんのことはない、わたしがちづるを見送ったあと、マンションへもどった道筋をそのまま、引き返したわけだ。

女は中肉中背だが、背筋をぴんと伸ばして歩く姿は、後ろから見ても均整がとれて、形がよかった。

横断歩道を渡り、神保町交差点の方に向かう。

女は、三省堂書店の裏口がある小さな通りにはいり、すずらん通りへ向かった。

しかし、すずらん通りまでは行かず、三省堂の裏口の真向かいを、右にはいる。

そこは冨山房ビルの裏側と、居酒屋の〈兵六〉に挟まれた、細い路地の出入り口だ。

その路地には、昔ながらのカフェ〈ラドリオ〉や、〈ミロンガ〉がある。

もっとも、すでに閉店時間を過ぎており、通り抜ける者はまずいない。

少し間をおいて、わたしは路地の入り口に達し、角を曲がった。

とたんに、女の姿が見えないことに気づいて、ちょっと焦る。

路地とはいえ、長さは五十メートル近くあるのだ。

たとえ女が、短距離の選手なみに全力疾走したとしても、そう簡単に駆け抜けられる距離ではない。靴音もしなかった。

どこかに、隠れる場所があっただろうか。

それとも、いずれかの建物にはいったのだろうか。

すぐ右側に、とうに廃業した麻雀屋があるが、そこにはいったとは思えない。

考えたあげく、左右のくぼみに注意しながら、薄暗い街灯に照らされた路地を、ゆっくりと進んだ。

冨山房の裏口は、閉じている。

少し先に、ホワイトカレーを売りものにする、〈チャボ〉という小さな店が見える。

その手前の右側に、店の裏口につながる細い通路があるのを、思い出した。

そこをのぞいたが、だれもいない。

突き当たりは、錠のおりた鉄格子の出入り口で、その奥は書店ビルの裏側だ。

通路に踏み込む。

鉄格子の左側に、〈チャボ〉の裏口のドアがあった。鍵がかかっていた。

路地に引き返す。

どちらにしろ、女を見失ったことは、確かだった。

路地を突き抜ければ、靖国通りとすずらん通りをつなぐ、別の通りに出る。

念のため、そこまで行ってみることにした。

〈ミロンガ〉の前を抜けようとしたとき、引っ込んだ戸口で黒い影が動いた。

ぎくりとして、足を止める。

暗い踏み込みから、グレイのコートと黒のパンプスが、路地にずいと出て来た。

女が、低い声で言う。

「何かご用ですか」

不意打ちを食らって、さすがに冷や汗が出た。

咳払いをする。

「ええと、このあたりに、交番はありませんかね」

思いつくかぎり、もっとも場違いなことを口にしてしまった。

女は含み笑いをして、街灯の明かりに顔をさらした。

はっとするようなとか、息をのむようなとかいう形容が、すぐに頭に浮かぶ。

薄暗いので、年は三十歳から四十五歳のあいだ、としかいえない。

きりりとした眉に、目尻が涼しげに切れ上がった、鈴木春信の描く絵のような女の顔が、そこに浮かんだ。

女は言った。

「もう少し、ましな言い訳を考えたら、いかがですか」

一応はていねいだが、自分より年長の、それも初対面の男に話しかけるには、少々なれすぎた口調だ。

こちらも、そっけなく聞き返す。

「たとえば」

「たとえば、通りで見かけて、ついふらふらとついて来ただけ、とか」

「通りで見かけて、ついふらふらとついて来ただけですよ」

そっくり、相手の言ったことを返してやると、女はまた含み笑いをした。

自分の美貌に、いかにも自信のありそうな様子が、その笑みににじみ出ていた。

女は言った。

「どうして、あとをつけて来たんですか」

もともと、切り口上のしゃべり方をするたちらしい。

「あとをつけて来たのは、そちらが先じゃなかったかな」

そう応じると、女は茶のトートバッグを抱え込み、値踏みするようにわたしを見た。

「あとをつけられたこと、よく気がつきましたね」

「そのせりふは、そっくりお返ししますよ。わたしの方は、そちらにつけられた理由を知りたくて、あとをつけてきただけでね。わけを教えてくれたら、これ以上つけるのはやめます」

女は、少し考えた。

「どちらにしても、ここで立ち話というわけにいかないでしょう」

「ベンチなら、錦華公園にありますよ」

女は、さりげなく腕時計で時間を確かめ、軽く顎を動かした。

「あの、〈リベルテ〉というお店、まだあいてますよね」

そう言い捨てて、さっさと歩き出す。

わたしがついて来るのを、毛ほども疑う様子のない、確固とした足取りだ。

あとを追いながら、なんとなく納得した。

わたしが洞院ちづるたちと、〈リベルテ〉で打ち上げをしているとき、この女は店のどこかにいたのだ。

やはり〈サンブラ〉から、あとを追って来たに違いない。

それにしても、だれをつけて来たのか。

最終的に、わたしの正体を突きとめようとしたにせよ、最初はちづるか神成真里亜、松野有美子のうちのだれかを、つけていたのではないか。

三人の中の、いずれかの女と接触した相手として、わたしの素性を確かめたかったのかもしれない。

しかし、マンションでエレベーターの停止階を確かめ、メールボックスをチェックしただけでは、三階の住人であることは知れても、だれと特定することはできなかったはずだ。

もしかすると、この女はわたしにわざとあとをつけさせて、接触する機会を作ろうとしたのではないか、という気もする。

女のあとを追いながら、わたしの疑心暗鬼は際限もなく、ふくらんだ。

すずらん通りに出ると、女は中華料理店の〈三幸園〉の建物にはいり、エレベーターに乗り込んだ。

〈リベルテ〉は〈三幸園〉の系列店で、同じビルの上にあるのだ。

わたしも、あとに続く。

明るいところで見ると、女は三十代の半ばくらいだった。

昨今では少ない、古風で日本的な美貌の持ち主だが、目元にいささか険のあるのが、気になるといえば気になった。

狭いエレベーターで、体と体が触れ合っても、頓着する様子はない。人が見たら、初対面の男女とは思わないだろう。

〈リベルテ〉は出たときと同じく、そこそこに混み合っていた。

窓際のテーブルにすわり、生ビールを二つ頼む。

わたしは言った。

「こういう、非日常的で中途半端な状況は、居心地が悪い。自己紹介をしませんか。初対面で、お互いに名前も知らずに酒を飲むなんて、普通ありえないことでしょう」

「そちらから、どうぞ」

「最初につけたのはあなただから、あなたからどうぞ」

女は、それを無視した。

「弁護士の桂本さん。それとも、現代調査研究所の、岡坂さんかしら」

シャトー駿河台の三階には六室あるが、桂本法律事務所とわたしの事務所を除き、メールボックスの表示は個人名になっている。

まぐれかもしれないが、一応は当たりをつけたのだろう。

わたしは、しかたなく名刺を取り出し、女の前に置いた。

女はそれを取り上げ、いかにも予想どおりといった感じで、うなずいた。

「現代調査研究所、岡坂神策さんね」

それから、目を上げる。

「信用調査か何かを、してらっしゃるの」

「やらないこともないですがね。それで、あなたの名刺は」

女は、わたしの名刺をテーブルに置き、トートバッグに手を入れた。

渡された名刺を見て、少なからず驚いた。

肩書は半蔵門警察署、警務課付、警部補。

名前は、知恩炎華。

「私服の刑事さんとは、思わなかった」

正直に言うと、女は片頰を歪めた。

「尾行されてもそう思わないのは、あなたが悪いことをした覚えがないか、よほど悪いことをし慣れているか、どちらかですね」

言うことが、いちいち気に障る。

生ビールがきた。

乾杯はせず、勝手に口をつける。

わたしは、名刺を見直した。

「この字は、なんと読むのかな。名字は〈ちおん〉、でいいんですか」

「ええ」

「名前の方は、まさか〈えんか〉じゃないでしょうね」

「〈ほのか〉です」

「なるほど。それで、本名は」

女は笑った。

「本名ですよ。タレントみたいでしょう。よく言われるわ」

名刺をしまい、知恩炎華を見る。

「これでお互いに、身元が割れたわけだ。わたしは最近、何も悪いことをしていないし、し慣れてもいない。尾行した理由を、聞かせてもらいましょうか」

炎華は、唇を引き締めた。

「あなたを尾行したことを認め、さらに警察官の身分を明かしたことで、わたしはすでに規律違反を犯しています。それ以上は、申し上げられません」

「今さら、それはないでしょう。なんだったら、半蔵門署の署長に抗議してもいいんですよ」

「したければ、どうぞ」

にべもなく、言い放つ。

なかなか、手ごわい女だ。

矛先を変える。

「警務課といえば、人事とか給与、福利厚生などを担当する部署ですね」

「ええ」

「監察の仕事も、警務課ですね」

炎華は、肩をすくめるしぐさをした。

「ええ」

警察官による発砲の当否、あるいは警察官自身の犯罪、不祥事などを調査するのが、監察の仕事だ。

「今夜の尾行は、あなたが担当する監察の仕事と、何か関係がありますか。あいにく、わたしには半蔵門署員の知り合いが、一人もいませんが」

炎華は、ビールを飲んだ。

「お答えできませんね。尾行が、実際に監察の仕事がらみなら、なおさらのこと」

わたしも、ビールを飲む。

今夜の尾行が、先夜の桂本忠昭の尾行事件と関係があるのか、それともまったく別次元の話なのか、見当がつかなかった。

しかし、いずれも〈サンブラ〉から尾行された、という共通点があるのが気になる。二つのあいだに、なんらかのつながりがあっても、不思議はない。

「理由もなく尾行されたり、見張られたりするのが不愉快なことは、分かっているでしょうね」

わたしの問いに、炎華はうなずいた。

「その点は、おわびします」

「あなたも、わたしにあとをつけられたことに、気づいていた。まこうと思えば、簡単にまけたはずだ。タクシーに乗ることもできたし、〈ミロンガ〉の暗がりに隠れたまま、やり過ごすこともできた。それをせずに、あえてわたしと接触することにしたのは、理由があるからでしょう」

わたしが突っ込むと、炎華はためらわずに答えた。

「それは、あなたの身元を確認するためよ。わたしも、身分を明らかにしたのだから、おあいこですよね」

ためしに、言ってみる。

「あなたの、ほんとうの興味の対象はわたしじゃなくて、わたしと一緒にいた三人の女性のうちの、だれかだったかもしれませんね」

炎華の目が、わずかに険しくなった。

しかし、それも一瞬のことだった。

炎華は財布を取り出し、伝票の上に自分の生ビールの代金を、きちんと置いた。

「これで、少なくともまたどこかでお会いしたとき、知らぬ顔をせずにすむわけですね」

「また会いたい、と思っているんですか」

そう問い返したが、炎華は答えなかった。

そのまま席を立ち、出口へ向かって優雅に歩き出す。

世界のビール
ミロンガ
ラドリ

14

「半蔵門署の、警部補だって」

桂本忠昭は、ソファにふんぞり返り、顎を引いた。

「ええ。警務課付、となっていました」

わたしが補足すると、桂本はたるんだ顎の先を、太い指でつまんだ。

「警務課付だと。それは臭いな」

「臭い、とは」

「刑事が、どんな仕事に携わっているのか、相手に知られたくない場合、名刺に警務課付とすることがある」

「知られたくない仕事ね。たとえば、どんな仕事ですか」

「まあ、多くは公安関係の事件だな。左翼、右翼の過激派の監視、尾行とか」

「それはないでしょう。わたしは、天下御免のノンポリですから」

「あんた自身じゃなくて、あんたの交友関係に過激派がいる、ということかもしれん。それで、監視対象になった、と」

「わたしの知人で過激派といえば、桂本先生くらいしかいませんよ」

桂本は、いやな顔をした。

「わたしは、過激派じゃないぞ。まあ、多少過激なところは、あるがね」

わたしは、紺野よし子が出してくれた、濃いお茶を飲んだ。

「つい先日は、先生が正体不明の男女につけられて、今度はわたしがおかしな女刑事に、つけられた。この二つに、関連がありますかね」

桂本は腕を組み、むずかしい顔をした。

「なんとも言えんが、偶然にしてはできすぎている、という感じがする。なんらかの関連があっても、不思議はないな」

わたしは少し考え、思いついたことを口にした。

「わたしたちが尾行されたとき、両方に絡んでいる人間が二人、いますよね」

桂本は目を光らせ、腕組みを解いた。

「どういう意味だ」

「つけられたのは、二度ともライブが終わったあとの、〈サンブラ〉からでした。両方に一緒だったのは、神成真里亜と松野有美子の二人でしょう」

桂本は、下唇を突き出し、眉根を寄せた。

「わたしやあんたがつけられたのは、あの二人のことに関係している、というのかね」

「二人ともか、どちらか一人か分かりませんが、その可能性も否定できませんよ」

桂本は、また腕組みをした。

「しかし、あの二人がなんらかの事件に絡んでいる、とは思えんがね。フラメンコ界に、何か陰謀でもあれば別だが」

「フラメンコ界には、今のところ陰謀らしいものは、ないと思います。日本フラメンコ協会は、設立以来二十年以上にもなりますが、なんとかやっているし。もっとも、フラメンコの人気もひところに比べると、ちょっと落ちてきましたがね」

「ひところは、人気があったわけかね」

「今だって、ないわけじゃありませんよ。先年、スペインのホアン・カルロス国王が来日したおり、当時の首相麻生太郎がレセプションの挨拶で、日本にはフラメンコ人口が八万人いる、と吹いたくらいですから」

桂本は、ぐるりと瞳を回した。

「八万人だと。そいつは、総理府の統計か」

「数字の出どころは、知りません。まあ、八万人はオーバーとしても、プロのほかに練習生や愛好家を入れれば、万単位にはなるでしょうが」

桂本は腕組みを解き、手を振った。

「待った、待った。フラメンコ人口のことなんか、どうでもいい。要するに、あの二人の踊り子のどちらかに、何かあとをつけられる理由があると、そう言いたいのか」

「可能性を言っただけです。先生にもわたしにも、つけられる心当たりがないとすれば、ほかにだれもいないでしょう」

桂本は、ソファの上で居心地悪そうに、身じろぎした。

しばらく考えたあと、しぶしぶという感じで言う。

「やはり、尾行される可能性があるのは、どちらかといえばあの二人より、あんたかわたしの方だろう。どうも、岸川の名前が出てきたのが、気になる。独逸現代史会議が復活して、また何か活動を開始しよう、としているのかもしれん」

わたしは、首を振った。

「それは、ないでしょう。ためしに、インターネットで検索してみたんですが、独逸現代史会議という名称は、ヒットしなかった。もう、とうに解散したんじゃないですか」

「インターネットに出てこないから、活動してないとはかぎらんよ。地下活動をしとるのかもしれん」

わたしは笑った。

「今どき、ネオナチスの運動なんて、はやりませんよ。それに、先生を巻き込んでどうしよう、というんですか」

桂本は、珍しく深刻な顔で考えていたが、急に体を起こした。

「今夜、あいてるかね」

突然の突っ込みに、いやな予感がする。

「いや、ええと、事務所にもどって、スケジュール表を見ないと、なんとも」

しゃべり終わらないうちに、桂本は容赦なく割り込んだ。

「そんなものは、見なくていい。晩飯をおごる。付き合ってくれるだろうな」

また、ごちそう作戦、ときたか。

「このところ、ごちそうになってばかりいますから、今日は遠慮させてもらいます」

「遠慮する玉か。わたしが、おごると言ったときは、おとなしくおごられればいいんだ。あんたにはここんとこ、だいぶ時間を遣わせてしまったからな。その埋め合わせ、と思ってくれ」

桂本と食事をすれば、またそれだけ時間を浪費することになるが、さすがにそうは言えなかった。

あきらめるしかない。

「分かりました。今夜の予定は、たとえ都知事と約束があっても、キャンセルします」

桂本は、満足げな笑みを浮かべた。

「そう、そうこなくちゃな」

「それで、何をごちそうしていただけるんですか。中華はこのあいだ食べたし、スペイン料理も二度続いたし」

「ドイツ料理だ」

桂本は言い、力強くうなずいた。

いやな予感が当たった。


ドイツ料理店〈アイゼン〉は、新宿通りに面した麴町のビルの、一階にあった。

開店早々の午後六時とあって、客はまだ一組もはいっていない。

店名にふさわしく、インテリアは山小屋風に調えてあり、アイゼンをはじめハンマー、ピッケル、カラビナ、ザイルなど、登山用具がびっしりと、木の壁を埋めている。

奥の厨房から、シェフらしい白服に身を固めた、六十歳前後に見える胡麻塩頭の男が、出て来た。キャップはかぶっていない。

桂本を見て、声をかける。

「これはこれは、お久しぶりです」

桂本も、手を上げて答えた。

「こちらこそ、ご無沙汰しています」

二人は握手した。

紹介されて、名刺を交換する。

男はオーナーシェフで、池島弘一《いけじまこういち》とある。

ドイツソーセージを肴に、ドイツビールを飲むことにした。

客がいないせいか、池島も一緒にテーブルについて、乾杯に参加する。

桂本は、最後に来てから十年以上たつらしく、池島とひとしきり昔話をして、盛り上がった。

池島は、今でも夏になると南アルプスへ、山登りに行くという。

なるほど、年の割に締まった体つきで、よく日焼けしている。

ころ合いを計ったように、桂本が軽い口調で切り出した。

「ところで、独逸現代史会議の高橋君とか岸川君は、どうしてるかな。たまには、顔を出すのかね」

「高橋さんはさっぱりですが、岸川さんは英京大学の学生さんを連れて、ときどき見えますよ」

池島の返事に、桂本はわざとらしくうなずいた。

「そうか。彼は英京大学で、ドイツ語を教えてるんだった。確かキャンパスが、このあたりだったね」

「ええ、市ケ谷駅のすぐ近くです」

「彼のほかに、独逸現代史会議の連中は来ないのかな、ここには」

「見えませんね。最近はもう、活動してないんじゃないですか。お見えになるのは、もっぱら岸川先生だけですよ」

「最近は、いつ来たのかね」

桂本の問いに、池島は少し考えた。

「十日ほど前ですかね。だいたい、月に一度くらいですから、今度見えるのは来月でしょう。桂本さんは、岸川先生とお会いになってないんですか、最近」

「会ってない。十年以上前の、例の現代史会議のOB会が、最後なんだ。ちょうど、この店に無沙汰したのと同じ年月だけ、会ってないことになる。だいたいが、それほど親しみの持てる相手じゃなかったしな」

「お互いに、ですか」

つい、口を挟んでしまった。

桂本は、じろりとわたしを睨んで、その意味を考えているようだった。

結局、気にするほどのこともないと思ったのか、また池島に目をもどす。

「岸川君がここに来たとき、わたしの話題などは出なかったかね。たとえば、久しぶりに会いたい、と言ったとか」

「いえ、全然出ませんよ、桂本さんの話は」

あっさり否定されて、桂本はおもしろくなさそうな顔で、ビールを飲み干した。

思い出したように言う。

「あのとき、確か岸川君はかみさんが癌で療養中、と言ってたっけ。どうしたかな」

「ああ、あの奥さんはそれからほどなく、亡くなりました」

「そうか。それは気の毒だったな」

桂本は、少しも気の毒そうでない口調で、そう言った。

「ですが、そのあと二年もしないうちに、再婚されましてね。十五歳年下の、教え子だった女性と」

池島の口ぶりも、やや非難めいていた。

桂本が、おざなりに応じる。

「ははあ、うらやましいかぎりだな」

そのとき、新しい客がはいって来た。

池島は、それを見ると急いで立ち上がり、わたしたちに頭を下げた。

「それじゃ、どうぞごゆっくり」

池島が厨房に姿を消すと、桂本は声をひそめて言った。

「前からいるコックが作るなら、腕がいいからだいじょうぶだ。しかし、もし池島が作るようだったら、味の方は保証しない」

ウエイターが、注文を取りに来た。

豚のすね肉の塩漬けと、ジャガイモやキャベツ、にんじんなどを一緒に煮込んだ、アイスバインという料理を頼む。

桂本は、牛のタンシチュウとロールキャベツを、両方注文した。

ワインは、ドイツものの赤にする。

六時半を回るころには、テーブル席は六人用の予約席を除き、あらかた埋まってしまった。そこそこに、はやっているようだ。

料理の方は、桂本の言う〈前からいるコック〉が作ったらしく、うまかった。

七時になったとき、若者の集団がどやどやとはいって来て、窓際の予約席に着いた。

男三人、女三人のグループだったが、若わかしい雰囲気や、いかにもまちまちな服装から、学生だと見当がついた。

グループの中に、眼鏡をかけて髪をお下げにした、小柄な女の子がいた。白いブラウスに、紺のブレザーを着ている。

その娘には、見覚えがあった。

さりげなく、背を向けようとしたとたん、まともに目が合ってしまう。

女の子は、ちょっと驚いた顔をしたが、すぐに軽く頭を下げた。

しかたなく、小さくうなずき返す。

向きを変えると、桂本がほとんど口を動かさずに、聞いてきた。

「だれだ、あの子は」

わたしも、同じように小声で応じる。

「先日お話しした、英京大学の女子学生ですよ。キャンパスで、岸川教授の話を聞いた、と言ったでしょう」

桂本は、また瞳を回した。

「ふうん。偶然だな」

「まったくの偶然、というわけでもないです。ときどき、岸川教授に連れられてこの店に来る、と言ってましたからね」

桂本の顔が、にわかに緊張する。

「すると、岸川も来るのかな」

「たぶん、来ないでしょう。六人分しか、席の用意がないですから。今日は学生同士の、お食事会じゃないかな」

桂本は、少しほっとしたような、いくらか残念そうな、複雑な表情になった。

「ちょっと、手洗いに行ってくる」

そう言って、席を立つ。

わたしは、赤ワインをグラスに注いで、一口飲んだ。

「あの、先日は失礼しました」

突然背後から声をかけられ、もう少しでむせそうになる。

振り向くと、例の娘がすぐ後ろに立ち、ぺこりと頭を下げた。

あわてて、腰を上げる。

「いや、こちらこそ、ありがとう。おかげで助かりました」

「姪御さんは、何かおっしゃってましたか」

「ええと、いろいろと参考になった、と言ってました」

冷や汗が出る。

「お役に立てて、よかったです。今日は、サークルのメンバーと、お誕生会で来ました」

そう言って、自分の席を振り返る。

学生たちが、みんなこちらに頭を下げた。

わたしも、手で挨拶を返す。

「岸川先生は、見えないんですか」

「ええ。今日は、サークルの集まりなので。そうでなくても、先生は来週から学会でドイツへ行かれるので、お忙しいんです」

間が持てなくなり、わたしはつい名刺を取り出し、相手に渡してしまった。

「そのうちまた、話を聞かせてください」

お義理でそう言うと、相手もブレザーのポケットに手を入れ、定期入れを取り出した。

名刺を引き抜き、こちらによこす。

「そのときは、こちらに連絡してください。いつでも、お話ししますから」

英京大学文学部、ワンダーフォーゲル部、副部長、佐伯ひより、とある。

住所は江東区森下三丁目、電話番号は携帯電話のみ。

「佐伯ひよりさん、か。いい名前ですね」

「ありがとうございます」

そこへ、桂本がもどって来た。

それを見て、佐伯ひよりはまたぺこり、と頭を下げた。

「失礼します。姪御さんに、よろしくお伝えください」

そう言って、席へもどって行く。

わたしがすわり直すと、桂本も椅子が壊れそうな音を立てて、席に着いた。

「どういうことだ。あんたに、姪なんかいないだろう」

大きな声で言うので、もう少しで向こうずねを、蹴り飛ばすところだった。

15

デザートに、シャーベットを頼む。

桂本忠昭は、ため息をついた。

「たいした収穫は、なかったな。近ごろ、岸川がわたしに興味を示した痕跡は、ゼロといっていい。せっかくあんたを連れて来たのに、これじゃおごり甲斐がないよ」

「いいじゃないですか、変に興味を持たれるより」

「というか、気持ちが悪いじゃないか。理由もなく、あとをつけられたり、見張られたりするのは」

「今日だって、だれかお供がついて来たかもしれませんよ」

桂本は目をむき、窓越しに店の外を見た。

それから、からかわれたと気づいたらしく、目をもどした。

渋い顔をして言う。

「あまり、脅かさんでくれよ」

「珍しいですね。先生が、そんなに神経質になるなんて、今までなかったことだから」

「これまで、あんたにだれかの調査を頼んだことは、何度かある。しかし、自分が調べられる立場になったことは、一度もなかった。気分の悪いものだな」

その点は、同感だった。

桂本は続けた。

「こうなったら、あんたに正式に調査費を払って、調べてもらうしかないな」

「そいつは、勘弁してください。わたしとしても、先生ご自身のことでお金を頂戴するのは、気が引けますからね。こうして、ときどきごちそうになる程度なら、別ですが」

するとと桂本は、猫がネズミの機嫌を取るように、にっと笑った。

「わたしも、晩飯をおごる程度ですむなら、頼みやすい。むろん、これだけじゃ稼ぎにならんだろうから、時間のあいたときにちょこちょこ、とな」

だんだん気が重くなる。

「あまり、当てにしないでくださいよ」

桂本は、唇を引き結んだ。

「わたしはともかく、あんただって怪しい女刑事に、あとをつけられたんだ。それとこれと、まったく無関係とは言い切れんぞ。つまり、あんたのためでもあるんだから、少しは本腰を入れてくれ」

痛いところをついてくる。

わたしは、ナプキンを置いた。

「ちょっと、トイレに行ってきます」

用を足しながら、つらつら考える。

目下、いくつかの雑誌に連載中の雑文や、ＰＲ関係のレギュラーの仕事以外に、緊急のプロジェクトははいっていない。

桂本のために、あまり時間を割くわけにはいかないが、多少のただ働きはしかたないだろう。

トイレのすぐ脇に、催し物のパンフレットや、ネームカードの載った小机が、置いてあった。

ネームカードは、この店のものだけではなかった。

別のドイツ料理店、と思われるレストランのカードも、何種類か混じっている。

手に取ると、〈アインホルン〉〈フロイント〉〈フランツハウス〉〈デル・ノルデン〉の、四店だった。

チェーン店でもなさそうだし、何かしら横のつながりが、あるのだろう。

フレンチ、イタリアンに比べて、ドイツ料理店は数が少ないから、連携しているのかもしれない。

パンフレットは、先日インターネットで知った、ハインリヒ・フォン・クライストの、没後二百年の催しの案内だった。

わたしは、それらをまとめてポケットに入れ、席にもどった。

桂本が、クレジットカードで支払いをすませ、サインしているところだった。

店を出るとき、佐伯ひよりはわざわざ立って、頭を下げた。

わたしも、小さく手を振り返す。

桂本が、まるでひよりに聞かせるように、大きな声で言った。

「あんたの姪とやらに、ぜひ会いたいものだな」

その日は、そこでお開きにした。

わたしたちは、地下鉄の半蔵門駅まで歩いて、神保町で別れた。

桂本は、そこから半蔵門線、千代田線を経由して、綾瀬へ帰るのだ。

シャトー駿河台までのぼったが、ＪＫシステムの二人組も、半蔵門署の美人刑事も、つけて来なかった。

事務所にもどり、奥のリビングで缶ビールをあけて、例のパンフレットに目を通す。

〈クライスト没後二百年記念イベント／クライストの夕べ〉と題して、映画上映と講演会が開かれるらしい。

開催は十日後の夜で、場所は港区赤坂のドイツ文芸センター、となっている。

映画のタイトルは、『クライストの死の記録（Die Akte Kleist)』とあるだけで、どういう内容かは分からない。

わたしは、若いころドイツ浪漫派の小説に憧れ、ひよりが手にしていたヴァッケンローダーのほか、クライストやE・T・A・ホフマンの評伝や作品を、よく読んだものだ。

しばらく遠ざかっていたが、にわかに埋もれ火がくすぶり始めたような、ある種の高揚感を覚える。インターネットや携帯電話、アイフォンなどが急激に普及した今日、まったく忘れ去られたドイツ浪漫派の思潮に、何か掻き立てられるものを感じたのだ。

きっかけは、英京大学でひよりと話をしたことだが、その向こう側にいる岸川芳麿の存在も、多少の関係があるかもしれない。

書棚の奥から、クライストに関連する書籍を取り出し、作業デスクに並べてみる。

ひととおり読んだあとは、たまにぱらぱらとページをめくる程度だったから、天の部分にだいぶほこりがたまっていた。

手に取ると、若き日の熱気のようなものがよみがえり、もう一本缶ビールを飲んでしまった。

クライストはゲーテより二十八歳、シラーより十八歳、ベートーヴェンより七歳若い。

ハイネより二十歳、シューベルトより十九歳年長だが、これらの芸術家とほぼ同時代の人、といってよい。

一七七七年に生まれ、一八一一年に三十四歳で死んだから、作家としての実働期間は、四十五歳で没したシラーより、さらに短い。

作品の数も、多くはない。

小説は、中編に近い短めの長編が一つと、掌編を含む短編七つの、わずか八作にすぎない。評論、雑文も残っているが、たいした量ではない。

中心をなすのは戯曲で、完成して出版されたものが、七作ある。

したがって、小説家というより劇作家と呼ぶ方が、ふさわしいだろう。

活動した時期から、ドイツ浪漫派に分類されることが多いが、それに否定的な意見もある。多少は、浪漫派の影響を受けたにせよ、むしろ写実派の先駆とみなす者が、かなりいる。

ことに、数少ない小説はいずれも引き締まった、珠玉のような佳品ぞろいだ。

わたしはドイツ語には暗いが、聞くところによるとクライストの文章は、きわめて複雑な構文で組み立てられており、翻訳にてこずるという。

訳書からも、その苦労がうかがわれる。

しかし、わたしが読んだところでは、この時代の作家にしては珍しく、視点の乱れが気にならない。

ことに、唯一の長編小説『ミハエル・コールハースの運命』は、復讐の念に凝り固まった馬喰の生涯を、ほとんど心理描写なしに行動だけで描き出し、すさまじい迫力を生む。

事実のみを、畳みかけて叙述するそのスタイルは、二十世紀になってダシール・ハメットが、『マルタの鷹』や『ガラスの鍵』で取り入れた手法と、相通じるものがあるような気がする。

もしかすると、クライストは表現様式、技法としてのハードボイルドの創始者、といっていいかもしれない。

そんなことを考えながら、昔の記憶を呼び起こして、関連書籍をめくり返す。

手元にあるかぎり、もっとも古い資料は京都文學會が出した、『藝文』という機関誌だった。

表紙に、〈詩人クライスト記念號〉と銘打つ特集号で、明治四十四年十一月の奥付がある。

巻頭の遊び紙に、小さな赤文字で印刷された献辞を、読んでみる。

今より一百年前、千八百十一年
十一月二十一日伯林《ベルリン》に近きヴァン
湖畔に於て自ら命を絶ちし薄倖の

詩人クライストの霊にこの小冊子
を捧ぐ。

偶然の符合に、ちょっと驚く。

機関誌『藝文』は明治四十四年、すなわち一八一一年にクライストが死んでから、ちょうど百年目の一九一一年に、没後百年の記念号としてこの特集を、組んだのだ。

そして今、わたしはさらに百年後の二〇一一年、つまり没後二百年を迎える年の十一月に、その雑誌を開いているのだった。

別に、たいした意味はないのかもしれないが、なんとなく見えない力が働いたような、奇妙な感覚にとらわれた。

気を取り直して、次つぎに資料を点検していく。

その結果、いろいろなことが分かった。

森鷗外の翻訳にかかる、海外各国の短編小説を集めた『水沫集《みなわしゅう》』という、よく知られた本がある。

わたしが持っているのは、一九二六年（大正十五年）に刊行された縮刷版だが、最初の版は一八九二年（明治二十五年）に出たらしい。

その中に、クライストの短編が二つ、見つかった。

鷗外は、「悪因縁」「地震」と題をつけたが、今はそれぞれ「聖ドミンゴ島の婚約」「チリの地震」として、一般に流布している。

正確なことは知らないが、クライストがわが国に紹介されたのは、このときが初めてではないか。

ちなみに『水沫集』には、わたしが知るドイツの短編小説から、ほかにホフマンの「玉を懐いて罪あり」（原題「スキュデリ嬢」）が、収載されている。これもおそらく、ホフマンが日本に紹介された最初だ、と思う。

森鷗外は、偉かった。

それで、もう一本缶ビールをあけた。

一九二〇年代にはいって、クライスト作品の翻訳、あるいは評論が増え始める。

二二年には岩波書店から、例の力強い中編『コールハース』が、出版される。

その後、二〇年代から九〇年代前半にかけて、断続的ながら翻訳が途切れずに続く。

しかし、六〇年代以降は急激に、数が減ってしまう。

九四年になると、佐藤恵三《さとうけいぞう》個人訳の〈クライスト全集〉の刊行が始まり、九八年にすべての作品が、全三巻に収まった。

さらに、十年をへた二〇〇八年に同全集の別巻として、書簡集が出る。

この別巻には、全ページの半分の量を超える綿密な注解、略歴を含む人名の索引がつけられており、この訳書にかける著者の執念が、ひしひしと感じられる。

沖積舎という、地味な出版社から刊行されたものだが、商売になりにくいこの一連の仕事は、ドイツ文学への価値ある貢献として、著者ともども評価されてしかるべきだろう。

クライストに関する評論も、ゲーテなどとは比べるべくもないが、かなりの数が発表されている。

ほとんどが、クライストの生涯の一時期や、その作品の一部を取り上げた小論にすぎず、まとまったものは少ない。

最初に大きく論じられたのは、一九二五年（大正十四年）に出版された、青木《あおき》昌吉《しょうきち》による『ゲヱテとクライスト』だろう。

当時の日本においても、ゲーテはすでに大文豪とみなされていたはずだが、クライストは一般に無名の劇作家だつた。

したがって、両者を同日に論じるのは、無謀に近い試みだったと思う。

しかるに、青木はドイツ人学者のあいだにも、クライストを巡って無知、誤解が多いことを指摘し、ゲーテと並べて論じることの意味を、緒言で堂々と述べている。

それがおよそ九十年も前、コンピュータもインターネットもなく、必要な洋書を手に入れることさえ、おいそれとはいかなかった時代のことだから、恐れ入る。

それから半世紀近くもたって、一九七〇年（昭和四十五年）に筑摩書房から、浜中英田《はまなかえいでん》の『クライスト研究』が出た。

これは、クライストが残したかなりの数の書簡から、その生涯を再構築したものだ。

さらに八年後の七八年、三修社から福迫佑治《ふくさこゆうじ》の『クライスト／その生涯と作品』が、刊行される。著者によれば、浜中英田の上記著作を、かなり活用したという。

八〇年代から、九〇年代の半ばまでは単独の研究書がなく、九七年にいたって中村志朗《なかむらしろう》の小論集、『クライスト序説』が出る。

これは小論集ながら、中身の濃い労作だ。

ことに、クライストの墓と肖像の変遷を論じた、最後の二つの論考がおもしろい。

一段落したあと、もう一度『藝文』を手に取る。

百年前の雑誌だから、本文の紙は茶色に変色し、平綴じのステープラーの針は、すっかり錆びている。

献辞が印刷された裏のページに、クライストの墓の写真があった。

黒っぽい、四角い墓石だ。

その前に、もう一つ書見台のような角度で埋められた、碑石らしきものが見える。

小さくて碑銘は読めないが、たぶんクライストの言葉か何かが、彫り込んであるのだろう。

墓石の真正面に、幹の太い木が一本立っているのが、目障りだった。

まるで、墓の前に人が立つのを、拒んでいるようだ。

もっとも、撮影した位置のせいで、そう見えるだけかもしれない。

墓の後ろには、鉄柵がある。墓所が、どの程度の広さかは、分からなかった。

とにかく、小さなぼやけた写真なので、全貌が明らかでないのが、惜しまれる。

中村志朗の著作の中で、墓の絵や写真が何点か紹介されているが、『藝文』の墓はそのいずれとも、一致しない。

墓自体が、何度か作り直されたというから、今はもう別のものになっているだろう。

次の薄紙をめくると、今度は肖像画が現れた。

中村によれば、クライストの肖像画は数少ないが、何点かは存在するという。『藝文』の肖像画も、中村の論考の中で紹介されている、数点のうちの一枚と合致した。

何歳のときのものか知らないが、まるで十代の少年のような童顔だ。

ひとしきり、そうした資料に目を通しているうちに、すっかり〈クライストの夕べ〉に参加しよう、という気になってしまった。

そのためには、本腰を入れて予習しなければならない。

いつの間にか、缶ビールを五本も飲んだことに気づき、急に酔いが回ってきた。

あとは、明日以降に回すことにする。

16

翌日。

朝一番で、芝浦にある得意先の朝比奈電機に行き、レギュラーのＰＲ活動の会議に出席した。

昨今の安売り競争で、朝比奈電機は主力の家電製品が売れなくなり、広告費が大幅にカットされた。

そのあおりを受けて、通常はＰＲ予算も縮小されるはずだが、そうはならなかった。

むしろ、広告費に比べて原価がかさばらず、訴求効率の高いパブリシティ活動に、より力を入れたいという。

わたしのように、フリーで仕事をする人間には、ありがたい話だった。

大いに気をよくして、担当部長に昼飯をごちそうし、仕事場にもどった。

一息入れてから、ハインリヒ・フォン・クライストのおさらいに、取りかかる。


クライストは、野心家だった。

なにしろ、恐れ多くもあの文豪ゲーテに対抗して、額の月桂冠をみずからのものにしよう、と考えたくらいだ。

どうみても、尋常の神経ではない。

ゲーテの方は、浪漫派の作家や作品にさしたる興味を、示さなかったようにみえる。

シュトゥルム・ウント・ドゥランク（疾風怒濤）時代を克服して、ギリシア的古典主義を確立したゲーテの目には、きちんとした形式も様式も整わず、空想の世界に遊ぶような浪漫主義は、病的で不健全なものに映っただろう。

ことにクライストに対しては、それなりに才能を評価しながらも、感情の起伏の激しいその性格に、嫌悪に近いものを感じていたようだ。

クライストも、当初こそゲーテを尊敬していたが、ある出来事からそれが敵意に変わった、と伝えられている。

種々の資料を突き合わせると、二人のあいだにこんなことがあったらしい。

クライストの友人で、思想家のアダム・ミュラーが、クライストの喜劇『こわれた甕《かめ》』の台本を、ゲーテに送った。

ゲーテは、それを読んで相応の評価をくだし、上演を検討したいと返信した。

この喜劇の成否は、ひとえに主人公の演技にかかっており、自分は適任と思われる俳優に心当たりがある、とも書いている。

一八〇八年三月二日、ゲーテは『こわれた甕』をみずから構成演出し、ヴァイマール劇場で初舞台にかけた。

しかし無残にも、上演は失敗に終わった。

この作品はもともと一幕もので、テンポよく一気呵成《いっきかせい》に上演されてこそ、おもしろさが発揮される劇だ。

ところが、何を考えたかゲーテはこの喜劇を、三幕ものに仕立て直した。

そのため、テンポののろい間延びした舞台になり、本来のおもしろさが消えてしまった。三幕目には、観客が退屈のあまり騒ぎ出した、という報告もある。

むろん、この失敗はゲーテ一人に帰せられるものではなく、冗長なセリフを整理しきれなかった、クライスト自身にも責任がある。

しかし、もしこの上演が成功裡に終わっていたら、クライストの戯曲は脚光を浴び、のちの人生が変わっていたかもしれない。

ともかく、この出来事があってからクライストは、ゲーテに激しい敵愾心《てきがいしん》を燃やすようになった、という。

クライストは、もともと優秀な軍人を輩出する家系に育ち、十四歳で兵役についた。しかし、学問に対する憧憬もだしがたく、二十一歳で退役する。大学にはいり、物理学や数学を学んだらしいが、しばしば放浪に近い旅行に出ているので、どこまで勉強したか疑わしい。

一八〇〇年、二十二歳のときに三つ年下の軍人の娘、ヴィルヘルミネ・フォン・ツェンゲと婚約する。

しかし、クライストには結婚生活を維持しがたい、なんらかの心理的ないし肉体的欠陥が、あったらしい。

同年八月末から、その治療のためと臆測される旅行を計画し、ライプツィヒ、ドレスデン、ツヴィカウ、バイロイトをへて、九月九日ヴュルツブルクに到着する。

滞在先は、ヨゼフ・ヴィルトという外科医の下宿で、これがそうした臆測を呼ぶ理由にもなった。婚約したあと、クライストはヴィルヘルミネに、まめに手紙を書いた。

本野《もとの》亨一《こういち》が、戦後ほどなく訳出した『許婚《いいなずけ》への手紙』には、現存する三十五通ものヴィルヘルミネ宛の、クライストの手紙が収録されている。

旅先からの手紙も多く、そこには後年の文筆活動を予感させる、克明にして的確な自然描写や風景、建物の記述が見られて、興味深いものがある。

しばしば、愛について論じる激情的な告白と、妙に思索的な心情の吐露が混在する、取りつきにくい手紙も多い。

ヴィルヘルミネに対して、返答に窮するようなむずかしい質問を、投げかけたりもする。

感情と理性がせめぎ合う、いかにもクライストらしい手紙だが、読み手にとってはかなり手ごわい内容だ。

今どきの若者には、とうてい書けそうもない高度の文章で、ヴィルヘルミネもさぞや困惑したことだろう。

ヴュルツブルクからの手紙で、クライストは何かを暗示するような、思わせぶりなことをしばしば書いている。

しかし、具体的な旅行の目的については、ついに触れようとしない。

それが、この旅行を謎めいたものにする、いちばんの原因だった。

一般に、インポテンツないしオナニー過多症など、ある種の性的欠陥の治療のため、という説が有力視されている。

中には、特務機関の指示による極秘任務のため、などといううがった説もあるようだ。

ただし、今のところ定説はない。

この旅行によって、クライストは結婚に対する不安を解消した、と推測することができる。手紙に、それをにおわせる前向きの記述が、現れるからだ。

にもかかわらず、婚約から二年後の一八〇二年五月二十日付で、クライストはヴィルヘルミネに、別れの手紙を書く。

一緒にスイスに行くことを、家族と離れたくないヴィルヘルミネに拒まれたのが、直接の原因らしい。

それより以前の、同年四月十日付のヴィルヘルミネの手紙は、決別を告げたあとでクライストの手元に届いた、と思われる。

その手紙の内容は、兄を亡くした深い悲しみを述べ、クライストに慰めの言葉を求める、情のこもったものだ。

もし、それを先に読んだとしたら、心を動かされたに違いないが、クライストはそれを開封もせず、送り返してしまったという。

別れを告げ、もう手紙をよこすなと書いた以上、読む必要はないと判断したのだろう。

そのあたりに、クライストのかたくなな性格が、うかがわれる。

ヴィルヘルミネは、クライストの変人ぶりを承知しており、自分のほかに折り合いをつけられる者はいない、と自覚していた。

しかし、クライストから決別の手紙を受け取ると、ようやく結婚は無理だということを悟る。

そのため、クライストからもらった肖像画を送り返しつつ、今後も友だちとしての交際を続けてほしい、と手紙を書いた。

しかし、クライストからの返事は、なかった。

二年後の一八〇四年、ヴィルヘルミネは哲学者トラウゴット・クルークと、結婚する。

ちなみに、夫の姓は皮肉なことに『こわれた甕』(Der zerbrochene Krug) の、〈甕〉を意味している。

もっとも、クライストが『甕』の着想を得たのは、それより以前のことだ。

したがって、たいした意味もないのだが、わたしとしてはおもしろい発見だった。

クライストは、ヴィルヘルミネ宛の別れの手紙の末尾に、〈今すぐ死にたいという以外に、なんの望みもない〉と書いている。

この考えは単に、ヴィルヘルミネとの決別が原因というより、クライストの生涯を彩る通奏低音、とみた方が正しいだろう。

いつの間にか、外が暗くなっていた。

資料調べを中断して、錦華坂を神保町へおりる。

なじみの〈キッチンジロー〉で、メンチカツとコロッケの盛り合わせ定食を食べた。

この洋食屋は、すでに半世紀近くこの地で営業し、いまだに繁盛している人気店だ。

初めて食べてから、すでに三十年以上にもなるが、その間まったく味が変わらない。創業者の作ったレシピが、いまだに厳格に守られているのは、思えばすごいことだ。

事務所にもどって、資料チェックの続きを始めた。

パンフレットによれば、没後二百年の催しで上映される映画は、『クライストの死の記録』と題されている。

そのタイトルから、クライストの死の状況を描いたもの、と推測された。

だとすれば、あらかじめそのいきさつや背景を、ひととおり頭に入れておいた方が、理解しやすいだろう。

そこで途中経過を省き、クライストが死を選ぶ前後の状況に、焦点を絞ってみる。

クライストは、死の四年ほど前から雑誌、新聞をいくつか創刊したが、いずれも長続きしなかった。任官活動もうまくいかず、異母姉ウルリケや遠い親戚のマリーなど、一族の女性や友人の援助を受けながら、なんとか糊口《ここう》をしのぐ。

しかし、クライストは常に感情の起伏が激しく、最後にはウルリケやマリーにも見放され、いよいよ死への願望を強めていく。

おりしも、不治の病に侵された人妻ヘンリエッテ・フォーゲルと知り合い、情を通じて一緒に死ぬ同意を取りつける。

ヘンリエッテは、ベルリンの王室官房秘書官を務める、ルートヴィヒ・フォーゲルと一七九九年に結婚し、一八〇二年には一人娘パウリーネを生んだ。

この女性については、病弱で神経質、虚栄心が強く、たいして美人ではない、といったあまり芳しくない評価が、残っている。

伝えられるところによれば、クライストとヘンリエッテは音楽の趣味が一致しており、しばしばピアノを連弾しながら歌った、という。

そんなおり、クライストが〈殺したいほどすてきだ〉と口走ったのを、ヘンリエッテが聞きとがめて、〈それならわたしを殺して〉と言った。

クライストは、〈自分の言うことに二言はない〉と応じて、ここに二人のあいだに情死の契約が成立した、というのだ。

クライストが、ヘンリエッテを心から愛していた、という形跡はみられない。

要するに、多少なりとも好意を抱くことができ、一緒に死ぬのを承諾してくれる相手なら、だれでもよかったのではないか、と思われる。

17

息抜きのために、CDをかける。

E・T・A・ホフマンの、ピアノ・ソナタにしてみた。

ホフマンは、ハインリヒ・フォン・クライストより一歳年長の、ドイツ浪漫派の作家として知られる。

判事だったホフマンは、文筆はもちろん絵画と音楽にも才能を示し、小説のほかにカリカチュアやオペラ、管弦楽曲、器楽曲など、多彩な作品を残した。

中でも同じ浪漫派の作家、フケーの小説をオペラ化した『ウンディーネ』は、そのもっとも知られる音楽作品だ。

また、ホフマンはモーツァルトを敬愛するあまり、自分の名前エルンスト・テオドル・ヴィルヘルムの、最後のヴィルヘルムをアマデウスと変え、頭文字を取ってE・T・Aとした。

そのホフマンの作品を、こんにち耳にすることができるのは、まことにありがたい。

クライストの、資料チェックにもどる。

クライストは、何をやっても生計を維持できず、著作もいっこうに認められない。その上、もっとも頼りにしていた異母姉ウルリケにも、見放されてしまう。

そうした、もろもろの不運による挫折感から、かねて心に思い描いていた自殺を敢行しよう、と肚を決めた。

もともと、一人で死ぬ勇気がなかったクライストは、ふだんからだれかれかまわず、一緒に死んでほしい、と持ちかけていた。

自分の理解者だ、と考える相手にはほとんど声をかけた、といっても過言ではない。

その中には例のフケーや、最大の支援者の一人だった義理の従姉、マリー・フォン・クライストも、はいっていた。

むろん、フケーにもマリーにも、あっさり断られる。

マリーはかなり年上だが、クライストはこの女性を異性として意識し、愛情を抱いていた形跡がある。

察するに、クライストはヘンリエッテ・フォーゲルを愛するがゆえに、情死の相手に選んだわけではなかった。

音楽を愛好する、という感性の部分で一致するところがあり、また互いの心情を理解することができる、ただそれだけが理由だったようにみえる。

ヘンリエッテもまた、クライストを愛していたとは思えない。

クライストが、ヘンリエッテと知り合ったのは死の一年前、一八一〇年の十一月ごろと推定される。

ヘンリエッテは、真偽はともかく自分が不治の病にかかり、遠からず死ぬものと信じていた。どうせ死ぬなら、いっそ自分にふさわしい相手と心中しよう、と考えたらしい。

ヘンリエッテの場合、夫や結婚生活にさしたる不満はなく、九歳になる娘にも恵まれていた。

したがって、死の理由を家庭内の問題に求めることは、むずかしい。

クライストから、二人で死のうと持ちかけられれば、心が動くだろう。

ヘンリエッテにすれば、ある程度世間に名を知られた、クライストのような人物と一緒に死ぬことに、虚栄心をくすぐられたに違いない。

ともかく、二人を死に向かわせた共通の要素は、〈自分にふさわしい相手と死にたい〉という願望だけで、そのほかのことは眼中になかった、と思われる。

当時の人びとにとって、二人の情死は不可解であり、困惑の極みだっただろう。

そして二百年たった今も、相変わらずその困惑は継続しており、研究者を悩ませているのだ。

資料をあちこち引っ繰り返しながら、情死の足取りをたどってみる。

一八一一年十一月二十日、クライストはベルリンのヘンリエッテの部屋で、アダム・ミュラーの妻ゾフィー宛に、心中相手と連名で遺書をしたためる。

ミュラーは、当時の有力な政治経済の評論家で、クライストと親しい仲にあった。クライストが晩年に創刊した、〈ベルリン夕刊新聞〉にも執筆者として名を連ね、協力していた。

ただし、ミュラーはこの夕刊新聞を、自分の過激な政治思想を発表する場として、利用し続けた。

そのため、当局の厳しい検閲と弾圧を招く結果になり、ついに同紙は廃刊の憂き目を見る。

そんなことがありながら、クライストとミュラーの友情は、死の直前まで変わらなかったようだ。

それとは別に、ヘンリエッテは夫のルイス（ルートヴィヒ）・フォーゲルに、別れの手紙を書く。

その冒頭で、〈最愛のルイス〉と呼びかけているのが、なんともしらじらしい。

この遺書を読んだところで、わたしたち第三者はもちろんのこと、夫にもなぜ妻が心中しなければならないのか、よく分からなかっただろう。

ついでながら、二人の遺書はどちらもヘンリエッテの部屋、つまりフォーゲル家で書かれている。

そのあたりに、異常なものを感じる。

常識的に考えて、情死する男が相手の女の家族が住む家で、遺書を書けるものだろうか。

女にしても、自分の夫や娘に対してなんの感慨もないのか、と寒ざむしい気分になる。

この一事をとってみても、二人の心理状態が尋常でなかったことが、推測できるだろう。

その日、二人はベルリンを馬車で出発し、ポツダムに近いヴァン湖畔にある、ホテル〈クルーク亭〉に投宿する。

ちなみに、このクルークもまた『こわれた甕』の、〈甕〉を意味している。

クライストはよほど、〈甕〉に縁があるらしい。

ちなみに〈クルーク亭〉は、フリードリヒ・シュティミングという男が経営する、かなりりっぱなホテルだった。

この居室で、ヘンリエッテはふたたび夫ルイスに、ずいぶん身勝手な手紙を書く。

最後の願いとして、死後はクライストと一緒に埋葬してほしい、というのだ。

しかも、クライストにふさわしい、りっぱな墓を建てるように、要求している。

夫からすれば、まるでこけにされたと感じても、不思議はないだろう。

そのあたりを知りたいところだが、妻が情死したあとの夫の心情については、ほとんど何も報告が残っていない。

同じくクライストも、ここで生涯を通じて世話になったマリー宛に、遺書を書く。

マリーに対しては、この年死ぬまでのあいだに何通か、遺書めいた手紙を書いている。

ただ、その順序には研究者の間でも異論があり、日付も特定されていない。

その前後関係はしばらく措くとして、クライストはこの手紙の中でおおむね、次のようなことを書き記している。

まず、情死の相手ヘンリエッテ・フォーゲルのことを、〈一緒に生きるのではなく、一緒に死ぬのを願う女である〉とする。

またマリーのことを、ヘンリエッテよりも深く愛している、と断言している。

まるで、マリーが一緒に死ぬことを拒んだので、やむなくヘンリエッテに鞍替えした、と言わぬばかりだ。

さらに、クライストとヘンリエッテは、知人の軍事顧問官フリードリヒ・ペギレーンにも、手紙を書いた。

ヘンリエッテは、ペギレーンに〈クルーク亭〉まで出向き、二人の遺体を回収するとともに、夫のショックを少しでも和らげてくれるよう、丁重に頼む。

クライストはクライストで、払い忘れた理髪代を払っておいてくれ、などといった取るに足らぬ雑用を、書きつけている。

どちらにしても、二人ながら他人の迷惑を顧みない、独りよがりな性格だったことが、うかがわれる。

翌十一月二十一日、二人はヴァン湖畔で情死を遂げるのだが、その前後のいきさつが浜中英田と、福迫佑治によるそれぞれの評伝に、詳しく書かれている。

その二冊を参考に、わたしは目撃者等の証言から二人の死を、再構築してみた。

証言者は、ホテルの主人シュティミング、その妻フリーデリケ、メイドのファイレンハウア、使用人のヨハン・リービシュとその妻（名前不詳、かりにハンナとする）などだ。

前日の十一月二十日。

二人の男女が、午後二時過ぎに〈クルーク亭〉に、馬車でやって来た。

二人は、二階の隣り合った二部屋を借りたあと、散歩したり手紙を書いたりして、その日を過ごす。

夜は夜で、一晩中部屋に明かりがついており、使用人の耳に床を歩き回る音が聞こえたから、二人はずっと起きていたようだ。

同じ部屋に一緒にいたのか、それとも別々の部屋で過ごしたのかは、分からない。

次の日。

まだ夜の明けぬ、午前三時か四時ごろ女の客がメイドに、コーヒーを頼む。

さらに七時ごろ、メイドはふたたびコーヒーを運んで行き、そのとき女の着替えを手伝わされる。

男客の方は、もう一つの部屋にいるらしく、姿を見せなかった。

二人は昼を軽食ですませ、ベルリンへ手紙を届けるために、使いを出した。

前夜書いた遺書を、宛て先に届けさせたのだ。

二人とも、その使いが何時ごろ先方に着くかと、ずいぶん気にしていた。

さらに、夜になると客が二人来るからよろしく、と何度も繰り返した。

これは、自分たちが書いた遺書に驚いて、身内の者が駆けつけて来るのを、想定したものだろう。

午後から、二人は主人のシュティミングを相手に、親しく話を続けた。ヴァン湖のことや、湖に浮かぶ島のことなどを、詳しく聞きたがった。

そのあと、シュティミングの妻フリーデリケは、二人の男女が庭で楽しげに遊んでいるのを、目撃する。

二人は、親しげな中にも気を遣い合う気配があり、ことに男の方は女の機嫌をとろうとしている、とフリーデリケは感じた。

ほどなく、二人は飽きたとみえて遊びをやめ、湖の向こう側にある芝生のテーブルに、コーヒーとラム酒を運んでもらえないか、とフリーデリケに頼む。

フリーデリケは、首を振った。

「あそこは、距離が遠すぎます。それに、こんな寒い時期に外で過ごすなんて、体によくありませんよ」

すると、男は熱心な口調で続けた。

「だが、あそこからの眺めは、格別よさそうに思える。ぜひ、運んでもらいたい」

「芝生の上は、冷たいですよ」

「それでは、とりあえず飲み物を用意してもらって、あとからテーブルと椅子を運んでくれないか。手間をかけた分は、相応の代金を払おう」

そこまで言われると、フリーデリケも承知せざるをえなかった。

二人の男女はホテルを出て、湖の対岸へ向かった。

女は、白い布でおおわれた手籠を、持っていた。

おそらく、そこに拳銃がはいっていたもの、と思われる。

フリーデリケは、冷え込みの強いこの季節に戸外で、酒やコーヒーを飲むとは物好きな人たちだ、といぶかった。

しかし、とにかく客の注文には違いないので、使用人リービシュの妻ハンナに注文の飲み物を持たせ、二人につけてやった。

ハンナがもどると、フリーデリケはリービシュ夫婦に、コーヒーテーブルと椅子を二脚運ぶように、言いつけた。

二人は、駄賃がもらえるというので、言われたとおりにした。

フリーデリケは、対岸に着いた二人がコーヒーを飲み、芝生の上を走り回ったり、湖に石を投げたりするのを、遠くから眺めた。

その様子はいかにも楽しそうで、何か悩みがあるようには見えなかった。

一方、テーブルと椅子を対岸に運んだリービシュ夫婦に、男の客が言った。

「すまないが、ラム酒の小瓶をもう一本、追加してくれないか」

それを聞いて、女客が口を開いた。

「もう、十分に飲んだでしょう。やめておきなさい」

すると男は苦笑して、追加を取り消した。

女が、コーヒーに入れなかったミルクを、ハンナに飲むように言った。

ハンナがそれを飲むと、口のまわりにミルクの跡が、くっきりと残った。

「白いお髭が生えたわよ」

女はそう言って、笑い転げた。

それから、あらためて鉛筆を一本持って来てほしい、とハンナに頼んだ。

夫婦がホテルにもどるとき、二人の客は芝生の斜面を湖の方に、駆けおりて行った。

いかにも楽しげで、仲がよさそうに見えた。

ハンナが、鉛筆を持ってもう一度引き返すと、女がターラー銀貨のはいったカップを、手渡した。

「悪いけれど、あなたたちがこのお金を取ったあと、カップを洗って来てくれないかしら」

ハンナは承知し、またホテルにもどって行った。

途中まで来たとき、突然背後の湖畔で銃声がした。

ハンナは、客が隠し持っていた拳銃を、いたずらで撃ったと思い、さして気にも留めずに歩き続けた。

すると、三十秒ほどしてもう一発、銃声が聞こえた。

それでもハンナは、気にしなかった。

ホテルにもどり、カップを洗って四たび対岸へ行くと、女客が芝生に仰向けざまに倒れているのが、目にはいった。

ハンナは、先刻の二発の銃声を思い出して動転し、大あわてでホテルに駆けもどった。

目にしたことを報告し、フリーデリケや他の使用人と一緒に、また対岸に引き返す。

芝生の窪みに、女客が胸に手を組んだ格好で横たわり、そのそばにうずくまるようにして、男客が倒れていた。

女の胸に、小さな赤い穴が見えた。

男は、両手で持った拳銃の銃口を半分、くわえていた。

弾丸は、頭蓋骨を突き抜けなかったらしく、後頭部は無事だった。

男が、女の胸を撃って殺したあと、自殺したことは明らかと思われた。

だれも、そのような自殺死体を見たことがなく、その場に黙って立ち尽くした。

やがて、リービシュが思い切ったように、男の遺体を抱き起こして、女の隣に仰向けに寝かせた。

二人とも、息が絶えていた。

18

十一月二十一日。

ドイツ文芸センターは、港区赤坂のコロンビア通り、と俗に呼ばれる長い坂の途中を、少しはいったところにある。

催し物の開始ぎりぎりの、午後七時直前に着いた。

文芸センターは、壁面に蔦が這う古い煉瓦造りの建物で、ドライエリアのある地下ホールが、会場になっていた。

入場は無料だが、受付の大学生と思われる若者に、記帳を求められた。

差し出されたノートに、氏名と住所を記入する。

特に、パンフレットのようなものは、用意されていなかった。

若者に、まもなく始まりますと言われ、急いで会場にはいる。

木の床の、こぢんまりしたホールだ。

小さいながらも、ステージの奥にスクリーンが用意され、フロアにはずらりとパイプ椅子が、並べられている。

ざっと百席ほどもあり、そのうち八割方が埋まった感じだ。

会場の広さにもよるが、なんとなく半分もはいれば上々と思っていたので、少し意外な感じがした。

半ば忘れられた、ハインリヒ・フォン・クライストのような作家に、席の八割が埋まるほどの関心が集まるとは、考えもしなかったのだ。

うれしいような、いくらか悔しいような気がしたのは、わたしの身勝手だろう。

好事家《こうずか》は、別にわたしだけではないのだ。

すわって三分としないうちに、開始のブザーが鳴った。

大柄な金髪の中年女性と、眼鏡をかけた年配の男が、ステージに上がる。

男は、文芸センター図書室長の太田《おおた》と名乗り、会の趣旨を簡単に説明した。

「本日十一月二十一日は、ドイツ浪漫派の鬼才ハインリヒ・フォン・クライストが、一八一一年にベルリンのヴァン湖畔で、フォーゲル夫人と自殺を遂げてから、ちょうど二百年目に当たります。それを記念して、本日はクライストの死の状況を描いた映画、『クライストの死の記録』を上映いたします。そのあと、南陽大学文学部教授の田中太郎《たなかたろう》先生から、クライストについての講演をお願いしております。それでは最初に、当文芸センターの館長ヨハンナ・フリーデル女史より、ご挨拶をさせていただきます」

ヨハンナ・フリーデルは、見たところ五十歳前後の、ピンクの縁の眼鏡をかけた女性だった。

フリーデル女史は、クライストについて簡単にコメントし、太田がそのドイツ語を日本語に通訳した。

内容は一般的なことにとどまり、耳新しい情報はなかった。

女史によれば、ドイツの文学者を日本に紹介するため、クライストを含むいろいろな作家を、こうした催しで取り上げるつもりだそうだ。

女史が引っ込むと、すぐに場内が暗くなって、映画が始まった。

どんな作品なのか、予備知識がまったくなかったせいもあり、映画はちょっととまどいを覚える、変わった内容だった。

聞いたことのない男女の俳優が、それぞれクライストとヘンリエッテ・フォーゲルに扮して、再現ドラマを演じる。

その合間あいまに、クライストの研究者や学者が顔を出し、いろいろとコメントする。

要するに、ドキュメンタリーとドラマをくっつけた、奇妙な映像記録だった。長さが、一時間足らずだったところからすると、テレビ番組として作られたものかもしれない。

ドイツ語なので、字幕を通じてしか理解できないせいもあり、すでに文献で調べた以上の情報は、ないように思われた。

クライスト役は、アレクサンダー・バイヤーという、細身の役者が務めた。

肖像画から判断するかぎり、クライストは女性的な童顔の持ち主で、どちらかといえば小柄だったようだ。

しかし、役者バイヤーはすらりとした体つきの、クライストの肖像画とは似ても似つかぬ、精悍な男に見えた。

これでまず、イメージが狂ってしまった。

一方、ヘンリエッテ役はメレット・ベッカーという、これまたなじみのない痩せた女優だ。

史実に合わせたとすれば、あまり美人でないのはがまんするが、いくらなんでも老けすぎだろう。

どちらにせよ、二人ながらミスキャストの感は、否めない。

情死を控えた二人が、ひとけのない湖畔の林の中を駆け回り、戯れる映像が延々と映し出される。

クローズアップを多用し、死の直前の心理を描こうとしているが、成功したとは言いがたい出来だ。

さらに、情死したあとのナレーションの字幕に、〈なぜか凶器の拳銃は見つからなかった〉とあったのには、しんそこ驚いた。

浜中英田、福迫佑治等による評伝に、そのような事実はいっさい、書かれていない。

それどころか、遺体のそばで拳銃が三挺見つかった、とする記述もあるほどだ。

もし、実際に凶器が見つからなかったとすれば、それはむしろ二人の死そのものより、はるかに大きな謎を生むことになる。

なぜなら、その場合は当然ながら自殺ではなく、他殺の可能性が出てくるからだ。

しかし、映画はその疑問をまったく追及せず、どんどん先へ進んでいく。まるで、そのことにはたいした意味がない、といわぬばかりのすげない扱いだった。

これほど重要なことを、言いっ放しにしたままでおくとは、制作者の意図を疑いたくなる。まさか、字幕制作者が翻訳を間違えた、というわけではないだろう。

どちらにせよ、捨ててはおけない。

映画が終わったあと、十分間の休憩になった。

席にすわったまま、映画のあらすじや構成をざっと書きつけ、拳銃の件も含めていくつかの疑問点を、思いつくかぎりメモする。

休憩時間が終わると、また図書室長の太田がステージに上がり、これから講演する田中太郎教授の経歴などを、紹介し始めた。

なんとなく聞き流しているうちに、四列ほど前の席に三つ編みの髪が見え、どきりとした。

その髪形には、見覚えがあった。

先日、ドイツ料理店〈アイゼン〉で再会したばかりの、英京大学の佐伯ひよりだった。

考えてみれば、ひよりは独文科の学生だから、ここで出会っても不思議はない。

そう考えると、別に驚くには当たらないと分かり、苦笑してしまった。

田中教授が、ステージに上がる。

演台に向かった田中教授は、いかにも学者らしい品のよい白髪の男で、聞き取りやすい口跡をしていた。

前半は、クライストが創作活動で苦闘を続け、挫折ばかり味わった人生の過程を、簡単にたどっていく。

ただし、謎とされるヴュルツブルク旅行については、何も触れなかった。

後半は、そうした挫折感から死への憧憬が高まり、残存する手紙にそれをほのめかす記述が、しだいに増えていくさまを物語る。

田中教授によると、クライストが自殺を明確に予告したのは、情死の十一日前の一八一一年十一月十日の、マリー・フォン・クライスト宛の手紙の中だ、という。

クライストはマリー宛に、その前日の九日にも手紙を書いたが、内容からしてそれは情死二日前の、十九日の日付違いとする研究者もいる、とのことだ。

同じ研究者は、マリー宛の最後の通信とされる、十一月十二日付の手紙も実は情死の当日、二十一日に書かれたものだ、としている。

これら三通の手紙は、いずれもマリーの手で書写されたもので、その際の写し間違いだということらしい。

事務所にもどったら、書簡集を確認してみなければならない。

最後に田中教授は、先刻上映された映画について、コメントした。

ホテルの主人シュティミングは、次のように証言したという。

二十一日の夜、二人の男がベルリンから、馬車で到着した。

クライストが、〈夜に二人客が来るからよろしく〉と繰り返したのは、このことだろう。

二人は、ヘンリエッテの夫ルイス・フォーゲルと、軍事顧問官のフリードリヒ・ペギレーンだった。

同日の昼間、クライストとヘンリエッテから届いた遺書を見て、大急ぎでやって来たというわけだ。

妻が死んだことを知ると、フォーゲルは帽子や手袋を投げ捨てて、悲嘆にくれた。

二人とも、湖の向こうに放置されたままの遺体を、見に行こうとはしなかった。

シュティミングが、ポツダムの警察に届けを出したというので、二人は警察官と検視官が来るのを、ずっと待っていた。

しかし、結局その日は警察関係者がやって来ず、夜が明けてしまった。

朝になると、フォーゲルは妻の遺髪を切り取らせ、それを持ってペギレーンとともに、ベルリンへもどって行った。

昼ごろ、ペギレーンが今度は一人で、ホテルにやって来る。

ペギレーンは、手続きがすんだら現場に穴を掘り、二人を一緒に埋葬するように、とシュティミングに頼んだ。

あとで、棺桶を二つ届けさせると付け加えて、ペギレーンはベルリンへ引き返して行く。

午後二時ごろ、ようやく警察官と検視官、医師が到着した。

遺体は、ホテルの敷地内の小屋に運ばれ、検死のため解剖に付された。

クライストの口蓋の奥深くに、十グラムほどの弾丸の破片が残っていたが、頭蓋骨には達していなかった。

医師のシュテルネマンは、クライストの身長を六ツォル（約六インチ！）と書き違え、推定年齢を四十歳としたそうだ。

あまり、腕のいい医者ではなかったのかもしれない。

また、クライストは高度の多血質胆汁気質者で、強いヒポコンデリーの傾向があった、と診断された。

つまり感情が高ぶれば、自殺しかねない気質の人物だった、ということらしい。

ヘンリエッテは、胸に硬貨大の弾痕が一つ残るだけで、死因は明らかと判断されたためか、解剖は行なわれなかったようだ。

ただ、癌などの不治の病を持っていたことは、確かだったとされる。

そうこうするうち、ベルリンから棺桶が届いた。

二人は納棺され、湖畔に掘られた穴の中に並べて、埋葬された。

十一月二十二日、午後十時のことだったという。

田中教授は、そのあと湖畔に建てられた墓標について、興味深い説明を加えた。

ヴァン湖は、大と小の二つの湖に分かれており、二人が情死したのは小ヴァン湖の湖畔だ、という。

墓についても、墓標そのものや建てられた位置が、何度か変わっているとのことだった。

田中教授はスライドを使って、その変遷を紹介した。

一時期は忘れられ、落ち葉に埋もれたままになったことも、あったらしい。

確かに、そういう時期の写真を見ると、哀れを催す。

今現在の写真は、コの字形に囲まれた鉄柵の内側に、太い樫の木とともに墓標が二つ並ぶ、りっぱなものだ。

一つはクライストの墓で、生没年月日のほかに次のような墓碑銘が、彫ってある。

今こそ
おお　不滅よ
汝《な》れは　すべて　わがもの

その隣に、やや後方に引っ込むかたちで並ぶ、ヘンリエッテの墓標が見える。

名前と、生没年だけしか彫られていない、簡素で小さな墓標だった。

いかにも、大作家クライストと情死しただけで、後世に名を残すことになった無名の女性、という扱いだ。

最近撮影されたものらしいが、クライストの墓標の上にバラが一輪、置かれていた。

なんとなく、胸を打たれた。

いずれにせよ、ひところに比べれば堂々たる墓標、といってもいいのではないか。

スライドが終わると、田中教授は十分ほど質疑応答の時間を設ける、と言った。

さっそく、髭を生やした中年男が手を挙げ、立ち上がった。

係員からマイクを渡されると、男はクライストのヴュルツブルク旅行について、その隠された謎が解明されないかぎり、作品を完璧に理解するのはむずかしいのではないか、と指摘した。

田中教授は、今後新しい史料が発見されれば別だが、現時点でその謎を解明するのは不可能だと思う、と応じた。

さらに、ある作家の作品群を理解するために、その人生のすべてを解明することは、かならずしも必要条件ではない、と言い切った。

なんとなく、わたしも納得する。

謎は、謎のまま残しておいてもいい、という気がしてきたのだ。

それから二つ三つ、クライストの作品について質問があり、既定の十分が過ぎようとした。

わたしは、最後に手を挙げた。

マイクを渡され、立って質問する。

「先ほどの映画のナレーションに、自殺現場で凶器が発見されなかった、というくだりがありましたが、クライストのいくつかの評伝には二挺、ないし三挺の拳銃が残されていた、と書かれています。もし、ナレーションの言うとおりだとすれば、自殺ではなく他殺の可能性も出てくるわけで、新たな研究課題が生まれたことになります。先生は、どうお考えですか」

その質問に関心がわいたのか、いくつかの頭がわたしを振り向いた。

田中教授は、すぐに答えた。

「ああ、あのコメントは、間違いですね」

あまり、あっさり言ってのけられたので、逆にとまどう。

「とおっしゃいますと、やはり拳銃は現場に残されていた、ということですか」

「そうです。関係者の証言も残っておりますし、映画の監修者が何か勘違いしたのでしょう」

ホールに、笑いのさざ波がひろがる。

せっかく、衝撃的な事実の発見かと思ったのに、ただの間違いだといなされて、拍子抜けがした。

振り上げた拳の、やりどころがない。

「分かりました。もし、ほんとうに凶器が見つからなかったのなら、それはそれで一つミステリーになる、と思ったものですから」

そうまとめて、引き下がる。

それで講演会は、お開きになった。

席を立ったとき、前の方からひよりがやって来て、挨拶した。

「このあいだは、失礼しました。来ていらしたんですね。すごく、細かい質問をなさったので、だれかと思いました」

「なんというか、あなたと話してからクライストに、急に興味がわいちゃってね」

そう弁解すると、ひよりはわたしの周囲を見回して、期待がはずれたように言った。

「姪御さんは、ご一緒じゃないんですか」

また冷や汗が出る。

「今日はちょっと、用事があるというので」

そこまで言ったとき、わたしは見覚えのある男女を、目の隅にとらえた。

藤崎研一と、雪絵だった。

19

ちらり、と目が合った。

藤崎研一は、たとえぎくりとしたにせよ、そんなそぶりをおくびにも出さず、さりげなく目をそらした。

雪絵を促すようにして、そそくさと出口へ向かう。

わたしは、その後ろ姿を見つめた。

また、懲りずにわたしのあとを、つけて来たのだろうか。

いや、それなら見つからないように、慎重に行動するだろう。間違っても、こちらの視野にはいるようなへまは、しないはずだ。

さっき、わたしが最後に質問に立ったとき、気がつかなかったのだろうか。

「どうしたんですか」

ひよりに聞かれ、ふっとわれに返る。

意味もなく笑った。

「いや、ちょっと、知った人がいたものだから。それより、あなたが来てるんじゃないかと思ったら、予想が当たったね」

強引に、話を変える。

わたしは嘘をついたが、姪の大学受験の嘘ほどには、心が痛まなかった。

ひよりは、軽く首をかしげた。

「クライストには、わたし自身も興味があったんですけど、ほんとうは岸川先生に頼まれて、チェックしに来たんです。どんな内容なのか、先生も気になるらしくて」

「そういえばこのあいだ、先生は学会で近ぢかドイツに行くとか、そんな話をしていたね」

「ええ。あちらで、クライストの没後二百年記念の会合に、出席されるんです。それで、今回の日本の催しに出られないので、かわりにわたしに聞いてきてくれ、と」

「なるほど。それじゃ、またいつかゆっくりと、話を聞かせてください」

無理やり話を切り上げると、ひよりはとまどった顔をしたものの、すぐにうなずいた。

「はい、いつでもどうぞ」

そう言って、背を向ける。

ひよりが見えなくなると、わたしは藤崎たちを追いかけようか、と一瞬考えた。

二人が、なんのためにこの催しにやって来たのか、興味を引かれたのだ。わたしとは直接関係のない、別の目的があったとしか思えない。

とはいえ、藤崎がわたしから目をそらしたのは、つかまりたくないからに違いないし、とうに消えてしまっただろう。

あきらめて、出口へ向かおうとした。

そのとき、後ろから声がかかった。

「岡坂さん」

振り向くと、わたしとさして変わらぬ背丈の女が、笑いかけてきた。

前面にスリットのはいった、千鳥格子のタイトスカートに、刺繍つきの白のブラウス。

その上に、編み目の粗いグリーンのカーディガンを、羽織っている。

「こんばんは。こんなところで、お会いするとは思いませんでした」

そう挨拶したのは、神成真里亜だった。

いつもの、ラフなジーンズ姿ではなかったし、ほとんど化粧をしていないので、見違えてしまった。

「これは、これは。先日は、どうも」

わたしは、ぎこちなく挨拶を返した。

というのは、真里亜の横に見知らぬ年配の男女が二人、控えていたからだ。

一人は、どこから見てもかつらと分かる、きっちりした黒い髪の小柄な男。六十代の半ばというところで、茶のツイードのジャケットを着ている。

もう一人は六十歳前後の、男より背の高い女だ。

独特の目鼻立ちから、明らかに外国人と察しがつく。グレイの、シンプルなワンピースに身を包み、真珠のネックレスをしている。

わたしの視線に気づいて、真里亜は二人を紹介した。

「あの、父と母です。こちらは、フラメンコ評論家の、岡坂神策さん。いつもわたしを、応援してくださるのよ」

フラメンコ評論家、という肩書には異論があったが、この際黙っていることにする。

「岡坂です。どうぞ、よろしく」

「こちらこそ。娘がいつも、お世話になっています」

父親は形式張って言い、ジャケットの内側に手を差し入れて、革の名刺入れを取り出した。

名刺を交換する。

父親の名前は、神成繁生といった。

住まいは千代田区三番町で、〈シュロス三番町〉四〇一号、となっている。

前に、真里亜が両親と同居していると言ったのは、ここのことだろう。

神成が、かたわらの女を引き合わせる。

「家内のアナです。生まれは、ドイツとスペインのハーフですが、日本語はわたしより達者に話します」

神成アナは、深く頭を下げた。

「初めまして。真里亜の母でございます」

神成の言うとおり、アナの日本語はほとんど訛りがなく、完璧に近かった。

わたしも、挨拶を返す。

頬のふっくらした童顔の婦人で、白いものの交じった茶色の髪と、青い目の持ち主だ。

娘の真里亜自身が、いかにも混血らしい顔立ちだし、〈ヘンデル〉で血筋の話を聞いていたから、アナを見ても別に驚きはしなかった。

真里亜が言う。

「岡坂さんが、クライストに興味をお持ちだなんて、知りませんでした。さっき、質問なさったときに気がついて、びっくりしました。あの質問からすると、ずいぶんお詳しいみたいですね」

「いや、たまたまですよ。それより、あなたたちこそなぜこの催しに、参加されたんですか。フラメンコとは、あまり関係ないようだけど」

それに答えようとして、真里亜はふとあたりを見回した。

気がつくと、ホールはあらかた人がはけてしまい、スタッフが後片付けを始めている。

真里亜は、あらためて言った。

「岡坂さん、もしお食事がまだでしたら、ご一緒しませんか。この近くに、おいしい和食屋さんが、あるんですけど」

神成とアナを見る。

「ぼくはいいけど、お父さんやお母さんは」

神成は、うなずいた。

「お差し支えなければ、ご一緒しましょう。娘を応援してくださるかたなら、ぜひごちそうさせてください」

「じゃあ、決まり」

そう宣言すると、真里亜は先に立って出口に向かった。

コロンビア通りを、TBSの裏手の方へ向かって、少し歩く。

真里亜は、〈あずさがわ〉と暖簾の出た店の、格子戸をあけた。

五人がけの白木のカウンターに、同じ白木のテーブルが三卓あるだけの、小体《こてい》な店だ。

幸い、テーブル席の一つが、あいていた。

料理の方は真里亜に任せ、神成がとりあえず燗酒を二本頼む。

真里亜はメニューを見ながら、迷わずてきぱきと注文した。

間なしに、燗酒とお通しがくる。

真里亜が、わたしの猪口に酒をつぎ入れ、アナが神成に酌をした。

神成とわたしも、二人に酌をし返す。

少しのあいだ、真里亜とわたしが知り合った経緯などを、神成夫婦に話して聞かせた。

ひととおり話を聞き終わると、神成は頭を下げて言った。

「へたくそな娘ですが、今後とも応援してやってください。よろしくお願いします」

わたしは、手を振った。

「わたしが応援しなくても、真里亜さんはもう一人前ですよ。背が高いから、踊りのスケールは大きいし、舞台映えもします。あとはカスタネットとか、手や腕の使い方など細かい技術を鍛えれば、十分プロとして通用します」

正直なところ、まだ海のものとも山のものとも分からないが、励ます意味で少し尻を叩いてやった。

真里亜が、わたしを横目で睨む。

「父や母の前だからといって、そんなに持ち上げないでくれませんか」

「持ち上げてなんか、いないよ。期待を込めて、言ってるんだ」

料理が少しずつ、運ばれてくる。

まぐろ、ひらめ、アジのお造り。真鯛のカマ焼き、ぶり大根。アン肝に、茶わん蒸し。

そんなものが、ずらりと並んだ。

どれも、なかなかの味だ。

アナが、苦笑まじりに言う。

「ほんとうはうちの人、真里亜がフラメンコを習うことに、賛成していないんですよ。ただの、暇つぶしの習いごとならやめておけ、と言って」

神成は、渋い顔をした。

「まあ、プロになるつもりならともかく、習いごとならお茶とかお花とか、ほかにもいろいろ花嫁修業が、ありますからね」

真里亜が、背筋を伸ばす。

「わたしは、ちゃんとプロになるわ。ゆくゆくはお教室を開いて、お弟子さんを取るつもりよ」

きっぱりした口調だった。

神成の顔が、ますます渋くなる。

「フラメンコで、女一人ごはんを食べていくのは、容易なことじゃないぞ。さっさと、嫁に行ってくれた方が、どれだけ安心するか」

「お嫁に行くのは、二の次よ。石にかじりついても、自分のスタジオを持つわ」

神成は、苦笑した。

「おいおい。まさかうちの店を、スタジオとかタブラオとかに作り替える、なんて言い出すんじゃないだろうね」

「それは、分からないわよ」

真里亜は冗談めかして言い、わたしの猪口に酒を注いだ。

酌をし返してから、わたしは神成に問いかけた。

「今、うちのお店とおっしゃいましたが、何かお店をやってらっしゃるんですか」

真里亜が、小さく肩をすくめる。

「そういえば、お話ししてませんでしたね」

神成は、また名刺入れを取り出した。

「それでは、こちらの方もよろしく、お願いします」

そう言って、もう一枚名刺をよこす。

それを見て、おやと思った。

ドイツ料理〈フランツハウス〉とある。

場所は、新宿区荒木町。

わたしも名刺入れを取り出し、先日〈アイゼン〉から持ち帰った、四枚のドイツ料理店のネームカードを、チェックした。

その中に、〈フランツハウス〉があった。

それをのぞき込んで、神成が言う。

「ああ、もうお持ちなんですね。さっき一緒に、お渡ししましたか」

「いや。これは先週、麴町の〈アイゼン〉という店に行ったとき、置いてあったのを持ってきたんです」

神成は、うなずいた。

「ああ、池島君の店ですね。彼のところのカードも、うちの店に置いてありますよ。ドイツ料理を、せめてスペイン料理なみに普及させたいと思って、連携してるんです」

酒を飲み干す。

「神成さんが、ドイツ料理店をやってらっしゃるとは、知りませんでした。お嬢さんが、何も言わないものですから」

アナが、わたしの猪口に酌をしながら、真里亜に聞いた。

「どうして真里亜は、お店のことをお話ししなかったの」

「だって、岡坂さんにお店のことを話すと、いかにも来てくださいと言ってるみたいで、いやだったから」

「遠慮することは、なかったのに。超高級店なら気が引けるけど、そうでなければぜひ行ってみたいな」

わたしが応じると、神成は愛想よい笑みを浮かべた。

「ごく大衆的な店ですから、ぜひのぞいてください。味の方は、〈アイゼン〉なんかに負けませんよ」

連携していると言いながら、ライバル意識は強いようだ。

わたしは酒を飲み、考えを巡らした。

藤崎。

岸川。

そして〈アイゼン〉に〈フランツハウス〉。

なんとなく、ジグソーパズルのピースがそろい始めた、という気がしてくる。

考えがまとまらないうちに、真里亜がわたしに聞いた。

「それにしても、なぜ岡坂さんはクライストなんかに、興味をお持ちなんですか。物知りでいらっしゃるから、別に意外じゃないですけど」

わたしは酒を飲み、一呼吸おいた。

「学生のころから、ドイツ文学が好きでね。それも、ゲーテやシラーなんかより、マイナーなホフマンとか、クライストをよく読んだんだ」

「ふうん。やっぱり岡坂さんは、変わってますね。だれも知らないような、マイナーな作家がお好きだ、なんて」

「変わってる、というほどでもないよ。今日だって、ホールの八割方が埋まっていたし、クライストに興味を抱く人は、けっこういるんだ。それが分かっただけでも、収穫があった」

真里亜がうなずく。

「そうですね。わたしも、クライストにあんなに興味を持つ人がいるなんて、思わなかったわ」

わたしは猪口をあけ、酌をしようとするアナを制して、質問した。

「さっきは、話が途中になってしまいましたが、神成家のみなさんはなぜ一家総出で、クライストの催しに参加されたんですか」

神成とアナが、ちらりと目を見交わす。

何か、まずいことを聞いてしまったか、とひやりとした。

しかし、真里亜が屈託のない口調で、説明する。

「実は、母はハインリヒ・フォン・クライストの血を引く、いってみれば末裔なんです」

これには、ほとんど驚愕した。

「末裔。ほんとうですか」

アナが、恥ずかしげにうなずく。

「ええ。ごくわずかですけど、クライストの血が流れています」

わたしは、少しのあいだ驚きが消えず、つくづくとアナを見た。

そう言われれば、アナのふっくらした童顔は、クライストに似ていなくもない。

しかし、にわかには信じられなかった。

真里亜が、あとを続ける。

「四、五日前に、今夜クライスト没後二百年の催しがあることを、インターネットで知ったんです。それで、わたしが渋る両親を説得して、引っ張り出したわけ」

神成は腕を組み、ふんぞり返った。

「今日は月曜日で、たまたま店の定休日だったから、付き合っただけだよ」

アナが、眉を曇らせる。

「今日の催しには、わたしもあまり感心しなかったわ。だいいち、人妻と心中して死んだ人の子孫だなんて、人聞きが悪いですものねえ」

その口ぶりが、日本人以上に日本人らしかったので、思わず苦笑した。

20

神成真里亜が、真顔で反論する。

「わたしは、そうは思わないわ、ママ。人妻と心中したといっても、もう二百年も前の話じゃないの。というか、ちょうど二百年前の今日よね」

神成アナは、外国人らしいしぐさで、肩をすくめた。

「それを別にしても、クライストはだいぶ調子はずれの人だった、という気がするの」

「そうかしら。クライストって、生きているあいだは報われなかったけれど、とても才能のありそうな人だった。映画はともかく、田中なんとか先生のお話を聞いて、それがよく分かったの。わたしは、そういう人の血が流れていることを、むしろ誇らしいと思うわ」

真里亜が言い切る。

アナは、ちょっと反論したそうなそぶりを見せたが、思い直したように口をつぐんだ。

親子で、気まずくなっても困るので、わたしは少し話を変えた。

「ところでアナさんは、ドイツ人とスペイン人のハーフだ、とおっしゃいましたね。ずいぶん、珍しい組み合わせのように、思えますが」

アナはほほえみ、猪口を口に運んだ。

神成繁生が、からかうように言う。

「そこに話が及ぶと、長くなりますよ。いいんですか」

わたしは、指を立ててみせた。

「みなさんさえよければ、いっこうにかまいませんよ。わたしは、カメレオンのように好奇心が強くて、なんでも知りたがるたちですから」

三人が笑う。

実をいえば、アナの出自を知りたくなったのは、単なる好奇心からではない。

これまでの、不可解な尾行劇の答えが見つかるかもしれない、と勘が働いたからだ。

しかしそのことは、むろん黙っていた。

そばから、真里亜が応援してくれる。

「さっきも言ったけれど、岡坂さんはなんでも知っている、ウォーキング・ディクショナリーなの。好奇心が強くなければ、とてもそうはなれないわ」

アナは、目を丸くした。

「生き字引ですって」

「まあ、ところどころ落丁や、誤植がありますけどね」

わたしが応じると、アナは笑った。

「乱丁がないだけ、すごいですね」

ほとほと、感心する。

「お嬢さんも言っていましたが、アナさんの日本語力はレベルが高いですね。ふつう、外国から来た人には、生き字引とか落丁、乱丁といった言葉は、分かりませんよ」

「わたし、本が好きですから」

アナは、別にたいしたことではないという顔で、あっさり片付けた。

真里亜が続ける。

「でも、物知りという点では、ママも岡坂さんに、かなわないわよ。ソクラテスや、サミュエルなんとかにも、詳しいんだから」

「サミュエル・ジョンソンの話は、ぼくじゃなくて桂本先生が、持ち出したんだ」

真里亜は、眉のあいだにしわを寄せた。

「どっちでもいいじゃないですか。物知りでいらっしゃるって、ほめてるんですから」

わたしは、両手を上げた。

「分かった、分かった。さっき、ぼくがきみを持ち上げたお返しを、してくれたわけだね」

真里亜が、横目で睨む。

「やっぱり、持ち上げたんですね」

神成もアナも、笑った。

わたしはアナを見て、話をもどした。

「アナさんは、お父さんがスペイン人で、お母さんがドイツ人だ、ということですね。真里亜さんから、うかがいましたが」

アナが、小さく首を振る。

「そのとおりです。岡坂さんは、物知りでいらっしゃると同時に、ほんとうに物好きでいらっしゃるのね。スペイン人とドイツ人の混血に、そんなに興味をお持ちになるなんて」

冷や汗が出る。

「すみません。スペインがからむと、黙っていられなくなるものですから」

そう応じながら、なぜか自分でも分からないくらい、しんそこ興味がわいてきた。

アナは、別にこちらの真意を探る様子もなく、無邪気に言った。

「それじゃ、どこからお話ししましょうか」

「そうですね。たとえば、ご両親はまだご健在ですか。それとも」

「健在です。父は八十五歳、母は八十三歳になりますが、まだ元気でベルリンにいます」

「それは、何よりでした。しかし、スペインじゃなくて、ドイツにいらっしゃるとは、意外ですね」

「はい。あとでお話ししますが、いろいろと事情があって」

「分かりました。最初に、ご両親はどこでどうやって、お知り合いになったんですか」

アナが答える前に、神成が酒の追加を注文した。

また酌をし合ってから、アナがおもむろに口を開く。

「これからお話しすることは、両親と祖父から聞かされた話ですから、どこまでほんとうか分かりません。ですが、記憶の誤りなどを除けば、だいたい間違いはないだろう、と思います」

そう前置きして、話を始めた。

「父は、サラマンカ生まれのサラマンカ育ちで、第二次世界大戦が終わった年、一九四五年には十九歳でした。一人息子で、名前はヘスス・ナバロ・クエスタ、といいます。父の父、つまりわたしの祖父のフリアン・ナバロは、そのとき確か四十五歳で、レストランを経営していました。祖母のコンチャ・クエスタは、すでにこの世にありませんでした」

アナは、そこで一度言葉を切り、あらためて言う。

「第二次大戦のあいだ、スペインは表向き中立を保ちましたが、ドイツとは内戦以来親密な関係にあって、裏では何かと便宜を図っていたのです。そのことは、ご存じですか」

「ええ。ドイツに、武器製造に必要なタングステンを輸出したり、アメリカから輸入した石油を横流ししたり、陰で戦争協力をしたと聞いています」

アナは、唇を引き締めた。

「そのとおりです」

「スペインは日本とも、一九四五年の春に断交するまで、良好な関係にありましたね。断交の意味は、分かりますか」

わたしが聞くと、アナは微笑した。

「はい。外交関係を断つことでしょう」

またまた、感心する。

「この分だと、いちいち言葉の確認をしなくても、だいじょうぶのようですね」

「まあ、だいたいは」

アナは応じて、話を続けた。

戦争が終わった、一九四五年の五月前後から続々と、スペインにドイツ人が流れ込み始めた。

ナチス党員や政府高官、財界の幹部、兵器産業の技術者など、多くの要人が連合軍の追及を逃れ、亡命先を求めて来たのだ。

スペインは、ドイツの敗色が濃くなったあとも、最後まで断交しなかった。

そのため、ドイツ人にとってスペインは当面、格好の隠れ場所になったのだった。

戦後、スペインの官憲は連合軍の強い要請で、そうした逃亡者、亡命者を狩り出す作戦を、展開する。

しかし、それはいわばおざなりなもので、陰では国内の諸処に潜伏場所を手配したり、中南米への高飛びに手を貸したりして、ひそかにドイツ人への協力を続けた。

機嫌をとるため、かたちばかり英米に差し出されたドイツ人は、取るに足らぬ者ばかりだったという。

「裕福なドイツ人は、国から持ち出した逃亡資金で家を借り、名前を変えてスペイン社会に紛れ込む、ということもできました。そうでないドイツ人は、スペイン人の知り合いにかくまってもらうか、どこかに潜伏場所を探してもらうか、どちらかしかありませんでした。知り合いがいなくても、ある程度お金を持っているドイツ人は、役人とかグアルディア・シビル（治安警備隊）に賄賂を渡して、隠れ場所を見つけてもらったのです」

アナはそこで、猪口の酒を飲んだ。

口を挟む。

「すると、英米に引き渡されたのは、つてもなければ資金もないドイツ人、というわけですね」

アナはうなずいた。

「そうです。そんなある日、祖父は常連のお客さまだった陸軍のさる将軍から、内密の相談を受けました。生活費を払うので、ドイツから逃げて来た女性一人と、三人の娘のめんどうをみてくれないか、というのです。レストランの二階の、貸室がたまたまあいていたことと、将軍が彼女たちの身元を保証したので、祖父は快くお世話を引き受けました」

なるほど、と思う。

サラマンカは、古い大学都市として知られるが、内戦のおり早ばやとフランコ反乱軍の手に落ち、その拠点の一つになった。

そうした経緯から、この保守的な町はドイツ人に対して、寛大な態度をとったに違いない。

将軍がフリアン・ナバロに託したのは、エリカ・ヴァグナーという五十代の女性、エリカの娘のエファとブリギッテ、そしてエリカの遠い親戚に当たる夫婦の遺児で、十七歳になる娘ルイゼの、四人だった。

「スペインでは、エリカは同じエリカでよいのですが、娘たちの名はそれぞれエバ、ブリヒダ、ルイサ、とスペイン風に呼ばれました。ただ、わたしは全部もとの名で、呼ぶことにします」

アナは、そう断りを言った。

ルイゼは美しい娘で、戦争中に両親を亡くしたため、親しくしていたエリカに引き取られた、という。

一緒に暮らすうちに、フリアンの息子ヘススは二つ年下のルイゼと、愛し合うようになった。やがて二人は婚約し、三年後の一九四八年にめでたく、華燭の典を挙げる。

翌年には息子のビセンテを授かり、さらに翌々年の五十年には妹が生まれて、二人の子持ちになった。

「その妹というのが、このわたしなのです。つまり、ルイゼがわたしの母であり、真里亜の祖母になる、というわけです」

アナの説明に、わたしは問い返した。

「すると、アナさんがクライストの末裔だとすれば、そのルイゼさんにクライストの血が流れている、ということになりますね」

アナが、重おもしくうなずく。

「そうです。母のフルネームは、ルイゼ・マルガレテ・アマリエ・フォン・クライスト、といいます。ルイゼの父親ヨゼフが、クライスト一族の末裔の一人でした。そしてルイゼの母、つまりわたしの祖母リゼロッテは、旧姓をミュラーといって、さっきお話ししたエリカの、遠縁に当たります」

「なるほど。エリカ・ヴァグナーさんが、ルイゼさんを一緒にスペインへ連れて行ったのは、そういう関係があったからですね」

わたしの頭は、ややこしい人間関係を整理しきれずにいたが、それだけは理解できた。

アナは、またうなずいた。

「そう、そのとおりです。ちなみに、わたしの体にクライストの血が流れていることが、どんな意味を持つかを知ったのは、ずっとあとになってからでした。名前が、いかにも気取った風に聞こえるので、父方の姓しか名乗らなかったのを、覚えています」

「ただの、アナ・ナバロですか」

「そうです。スペインでは、父方の姓と母方の姓をつなげますから、正式にはアナ・ナバロ・フォン・クライスト、となります」

アナの返事に、神成が何か言いたそうな様子で、妻の顔を見た。

アナが、急いで付け加える。

「正式には、アナ・ナバロ・フォン・クライスト・デ・カンナリ、です」

神成は、満足そうに頬を緩めた。

わたしは、急に喉の渇きを覚えて、酒に口をつけた。

あらためて聞く。

「アナさんのご両親は、今ベルリンにおられるそうですが、スペインからドイツへ移られた事情を、お尋ねしていいですか」

「はい」

アナは、少しのあいだ考えてから、また話し始めた。

「両親は、結婚したあとも二階のペンションに住んで、祖父のレストランを手伝ったのです。祖父は、一九五八年に五十八歳で亡くなりましたが、父はそのまま店を引き継ぎました。ただ、だんだん景気が傾き始め、経営にかげりが出てきたようです」

アナによると、そのころからルイゼが夫のヘススに、どうしても故郷のドイツにもどりたい、一緒にベルリンへ移ってくれないか、と説得を始めたという。

ベルリンで、新たにレストランを開いてやり直そう、というのだ。

当然ヘススは、難色を示した。

言葉もままならぬ異国で、人生をやり直す自信はないというのが、最大の理由だった。

しかし、ベルリンにもどれば多少のつてもある、とルイゼがあまり熱心にかき口説くので、最後には根負けしたらしい。

「祖父が死んだ二年後、一九六〇年の秋にわたしたち一家は、サラマンカを引き払ってベルリンへ、移住しました。兄のビセンテが十一歳、わたしが十歳のときでした」

ベルリンに行くと、ルイゼの両親の財産を管理する弁護士が現れ、いろいろとめんどうをみてくれた。

おかげで、ヘスス夫婦は裏通りながら、繁華街のクアフュルシュテンダムの近くに、レストランを開くことができた。

店は今でもそこにあり、兄のビセンテ夫婦が両親のめんどうを見ながら、切り盛りしているという。ビセンテの妻は、シャルロッテというドイツ人だそうだ。

真里亜が、口を挟む。

「わたしも、そのレストランに何度か、行ったことがあるんですよ。〈サラマンカ〉という名前で、スペイン料理とドイツ料理をミックスした、なんともいえない料理店なの」

神成も、横から言った。

「わたしは、料理の勉強でヨーロッパに渡ったおりに、なぜかベルリンが気に入りましてね。たまたまはいった、〈サラマンカ〉のいわく言いがたい料理に魅せられて、そこで修業することになりました。それが、アナと知り合ったきっかけなんですが、そのいきさつを話し出すときりがないので、今夜はやめておきましょう」

アナが苦笑して、猪口に口をつける。

わたしは、一息入れて続けた。

「ところで、ルイゼさんとともにナバロ家で暮らした、エリカ・ヴァグナーさんと二人の娘さんは、どうなさったんですか。一緒にドイツへ、もどられたんですか」

その問いに、アナは初めてたじろいだ色を見せ、取り繕うように咳払いをした。

言葉を選びながら言う。

「エリカ母娘は、祖父のフリアンが死んだあとも、少しのあいだわたしたちと一緒に、暮らしました。半年くらいすると、例の将軍がレストランに現れ、エリカ母娘を引き取っていきました。母娘は、最終的にアメリカへ渡ったと聞きましたが、わたしはまだ小さかったものですから、そのあたりの事情がよく分かりません」

きっぱりした口調から、それ以上は聞いてほしくない、という雰囲気が感じられた。

角度を変える。

「話はもどりますが、お母さんのルイゼさんのご両親、つまりヨゼフさんとリゼロッテさんは、お亡くなりになったんですね」

確認すると、アナの顔にちらりと影が差した。

21

「はい」

神成アナは、そう答えてから、すぐに言葉を継ぐ。

「少なくとも、母は両親が戦争で亡くなったと、そう申しました。けれども、詳しいことは聞いておりません。ご存じのように、戦争中のドイツでは恐ろしい出来事が、たくさんありました。わたしは、母のそうした記憶を掻き立てたくなくて、祖父母の身に正確に何が起きたのかを、聞くことができませんでした」

たとえ聞いていても、アナは話さないだろう、という気がした。

おそらくルイゼの両親、つまりアナの祖父母が亡くなったのは、病気や事故のためとか、空襲の犠牲になったとかいう、ありきたりの事情ではあるまい。

アナは酒を飲み干し、夫が注ごうとするのを制して、話を続けた。

「母は、自分の体に十九世紀の劇詩人、ハインリヒ・フォン・クライストの血が流れていることを、いつも自慢にしていました。フォン・クライストの一族は、中世から続く古い軍人貴族の家柄で、その血筋はたどり切れないくらい、多いと聞いています。ですから、母やわたしにクライストの血が流れている、といってもほんの少しにすぎません」

「家柄にふさわしく、クライストも最初は軍務についたのですね、確か」

わたしが言うと、アナはうなずいた。

「そうです。ただ、軍人の家系とはいえハインリヒのほかにも、文人がいたようです。あまり知られていませんが、たとえば十八世紀の前半に、ハインリヒの大伯父の血筋に当たる軍人で、エヴァルト・クリスティアン・フォン・クライスト、という詩人がいました。エヴァルトより、十四歳年若だったエフライム・レシングと、親しくしていたようです。レシングは、エヴァルトが戦争で亡くなったとき、友人に彼を悼む手紙を書き送っています」

エヴァルトなにがしの名は初耳だが、エフライム・レシングならわたしも知っている。

ゲーテより二十歳年長で、『ラオコーン』や『賢者ナータン』の名作を残した、ドイツ啓蒙主義の巨星だ。

そのレシングと親しかったとすれば、エヴァルトもそこそこの詩人だったのだろう。

アナの口から、エヴァルトの名前が出たので、この機会に気になっていた質問を、ぶつけてみることにした。

「すみません。お話の腰を折るようですが、ちょっとだけ確認したいことがあります。いいですか」

アナはわたしを、まっすぐに見返した。

「どうぞ」

「今のお話の詩人と、同じファーストネームを持つエヴァルト・フォン・クライスト、という人物についてです」

アナは瞬きしたが、何も言わずに目で先を促した。

「第二次世界大戦が始まる前、地下活動をしていた反ヒトラー派の中に、エヴァルト・フォン・クライストという、土地持ちの法律家がいたのです。一九三八年の八月、同志の人びとは彼を密使として、イギリスに送り出しました。一つには、国内にもヒトラーとナチスに抵抗する、良識派のドイツ人グループが存在することを、イギリス政府に知らせるためでした」

そこで言葉を切ると、アナは頬を引き締めた。

わたしは続けた。

「エヴァルト渡英のもう一つの目的は、ヒトラーがチェコ併合を狙っているので、それを断固阻止するようヴァンシタート外務次官、あるいはチャーチルらの政府高官に、協力を要請するためでした。この、エヴァルトという人物も、われらがハインリヒと同じクライスト家の、末裔だったのではありませんか」

アナは、いくらか感動したように目をうるませ、深くうなずいた。

「おっしゃるとおりです。ご指摘のエヴァルトも、やはりフォン・クライスト一族の血を引く、軍人の一人でした。彼はポンメルン、英語でいうポメラニア地方の、シュメンツィンの大地主でした。それで、系統を明確にするためにクライスト＝シュメンツィン、と呼ばれていました。でも、どうしてそのエヴァルトのことまで、ご存じなのですか。信じられないわ」

　神成真里亜が、うれしそうに言う。

「だから、言ったでしょう、ママ。岡坂さんは、底なしの物知りだって」

　わたしは、手を振った。

「いや、これもたまたまです。わたしは、自分に興味のあることについて、とことん調べる癖がありましてね。エヴァルトの一件は、歴史家のジョン・ウィーラー＝ベネットが書いた、『国防軍とヒトラー』という本に、出ていたのです。一九六〇年代の初めに翻訳され、今も新装版が出回っています。ご存じですか」

　アナは首を振った。

「いいえ、存じません。ほかに、どんなことが書いてあるのですか」

「エヴァルトが、ハインリヒ・フォン・クライストの子孫だったこと、ナチスが政権を取る以前からヒトラーを嫌い、反対運動に身を投じたことなどです。エヴァルトは、もしイギリスがドイツのチェコ併合を許さず、一戦を交える強い姿勢を示すなら、自分たちもヒトラーを排除する覚悟ができている、と彼らに言いました。それに対して、いくらかでも関心を示したのは、チャーチルだけだったそうです。しかし、チャーチルはまだ首相になっておらず、政府に働きかけるにはいたらなかった。結局イギリスは、その後のミュンヘン会談でヒトラーに譲歩し、チェコ併合を認めてしまいました。そのときから、ヒトラーの野望は一挙にふくらんで、第二次大戦に突入することになります。エヴァルトの渡英は、むだに終わったのです」

　わたしの長広舌に、アナはほとんど目をぱちくりさせた。

「ほんとうに、お詳しいのですね」

「わたしはただ、本に書いてあることをかいつまんで、受け売りしているだけですよ」

「でも、ちゃんと頭にはいっていらっしゃるのが、すごいと思います」

「そこが本好きの、いいところでしょう」

少し、調子に乗りすぎたかもしれない。

正直な話、今夜のクライストの映画、あるいは講演の中で、それにまつわる話が出るかもしれないと思って、事前に第二次大戦の翻訳書や原書に目を通し、おさらいをしてきたのだ。

結果的に、映画も田中太郎教授の講演も、クライスト一族の末裔に関して、まったく触れるところがなかった。

むろん、そうした問題はクライストの人生や文学と、いっさい関係のないことだから、当然といえば当然だろう。

神成繁生が、アナの猪口に酒を注ぐ。

今度は、アナもそれを受けて一口飲み、しみじみと言った。

「岡坂さんは、本を読めばそれだけ知識が広がる、という生きた見本ですね。今の若い人にも、見習ってほしいものだわ」

「恐縮です」

真里亜が、わたしを見て眉を軽く上げ、瞳をくるりと回す。

わたしは、気づかないふりをして、話を続けた。

「記録によると、エヴァルトは一九四四年七月二十日の、ヒトラー暗殺未遂事件の直後に逮捕されて、ドイツが降伏する少し前の翌年四月に、絞首刑になりました。暗殺やクーデタに、直接たずさわったわけでもないのに、残念なことでした。まあ、早い時期からナチスを相手に、公然と批判を繰り返していたので、陰謀に荷担したとみなされたのでしょうが」

そう言いながら、さりげなくアナの顔色をうかがう。

アナは、ほとんど表情を変えることなく、わたしを見返した。

その反応から、というより無反応から、アナの母方の祖父ヨゼフは、少なくとも問題のエヴァルトと、さほど近い関係になかったことが、察せられた。

そこで、もう一つ隠し球を投げてみよう、という気になった。

ここまできたら、あとに引くわけにいかない。

「ついでにもう一つ、お尋ねします。先ほど来、お話ししてきたエヴァルトの息子に当たる、エヴァルト・ハインリヒ・フォン・クライスト＝シュメンツィン、という陸軍士官がいます。一九二二年生まれで、終戦の年にやっと二十三歳でしたが、ご承知ですか」

「はい、知っています」

アナの表情に、さしたる変化はない。

ただ、わたしがあまりに細かい質問をするので、驚いているらしいことは想像がつく。

「ファーストネームが、父親と同じで紛らわしいですから、エヴァルト・ハインリヒと呼ばせてもらいます。七月二十日の、ヒトラー暗殺計画に先立つ一九四四年一月、彼はシュタウフェンベルク大佐に説得されて、ヒトラーを道連れに自爆死する役を、引き受けました。まだ若いのに、勇気ある決断でした」

アナがうなずく。

「そのお話は、わたしも聞いています。この計画はヒトラーだけでなく、後継者と目されるヒムラーも一緒に、吹き飛ばす手筈になっていました。ところが実行の直前、ヒムラーがその場に同席しないことが分かって、急遽中止されてしまったのです。ヒトラーとヒムラーと、暗殺に二度手間をかけるのは、リスクが大きすぎるからでしょう。それで、幸か不幸かエヴァルト・ハインリヒは、命拾いをすることになったのです。父親のエヴァルトからも、ドイツのためにぜひやるべきだ、と励まされていたのに」

淡々とした口調で、そう言ってのけた。

やはりアナは、エヴァルト親子とさほど近しい関係には、ないようだ。

「問題の七月二十日、エヴァルト・ハインリヒは国防省の中にいて、シュタウフェンベルクらがクーデタに失敗するのを、目の当たりにしたそうです。ところが、失敗したと分かったあと、彼はほかの若い士官たちに交じって、脱出に成功してるんですね」

「そうです。ただ、その後ヒトラーの厳しい追及にあい、ゲシュタポに逮捕されました。ところが、証拠不十分で死刑にもならず、前線にもどされたのです。結局、彼は戦後まで生き延びた、と聞いています。会ったことはありませんが、亡くなったという話も耳にしないので、もしかすると」

アナはそこで言葉を切り、小さく肩をすくめた。

「ご存命なら、ほどなく九十歳ですね」

わたしが水を向けると、アナはようやく口を開いた。

「はい。同じ一族として、エヴァルト親子の存在は誇らしいこと、と思います」

ふと気がついて、壁の時計に目をやる。

すでに、午後十一時に近かった。

いつの間にか、ほかの客は引き上げてしまい、わたしたちだけになっていた。

店に確認すると、ラストオーダーは十時四十五分で、閉店は十一時半だという。

こちらもそろそろ、引き上げどきだろう。

アナとわたしの話を、口も挟まずに聞いていた真里亜が、締めくくるように言った。

「それじゃ最後に、このお店の名物の鯛茶漬けを、食べませんか」

神成夫婦も、わたしも賛成する。

胡麻だれを使った、確かにうまい鯛茶漬けだった。

神成が、どうしてもごちそうすると言い張るので、好意に甘えることにした。

勘定をしているあいだに、真里亜は携帯電話に着信がはいって、店の外へ話しに出た。

わたしは、アナに根掘り葉掘り質問したことをわび、神成にはごちそうになった礼を言った。

店を出ると、ちょうど真里亜が通話を終わり、携帯電話を畳んだところだった。

「わたしはお茶の水なので、ここからタクシーで帰ることにします。麴町は、ちょうど通り道になりますから、ご自宅までお送りしましょう」

わたしが言うと、神成は最初固辞した。

しかし、結局は折れてその申し出を、受け入れた。

タクシーを停め、助手席に乗り込む。

真里亜は、両親を先に後部シートに乗せ、自分はいちばんあとから乗った。

コースを確認して、運転手が車をスタートさせると、わたしは一息ついた。

実を言えば、アナに聞きたいことはほかにもあり、それが少し心残りだった。

第二次大戦中、ドイツにはクライストを名乗る人物が、あと二人存在していた。

その確認を取りたかったが、時間がなくなってしまった。

一人は、話題になった法律家とまったく同じ名前の、エヴァルト・フォン・クライストと呼ばれる、国防軍の将官だ。

ただし、こちらはクライストの後ろに、シュメンツィンがつかない。

フルネームは、パウル・ルートヴィヒ・エヴァルト・フォン・クライストだが、一般にエヴァルトと呼び慣わされているため、紛らわしいのだ。

こちらのエヴァルトは、一八八一年生まれの陸軍の軍人で、一八九〇年生まれの法律家エヴァルトより、九歳年長になる。

アルデンヌの森の突破作戦や、東部戦線での戦いに赫々たる戦功を挙げ、最終的に陸軍元帥にまで、昇進している。

ヒトラーの覚えも、よかったようだ。

終戦に際して、エヴァルトはイギリス軍につかまり、ユーゴスラビアの軍事裁判で、十五年の刑を受ける。

ほどなく釈放されたものの、そのままソ連の手に引き渡された。ソ連軍を苦しめたのがたたってか、エヴァルトはかの地の強制収容所に入れられ、一九五四年に所内で死亡した、と伝えられる。

かりにソ連軍でなく、エヴァルトが英米軍を相手に戦っていたら、ロンメルと同じく敵からも敬意を払われる、名誉ある軍人で終わったかもしれない。

エヴァルトという名前からして、こちらもフォン・クライスト一族の末裔に違いない、という気がする。エヴァルトは、この家系の中でも特に由緒ある名前らしく、過去に何人も同名の者がいるのだ。

もう一人のクライストは、ベルント・フォン・クライストという。

これまた軍人だが、将官ではなくただの陸軍士官にすぎない。

一八九六年生まれだから、二人のエヴァルトのあとの世代に当たる。

ベルントは、国防軍のヘニング・フォン・トレスコウ少将と、親しい関係にあった。

トレスコウ少将は、反ヒトラー派の中でもっとも影響力のある、重要人物だった。

ただ、ヒトラーに直接爆弾を仕掛けた、シュタウフェンベルク大佐のせいで、やや影の薄い存在になっている。

ベルントは、それよりさらに目立たぬ人物で、ほとんど忘れられた感すらある。

しかしクーデタ失敗後、ヒトラーの厳しい追及を逃れ、戦後まで生き延びた。

同志の口からは、ベルントを高く評価する声が絶えなかった、という。

真里亜が、後部シートで突然口を開いたので、われに返った。

「わたし、このまま岡坂さんをご自宅まで、お送りするわ。いいでしょう、ママ」

22

わたしは、驚いて振り向いた。

「だいじょうぶ、心配ご無用。ぼくが、みなさんをお送りする、と約束したんだから」

神成真里亜が、間髪をいれず応じる。

「いいえ、わたしに送らせてください。ママの長話を、あんなに熱心に聞いていただいたんだから、せめてお送りしないと」

「いや、今日はぼくの方から無理を言って、お話を聞かせていただいたんだ。気を遣わなくていいよ」

神成アナが、口を出す。

「真里亜の言うとおりだわ。ふだん、お世話になっていることだし、真里亜がお送りするのが筋かもね」

「そうよ。そうよね、パパ」

真里亜に念を押されて、神成繁生は口ごもった。

「ええと、うん、そうだな。そうかもしれんな」

あいまいな返事だ。

真里亜が、なおも言い募る。

「それに、お送りしがてら岡坂さんに、フラメンコのことでいくつか、教えていただきたいことがあるんです」

なぜか、取ってつけた理由のように、聞こえた。

「だったら、いつでも神保町に来ればいい。今夜でなくたって、好きなだけお相手をするから」

わたしが応じると、真里亜はすねたように言った。

「岡坂さんたら、いやがってますね」

アナが、また口を開く。

「そうね。あまり、押しつけがましくなっても、よくないわね。日をあらためたらどう。考えてみたら、もう時間も遅いし」

今度は神成も、同調した。

「そうだよ。岡坂さんもきっと、疲れておられるだろう」

「わたしは、ただお話をうかがっただけですから、疲れてなんかいませんよ」

つい正直に応じると、真里亜はここぞとばかりに、言い放った。

「ほらね」

「ほらねじゃなくて、ここできみに送ってもらったら、またぼくがきみを送って来なくちゃならない。そうしたら、一晩中お茶の水と三番町を、行ったり来たりすることになる。お父さんとお母さんに、心配かけちゃいけないね」

「心配なんか、しませんよ。わたしだって、もう三十路を過ぎてるんだから、子供扱いしないでほしいわ」

「心配なんかしないけれど、かえってご迷惑じゃないか、と思って」

アナが言ったので、わたしは少し間をおいて、口を開いた。

「別に、迷惑じゃないですけどね」

あえて、含みを持たせる返事をしたのは、なんとなく真里亜からわたしに、内密の話があるのではないか、という気がしたからだ。

結論が出ないうちに、タクシーはイギリス大使館の二本裏手に当たる、俗に大妻通りと呼ばれる道に、はいって行った。

真里亜は坂をくだって、三つ目の信号を右折するように、運転手に指示した。

十字路を曲がったところで、車を停める。

そこは、五味坂と呼ばれる緩やかな坂で、直進すれば千鳥ケ淵に抜ける道だ。

すぐ左側の建物が、〈シュロス三番町〉だという。瀟洒な煉瓦造りの、小ぶりのマンションだった。

真里亜は、先に車をおりた。

神成とアナをおろし、わたしに後部シートに移るように、窓を叩いてせかす。

暗黙のうちに、わたしを送って行くという了解が、成立したらしい。

しかたなく、車をおりる。

「それじゃ、心配しないでね」

あっけらかんと言って、真里亜はさっさと車に乗り直した。

わたしは、神成夫婦に頭を下げた。

「それでは少しのあいだ、真里亜さんをお借りします。今日は何から何まで、ありがとうございました。いずれあらためて、ご挨拶させていただきます」

神成は、手を振った。

「いやいや。こんな娘ですが、何かと力になっていただければ、ありがたいです」

アナも、言葉を添える。

「今後とも、よろしくお願いします」

恐縮して、わたしは頭を下げた。

今日が初対面だというのに、二人にすっかり信頼を寄せられた様子で、かえってとまどいを覚える。それほど、自分が信用に値する人間に見えるとは、思わなかった。

神成が、マンションの玄関に向かおうとして、振り向く。

「そうだ。一度わたしの店に、食べに来てください。ドイツ料理も、それほどばかにしたものではないことを、分かっていただけると思います」

「ありがとうございます。近いうちに、ぜひ立ち寄らせてもらいます」

わたしは、神成夫婦が玄関にはいるのを確認して、真里亜の隣に乗り込んだ。

タクシーが走り出すと、真里亜は急にしおらしい態度で、詫びを言った。

「すみません、無理を言ってしまって」

ちょっと、答えあぐねる。

「なんというか、急にぼくを送るなんて言い出すものだから、驚いた。お父さんもお母さんも、変だと思ったに違いないよ」

「かもしれませんね」

あっさり認める。

「何か話があるんだったら、あしたにでも出直せばよかったのに」

水を向けると、真里亜はすぐに応じた。

「そういうわけに、いかないんです。今夜、どうしても会いたい人が、いるものですから」

おぼろげながら、真里亜の意図が読めた。

「その相手は、どうやらぼくじゃなさそうだね」

「ええ、違います。岡坂さんを、だしに使ってしまいました。ごめんなさい」

すなおに謝られると、返す言葉がない。

「そのお相手とは、どこで会うんだ。遠くなければ、回ってあげてもいいけど」

「だいじょうぶです。神保町の交差点の近くで、おろしてください。前に一度、連れて行っていただいた〈リベルテ〉って、夜遅くまでやってますよね」

「うん。あそこで会うのか」

「ええ。お店を出る前、ケータイに電話がはいったでしょう」

「なるほど。そのときに、約束したわけだ」

「そうです。とっさに、〈リベルテ〉のことを思い出して、あそこに決めたんです」

「同時に早ばやと、ぼくを送って行くという口実が、頭に浮かんだわけだね」

皮肉を言うと、真里亜は上唇をちろり、という感じでなめた。

「まあ、そういうことですね」

悪びれずに認め、さらに続けた。

「何かのときに、父や母に今夜のことを聞かれたら、ずっとわたしと一緒にいた、と言ってください。お願いします」

そう言って、ぺこりと頭を下げる。

「まさか、朝帰りはしないだろうね。そんなことをしたら、ぼくの信用はだいなしになるぞ」

「一晩中、フラメンコの話をしていた、と言えばいいじゃないですか」

「そりゃまあ、フラメンコの話なら一晩中だって、続けられるさ。だけど、お父さんもお母さんも、信じないだろう」

釘を刺すと、真里亜はうなずいた。

「なるべく早く、帰ります」

車は、九段下を通り過ぎて、靖国通りを神保町へ向かった。

交差点を越え、さらに百五十メートルほど先の、信号のところで車を停める。

そこは、駿河台下の交差点につながる、斜めになった曲がり角の手前で、左側に〈スターバックス〉と〈マクドナルド〉が、仲よく並んでいる。

「ここでいいよ。二人ともおりるから」

わたしが運転手に言うと、真里亜はあわてて袖を引っ張った。

「岡坂さんはこのまま、マンションまで乗って行ってください」

わたしは金を払い、真里亜を見返った。

「心配しなくていい。きみに、くっついて行くつもりはない。〈ヘンデル〉に寄って、一杯やるだけさ」

かりに寄ったとしても、すでに閉店時間が迫っているから、萱野信夫は飲ませてくれないだろう。

車をおりる。

わたしは、靖国通りの向こう側を、指で示した。

「そこの信号を渡って、あの古書店の脇の路地を」

言いかけるのを、真里亜がさえぎる。

「だいじょうぶ、分かります。このあいだ行きましたし、方向感覚はいい方ですから」

わたしは、道を示した人差し指を引っ込めて、真里亜の鼻先に突きつけた。

「もう一度言うけど、朝帰りはいかんよ」

「岡坂さんは、パパよりうるさそう」

「それはお世辞かね」

真里亜は答えずに、小さく手を振った。

わたしも振り返し、〈マクドナルド〉の角を曲がって、錦華通りを歩き出した。

五メートルほど行ったところで、回れ右をする。

角からのぞくと、真里亜は背筋をまっすぐ伸ばし、信号待ちをしていた。

信号が青になり、靖国通りを渡り始める。

学生らしい、若者の二人連れが真里亜と一緒に、横断歩道にはいった。

少し遅れて、神保町交差点の方から来た、薄茶色のハーフコートの女が、それに続く。

青信号が点滅し始めると、今度はバックパックを肩にかけた男が、小走りに通りを渡って行った。

わたしも、〈マクドナルド〉の角から滑り出て、バックパックの後ろから走った。

渡り切った真里亜が、古書店の角を曲がり込むのが、ちらりと見える。

横断歩道を渡り、真里亜のあとに続こうとした女に、わたしは背後から声をかけた。

「警部補」

女は、一瞬背中をこわばらせて、さっと振り向いた。

後ろ姿から察したとおり、半蔵門警察署警務課付の女刑事、知恩炎華だった。

歩道に上がり、炎華のそばに行く。

「わたしのあとをつけるのなら、方向が違いはしませんか」

そう指摘してやると、炎華はぐいと顎を引いた。

「いくら夜中でも、天下の往来で警部補と呼ぶのは、やめていただけないかしら」

「名字で呼んでも名前で呼んでも、無視されそうな気がしたものですからね。それより、このあいだと同じような場所で出くわしたのも、何かの縁でしょう。一杯おごりますよ」

炎華は、さりげなく真里亜が消えた路地を見やり、わたしに目をもどした。

「彼女を追うのは、あきらめた方がいい」

わたしが言うと、炎華は瞬きした。

「だれのことですか」

「あなたが、わたしよりもあとを追う価値がある、と思ったある女性のことですよ」

「なんのことか、分かりませんね」

炎華は、尾行の邪魔をされたことに腹を立てたにせよ、少なくともおもてには出さなかった。美人というだけでなく、なかなか自制心の強い女だ。

炎華は、とぼけるのをあっさりやめて、言葉を続けた。

「わたしに尾行されていることに、気がついたんですか」

「なんとなく、だれかにつけられるかもしれない、という気はしていました。ただ、それがあなただと、予想していたわけではない。念のため、こっそり彼女を見送っていたら、あとを追うあなたが目にはいった、というだけのことです」

炎華は、少し考えた。

真里亜の行く先が、先日はいった〈リベルテ〉ではないか、と見当をつけるくらいの勘は炎華にも、働くだろう。

しかし、それは単なる蓋然的な推測にすぎず、確信するまでにはいたらぬはずだ。

どちらにしても、今から追っても見つけられない、とあきらめたらしい。

炎華は、黒のトートバッグを持ち直し、わたしを見上げた。

「いいわ。お付き合いしましょう」

並んで、歩き出す。

駿河台下の交差点は、見方によっては六差路にもなる。

そのうちの一つ、神田消防署の駿河台出張所の一本裏手で、小川町郵便局につながる道に、はいった。

緩やかな坂をのぼり切った右側に、〈ロングホーン〉というバーがあり、そこへ炎華を案内した。

ロングホーンは、横に長く張り出した独特の角を持つ、牛の呼び名だ。この店の、濃緑色のビロードの壁に、その角が飾ってある。

カウンターは、十席のうち三つ空きがあった。

しかしそれぞれ離れていて、二人並んではすわれなかった。

先客に、席をずらしてもらうのがいやで、二つある壁際のテーブル席の一つに、腰を落ち着ける。

炎華はコートを脱がなかったが、下はオリーブグリーンのニットと、ダークブラウンのタイトスカート、という装いだった。

マスターが一人だけの店なので、注文した飲み物やつまみは、自分で運ばなければならない。

炎華はサイドカーを、わたしはジントニックを頼んで、乾杯した。

前置き抜きで切り出す。

「このところ、わたしの身辺で不可解な尾行事件が、続発していましてね」

炎華は、初めて聞くというような顔で、わざとらしく聞き返した。

「尾行事件とは、おおげさね。どんな事件ですか」

「だれがだれをつけているのか、分からないくらい入り組んだ事件です。しかし、今夜ようやくその輪郭が見えてきた、という気がしました」

炎華は、頬の筋一つ動かさなかった。

「どんな輪郭ですか」

「わたしが、分かっただけのことをお話ししたら、分からないところを補ってもらえますか」

「約束はできませんね。わたしには、守秘義務がありますから」

「その義務に忠実なら、そもそも自分から身分を明かしたりは、しないでしょう」

炎華はグラスを取り上げ、一口でかなりの量を飲んだ。

「岡坂さんから、お話をどうぞ。わたしは、それにうなずいたり首を振ったりして、お相手しますから」

わたしも、ジントニックを飲む。

「あなたが、最初に尾行していたのは藤崎研一、雪絵の二人連れでしょう」

いきなり突っ込むと、炎華はとっさに瞬きで応じたが、やがてあまり気の進まぬ顔つきで、ゆっくりとうなずいた。

23

わたしは続けた。

「なぜ、藤崎研一を尾行しているのか、言う気はないでしょうね」

知恩炎華は、肩をすくめるしぐさをしただけで、返事をしなかった。

さらに続ける。

「つい先日、あなたは藤崎たち二人を尾行して、この近くの〈サンブラ〉というタブラオに、行きましたね。そのときは気がつかなかったが、あなたも中にはいったはずだ。たぶん、藤崎がどこのだれと接触するか、確かめる必要があったから」

炎華は無言だったが、否定はしなかった。

「ステージが終わったあと、藤崎がわたしとバイラオーラ、つまり踊り子さんたちの席に来て、話をするのも見ましたね」

小さく、うなずく。

「藤崎たちは、それからすぐに店を出ましたが、あなたは彼らのあとを追わなかった。尾行の対象を、わたしに変更したからです。あなたは、すでに藤崎の素性を承知していたので、今度は彼が新たに接触したわたしを、何者か知ろうとした。そのためにマンションまで、尾行して来たわけだ。少なくとも、その時点では一緒に飲んでいた女性連に、興味はなかった。藤崎と、なんらかの関わりがあるとすれば、女たちを連れ回すうさん臭い男の方だろう、と思ったんでしょう」

炎華はうなずくかわりに、また肩をすくめるしぐさをした。

藤崎研一は、あの夜神成真里亜が〈サンブラ〉に出演することを、チラシかインターネット検索で、承知していたはずだ。

したがって、〈シュロス三番町〉から尾行する必要はなく、直接店へやって来たに違いない。

炎華が、いつから藤崎の尾行を始めたのかは、確定できない。

しかし、前後の状況からみて、あの夜が最初ではないか、という気がする。おそらく、九段南三丁目の〈JKシステム〉から、つけて来たのだろう。

なんらかの理由で、炎華が藤崎を見張っているとすれば、その接触相手をできるだけ細かく、正確に把握しなければなるまい。〈サンブラ〉の店内にも、当然はいって来たはずだ。

そのあげく、藤崎と言葉を交わした怪しい男、つまりわたしの素性を突きとめよう、と目標を定めた。

普通、一緒にいた四人の女たち、ことにバイラオーラの中に、藤崎の興味の対象がいる、とは考えないだろう。

それで、わたしが洞院ちづると飲んで別れるまで、あきらめずにずっと見張っていた、というわけだ。

また口を開く。

「首尾よく、わたしの住居は突きとめたものの、肝腎の素性までは分からなかった。やむなく引き上げようとすると、幸便にも今度はわたしがあなたを、尾行し始めた。それに気づいたあなたは、わたしを手元に引き寄せて声をかけ、身元を確かめることにした。そんなところじゃないですか」

そう言って、炎華の顔をのぞき込む。

炎華は、上体を引いた。

まるでわたしが、キスを迫ったとでもいうように、睨みつけてくる。

わたしは続けた。

「ところが、それはまったくの見当はずれでした。藤崎の本来の狙いは、わたしでもほかのだれでもなく、二人のバイラオーラのうちの一人、神成真里亜だった。理由は分からないが、わたしも今夜になって、やっとそのことに気がつきました。なぜか藤崎は、真里亜と接触のある人間を手当たり次第、尾行している。それも、フラメンコの仲間ではなく、ほかの世界の人間が対象らしい」

炎華の表情は、変わらなかった。

「そして、今度はあなたがその藤崎たちを尾行し、彼らが接触する人間をチェックしている。つまり、このあいだはわたしのあとをつけ、今夜は神成真里亜をつけようとした。彼女の素性は、もう知ってますよね。〈サンブラ〉で見たから」

うなずいた。

「彼女の父親、母親のことは」

無表情のまま、返事をしない。

たぶん、調べはついているだろう。

「なぜ藤崎が、彼女のあとを付け回しているか、ご存じですか」

質問すると、炎華はやっと口を開いた。

「いいえ」

それは、わたしにヒントを教えてほしい、という意思表示のようにも聞こえた。

「今夜は、どこからつけて来たんですか、藤崎たちを」

「二人の事務所から」

「勝倉ビルの、〈ＪＫシステム〉ですか」

「ええ」

「何をしている会社かな」

返事はない。

「法人登録はされてないようですね」

「そのようね」

「〈ＪＫシステム〉は、部屋を借りるときに便宜的につけた、意味もない名前ですかね」

「たぶん」

わたしは酒を飲み、少し間をおいた。

「今日、藤崎たちは勝倉ビルから、神成真里亜が住む〈シュロス三番町〉に、行ったんですね」

炎華は、しぶしぶのように、口を開いた。

「ええ。二人は一緒に、あるいは交替であのマンションを、見張っているの。真里亜の動きを、チェックするために」

それはつまり、炎華もそうした藤崎たちの行動を、見張っているということだろう。考えてみれば、〈JKシステム〉のある勝倉ビルと、〈シュロス三番町〉は直線距離にして、数百メートルしか離れていない。簡単に、移動できるのだ。

「そして今夜、真里亜親娘は三人そろって、ドイツ文芸センターに行った。それを藤崎たちがつけ、さらにそのあとをあなたが、尾行したわけだ」

「ええ」

「藤崎研一と雪絵は、夫婦ですかね」

「たぶん」

「二人の素性は」

さりげなく聞いたが、炎華は答える気がないとみえ、黙って酒を飲んだきりだった。

「あなたも、ドイツ文芸センターの会場に、はいりましたか」

「ええ」

「そうしたら、またわたしがそこにいたわけだ。さぞ、目障りだったでしょうね」

表情を変えず、返事もしない。

「催しが終わったあと、あなたは藤崎たちを追うのをやめて、尾行の対象を神成一家とわたしに切り替えた。わたしたちが、〈あずさがわ〉から〈シュロス三番町〉へ回り、両親をおろすのを見届けてから、真里亜とわたしを神保町まで、追って来た」

「ええ」

「そして、今度は真里亜がだれと会うか、突きとめようとしたわけだ」

「ええ」

「ご苦労なことですね」

「ええ」

つくづくと、炎華の顔を見る。

「〈ええ〉とか〈たぶん〉以外に、あなたに何かしゃべらせるには、どうすればいいのかな。背中のくぼみでも、くすぐりますか」

くすり、と笑った。

わたしも、愛想よく笑い返す。

「席を立たないところを見ると、わたしと話をするのがどうしてもいや、というわけじゃないようだ」

「必要最小限の話でしたらね」

わたしたちは、同時に自分の酒を、飲み干した。

二人ともう一杯、同じものを注文する。

それができ上がるまで、わたしたちは通夜の客のように、黙りこくっていた。

マスターに合図され、わたしは席を立ってグラスを二つ、テーブルに運んで来た。

炎華が質問する。

「今夜、神成真里亜がだれと会うのか、ご存じかしら」

「さあ、どうかな」

わざと、あいまいな返事をしてから、さりげなく続けた。

「それを知りたければ、あなたがなぜ藤崎を尾行する必要があるのか、話してくれませんか。そうすれば、藤崎がなぜ真里亜をつけ回しているか、分かるかもしれない」

炎華は、サイドカーを一口飲んで、眉をひそめた。

それは、酒がうまくないからというより、わたしのせりふが気に入らないから、という風情だった。

いかにも、たいしたことではないという口ぶりで、炎華は言った。

「藤崎夫婦は、ランシテイキョウの斡旋業者なんです」

「ランシテイキョウ、というと」

一瞬、なんのことか分からず、聞き返す。

「不妊症の女性に、卵子提供の斡旋をする業者です」

「ああ、その卵子提供ですか」

とはいうものの、もう一つぴんとこない。

男で独身のわたしには、まったく縁のない話だ。

続けて聞く。

「夫婦の卵子と精子を、体外受精させて子宮にもどすのとは、違うんですか」

「それだったら、何も問題はないわ。普通のセックスで、なかなか妊娠にいたらない場合に、夫婦の卵子と精子を取り出して受精させる、というだけのことですから。通常の妊娠と、変わりはありません」

「すると、卵子提供というのはなんらかの事情で、奥さんの卵子が受精できない場合に、別の女性が代わりに卵子を提供する、ということですか。それを、旦那の精子と体外で受精させて、奥さんの子宮にもどす、と」

炎華は、眉をぴくりとさせた。

「簡単にいえば、そういうことですね。生理が終わった女性や、卵巣になんらかの疾患がある女性、卵巣そのものを取ってしまった女性には、その方法しか残されていません。養子を取る道もありますが、自分のおなかから生むのとは、まったく感覚が違いますから」

「卵巣がなくても、子供を産めるんですか」

言ったとたん、ばかなことを聞いたと思ったが、炎華は笑わなかった。

「ええ、子宮さえ健在なら」

「ははあ」

わたしは、自分の無知を恥じた。

炎華は続けた。

「夫婦間の、体外受精はまったく問題ないんですが、日本では妻以外の女性からの卵子提供は、産科婦人科学会が認めていません。そこで法的に緩やかな、あるいは抜け道のある海外で、卵子提供を受けるわけです」

「そういえば、アメリカへ行って子供を産んだ、女性の国会議員がいましたね」

「ええ。アメリカには、日本人をはじめ東洋系の卵子提供者が、たくさんいますから」

「提供を受ける側は、相手がどこのだれか知った上で、受けるんですか」

「原則として、卵子を提供する側もされる側も、相手方の身元は知らされないことになっています。あとで、トラブルになる可能性があるので」

わたしは、氷が溶けて薄くなったジントニックを口に含み、少し間をおいた。

「要するに、藤崎はその卵子提供の斡旋業者だ、というわけですか」

「ええ。さっきお話ししたように、日本国内での卵子提供は事実上できないので、提供者を韓国やタイに連れて行って、施術するわけです」

「韓国やタイは、違法じゃないんですか」

「野放しではないでしょうが、抜け道はあるみたいです。少なくとも、今のところはね。これから先は、分かりませんが」

「かりに、法的には問題がないとしても、なんだか抵抗がありますね、わたしには」

「だれでも、そうでしょう。どうしても子供がほしい、当事者夫婦を除いてはね」

「さっきも言いましたが、どこのだれとも分からない、場合によっては問題を抱えた女性の卵子を、抵抗なく受け入れられるものですか。リスクが大きすぎるでしょう」

「そのために、健康面を含めた提供者の情報を、事前に綿密に調べるのです。その結果、条件に適合すると分かったら契約を結び、海外へ連れて行くわけです。もちろん、提供を受ける側の夫婦も、提供者とは別行動で渡航します」

「適合する条件、というと」

「まずは、生命保険の審査と同じように、健康であることが第一条件ですね。身長や体重、血液型、視力や聴力だけでなく容貌、学歴、年齢、運動能力などに、注文がつく場合もある、と聞いています。そのほかにも、ドラッグはもちろん飲酒、喫煙をしない人とか、細かい条件を挙げたら、きりがないわ」

ジントニックが、妙に苦く感じられる。

「審査を通って、海外へ渡航したあとは、どうなるんですか」

「提供者は、十日から二週間程度の滞在期間中に、現地で排卵誘発剤の服用を求められます。排卵したら、それを採取して受精させ、依頼人の女性の子宮にもどす。あとは、出産を待つだけ。提供者は、帰国してお金を受け取る、というわけね」

「いくらくらいで、卵子を売るんですか」

露骨に聞きすぎたせいか、炎華はちょっと眉をひそめた。

「条件にもよるけれど、五十万から百万のあいだ、といわれています」

「買う方が払う金額は」

「五倍から十倍、というところかしら」

思わず、口笛を吹きそうになる。

「ぼろい商売だ」

「でも、ほんとうに子供がほしい夫婦には、惜しくない金額でしょう」

「提供する方も、卵子を売るだけで六桁か七桁になるなら、いいアルバイトですね」

「ええ。卵子を取り出すなんて、手術ともいえない簡単なものだし、海外旅行も楽しめるわけだから」

わたしは、酒を飲み干した。

「別に、倫理観がどうのこうのというほど、品行方正な人間ではないけれども、なんとなく釈然としないな」

炎華は、口調を変えた。

「岡坂さんは、独身ですか」

「そうです。あなたは」

逆に問い返すと、炎華は頬を緩めた。

「独身です。それに、もう卵子を提供できない年だわ」

驚いて、顔を見直す。

「まさか」

炎華は一転して、唇を引き締めた。

「まさかって、それはあんまりでしょう。わたしはただ、卵子提供者には年齢制限がある、という話をしただけ。下は十八歳から、おおむね三十歳が上限なんです」

わたしは、頭を掻いてごまかした。

「失礼。いたって、単細胞なものだから」

炎華は、ゆっくりとサイドカーを、飲み干した。

「わたしが、守秘義務を破ってお話ししたんですから、今度は岡坂さんの番ね。なぜ藤崎は、真里亜を尾行している、と思いますか」

わたしは、空になったグラスの中の氷を、からからと回した。

「話は簡単だ。藤崎は、真里亜を卵子提供者に仕立てるために、つけ回している。あなたは、藤崎のターゲットがだれなのか突きとめようと、彼を見張っている。違いますか」

24

知恩炎華は、分別臭い顔になった。

「そんな単純なことなら、わたしもこんなところで岡坂さんと、話をしていませんよ」

わたしは、少し考えた。

「なるほど。さっきのお話によると、海外での卵子提供ビジネスについて、日本では違法性を問えないわけですね。だとすれば、藤崎の行動を見張ったところで、お縄にすることはできないから、意味がない。藤崎が、スーパーで卵でも万引きすれば、別だろうが」

炎華は、じっとわたしを見た。

「それって、しゃれですか」

「単なる、思いつきですがね」

苦笑を返される。

話を続けた。

「国内でも同じだ。今のところ、倫理的にどうかという問題は別として、違法にはならないんでしょう。ただ単に、日本産科婦人科学会が反対している、というだけならね」

「ええ。むしろ、厚生労働省では法を整備して、合法化しようとしています。精子提供、いわゆる人工授精は認められているのに、卵子提供による受精が認められないのは、公正さを欠きますから。そのほか、代理出産とかの問題もありますし、事は複雑なんです。早急に法の整備をしないと、ますます混乱するでしょうね」

そのとおりかもしれない。

「合法化といっても、まさか金銭での売買は許されない、と思いたいですね」

「お金はかかりますが、売買というかたちにはならない、と思います。それに、提供者は夫婦どちらかの血縁者か、ごく親しい関係者に限るといった、いくつかの条件がつくでしょう。まだ、分かりませんが」

そう言って、酒を飲み干す。

「もう一杯ずつ、いきますか」

提案すると、炎華はうなずいた。

「今度は、ソルティドッグを」

「それじゃわたしは、サイドカーにしよう」

マスターに、三杯目を頼む。

「ここは、よく来られるんですか」

炎華に聞かれて、わたしは首を振った。

「いや。よく行くバーは、別にあります」

炎華は、じっとわたしを見た。

「どうしてそこへ、連れて行ってくださらなかったんですか」

その問いに、何か深い意味があるのかどうか、考えた。

いや、あるわけがないだろう。

「午後十一時五十九分で、閉店するバーだからです。遅くとも、十一時半までにはいらないと、ゆっくり飲めませんからね」

炎華は、ふっと笑みを浮かべた。

「選ばれた女性以外は、連れて行かないんでしょう」

「女性を選ぶほど、若くはないですよ」

「若くないからこそ、女性を選ぶべきじゃないかしら」

炎華の口のきき方は、ときとして同世代ではないか、と錯覚を覚えるほどだ。

また、グラスを運んで来る。

炎華は、ソルティドッグを一口飲んで、ちろりと上唇をなめた。

わたしは、考えていたことを、口にした。

「藤崎が、神成真里亜を追っていたのは、まったく別の理由かもしれない」

「なぜですか」

「業者が卵子提供者を探す場合、最初にどこのだれと相手を決めて、みずから調査や交渉を始める、というやり方は通常しないでしょう。業者の募集に応じて、突如人類愛に目覚めた女性や、急にお金が必要になった女性が、随時連絡してくる。そこから話が始まるのが、普通じゃないんですか」

「でしょうね。募集方法は、口コミとかインターネットとか、いろいろありますけど」

「そうした応募者の中から、依頼主の条件や要望に合う人を選び出して、契約交渉を開始する。あてずっぽうですが、手続きの順序としては、そんなところじゃないかな」

炎華は、眉を動かした。

「それが、普通だと思います」

「だとしたら、藤崎が真里亜を見張っているのは、商売とは関係ないような気がする。かりに、真里亜が卵子提供の応募者なら、藤崎はそんな興信所まがいの尾行なんか、しないでしょう。最初から、面談すればいいわけだし、身元や健康状態を知りたいなら、戸籍謄本でも健康診断書でも、提出させればすむことだ。まさか、交友関係まで調べる必要がある、とは思えない」

炎華は居心地悪そうに、身じろぎした。

「そういう見方もできますね」

全面的には、賛成していない。

「あなたも、それくらい分かってるんでしょう。素人じゃないんだから」

そう突っ込むと、炎華は目を伏せた。

「おかしい、とは思っていました。見たところ、真里亜は年齢制限を超えていそうだし、たぶんあの目鼻立ちからして、外国人の血がはいっています。卵子提供者としては、かならずしも適切ではないわ」

「となると、あなたが藤崎を尾行しているのも、別の理由とみなければならない。今の時点で、法に触れる行為をしていない男を、見張る必要はありませんからね。藤崎を尾行する理由は、いったいなんですか。万引き以外に、これから違法行為に乗り出す気配でも、あるのかな」

炎華は、肩をすくめただけだった。

「守秘義務の壁は、厚いようですね」

皮肉を言うと、炎華は目を上げた。

「岡坂さんは、藤崎がなぜ真里亜を尾行しているか、ご存じなんじゃないですか」

「いや、知りません」

あまりに、きっぱりと言いすぎたらしく、炎華は疑わしげな顔になった。

「でもなんとなく、見当はついていてらっしゃるんでしょう」

「いや」

今度は、短く答える。

それは、うそでもなければほんとうでもないが、炎華に明かす義理はない。

炎華にしても、ある程度真実を話したにせよ、全部さらけ出したわけではないだろう。

それは、わたしも同じだった。今日のところは、引き分けでいい。

炎華は言った。

「もし、藤崎と真里亜の関係について、何か思い当たることがあったら、連絡していただけますか。それ相応のお礼は、しますから」

つくづくと、炎華を見る。

「わたしを情報提供者にしよう、というわけですか。確か警察関係者は、Sと呼んでいたと思うけど」

炎華は、表情を引き締めた。

「よくご存じですね。お礼といっても、たまにお食事をごちそうするくらいですよ」

「ごちそうされるのは、あまり好きじゃないんです。ことに、オブリゲーションを伴うごちそうは」

炎華は、少しのあいだわたしを見つめてから、マスターに勘定を頼んだ。

わたしは財布を取り出し、きっちりと半分払った。

炎華は、何も言わなかった。

駿河台下までおりると、炎華は手を差し出した。

「ありがとうございました。有意義な時間だったわ」

意識して、強く握り返す。

まるで、生まれたてのハツカネズミのように、柔らかな手だった。

「有意義というのは、仕事の一環として、ですか」

わたしが言うと、炎華は手を引いた。

とがめるように、見上げてくる。

「岡坂さんは、わりとひねくれてますね」

「警察関係者には、よくそう言われますよ。また割り勘で、飲みましょう」

炎華は小さく笑い、手を振って目の前の横断歩道を、渡り始めた。

わたしは、交差点の反対側の横断歩道に行き、信号が変わるのを待つ。

振り返ると、炎華は靖国通りをすでに渡り切って、タクシーに乗り込むところだった。

車が、神保町の交差点方面に消えるのを見送り、さらに一分ほどそこに立っていた。

炎華はそのまま、引き返して来なかった。

それを確かめて、横断歩道を渡り始める。

とたんに、携帯電話の着信音が鳴り出したので、わけもなくあわてた。

急いでチェックすると、液晶画面に表示された番号は、心当たりのないものだった。

ふだんは、未登録の電話には出ないことにしている。しかし、こんな時間にかけてくる相手がだれか、興味があった。

「もしもし」

「もしもし。神成です。突然お電話して、まことに申し訳ありません」

神成繁生だった。

手に汗がにじむ。

「とんでもないです。こちらこそ、今日はいろいろと、ありがとうございました。いや、もう昨日のことになりますが」

半分、しどろもどろだ。

渡した名刺には、携帯電話の番号が刷り込んであるから、神成がかけてきても不思議はない。

とはいえ、まったく予想していなかったので、うろたえてしまった。

「たった今、真里亜に電話したんですが、留守電になっていて出ないものですから、岡坂さんにかけてしまいました。あまり、遅くまでお付き合いしていただいては、ご迷惑かと思いまして」

確かに、そういうことになっていた。

神成は、真里亜が実際にわたしと一緒にいるかどうか、確かめるつもりに違いない。

とっさに、でまかせを言う。

「ええと、真里亜さんは今、お手洗いに行ってるんですが」

冷や汗が出た。

神成は、急に声をとがらせた。

「まさか娘は、岡坂さんのお宅に、お邪魔してるんじゃないでしょうね」

「もちろん、違います。神保町の、イタリア料理店にいるんです。店の中では、ケータイが使えないので、外へ出て話をしています」

ほっと息をつくのが聞こえる。

「そうですか、安心しました。こんな遅い時間に、いきなりひとさまのお宅へ上がり込むような娘に、育てたつもりはないもので」

「つい話がはずんで、遅くなってしまいました。これからもう一度、お送りしようと思ったところです」

どういう巡り合わせで、こんなめんどうなことに、なってしまったのか。

「手洗いからもどったら、娘に家に電話するように、伝えていただけませんか。それと、岡坂さんに送ってもらわずに、一人で帰るように言ってください」

「ええと、はい。了解しました」

わたしは、すばやく通話を切った。

赤信号を無視して、靖国通りを駆け渡る。

すずらん通りを、自分なりにまっしぐらのつもりで走り、〈リベルテ〉に向かった。

店は、中華料理店〈三幸園〉のビルの、四階にある。

呼吸が乱れ、走るのをやめて一息入れた。

そのとき、当のビルの入り口で人影が揺れ、二人連れの男女が出て来た。

一人は、神成真里亜だった。

もう一人は、長髪に白いものの混じった中年男で、大柄な真里亜より五センチくらい、背が低い。

ギターケースを、右手にさげているところをみると、ギタリストのようだ。

いずれにしても、見覚えのない男だった。

わたしは、一瞬どうしようかと迷ったが、隠れる暇はなかった。

体を回した真里亜が、目ざとくわたしを見つけた。ちょうど、明るいコンビニの前の歩道にいたので、見そこなうはずがない。

真里亜は、見るみる表情をこわばらせて、わたしを睨んだ。

しかたなく、右手を上げる。

しかし、ばかげたしぐさだと思い直し、すぐに下ろした。

真里亜は、そばにいた男に短く声をかけ、わたしの方にやって来た。

茶色がかった瞳が、不信と不快と落胆の色をたたえ、暗く燃えている。

「ついて来ない、とおっしゃったのに。待ち伏せしてらしたんですか」

「そうじゃないが、わけがあるんだ。この場で彼氏に、おやすみを言ってきたまえ。家まで、送って行くから」

「岡坂さんの指図は、受けたくありません」

きっぱりと言う。

わたしは、一呼吸おいた。

「たった今、きみのお父さんから電話があったんだ。きみに電話したが、留守電になって出なかった、と言った。ぼくは、きみがトイレに行っている、と返事をしておいた。もどったら、お父さんに電話させる、と約束した。それだけ、伝えておこうと思ったんだ。じゃ、おやすみ」

言いたいことを言って、きびすを返す。

いくらわたしがお人好しでも、これ以上ひとさまの親娘げんかに、巻き込まれたくない。

角を左に曲がり、靖国通りに向かう。

せっかくの、クライスト没後二百年目の夜が、とんだどたばたになってしまった。

靖国通りを、横断歩道の方に歩いて行く。

背後で、小走りに駆ける靴音がした。

わたしは、振り向かなかった。

「岡坂さん」

後ろから呼ばれたが、振り向かなかった。

真里亜が、息せききって前に回り込み、ぺこりと頭を下げる。

「ごめんなさい。わたしの勘違いだったら、おわびします」

足を止め、深く息を吸う。

「まあ、待ち伏せしたと思われても、しかたがないな。近くにいたことは、確かだから」

真里亜は、顔を上げた。

「わたしって、自意識過剰ですよね。岡坂さんが、わたしのすることや会う人に、関心を持つだろうと思うなんて、どうかしていました。たった三回しか、お会いしてないのに」

わたしは、背後を見返った。

だれもいない。

「ギタリスト氏は、どうしたんだ」

「おやすみ、を言いました」

屈託のない口調だ。

「ぼくのことは、ほうっておいていいのに」

頰に、いたずらっぽい笑いが浮かぶ。

「父に電話したら、きっと岡坂さんと代わるようにって、そう言うに決まってますから」

真里亜は、携帯電話を取り出して、ボタンを操作した。

「ああ、パパ。わたし。遅くなって、ごめんなさい。ええ。そうよ、もちろん。ええ、楽しかったわ。これから、帰ります。ええ。はい。ちょっと待って」

そう言って片目をつぶり、携帯電話を差し出す。

しかたなく、耳に当てた。

「代わりました」

「お騒がせして、すみません。あんな娘ですが、ひとつよろしくお願いします」

「なんのお役にも、立てませんが」

「それと、どうか送ってくださらぬように、お願いします。もう子供じゃないんで、一人で帰れますから」

「分かりました。タクシーに乗せて、お見送りするだけにします」

携帯電話を返す。

真里亜は、それじゃ、と言って通話を切った。

タクシーを停め、乗り込もうとする真里亜に、また釘を刺す。

「いいか。今夜はもう、寄り道するんじゃないぞ」

25

それから三日間。

わたしは、たまっていた連載、単発の雑文の仕事を、手当たり次第に片付けた。

クライストの研究や、尾行問題にかまけていたのでは、少しも稼ぎにならないからだ。

桂本忠昭は、このところ地方出張で東奔西走しており、互いにゆっくり話す機会がなかった。

週末の金曜日、外で遅い昼食をとってもどると、秘書の紺野よし子が電話をよこした。

桂本が、珍しく事務所に腰を落ち着け、わたしと話をしたがっている、という。

桂本は、ワイシャツの上に赤いカーディガンを着込み、ソファにふんぞり返っていた。

「ここんとこ忙しくて、席の暖まる暇もなかった。どうだ、景気は」

「いいわけないでしょう。お金にならない仕事ばかりで、くたびれもうけ専門ですよ」

桂本は、たじろいだように顎を引いたが、むろんそんな嫌みでへこたれるような、やわな男ではない。

まともに聞いてきた。

「そういえば、しばらく報告を聞いてなかったな。その後、例の尾行事件の顚末は、どうなったんだ。少しは、進展があったのかね」

「いくらか、ありました」

よし子が、お茶を運んで来る。

神保町の、〈亀澤堂〉のどら焼きが三つ、菓子皿に載っていた。

桂本は、腹をすかしたマンボウのように、それに食らいついた。

わたしも、一口食べて言う。

「前回お話ししたとき、藤崎研一が尾行していたのは、先生でもわたしでもなく、二人のバイラオーラか、そのどちらかじゃないか、と申し上げたでしょう」

桂本は、親指をなめまわしながら、うなずいた。

「すると、やはりフラメンコ界を揺るがす、陰謀があったわけかね」

「いや。フラメンコ界とは、たぶん関係ありません。藤崎がつけていたのは、どうやら個人としての、神成真里亜らしいんです」

「神成真里亜」

桂本はおうむ返しに言い、なめた親指をカーディガンに、こすりつけた。

「背の高い方の、ハーフの踊り子だな」

「そうです。そして、例の女刑事がわたしをつけたのは、藤崎の接触相手をチェックするため、と分かりました」

「女刑事ね。知恩炎華とかいう、半蔵門署の警部補か」

「ええ。知恩警部補は、藤崎が先生を尾行した少しあとに、その藤崎を見張り始めたらしいんです」

桂本は、眉を八の字にした。

「なんのためにだ」

「その件については、あと回しにします。藤崎は、小川町の〈サンブラ〉で、真里亜たちと一緒にいるわたしに、話しかけてきました。それを見た警部補は、わたしの素性を突きとめようと、あとをつけて来たわけです」

桂本は、一つ残ったどら焼きに手を伸ばそうとして、思いとどまった。

物欲しげに舌なめずりをし、お茶をがぶりと飲む。

「そもそも藤崎は、なんのために真里亜のあとを、つけたんだ。そのことと、警部補が藤崎を尾行したことと、何か関連があるのか」

「はっきりしたことは、まだ分かりません。それはさておき、わたしは今週初めにまた知恩警部補と、話をする機会がありましてね」

桂本は、眼鏡を押し上げた。

「女刑事と一度ならず、二度までもか。あんたもよくよく、物好きだな。どんな話をしたんだ」

「ちょっと長くなりますが、いいですか。もとはといえば、先生に調べてくれと拝み倒されて、取りかかったことですから」

桂本は、渋い顔をした。

それから、さりげなくどら焼きを取り上げて、二つに割った。

半分を、わたしに差し出す。

「食うか」

「いや、遠慮しておきます」

桂本は、それを菓子皿にもどして、もう半分にかぶりついた。

「拝み倒したつもりはないが、確かに調べてくれと言った覚えはある。だれだって、理由も分からずにあとをつけられたら、気になるだろう」

「ええ。だからこそ、忙しいなか時間を割いて、いろいろと動き回ったわけです」

桂本は、腕時計を見た。

「今日は接見もないし、法廷もない。小一時間したら、客が来ることになっているが、それまではだいじょうぶだ。時間は足りるかね」

「そんなにはかからない、と思います」

結局、桂本は残った半分のどら焼きにも、手を出した。

量が多すぎるし、ペースも速すぎる。

これでは、太るわけだ。ひとごとながら、はらはらさせられる。

「話してくれ」

せかされて、わたしはお茶を飲み、話を始めた。

「今週の月曜日、ハインリヒ・フォン・クライストという、ドイツの劇作家の没後二百年記念の催しに、顔を出したんです」

「ハインリヒ、なんだって」

「フォン・クライスト」

「知らんな」

「たいがいの人は、知りません」

「何ゆえに、そんな催しに顔を出したんだ。そのクライストとやらが、今回の尾行事件に何か、関係しているのかね」

「結果的にそうなりましたが、最初はそういうこととまったく関係なく、個人的な好奇心で行ったんです。わたしは、若いころクライストの戯曲や小説を、よく読んだものでね。それで興味を引かれて、赤坂のドイツ文芸センターの会場へ、足を運んだわけです」

「勉強熱心なことだな」

別に、ほめているわけではない。

「恐縮です。映画と講演があったんですが、催しの詳しい内容については、省略します。ともかく催しが終わったとき、佐伯ひよりに声をかけられましてね」

「佐伯ひより。だれだ、それは」

「先日、ドイツ料理の〈アイゼン〉で出会った、英京大学の岸川芳麿教授の教え子です」

桂本が、人差し指を立てる。

「あの、眼鏡をかけた、中学生みたいな、お下げ髪の子か」

「そうです」

「すると、岸川も来ていたのか」

「いや。岸川教授は、クライスト関連の会議に出席するために、ドイツへ出張して不在でした。教授の専門は、シュトゥルム・ウント・ドゥランクから、浪漫派時代にかけてのドイツ文学なんです。佐伯ひよりは、教授からかわりに話を聞いてきてくれ、と頼まれてその催しに参加した、と言いました」

桂本は、よし子を執務室に呼び入れて、お茶の差し替えを言いつけた。

よし子は新しいお茶と一緒に、またもどら焼きを運んで来た。

ただし、今度は二つだった。

それをテーブルに置きながら、桂本に分からないように、ウインクしてくる。

わたしは笑いをこらえるために、咳をしなければならなかった。

よし子が出て行くやいなや、桂本はどら焼きに手を伸ばした。

「続けてくれ」

新しいお茶に、口をつける。

「わたしが、佐伯ひよりと立ち話をしているとき、思いがけず会場を出て行く藤崎研一、雪絵の二人連れが、目に留まりましてね」

桂本は、どら焼きを食べかけた手を止め、わたしを見た。

「藤崎だと。どうして、そんなところに藤崎が、現れたのかね」

「そこが、肝腎なんです。その会場に、神成真里亜が両親と一緒に、来てたんですよ。後ろから声をかけられるまで、気がつかなかったんですが」

桂本は、無意識のようにどら焼きを口に運び、ほとんど嚙まずにのみ込んだ。

うなずきながら言う。

「なるほど、分かったぞ。藤崎が尾行しているのは、あんたでもわたしでもなくて、真里亜だったんだ。あんたもそれに、気がついたんだな」

「そういうことです。目が合うと、藤崎はさりげなく視線をそらして、そのまま消えてしまいました。わたしに顔を見られた以上、その日はもう尾行を続けられない、と思ったんでしょう」

桂本は親指をなめ、カーディガンにこすりつけた。

「それにしても、真里亜一家はなんだってそんな催しに、やって来たのかね」

「その話も、あとでします」

桂本は不満そうにしたが、あきらめたように顎をしゃくった。

「それから、どうしたんだ」

「神成一家に誘われて、近くの和食屋で一緒に食事をしました。そのあとタクシーを拾って、両親を三番町のマンションで落とし、真里亜と二人で神保町へ回ったんです。もう、午前零時近かったですが」

桂本は、うさん臭げな目になって、わたしを見返した。

「そんな遅い時間に、両親の目の前で未婚の娘を、引きさらったのか」

「まさか。真里亜が、わたしと話をしたいと言って、強引について来たんです」

「どんな話だ」

「それはただの口実で、わたしとは別に会う約束をした彼氏が、いたんですよ。それを、両親に知られたくないらしくて、わたしをだしに使ったわけです」

桂本は、腹を揺すって笑った。

「そうだろう、そうだろう。あんたが、そんなにもてるわけが、ないからな」

それについて、わたしは特に発表すべき意見もなく、話を続けた。

「神保町で車を捨て、真里亜と別れました。真里亜は、すずらん通りの〈リベルテ〉で、彼氏と会うと言っていた」

「あとをつけなかったのかね」

「つけませんでした。ただ、なんとなく勘のようなものが働いて、物陰から後ろ姿を見送ったんです。そうしたら、真里亜を尾行する者がいることに、気がつきました。それが、知恩警部補だったわけです」

桂本は、どら焼きに伸ばそうとした手を、引っ込めた。

「そこで、女刑事が登場か。いったい、どういうことかね、それは」

「その日、警部補は藤崎たちをつけて、まず神成真里亜のマンションへ行き、それからドイツ文芸センターへ回りました。そのあと、わたしたちが食事を終えるのを待って、最終的に神保町まで尾行して来たわけです」

桂本は、腹の上で腕を組んだ。

「警部補は、すでにあんたの素性や住居を、承知している。だから、尾行の対象をあんたから真里亜に、変更したわけだな」

「そうです。わたしはなんとなく、それを阻止しなければならない、と思いました」

「なぜだ」

「だから、なんとなく、です」

桂本は太い指で、さりげなく最後のどら焼きを、つまみ上げた。

「それで、あんたは警部補に声をかけて、尾行を中断させた、と」

「ええ。彼女は、尾行を邪魔されても、怒らなかった。非常に、冷静な女性でした」

「おもしろくない女だな。美人なのかね」

そう言って、どら焼きにかぶりつく。

「残念ながら、先生のお好みとはほど遠い、ほっそりした女性です。鈴木春信がお好きなら、一も二もなくむしゃぶりつきたくなる、絶世の美人ですがね」

桂本は、バナナのような人差し指を、振り立てた。

「鈴木春信と竹久夢二は、わたしの好みじゃない。それであんたは、警部補をどこかに誘い込んで、話をしたという次第だな」

「小川町にある、ただのバーですよ」

「よくあんたに、ついて来たもんだ」

いかにも不思議だ、という口調だ。

「わたしから、何か情報を取れると思ったんでしょう」

「うむ。それ以外には、考えられんな」

言うことが、いちいち気に障る。

黙っていると、桂本は続けた。

「それで、どんな話になったのか、さっさと聞かせてくれ。警部補はなぜ藤崎に、興味を抱いてるのかね」

わたしは、お茶を飲み干した。

「知恩警部補によると、藤崎研一は卵子提供の斡旋を、商売にしているそうなんです」

桂本は、眼鏡の奥で大きく目をむき、最後のどら焼きを、口に押し込んだ。

「卵子、提供の、斡旋だと」

「そうです。〈ＪＫシステム〉は、そのための隠れみのらしい」

どら焼きを飲み込む。

「すると、藤崎が真里亜のあとをつけているのは、卵子を提供させるための調査の一環、ということかね」

短絡的な発想だが、わたしも同じことを考えたのだから、責めるわけにいかない。

「一応、それが常識的な見方だと思うんですが、まだ断定はできません。というのは、知恩警部補が藤崎を尾行する理由が、分からないからです」

桂本は、すぐに反応した。

「卵子提供が、倫理的な問題はともかくとして、捜査の対象にはならないからか」

さすがに、回転が速い。

「そうです。国内では、日本産科婦人科学会が卵子提供を、認めていません。しかし海外、たとえばアメリカとか、韓国とかタイへ行って処置すれば、問題ないそうです。警部補の、受け売りですが」

桂本は、ぴちぴちに張ったカーディガンのボタンを、一つはずした。

「だいぶ前に、不妊治療の専門医が、卵子提供による体外受精で、不妊症の女性に子供を生ませたケースがあった。提供したのは、その女性の妹だった、と記憶している。賛否両論あったが、その医師は日本産科婦人科学会から、除名処分を受けたはずだ」

「国内でのケースですか」

「そうだ。学会からは除名されたが、その医師は別に法的に罪を問われたりは、しなかった。したがって、知恩警部補が藤崎に関心を持つのも、卵子提供の商売をとがめるためじゃない、とみていいだろう。やはり、別の理由があるに違いない」

「わたしも、そう思います」

「警部補は、その理由をあんたに言ったかね」

「いや。守秘義務があるとか言って、口を割ろうとしません」

「刑事の分際で、守秘義務がどうのこうのとは、おこがましいぞ。あんたの出方を、見ているだけさ」

「どちらにしても、第三者にぺらぺらしゃべるわけには、いかないでしょう」

「この前も言ったが、警務課付というあいまいな肩書は、公安担当の隠れみのが多い。知恩警部補はその関係で、藤崎を見張っているのかもしれん」

わたしは、少し考えてから、口を開いた。

「一つだけ、心当たりがあります。藤崎が接触した中に、岸川教授がいましたね」

わたしが言うと、桂本は頬を引き締めた。

「それがどうした」

「岸川教授は、独逸現代史会議とかいう組織の、メンバーだったんでしょう」

26

桂本忠昭は、ぐいと唇を引き締めた。

「そうだ」

「独逸現代史会議は、ネオナチズムとでもいうか、ヒトラーやナチス・ドイツの復権を図る、いかがわしいサークルだった、ということですよね」

桂本は、わたしの考えを見抜いたらしく、首を振りながら言った。

「それは、ずっと昔の話だ。今は、なんの活動もしてない。あんたも、インターネットで独逸現代史会議を検索したが、ヒットしなかったと言ったじゃないか。当時にしても、あれは公安の監視対象になるような、過激な活動はしていなかった」

「それが、今になって息を吹き返した、とは考えられませんか」

「考えられんな。今どき、ナチス復権など、はやらんよ。藤崎が、岸川とコンタクトしているのは、それとは関係ないだろう。別の理由があるに、違いないさ」

きっぱりした口調だ。

わたしは黙って、お茶を飲み干した。

桂本が、顔をのぞき込んでくる。

「何か、心当たりがあるんじゃないかね」

湯飲みを置く。

「ないことはないんですが、これもあてずっぽうでね。独逸現代史会議の話と、似たりよったりかもしれない」

桂本は、腕時計にちらりと目をくれ、わたしをせかした。

「いいから、さっさと聞かせてくれ」

そのとき、デスクの電話が鳴り出した。

桂本はため息をつき、巨象が起き上がるような格好で、ソファを立った。

ボタンを押し、電話を受ける。

「なんだ」

受話器の向こうから、紺野よし子の声が漏れて、耳に届いた。

「岸川先生が、お見えになりました」

一瞬耳を疑ったが、桂本がわたしを見た目で、聞き違いでないことが分かる。

「一分たってから、入れてくれ」

桂本は受話器を置き、向き直った。

低い声で言う。

「聞こえただろう。来客は、岸川だ」

「そうならそうと、先に言ってくださいよ。さっきからさんざん、話題になってる人じゃないですか」

苦情を申し立てると、桂本は招き猫のような格好で、手を動かした。

「まあ、そう言いなさんな。昨日、突然ここに電話をよこして、久しぶりに顔を見たい、と言うんでね。なんの用か知らんが、わたしとしてはやっこさんに会う前に、あんたの話を聞いておきたかったのさ」

　しかたなく、立ち上がる。

「それじゃ、続きはまたあとにしましょう」

「分かった。ついでだから、岸川を紹介だけしておこう。かまわんだろうな」

「ええと、それはどうですかね」

　正直なところ、岸川芳麿の顔を見ておきたい、という気持ちはある。

　しかし、あとあと不都合なことになる恐れも、ないとはいえない。

　桂本がせかす。

「とにかく、名刺だけでも交換してくれ。あんたは、何もしゃべらなくていい。どんな話が出たかは、あとで報告する」

　迷ったものの、逃げ場はなかった。

　間なしにノックの音がして、よし子が顔をのぞかせる。

「岸川先生です」

　戸口からはいって来たのは、半白の髪をオールバックにした、背の高い男だった。

　黄色いシャツに、焦げ茶のスラックス。チェックのジャケットに、ペイズリーのアパシュタイという、しゃれた装いだ。

　若作りだが、五十歳前後だろう。

　岸川は、きびきびした動きで桂本のそばに行き、手を差し出した。

「どうも、ごぶさたしています。お変わりありませんか」

　女のように、甲高い声だ。

　桂本は、あまり気の進まぬ様子で、手を握り返した。

「ああ、相変わらずだ。あんたも、元気そうだな」

「ええ、おかげさまで」

桂本は、引っ込めた手をさりげなく、上着の裾にこすりつけた。

「突然の電話で、驚いたよ」

「申し訳ありませんでした。おととい、ドイツ出張から帰国したあと、〈アイゼン〉に顔を出したんです。そのとき、池島シェフから珍しく桂本さんが見えた、と聞かされましてね。それで、急にお目にかかりたくなった、という次第です」

「わたしも、あの店にはずいぶん、ご無沙汰していた。十年ぶりくらいだったかな」

「わたしはときどき、学生を連れて行きますから、ほとんど常連なんですよ」

そう言ったあと、初めて気がついたというように、わたしに目を向ける。

「ええと、ご来客中でしたか」

わざとらしいせりふだ。

「いや、かまわんよ。うちの、すぐ斜め前に仕事場を構える、わたしの友人でね。先日、〈アイゼン〉に行ったときも、一緒だった。現代調査研究所の、岡坂神策君だ」

いつわたしが、友人に昇格したのか知らないが、とにかく頭を下げた。

「岡坂といいます。よろしく」

男は、ちょっとたじろいだものの、すぐにポケットに手を入れた。

「岸川です。こちらこそ、よろしく」

名刺を交換する。

英京大学、文学部独文科教授、岸川芳麿。

大学の住所と、電話番号しかはいっていない、そっけない名刺だ。

岸川は色の白い、目の細い、額に二本のしわが出た、神経質そうな男だった。耳のところで、長い毛先がくるりとカールしており、それをときどき掻き上げる癖がある。

わたしは名刺をしまい、岸川に軽く会釈した。

「それでは、失礼します。わたしも、これから約束がありますので」

口実を作って、執務室を出る。

デスクで、週刊誌を読んでいたよし子が、好奇心もあらわにわたしを見上げた。

声をひそめて言う。

「岡坂さんがいらっしゃるのに、お通ししてよかったんですか」

「別に、かまわないよ」

よし子は、鼻の頭にしわを寄せた。

「今の人、すごく横柄なんですよね。わたしだからいいけど、桂本先生に一度でもあんな口をきいたら、ただではすまないわ」

「先生やぼくには、礼儀正しかったよ」

ますます、いやな顔をする。

「わたし、相手によって態度を変える人は、嫌いです」

「はばかりながら、ぼくも相手によって〈ぼく〉と〈わたし〉を、使い分けるがね」

よし子は、笑いをこらえるために、口を押さえた。

わたしは、体をかがめた。

「二人が何を話すか、隠しマイクで録音してくれないかな」

よし子は笑うのをやめ、わたしの顔をじっと見た。

「隠しマイクなんて、ありませんよ」

わたしは、体を起こした。

「それを聞いて、安心した」

仕事場へもどり、原稿の続きに取りかかった。

フラメンコの雑誌、〈ジャマーダ〉の連載コラムに、タブラオ〈サンブラ〉のことを書く。

洞院ちづる、神成真里亜、松野有美子のライブについても、触れておいた。

いずれにせよ、本とカレーとスポーツ用品の街、神田神保町を中心とする一角に、フラメンコの店ができたのは、画期的なことだ。

今、この街には落語を聞かせるカフェもあるし、古い映画を上映する劇場もある。

街自体が、わたしの趣味や嗜好に合わせつつ、変貌してきた気がする。

夕方になって、よし子がふたたび電話をよこし、岸川芳麿が帰ったと言った。

「桂本先生が、お待ちかねです」

「三十分待ってほしい、と伝えてくれないかな。書きかけの原稿を、仕上げてしまいたいんだ」

電話を切り、記憶をたどる。

先刻、桂本がわたしの名前を告げたとき、岸川はわずかにたじろいだ。

すでに、藤崎研一からわたしのことを、聞かされていたからに違いない。

五時半に桂本の事務所へ行くと、よし子は帰り支度をしていた。

「お先に、失礼します。もう、お茶もどら焼きも、いらないんですって」

「そりゃそうだろう。あれだけ食べればね」

よし子が出て行くのを待って、わたしは桂本の執務室にはいった。

桂本はカーディガンを脱ぎ、きちんと上着を着ていた。ジャガイモの袋を、上着と呼んでよければ、の話だが。

ソファにすわり、さっそく尋ねる。

「岸川教授は、なんの用事だったんですか」

桂本は、むずかしい顔をした。

「なんで来たのか、よく分からん。昔話を含めて、雑談の域を出なかった」

「しかし、藤崎と接触があることといい、急に会いに来ることといい、偶然とは思えませんよ。岸川教授には何か、思惑があるに違いない。どんな話が出たんですか」

「昔、〈アイゼン〉に集まっていたころの、たわいもない話さ。だれがどうしている、とかいう消息や、風聞のたぐいだ。それとなく探りを入れたが、独逸現代史会議はとうに消滅したか、休眠状態にあるらしい。少なくとも今現在、岸川は関わってないようだ」

「すると、知恩警部補が藤崎をつけているのは、やはり岸川との関連じゃないのかな」

「違うようだな」

「ほかには、どんな話が出ましたか」

「あんたも言っていたが、クライストに関する会議だとかで、ベルリンに行っていたそうだ。あっちで、ドイツ料理をさんざん食べたが、日本のドイツ料理店の方がうまい、と力説していた。〈アイゼン〉のほかにも、いい店があるらしいな。今度、一緒に行かないか、と誘われた」

ぴん、とはじけるものがあった。

「なんという店ですか」

「四谷の荒木町にある、フランツなんとかいう店だそうだ」

「〈フランツハウス〉ですか」

「それそれ、〈フランツハウス〉だ。知ってるのかね」

やはり、そうか。

「ええ、知っています。例の神成真里亜の、父親がやっている店です」

桂本は、目をむいた。

「ほんとか」

「ええ。さっきは、話がそこまで進みませんでしたが、神成真里亜の母のアナという女性は、スペイン人の父親とドイツ人の母親から生まれた、ハーフなんです。真里亜の父は、日本人ですがね。最初のとき、そういう話が出たでしょう」

桂本は、視線を泳がせた。

「ああ、そう言えばそうだったな」

「ええ。真里亜の父、神成繁生はヨーロッパへ料理の勉強に行って、アナの父親の経営するレストランで、修業したそうです」

ざっと、その話をする。

「なるほど。真里亜の父親は、そこでアナとやらを、口説き落とした。それから、日本へ拉致して、ドイツ料理店を開いた、というわけか」

「そうらしいです」

桂本は腕を組み、少し考えた。

「岸本が、真里亜の父親の店へ行こうと誘ったのは、偶然じゃないだろうな」

「神成一家か、少なくとも真里亜に対して、強い関心を持っている気配がありますね」

「さっき、藤崎と岸川とのつながりにもう一つ、心当たりがありそうなことを言ったな。聞かせてもらおうじゃないか」

「その前に、岸川教授に藤崎との関係を、聞かなかったんですか」

「聞かなかった。こっちの手の内は、めったに明かさんよ」

弁護士らしい発想だ。

あらためて、口を開く。

「ちょっとややこしいですが、神成アナから聞いた話を、かいつまんで説明します。アナには、さっき話に出てきたハインリヒ・フォン・クライストの血が、脈々と流れているそうなんです」

桂本は、二重の溝が三重になるくらい、大きく顎を引いた。

「クライストの血、だと」

「そうです。神成一家が、ドイツ文芸センターの催しに行ったのも、そのためでした」

「ふうむ。それから」

「アナの母のルイゼは、ハインリヒの家系につながる軍人貴族、クライスト一族の末裔でした。どの系列かは分かりませんが、とにかくハインリヒと同じ血が流れていることは、確かなようです。彼女は、ドイツ敗戦のあと知人に保護されて、スペインに亡命しました。サラマンカの、あるレストランの店主の家にかくまわれて、最終的にそこのヘススという息子と、結婚したそうです」

桂本が、口を挟む。

「要するにアナは、ルイゼとヘススとやらのあいだに生まれた子供で、真里亜はそのアナと神成繁生の娘、というわけだな」

ややこしい話を、一度で把握したようだ。

「そのとおりです」

「すると、真里亜にもわずかながら、クライストの血が流れている、ということになる」

「そのとおりです」

もう一度繰り返すと、桂本は顎の先をつまみながら、また考え込んだ。

わたしはじれて、口を開いた。

「岸川教授の口から、クライストの話は出なかったんですか」

桂本は、手を下ろした。

「ベルリンで、没後二百年の会議に出席したことしか、話さなかった」

「彼は、ドイツ浪漫派時代の作家の中でも、特にクライストに傾倒しているらしい。留守中、日本での催しの内容も知りたくて、教え子を送り込んだくらいですから」

「それにしても、人を使ってまで真里亜を尾行させるとは、どういうことだろうな」

「藤崎の仕事が、卵子提供斡旋業だという事実からすると、真里亜の卵子が目的じゃないか、とも考えられますね」

思い切って言うと、桂本はじろりとわたしを睨んだ。

「さっき、わたしがそう指摘したときは、積極的に支持する態度には、見えなかったぞ」

「それはそうですが、ほかに理由を思いつかないものですから」

「そもそも、岸川がどういう意図のもとに、真里亜の卵子を手に入れようとするのか、説明できるかね」

「急には、考えつきませんね。とにかく、岸川教授の真里亜に対する関心が、クライストにからんでいることだけは、確かだと思います」

桂本が、背もたれにどさりと体をあずけたので、ソファが悲鳴を上げた。

「どっちにしても、尾行事件はわれわれに関係ないことが、明らかになった。手間をかけさせたが、この件はこれで片付いたわけだ。もう、忘れてくれていいぞ。金にもならん、くたびれもうけの仕事だからな」

「人のせりふを、取らないでくださいよ」

とはいえわたしは、この一件を途中でほうり出す気には、なれなかった。

M.W.

27

仕事場にもどった。

パソコンのメールをチェックし、いくつか原稿執筆の依頼がきているのを、ありがたく確認した。

ワープロの電源を入れる。

原稿を仕上げるのに、わたしはとうに生産が終了したワープロを、いまだに使用している。

保存するメディアは、三・五インチのフロッピディスクだ。

それを、編集者の手元に届けるためには、ちょっとした手順が必要になる。

フロッピに保存した原稿を、パソコンに搭載した専用ソフトで、ワードないしテキスト文書に変換する。

変換した文書を、ハードディスクに記憶させたあと、メールに添付して先方に送るのだ。

手間はかかるが、ほかに方法がない。

日本語入力に関する限り、パソコン用のソフトはワープロに、遠く及ばない。変換能力も処理機能も、いちじるしく劣る。

キーボード自体が、日本語入力を前提に作られたものではないから、使い勝手が悪いのだ。

パソコン用の、フロッピ読み込み変換用のソフトも、市場から姿を消しつつある。

要するに、ワープロの命運はすでに尽きており、わたしのような使い方も所詮は、一時しのぎにすぎない。

まさに、風前のともしびといってよい。

技術の進歩はとどまるところを知らず、近ごろはタブレットとやらが出回り始めて、キーボードそのものがなくなる方向にある。

それにつけてもＵＳＢ、ＩＣカードなどの新しい記憶メディアか、せめてＣＤを使えるワープロの新製品ができたら、と願わずにはいられない。

仕事に取りかからずに、そんなことを考えているとき、デスクの電話が鳴った。

受話器を取ると、男の声が言った。

「突然お電話して、申し訳ありません。先ほど、桂本さんの事務所でお目にかかった、英京大学の岸川です」

虚をつかれて、受話器を持ち直す。

「いえ、こちらこそ」

短く答え、出方をうかがう。

名刺を交換したばかりの、岸川芳麿がいきなり電話をかけてくるとは、予想もしなかった。

岸川は、咳払いをして続けた。

「実を言いますと、わたしは少し前から岡坂さんのお名前を、耳にしていましてね。さっきはつい、言いそびれてしまったんですが」

藤崎研一の顔が、まぶたをよぎる。

「ほう、わたしの名前をね。どなたから、お聞きになったんですか」

「佐伯ひよりからです」

予想がはずれた。

「はあ」

わたしが生返事をすると、岸川は少し焦ったように、急き込んで言った。

「佐伯君は、ご存じですよね。わたしの、教え子の」

「ええ、知っていますよ。二、三度お話ししたことがあります。わたしも、岸川さんのお名前は彼女から、うかがっていました」

岸川は、ほっと息をついた。

「佐伯君の話によると、岡坂さんはクライストについて、非常にお詳しいそうですね」

「非常に、は言いすぎでしょう。それほど、詳しいわけじゃありません。ただ、ちょっと興味がある、というだけのことです」

「いやいや。先日も、ドイツ文芸センターのクライストの催しに、参加されたそうじゃないですか。そこで、かなり専門的な質問をなさった、と佐伯君から聞きました」

わたしは、一呼吸おいた。

「なるほど。それで、ご用件は」

思い切り事務的な口調で言うと、岸川はまたわざとらしく咳払いをした。

「もしご迷惑でなければ、これからでもお目にかかって、お話をお聞かせ願えませんか」

「なんの話ですか」

「もちろん、クライストの話です。先日の催しについて、佐伯君からひととおり報告を受けたんですが、もう一つ要領を得ないんです。それで、岡坂さんからもう少し詳しいお話を、うかがいたいと思いまして」

「わたしは、岸川さんのような専門家じゃありませんし、ただのクライストの愛読者にすぎないんです。お役には立てませんよ」

わざと引いてみせると、案の定食いついてきた。

「ご謙遜でしょう。実のところ、特定のテーマに関しては専門の学者より、市井の研究者の方が詳しいケースも、珍しくありませんからね。われわれ専門学者は、とかく狭く深くよりも、広く浅くなりがちなので」

「岸川さんは、ドイツのシュトゥルム・ウント・ドゥランクや、クライストを含む浪漫派時代のドイツ文学が、ご専門じゃないんですか。佐伯さんが、そう言っておられましたよ」

「一応、そういうことにはなっていますが、岡坂さんのような専門外のかたのご意見も、うかがいたいのです。それにわたしからも、多少の情報を提供できるのでは、と思いましてね」

「とおっしゃると」

「わたしは、文芸センターの催しと同じ時期に、ベルリンに行っていましてね。あちらで開かれた、クライスト没後二百年記念の集いに、出席したんです。といっても、複数の場所で行なわれた催しの中の、一つにすぎませんが」

「そのお話を、聞かせてくださる、と」

「ええ。もし、興味がおありでしたら、ですが」

岸川については、いろいろな意味で興味がある。

「分かりました。今、どちらですか」

「山の上ホテルの、本館のバーです」

すぐ近くだ。

どうやら、桂本忠昭の事務所を出たあと、わたしに電話する潮時を計りながら、待機していたらしい。

「では、十五分後に行きます」

電話を切り、少し考えた。

岸川は、わたしのことを佐伯ひよりだけでなく、藤崎研一からも聞いているはずだ。

人の話だけではあき足らず、みずからわたしに会う気になった背景には、何が隠されているのだろうか。

考えてみれば、桂本に突然電話をかけてよこし、間なしに事務所に訪ねて来たこと自体が、あわよくばわたしについて情報を得たい、という裏の目的に根差したものではなかったのか。

だとすれば、桂本の事務所で図らずもわたしと遭遇し、名刺を交換する巡り合わせになったのは、岸川にとってもっけの幸いだった、といってよかろう。

さらに、岸川の関心の対象はわたし自身というより、わたしとつながりのある神成真里亜ではないか、と思われる節がある。

もしそうなら、岸川がなぜ真里亜に関心を寄せるのか、はっきりするかもしれない。

着替えをして、仕事場を出た。

目の前の、錦華坂をくだる途中の左側に、山の上ホテルの本館がある。

横手の入り口から階段をのぼり、第二ロビーの向かいにあるバー、〈ノンノン〉にはいった。

短いカウンターに、岸川が一人ですわっていた。ほかに、客はいない。

わたしを見て、岸川はすばやくストゥールから、おり立った。

「先ほどはどうも、失礼しました。お呼び立てして、すみません」

「いや、こちらこそ」

並んで、すわり直す。

岸川はピルスナーグラスで、生ビールを飲んでいた。

わたしも、同じものを頼む。

グラスを合わせ、乾杯のまねごとをしてから、岸川は言った。

「岡坂さんは桂本さんと、長いお付き合いですか」

なんとなく、話の取っかかりを求めるような、そんな口ぶりだった。

「同じマンションに、仕事場を構えて以来ですから、そこそこに長いですよ。岸川さんと桂本先生は、どうなんですか」

岸川はビールを飲み、耳の上の巻き毛を人差し指で、軽くすくい上げた。

「そう、わたしもけっこう、長いですね。二十五年以上になりますか」

「それは長い。どういう接点が、おありだったんですか。桂本先生は、江戸文学には造詣が深いけれども、ドイツ文学にはあまり詳しくないでしょう」

「わたしの専門とは、関係ありません。その昔、高橋シュウゾウという共通の知人が、いましてね。彼を通じて、ときどき酒を飲むようになったんです」

わたしは、もっともらしい顔を、こしらえてみせた。

「ああ、高橋さんの名前は、先生から聞いたことがあります。シュウゾウは、どういう字だったか、忘れましたが。出身大学の、司法試験サークルで指導教官をしていた、後輩の弁護士ですよね、確か」

「ええ、その高橋さんです。シュウゾウは、修業の修に数字の三、と書きます」

「そう、高橋修三さんだ。しかし、岸川さんは桂本先生や高橋さんと、同じ大学のご出身じゃありませんよね」

「違います。わたしは、今教鞭をとっている英京大学の、文学部の出身です。高橋さんとは、別のサークルで知り合いました」

「別のサークル、とおっしゃいますと」

さりげなく、追及する。

岸川は、あまり気の進まない様子で、短く応じた。

「独逸現代史会議、というサークルです」

「独逸現代史会議。ああ、わたしも学生のころだったか、耳にした覚えがありますよ」

真っ赤な嘘だが、良心の痛む嘘ではなかった。

岸川が、いかにも驚いたという顔つきで、わたしを見る。

「ほんとうですか」

「確か、いろいろな大学を横断して組織された、ドイツ現代史の研究グループでしょう」

桂本が、そう言っていた。

「ええ、そのとおりです」

岸川は、まだ驚きの色を残したまま、目をそらした。

わたしはビールを飲み、話を続けた。

「当時は、極左勢力がエネルギーを失って、保守勢力が台頭した時代でしたよね。独逸現代史会議は、その流れの中で生まれたサークルだった、と認識しています。違いましたか」

わたしが念を押すと、岸川はまた巻き毛を掻き上げた。

「まあ、そんなところですね」

それ以上は、何も言わない。

「ネオナチスを、標榜していたんじゃなかったですか」

思い切って、畳みかける。

岸川は頬の筋を引き締めて、わたしをちらりと見た。

「独逸現代史会議は、ネオナチスのような過激な思想とは、関係ありませんでしたよ」

「それじゃ、わたしの記憶違いかもしれませんね。ネオではなくて、もともとのナチズムの研究だった、ということかな」

岸川は、カウンターに両手をついて、背筋を伸ばした。

言葉を選びながら言う。

「まあ、ナチズムの思想を検証する、というのも研究テーマの一つでは、ありましたがね」

「なるほどね。ナチズムの思想も、決して悪いことばかりではなかった、というわけですか」

わたしは、少し結論を急ぎすぎたかと思ったが、岸川はまともに応じてきた。

「客観的にみれば、思想そのものは絶対悪とは言い切れない、と思います。ただ、その運用において重大なあやまちがあった、ということでしょう。それは、共産主義や資本主義についても、同じじゃないですかね」

ひよりによれば、岸川は授業中にヒトラーやナチズムの思想を、ある程度評価するようなことを口にした、という。

要するに、岸川のナチズムに対する考え方は、昔も今もほとんど変わっていない、ということだろう。

「独逸現代史会議は、今どんな活動をしてるんですか」

まだ存続している、という含みで聞いてみると、岸川は首を振った。

「何もしてませんよ。とっくの昔に、解散しましたからね」

「そうですか。それは、知らなかった。しかし、当時のメンバーの人たちとは、今でも交流があるんでしょう」

「まあ、なくもないですが、サークルとしての活動とは、いっさい無関係です。たまに酒を飲みながら、昔話をする程度のことでね」

わたしはビールを飲み干し、バーテンにお代わりを頼んだ。

岸川も、それにならう。

「ヒトラーは、文学や音楽、美術など芸術全般に、けっこう関心が深かったようですね。実際、若いころは画家になろうとした、と言われていますし」

わたしが言うと、岸川はうなずいた。

「そのとおりです。ヒトラーの、ヴァグナー好きはよく知られていますし、おっしゃるとおり音楽だけでなく、浪漫派の小説や戯曲に対しても、関心を示した形跡があります」

「ほう。するとヒトラーは、Ｅ・Ｔ・Ａ・ホフマンやクライストなんかも、読んだんですかね」

「もちろん、読んだでしょう。ことに、クライストの愛国文学には、大いに傾倒したんじゃないか、と思いますすね」

「愛国文学、といいますと」

「むろん、『ヘルマン戦争』や、『ホムブルクの公子』です。お読みになりましたか」

そう言いながら、顔をのぞき込んでくる。

わたしは少し、体を引いた。

「ええ。だいぶ昔なので、忘れてしまいましたが」

「クライストは、ドイツを侵略したナポレオンに、反発していました。というより、憎悪を抱いていたんです」

岸川は言い切り、力強くうなずいた。

28

わたしは、黙っていた。

岸川芳麿は一度口を閉じ、それからおもむろに続けた。

「というのは、ナポレオンのせいで戦乱が相次ぎ、クライストは定時収入を得る仕事に、つけなかったからです。そのために生活が安定せず、落ち着いて創作に専念することが、不可能になった。もし、国土があれほど荒廃しなければ、クライストも執筆に集中することができて、世に認められる傑作を生み出したかもしれない」

「しかし、そのハンディを背負ったのは、クライストだけじゃないでしょう。ゲーテだってシラーだって、同じ条件だったはずです」

わたしが言い返すと、岸川はいやな顔をした。

「ナポレオン以前に、文名を確立していた作家たちは、別ですよ。まだ無名の、これから売り出そうという、クライストのような人たちが、割りを食ったんです」

「しかし、死後とはいえクライストは、後世に名を残した。残しそこねた作家は、その何倍もいたはずだから、まだ救いがある方じゃないかな」

そのとき、バーにビジネスマンらしい、男の二人連れがはいって来た。

カウンターの、わたしたちといちばん遠い端に、腰を落ち着ける。

二人は酒の注文もそこそこに、共通の知人が結婚詐欺にあった事件を、熱心に話し始めた。

岸川もわたしも、なんとなくその話に耳を傾ける感じで、黙りこくっていた。

被害者の男が、相手の女にどう仕返しをしたか、というくだりに差しかかったとき、岸川が口を開いた。

「ところで、ドイツ文芸センターの催しは、いかがでしたか。佐伯君によると、クライストが心中したときの状況を、ドラマ仕立てにした映画が上映された、ということですが」

わたしは、しぶしぶ盗み聞きをあきらめ、岸川の問いに応じた。

「あれは、たぶん映画じゃなくて、テレビ向けに作られた映像でしょう。五十分そこそこの長さの、いわゆる再現ドラマというやつですよ」

それを聞くと、岸川はいかにも失望した様子で、唇を引き締めた。

「なんだ、テレビドラマですか」

「ええ。文芸評論家や研究者が、ドラマの合間に入れ替わり立ち替わり出て来て、あれこれコメントするという、おなじみのパターンです。ドイツで、今年あたり制作、放映されたものじゃないかな」

「なるほどね。もっとも、わたしが参加した催し物の中では、そうした映像が作られたという話は、少しも出ませんでしたが」

「あまり、出来のいい作品じゃなかった。出演者は、少なくとも日本では無名の、ぱっとしない俳優でした。クライスト役も、心中相手の人妻役もイメージが違って、感情移入できなかった。新しい知見も、ほとんどありませんでしたしね」

岸川は、ふと思い出したように、わたしを見た。

「新しい知見といえば、佐伯君が興味深いことを、言っていました。なんでも、心中の現場には凶器が残されていなかった、というんですよ。ほんとうですか」

佐伯ひよりは、わたしが田中教授に質問したその一件を、頭にとどめていたらしい。

「ほんとうです。映画のナレーションに、そういうコメントがはいったので、わたしもおやっと思いました」

岸川の眉根が、きゅっと寄る。

「やはり、そうでしたか。しかし、もしそれが事実だとすれば、従来の心中説をくつがえしかねない、大発見でしょう」

「ええ。それでわたしは、上映のあと講演した田中太郎という学者先生に、その点を確認したんです」

岸川がうなずく。

「ああ、田中太郎氏なら、わたしも知っています。彼は、なんと答えたんですか」

「あっさり、あれはただの間違いですよ、とかわされました」

岸川は、つっかい棒をはずされたように、かくんとなった。

「それはひどいな。ただの間違いじゃなくて、ひどい間違いじゃないですか。本場ドイツで、そんな重大なミスをするとは、信じられませんね。だれが、監修したんだろう」

「それ一つをとっても、たいした作品じゃないことが、分かるでしょう」

「ええ。だいたい、ドイツ文学史上屈指の有名事件を、安っぽい再現ドラマに仕立てるなんて、論外ですよ」

ビールを飲む。

そろそろ、こちらが聞く番だ。

「ところで、岸川さんが参加された、あちらでの催しというのは、どんなものだったんですか」

岸川も、一呼吸おこうとするように、ビールを飲んだ。

「電話でも言いましたが、今年ドイツでは時期的にも地域的にも、没後二百年の催しが複数単位で、行なわれましてね。わたしが参加した集いは、そのうちのごくささやかな、地味なものでした」

急にトーンが下がったようだ。

「集いというのは、単なる記念集会ですか。それとも、ある程度の学術的成果を目標とした、シンポジウムみたいなものですか」

「学術的といえるほど、おおげさなイベントじゃありません。セレモニーに近いものですよ」

「しかし、日本での催しを欠席してまで、行かれたわけでしょう。それだけの意味が、あったんじゃありませんか」

「残念ながら、従来のクライスト研究の成果を塗り替えるような、新しい発見はありませんでした。ただ、いくつか興味深い情報を、手に入れましてね」

「ほう。たとえば」

岸川はビールを飲み干し、バーテンにまたお代わりを頼んだ。

すきっ腹だったが、わたしも付き合う。

「クライストが、由緒ある軍人家系の出であることは、ご存じですか」

岸川が言い、わたしは少し身構えた。

「知っています。彼自身も、一時は軍籍にはいったことが、あったでしょう」

「ええ。そのクライストの家系が、ナチス・ドイツの時代まで続いていた、というんです」

バーテンが、目の前に新しい生ビールと一緒に、ナッツの小皿を置く。

わたしはビールを飲み、ナッツを二つ三つ口に入れて、岸川が続けるのを待った。

しかし、そのまま何も言わないので、しかたなく口を開く。

「その話は、耳にしたことがありますよ」

岸川は、髪を掻き上げた。

「さすがに、よくご存じですね。ドイツ国防軍に、エヴァルト・フォン・クライストという名将がいて、ヒトラーに重用されたらしいんです。このエヴァルトが、ハインリヒ・フォン・クライストの末裔なんだそうです」

「正確にいえば、末裔の一人、でしょう」

岸川はわたしを見て、とまどったように瞬きした。

「むろん末裔は、ほかにもいるでしょうね。しかし、いちばん名をなしたのは、エヴァルトじゃないですか。なにしろ、あの進攻不可能といわれた、アルデンヌの森を強行突破して、英仏軍を敗走させた電撃作戦の、功労者の一人らしいですから」

「そうですか」

そのことは、承知している。

とはいえ、できるだけ興味なさそうなふりをして、そっけなく振る舞った。

「エヴァルトは、その後のソ連との戦いにおいても、輝かしい勲功を立てています。それで、ヒトラーに気に入られて陸軍元帥に昇進した、ということです」

「しかし、そのために戦後ソ連の強制収容所に入れられて、獄死したんじゃなかったですか」

そう指摘してやると、岸川は少し渋い顔をした。

「ええ、そのように聞いています。ドイツにとっては英雄でも、ソ連にすれば憎むべきかたき、ということになりますから」

神成アナと話したとき、同じエヴァルト・フォン・クライストでも、尻にシュメンツィンのつく方は、名前が出てきた。

しかし岸川が言う、シュメンツィンのつかないエヴァルトのことは、いっさい話に出てこなかった。時間がなかったせいか、アナが意識して触れなかったのかは、分からない。

岸川は続けた。

「クライストの命日に、いくつかのグループが時間をずらして、ヴァン湖畔の墓前で没後二百年の、記念式典を行ないましてね。わたしも、エヴァルトの関係者を含むグループに混じって、墓参をしてきました」

「お墓に、行かれたんですか」

「ええ。かつては、忘れ去られて荒れ放題だった時期もある、ということでした。ただし今は、きれいに整備されています。献花が絶えない、という話も聞きました。そんな風に、随時整備されるようになったのは、ヒトラーの時代が始まりでしょう」

「なぜですか」

聞き返すと、岸川は少し間をおいた。

「ヒトラーは、クライストの戯曲『ヘルマン戦争』を、愛国文学として高く評価しました。ご存じのように、この作品はゲルマン民族の英雄ヘルマンが、ローマ帝国に果敢な戦いを挑む、壮大な叙事詩です。それは当時、ナポレオンに蹂躙されていた祖国ドイツへの、戦意高揚の熱烈なメッセージになりました。そんなことから、ヒトラーがヴァグナーの音楽同様、クライストの作品を愛好したのも、当然といえます」

「作品の価値と、ヒトラーが評価したこととは、直接関係ないと思いますよ」

岸川は、じろりという感じで、わたしを見た。

「しかしクライストが、ヒトラーに強い影響を与えたことは、確かです。クライストの没後、百三十年たった一九四一年に、当時半ば忘れ去られていた彼の墓を、ナチスの幹部が修復して式典を行なった、という記録もあります」

「今回、岸川さんが参加された式典というのは、それを再現するものだったのですか」

岸川はたじろぎ、ビールを一口飲んだ。

「いや、別にそういう趣旨のものでは、ありませんでした。ただ、ナチスの中にもクライストを評価する、感性の豊かな人間がいたことだけは、指摘しておきたいと思います」

「ナチスが、クライストを評価したからといって、クライストの中にナチス的思想があった、ということにはならないでしょう」

わざと、火に油をそそぐようなことを言って、様子をうかがう。

岸川は、少しのあいだ黙っていたが、やがて穏やかな笑みを浮かべて、わたしを見た。

「わたしは別に、ナチスの犯した罪を弁護するつもりは、ありませんよ。勘違いされては、困ります」

わたしは、あまり刺激してもいけないと思って、いくらか引いた。

「何かに熱中すると、ほかのものが見えなくなるところに、共通点があるのかもしれませんね」

「クライストと、ナチスのあいだにですか」

「あるいは、ナチスの支持者とのあいだに、というべきかな」

岸川は、それが何を意味するか、考えているようだった。

おもむろに、口を開く。

「ナチスと関係なく、クライストに熱中すれば頭が燃える、という好例がありますよ」

「どんな例ですか」

「シュテファン・ツヴァイクです。ご存じでしょう」

「名前は知っていますが、読んだことはありませんね」

「ツヴァイクの作品の中に、『デーモンとの闘争』という、評伝があります。ヘルダーリン、クライスト、ニーチェの三人を取り上げて、論評したものです」

知らなかった。

「ツヴァイクは、クライストのことをどんな風に、書いてるんですか」

「豊かなボキャブラリーと、華麗なレトリックを縦横に駆使して、クライストの人間像を浮き彫りにしようと、やっきになっています。熱に浮かされたような、迫力満点の筆遣いです。読んでいると、その熱気に圧倒されると同時に、微苦笑を誘われるほどですよ」

「ツヴァイクも、クライストに熱中するあまり、目がくらんだと」

「そう言わざるをえないでしょう。作中で、ツヴァイクはクライストの手紙などから、いろいろなセンテンスを引いています。ところが、その文脈を勝手に変えてしまったり、不都合な省略を行なったり、論点をねじ曲げてしまったりと、ずいぶん乱暴なことをしている。クライストに比べれば、ゲーテもシラーもたいしたことがない、と言わぬばかりの筆致です。訳者は、解説でそれをひいきのひき倒し、と皮肉っていますがね」

「つまりクライストは、ツヴァイクのような知性派にまで、冷静な判断力を失わせるほどの、魔性に近い狂気を秘めている、というわけですか」

「いや、そんな意味じゃありません。いっときの熱に浮かされたからといって、ツヴァイクその人や作品を否定する者は、いないでしょう」

わたしは、岸川が暗に何を言おうとしているのか、分かったような気がした。

岸川は、まるでわたしの考えを察したように、話題を変えた。

「そう言えば、佐伯君の報告の中に、クライストの謎のヴュルツブルク旅行について、田中教授に質問した人物がいた、という項目がありました。それも、岡坂さんですか」

「いや、それはわたしじゃありません」

否定すると、岸川は軽く眉をひそめた。

「その旅行の目的について、ツヴァイクは自慰過多からくる罪悪感を、外科的処置によって治療するため、と断定しています」

わたしは、首をかしげた。

それは、インポテンツの治療といった、諸説ある中の一つの解釈にすぎない。

「クライストが、外科医を訪ねたのは確かなようですが、そういう症状が外科的侵襲によって、治療できるものですかね」

わたしの反問に、岸川は肩をすくめた。

「外科手術じゃなくて、精神療法かもしれませんね。外科医に、そんな芸当ができるかどうか、知りませんが」

29

わたしは、考え込んだ。

「かりに、その外科医がクライストに去勢手術、というか性的欲望を減退させるような、なんらかの処置を施したとしたら、その後書かれることになる作品に、大きな影響が出たはずですね」

岸川芳麿は、虚をつかれた面持ちで唇をすぼめ、わたしを見返した。

「なるほど。だとすれば、ヴュルツブルク旅行の真相解明は、十分条件じゃなくて必要条件、ということになる。いや、必要十分条件かもしれない」

その口調には、言葉ほどの重みが感じられず、どこかおざなりに聞こえた。

「もっとも、クライストの作品を読んだかぎりでは、とても去勢された男が書いたものとは、思われませんが」

わたしが補足すると、岸川はことさらむずかしげに、眉根を寄せた。

「おっしゃるとおりですね。どんな処置をしたにせよ、作品にはあまり影響を与えなかった、という気がします」

どうも、わたしの言うことに合わせよう、とする気配が感じられる。

「ともかく、自慰過多説も外科的処置説も、単なる臆測の域を出ない。結局、真相はだれにも分からない、ということでしょう」

わたしがまとめると、岸川はあっさりうなずいた。

「そういうことですね」

わたしはビールを飲み干し、注文を聞きに来ようとしたバーテンに、もういらないと首を振った。

岸川に、目をもどす。

「今思い出したんですが、ツヴァイクはユダヤ系でしたから、ナチスの手を逃れて南米かどこかに、亡命したんじゃなかったですか」

「そうです。ブラジルに、亡命しました。その地で、一九四二年にピストル自殺しています」

ちょっと驚く。

「ピストル自殺。それは、知らなかった。クライストと、同じですね」

「ええ。人妻と一緒に、というところもね」

「ほんとうですか」

わたしが乗り出すのを見て、岸川はいたずらっぽい笑みを浮かべた。

「ほんとうです。まあ相手は、自分のかみさんですが」

苦笑させられる。

「それで、自殺の理由は、なんですか」

あらためて聞くと、岸川は眉根を寄せた。

「はっきりしません。第二次大戦の初期でしたし、漠然と世界情勢に絶望したせいではないか、といわれています」

そんなことで、自殺するかどうか疑問だったが、それ以上は聞かなかった。

「自殺すると決めたとき、ツヴァイクの心中にクライストのことが浮かんだ、と思いますか」

わたしの問いに、岸川は深刻な顔をした。

「さてね。どちらとも、言えませんね」

わたしたちは、少しのあいだ黙っていた。

岸川が、どういう目的でわたしに電話をよこし、会いたいと申し入れてきたのか、もう一度考えてみる。

やはり、答えは出なかった。

こちらから、なぜ神成真里亜の身辺を嗅ぎ回るのか、聞いてみたい気もする。

しかし、いきなりその質問をぶつけるのは、さすがにためらわれた。

からめ手から、攻めることにする。

「話はもどりますが、岸川さんは先刻エヴァルト・フォン・クライストの名前を、持ち出されましたね」

「ええ」

「ナチス・ドイツの時代に、もう一人同じエヴァルトの名前を持つ、ハインリヒの末裔がいたことを、ご存じですか」

岸川はきらり、と目を光らせた。

「いや、知りません」

「正確には、苗字の最後に出身地の名称をつけて、エヴァルト・フォン・クライスト=シュメンツィン、と呼ばれていた人物ですが」

岸川は、困惑した顔になった。

「クライスト=シュメンツィン。知らないですね。どういう人ですか」

「あなたが言ったエヴァルトとは、まったく逆の立場にいた人物です。軍人ならぬ、法律家の身で反ヒトラーの抵抗運動に、加わりましてね。例の、ヒトラー暗殺未遂事件に連座して、ゲシュタポに逮捕されたんです。そのあと、人民法廷と称する無法な裁判にかけられて、死刑になりました」

それを聞いて、岸川の頰がこわばる。

「その人物は、確かにハインリヒの、末裔なんですか」

「権威ある歴史家が、そう書いています」

岸川は拳を口に当てて、咳払いをした。

「クライスト家は古い家柄ですから、末裔にもいろいろな人間がいて、当然でしょう」

「ついでに言えば、その息子のエヴァルト・ハインリヒも、自爆テロによるヒトラーの暗殺計画に、志願しています。あいにく、ヒトラーに接近する機会が失われて、計画は中止になりましたが」

岸川の口元に、皮肉めいた笑みが浮かぶ。

「親子そろって、反ヒトラーですか」

「別に、珍しいことじゃありませんよ。ほかにも、例があります」

岸川は、鷹揚にうなずいた。

「確かに、いろいろな人間がいろいろな暗殺を計画して、実行にも移しました。しかし、全部失敗に終わっています。ヒトラーは、人一倍運の強い人物だったんですよ」

「正確には、悪運の強い人物だった、というべきじゃないかな」

わたしが指摘すると、岸川は笑みを引っ込めた。

「末裔がたくさんいれば、元帥のエヴァルトと反対の立場を取る者も、一人や二人は出てくるでしょうね」

わたしは、負けずに言い返した。

「一人二人どころか、ほかに同じ末裔でもう一人、反対派がいますよ」

当たる男だ。その人物も、岸川が言及したエヴァルト同様、神成アナの口から出ることのなかった、別の末裔に

岸川は、うんざりした顔をした。

「だれですか、それは」

「こちらはれっきとした軍人で、ベルント・フォン・クライストという、陸軍士官です。この人は、第一次大戦で片方の脚を失いましたが、やはり反ナチスの組織の一員でした」

「そして新たな、自爆テロ志願者ですか」

皮肉めいた口調だ。

「いや。この人は地味な、理論的指導者の一人でね。同じ抵抗組織の、ファビアン・フォン・シュラブレンドルフという大佐は、ベルントを清廉高潔で先見の明ある傑出した人物、と評しています。ヒトラー暗殺未遂事件のあと、ファビアンもベルントも厳しい追及や裁判をすり抜けて、戦後まで生き延びたんです。二人とも、とうに亡くなりましたがね」

岸川は、肩をすくめた。

「いやはや、さすがですね。桂本さんによると、岡坂さんはスペイン現代史の専門家だそうですが、ドイツ文学や現代史にもお詳しいことが、よく分かりました」

「わたしの知識は、机上の学問にすぎませんよ。岸川さんと違って、ドイツへ行ったこともありませんしね」

「ご謙遜でしょう。参考までに、教えてください。先ほど来の、シュメンツィンやベルントの話は、なんという本に書いてあるんですか」

「わたしが読んだのは、おもに英語の資料ですが、翻訳書では歴史学者のウィーラー＝ベネットが書いた、『国防軍とヒトラー』という本に、二人に関する言及があります」

岸川は感心したように、首を振った。

「われわれドイツ文学の専門家も、もう少し視野を広げないといけませんね」

「岸川さんも、クライストとヒトラーを結びつけたんだから、十分視野が広いじゃないですか」

皮肉を言ったつもりはない。

現に、岸川もそう受け取った様子は、見られなかった。

岸川は、思いついたように、指を立てた。

「そう言えば、ヒトラーもエヴァ・ブラウンと自殺したとき、青酸カリを飲んだあと、ピストルを使ったんでしたね」

「少なくとも、自分はね」

「ええ。そのとき、やはりクライストのことが頭をよぎった、と思いますか」

虚をつかれる。

それは、考えもしないことだったが、いざ指摘されてみれば、確かに奇妙な暗合といえる。

ツヴァイクといいヒトラーといい、クライストのデーモンに取りつかれたのだろうか。

そう思うと、少しばかりうそ寒くなった。

しかしそれは、考えすぎだろう。

「ヒトラーは、それどころじゃなかった、と思いますね。自分の遺体が、ソ連兵の手に渡らぬように、死後の始末を側近に指示することで、手いっぱいだったようだし」

わたしが応じると、岸川はもっともだというように、二度うなずいた。

バーテンに合図して、生ビールのお代わりを頼む。

ビールとはいえ、かなりの量を飲んだはずだが、酔いの兆しはまったくない。

岸川は、新しいピルスナーグラスに口をつけ、さりげなく切り出した。

「ちなみに、ベルリンでちょっと興味深い話を、耳にしたんですがね」

そこで、わたしの様子をうかがうように、言葉を切る。

わたしが黙っていると、岸川はしかたなくといった感じで、また口を開いた。

「ベルリンに、ヤマシナコウゾウという、わたしの学友がいましてね。山川の山に、内科外科の科、幸せに数字の三と書きます。ご存じですか」

山科幸三、という字を思い浮かべたが、心当たりはない。

「いや、知りません。知っていなければ、いけない人ですか」

「そうじゃありませんが、ドイツの小説の翻訳をしているので、その方面に詳しいかたならご存じか、と思ったものですから」

「それは、あいにくでした」

岸川は、少し間をおいて続けた。

「山科は、十年ほど前にベルリンに留学したきり、あちらに居着いてしまいましてね。古い友人なので、行くたびに会うんですが」

「それで、今回もお会いになった、と」

「ええ。そのおりに、山科から聞かされた話が、なかなかおもしろいんです」

「どんなお話ですか」

「山科が、なじみのレストランの店主から聞かされた、要するにまた聞きの話なんですがね」

「なるほど」

「話の主は、クアフュルシュテンダムの〈サラマンカ〉という、レストランの店主とのことでした」

わたしは、今しも口に入れようとしたナッツを、取り落とした。

あわてて、スラックスの膝を払う。

むろん、あわてたのはナッツのせいではなく、〈サラマンカ〉という店名のせいだ。

岸川は、わたしがすわり直すのを待って、話を続けた。

「店主は、ビセンテ・ナバロという六十過ぎの、スペイン人だそうです。スペインのサラマンカで、レストランをやっていた両親と一緒に、一九六〇年ごろベルリンへ移住して来た、という話でした」

わたしは、にわかに手に浮いた汗を、そっとスラックスにこすりつけた。

いよいよもって、間違いない。

こんなところで、神成アナにつながる話が持ち出されようとは、夢にも思わなかった。

これは、偶然だろうか。

先日の話によれば、ビセンテ・ナバロはアナの兄で、神成真里亜の伯父に当たる男だ。

岸川の報告が、どのような方向に展開するのか、まったく予断を許さなかった。

岸川が、さらに続ける。

「山科君によると、ビセンテの父親のヘススは若いころ、祖父のフリアンが経営するレストランで、働いていたそうです。おそらく、第二次大戦が終わった直後のことでしょう。祖父のフリアンが、親しくしていた軍部の高官に頼まれて、亡命して来たドイツ人の女性を四人、かくまったというのです。当時連合軍は、ドイツからの亡命者を狩り出そうと、スペイン政府に圧力をかけていました。亡命者は、その追及を逃れるために、隠れる必要があったわけです」

「そうでしょうね」

岸川が、なんのつもりでこんな話を始めたのか、見当がつかない。

まさか、わたしがすでにそうした事情を、アナから聞かされていると承知の上で、持ち出したとは思えない。

「四人のドイツ女性のうち、三人は実の母親と娘だったそうですが、もう一人は母親の遠い縁戚の娘、ということでした。その、ルイゼという名の縁戚の娘は、その後成長して店主の息子ヘススと、結婚しました。そして、彼ら二人のあいだに生まれたのが、現店主のビセンテというわけです」

「なかなか、おもしろいお話ですね」

なるべく、おもしろくなさそうな顔をこしらえて、そう言った。

岸川は、わたしの方に体を乗り出し、熱心な口調で続けた。

「実は、興味深いのはルイゼじゃなくて、三人の母娘の方なんです。名前は、母親がエリカ・ヴァグナー。二人の娘が、エファとブリギッテ」

そこで言葉を切り、もう一度繰り返す。

「エリカ、エファ、ブリギッテ。この名前から、何か思い当たるものが、ありませんか」

そのとたん、頭の中がきゅんと引き締まって、電撃に打たれたようになった。

わたしは、めったに感情を顔に出さない方だが、このときばかりは頬がこわばるのを感じた。

母娘三人の名前は、すでに神成アナから聞いており、初耳でもなんでもない。

しかし岸川の口から、あらためて聞かされたとたん、今の今まで考えもしなかったことが、唐突に頭に浮かび上がってきたのだ。

動揺を悟られまいと、わたしはバーテンに合図して、生ビールのお代わりを頼んだ。

「失礼。ちょっと、トイレに行ってきます」

そう言って、ストゥールをおりる。

半分逃げるように、メインロビーにあるトイレに行き、用を足した。

アナから話を聞いたときは、そのことにまったく考えが及ばなかった。

しかし、岸川からほのめかされただけで、たちまちある人物の画像が、焦点を結んだ。

その人物とは、第二次世界大戦中のドイツ国防軍情報部の元長官、ヴィルヘルム・カナリス提督だ。

わたしは、かつて大戦中の情報戦の原稿を書くため、カナリス提督について詳しく調べたことがある。

カナリス提督は、連合軍と情報戦を展開する一方で、反ヒトラー、反ナチスの秘密組織にも、陰で協力していた。

当初は、ヒトラーの覚えもさほど悪くなかったが、一九四四年の春先に機嫌を損ねる失態があり、情報部長官を解任される。

さらに同年七月下旬、ヒトラー暗殺未遂事件に続く、国内予備軍によるクーデタ失敗の直後、提督は反体制派との関係を疑われて、ゲシュタポに逮捕された。

その後、フロセンビュルク収容所送りになった提督は、苛烈な取り調べをへて四五年の四月八日、死刑判決を受ける。

30

死刑判決の翌日、一九四五年四月九日。

ヴィルヘルム・カナリス提督は、フロセンビュルク収容所で絞首刑に処せられ、あえない最期を遂げる。

それは、当の収容所が米軍の手で解放される、わずか十日前のことだった。

もし、米軍の到着があと十日も早ければ、カナリス提督は処刑を免れたかもしれない。

その場合、連合軍はナチスの戦犯を裁くのに、貴重な証人を手に入れていただろう。

提督は、ヒトラーに忠誠を尽くすふりをしながら、ナチスの犯罪を克明に記録していた、といわれるからだ。

ちなみに提督は、内戦が始まった一九三六年以降しばしばスペインを訪れ、フランシスコ・フランコ総統ら政府、軍部の高官と密接な関係を築いていた。

そんな事情もあって、欧州戦争が終わった暁には家族とともに、スペインで静かに暮らすのが夢だった、という。

その夢は、処刑によってあえなくついえたわけだが、いくつかの評伝や文献資料は後日談として、次のような話を伝えている。

ドイツ敗戦ののち、カナリス提督の未亡人と二人の娘は、フランコ総統の好意によって亡命を許され、スペイン国内に極秘の安息所を与えられた、というのだ。

わたしが調べたところでは、提督の妻の名はエリカ、二人の娘はそれぞれエファ、ブリギッテだった。

そして、記憶によれば妻エリカの旧姓は、ヴァアク（WAAG）といった。

これらを考え合わせると、ヘスス・ナバロがかくまった、エリカ・ヴァグナーなるドイツ女性は、提督の未亡人エリカなのではないか、という推測が成り立つ。

エリカはもちろん、娘たちの名前まで一致するところをみれば、まんざら荒唐無稽な話ではないだろう。

ヴァグナーという姓も、旧姓のヴァアクから思いついた仮名、とみなすことができる。

おそらく岸川芳麿も、そのことを言いたかったに違いない。

手を洗いながら、ふと顔を上げて見る。

鏡の中から、アントニオ猪木の平手打ちを食らったような男が、わたしを見返していた。

バーにもどると、バーテンがすかさずという感じで、新しいピルスナーグラスをとんと、カウンターに置いた。

わたしは、ストゥールに腰を落ち着け、ビールを一口飲んだ。

待ち兼ねたように、岸川が聞いてくる。

「どうですか、さっきの話は。エリカ、それにエファと、ブリギッテ。岡坂さんなら、ぴんとくるものがあるはずですが」

「ええ、確かにぴんときましたよ。岸川さんも、母娘の名前を聞いて立ちどころに、カナリス提督のことを思い出したんですか」

単刀直入に聞き返すと、岸川は上体を引いた。

「やはり、そうですか。実のところ、わたしはカナリスについて何も知らなかったし、関心もありませんでした。ただ、山科君が詳しく解説してくれたので、にわかに興味を覚えたわけです。彼は自信ありげに、エリカ母娘はドイツ国防軍情報部の元長官、ヴィルヘルム・カナリスの未亡人と娘だ、と断定しました」

そう言って、口を引き結ぶ。

「山科さんは、その方面に明るいんですか」

「もともとはドイツ文学者ですが、山科君もあちらで長く暮らすうちに、ドイツ現代史に関心を抱き始めたらしいんです。ことに、第二次大戦中の、ドイツについて」

「それはつまり、ナチス・ドイツについて、ということですね」

念を押すと、岸川は少したじろいだ。

「まあ、そういうことになりますね。その流れの中で、カナリスのことも調べたらしい。山科君によると、カナリスは反ヒトラー、反ナチスといわれながら、何一つ具体的な行動を起こさなかった、不可解な人物だという話でした。そうなんですか」

「そのようですね。ドイツだけでなく、いわゆる第二次大戦中の要人の中でも、カナリスはもっとも謎めいた人物の一人、といわれていますよ」

「彼は、実際に反体制派に、属してたんですか」

「少なくとも、反体制派のメンバーが国防軍情報部の内部で、謀議をこらすのを承知していながら、知らぬふりをしたのは確かですね」

「単にふりをしただけで、実際にはゲシュタポと内通していた、という可能性はありませんか」

冗談かと思い、岸川の顔を見直す。

しかし、岸川はいたってまじめな顔で、見返してきた。

わたしは、首を振った。

「それは、ないでしょう。ヒトラー暗殺未遂事件のあと、逮捕されて死刑に処せられたくらいだから、内通していた可能性はありませんよ」

「それだって、口封じのためかもしれないでしょう」

わたしは、耳の後ろを掻いた。

岸川は、何がなんでもカナリス提督を反体制派の人物、とは認めたくないらしい。

「彼が、裏切り者だったことをにおわせる、いかなる証拠もありませんよ」

「それなら、反体制派だったことを証明する証拠も、ないんじゃないですか」

わたしは、口を閉じた。

岸川の言うことにも、一理ある。

カナリス提督が、反体制派にひそかに協力したことは、当人も関係者も死んでしまった今となっては、又聞きや伝聞証拠としてしか残されていないのだ。

ただ一つ、カナリスがナチスの罪状を告発した、極秘の日記が存在したという記録がある。

しかし、それもゲシュタポによって発見、押収され、連合軍の手に渡らぬように焼却された、と伝えられる。

黙っていると、岸川は続けた。

「山科君によると、ビセンテも彼の両親も、ヴァグナー母娘がだれの遺族なのかは、知らなかったようです。山科君も、ビセンテに自分の推測を語るのは控えた、と言っていました」

「そうですか。まあ、確証があるわけじゃないから、その方がいいでしょうね」

わたしは、あいまいに相槌を打った。

確かに、カナリス提督の遺族とヴァグナー母娘は、その数も名前も一致している。

とはいえ、それが単なる偶然にすぎない可能性も、なくはないのだ。

岸川は、ポケットからたばこを取り出し、わたしにすすめた。

わたしが断ると、すまなそうに言う。

「吸っても、かまいませんか」

「どうぞ。わたしも、以前は吸っていましたから」

実のところ、長いあいだ吸っていない。

禁煙を誓ったわけではないが、事実上やめたようなものだ。

バーテンが、灰皿を差し出す。

岸川は、火をつけて深ぶかと吸い、心地よげに煙を吐いた。

なんとなく、岸川もたばこを吸わないものと思っていただけに、少し違和感を覚える。

岸川は言った。

「ここ何年かのあいだに、喫煙者には厳しい世の中になりましたね。若いころは、だれも何も言わなかったのに」

「酒は百薬の長といいますが、たばこは体にいいところが、何もないですからね。吸わない人には、不快感を与えるし」

「しかし、ストレスを解消するというメリットが、確かにありますよ」

「それは、仕事や人間関係のストレスじゃなくて、結局はたばこを吸えないことによるストレスだ、と思いますね。吸わないことに慣れると、ストレスがなくなりますよ」

「なるほどね。わたしも、ひところに比べると、本数が減ってるんです。そろそろ、やめどきかもしれないな」

「迷惑のかからないように吸うなら、別にやめなくてもいいんじゃないですか」

岸川は、三口ばかり吸っただけで、たばこをもみ消した。

「山科君が、ビセンテから聞かされた話によると、ナバロ一家がベルリンへ移住する前、同じ軍部の高官がエリカ母娘を迎えに来て、家から連れ去ったらしいです。それからあとの消息は、ビセンテも知らないということでした」

わけもなく、急にたばこを吸ってみたくなり、岸川のライターを手に取った。

岸川が、待っていましたとばかりに、たばこの箱を差し出す。

わたしは、ライターをカウンターにもどして、ビールを飲んだ。

「ビセンテの母親は、エリカ母娘と一緒に亡命して来たルイゼ、という娘だとおっしゃいましたね」

岸川は、拍子抜けしたような顔で、うなずいた。

「ええ。ルイゼも父親のヘススも、まだ健在だということです。店の方は、ビセンテと彼の奥さんが、切り回しているようですが」

一呼吸おいて、質問する。

「岸川さんも、その店に行かれたんですか」

「いや、行きませんでした。山科君と会ったのが、帰国する直前だったもので」

わたしは、いつ岸川がビセンテの妹、つまり神成アナのことを持ち出すかと、じりじりしながら待っていた。

しかし、その気配はなかった。

あるいは、山科幸三はビセンテからアナのことを聞いておらず、岸川にその話をしなかったのかもしれない。

岸川は言った。

「ビセンテの母親の手元には、エリカが家を出るときに置いて行った、夫の肖像画が残されていた、という話です。もし、それがカナリスの肖像画なら、山科君の仮説が正しいことが、証明されるんですがね」

カナリス提督の肖像画。

そんなものが、存在したのだろうか。

「その肖像画は、どこにあるんですか。ルイゼが、保管してるんですか」

「それがどうも、紛失したかだれかに預けたかして、すでに手元にはないらしいんです。詳しい事情は、山科君も聞きそこなったようです」

わたしはビールを飲み、ナッツを口にほうり込んだ。

「それにしても、エリカはなぜ貴重な夫の肖像画を、置いて行ったんでしょうね。だいじな形見じゃないですか」

「分かりませんね。そんなものを持っていると、カナリスの関係者だとばれてしまって、行くゆく不都合なことになる、と思ったんじゃないですか」

「あるいは、それを託されたルイゼにとっても、カナリス提督は特別な人物だったのかもしれない」

岸川の口元に、笑みが浮かぶ。

「なるほど。たとえば、ルイゼはカナリスの隠し子だった、とか」

ぎくりとした。

考えもしなかったが、まったくありえないことではない、という気もする。

しかし、ルイゼはフォン・クライストという、れっきとした出自を持つのだ。

わたしが黙り込んだのを見て、岸川は景気をつけるように言った。

「岡坂さんも、この件に関する情報を耳にされたら、知らせていただけませんか。山科君に影響されたのか、わたしもカナリスという人物に、興味を覚え始めたので」

「ええ、そうしましょう」

社交辞令で、そう応じた。

ビセンテの母親ルイゼが、ハインリヒ・フォン・クライストの末裔であることを、山科は聞かされなかったのだろうか。

あるいは聞かされながら、岸川に伝えなかっただけなのだろうか。

それとも岸川自身が、山科から聞いたにもかかわらず、わたしには言わずにいた、ということだろうか。

バー〈ノンノン〉の勘定は、岸川がカードで支払った。

わたしは、黙っておごられることにした。

バーを出ると、岸川はついでに食事でもどうか、と誘ってきた。

予定がある、と言って断った。少し、考える時間がほしかった。

仕事場にもどる。

ソファにすわったとたん、どっと疲れが出た。

あらためて、缶ビールを飲みながら、考えを巡らす。

岸川が、なぜわたしと話したかったのか、相変わらず分からなかった。

かりに、わたしと酒を飲んで話に花を咲かせ、親しくなることが目的だったとしたら、それはある程度果たされた、といってよい。

わたしとしても、岸川が〈サラマンカ〉の話を持ち出したこと、さらにカナリス提督の遺族について、知られざる情報を提供してくれたことで、大いに得るものがあった。

今日のところは、お互いに腹の探り合いに終わったが、今後それがどのように発展するのか、予断を許さない。

気分的に落ち着かないのは、これが本来の自分の仕事とは別のもので、飯の種にならないせいもある。

不景気なこの時代に、多少みずからの関心領域に属することとはいえ、こんな雑用に時間を費やしていいものか、と少し反省する。

時計を見ると、すでに午後九時近い。腹がすいてきた。

食事に出ようと、腰を上げたとき携帯電話が鳴った。

液晶表示に、洞院ちづるの名前が出る。

通話ボタンを押した。

「岡坂です」

「洞院ちづるです。先日はどうも、ごちそうさまでした」

「どういたしまして。遅くまで引き留めて、悪かった」

「さっそくですけど、あしたの夜はあいてらっしゃいますか」

のっけから言われて、反射的に壁の予定表を見る。

「ええと、別に人との約束は、はいってませんね。ただし、原稿の締め切りが、迫ってはいる。といっても、あなたが迫ってきたら、断れないだろうけど」

ちづるは笑った。

「それじゃ、わたしが迫りますから、原稿の方にはちょっとだけ、迫るのを待ってもらってください」

「分かった。どういう段取りにするかな」

「あしたは夕方六時半まで、真里亜さんの個人レッスンがあるんです。そのあと、三人で食事でもしませんか」

神成真里亜の名前が出たので、ちょっとたじろいだ。

「ぼくはいいが、彼女はかまわないのかな」

「かまわないと思います。だって岡坂さん、このあいだ真里亜さんやご両親と、食事をなさったんでしょう」

真里亜から、聞いたらしい。

「そのとおりだけれども、あの子がそんなにおしゃべりだとは、思わなかった」

ちづるは、少し間をおいた。

「真里亜さんのことで、岡坂さんのご意見をうかがいたい、という下心もあるんです。食事のあと、真里亜さんを先に帰しますから、付き合っていただけますか。スタジオの近くに、居心地のいいバーがあるって、そう言いましたよね、わたし」

31

次の日の夜、午後七時前。

神保町から、都営地下鉄の白金台駅まで行き、目黒通りを西へ少し歩いた。

ほどなく、T字形に交わる外苑西通りにぶつかり、とっつきを右にはいる。

そこは、一般にプラチナ通りと呼ばれており、小じゃれたカフェテラスやレストラン、ブティック、ジュエリーの店などが並ぶ、瀟洒な並木道だ。

しかし、洞院ちづるが指定したのは、その土地柄とあまり似つかわしくない、京都のおばんざいの店だった。

表の客席は、入れ込み式のにぎやかな座敷で、特別高級そうな店ではない。

ちづるの名前を告げると、二階の個室へ案内された。

優に六人がすわれる、掘りごたつ式の和室だった。

ちづると神成真里亜は、七時十分を回ったころに、やって来た。

「ごめんなさい、遅刻して。レッスンが、長引いちゃったものですから」

ちづるが詫びると、真里亜は弁解がましく肩を縮めて、説明した。

「わたしの覚えが、悪いからなんです。シギリージャのレマーテ（締め）が、どうしてもうまくいかなくて」

席につくなり、あらためてぺこり、と頭を下げる。

「このあいだは、ありがとうございました」

その礼が、具体的に何を意味するのか、よく分からなかった。

ともかく、調子を合わせる。

「いや、こちらこそ」

ちづるは、小さなポシェットだけの身軽な装いだが、真里亜は大きなトートバッグを、肩にかけている。練習着や靴を入れて、持ち運ぶせいだろう。

二人とも下はジーンズで、ちづるは上にオリーブグリーン、真里亜は薄紫色のニットを着ている。

最初に、ビールを頼んだ。

おばんざいの注文は、ちづるに任せる。

乾杯をしたあと、真里亜が言った。

「このあいだ、岡坂さんがいかにもおもしろそうに、一族の話を聞いてくださったので、母はすごく喜んでいました。母が、あんなにおしゃべりするのを見たのは、わたしも久しぶりでした」

「おもしろそうにじゃなくて、実際おもしろかったんだから、しかたがない。めったに聞けない話だしね」

ちづるが割り込む。

「どんなお話なの」

「わたしの、祖母の話なんです」

真里亜の答えに、ちづるはうなずいた。

「ああ、ルイゼとかおっしゃる、ドイツ人のおばあさまね。ベルリンにお住まいなんでしょう」

「ええ」

料理が運ばれて来る。

おばんざいは、関東でいうお総菜のことらしく、手の込んだ京野菜の皿が次つぎと、テーブルに並ぶ。

あまり、腹にたまる気はしないが、体にはよさそうだ。

ワインがあるというので、赤をボトルで頼んだ。

最近は、和食系の店でもほとんど例外なしに、ワインが用意されている。

あらためて、乾杯した。

「ぼくが若かったころは、ワインといえばフランスものが、中心だった。安いものでも、フランス産と名がつけば、高値をつける風潮があってね。フレンチのレストランは、おおむねそれでもうけを出した、と言われるくらいさ」

わたしが言うと、ちづるは質問した。

「いつごろからですか。いろいろな国のワインが、輸入されるようになったのは」

「別に、統計を調べたわけじゃないが、ＥＵ発足で一挙にたががはずれた、という感じかな。ことに、スペイン産の安くてうまいワインが、世界中に出回るようになったせいで、フランスものは地に落ちてしまった。まあ、一部の高級ブランドは、別だけどね」

「わたしも、二十代前半でスペインに行ったとき、高いフランスものと変わらない、おいしいワインを半値以下で、飲んだ覚えがあります」

ちづるが言うと、真里亜は眉を寄せた。

「でも最近は、スペイン産もなんだか高級志向になって、ラベルが妙にしゃれてませんか。味もデザインも、フランス産とあまり変わらなくなったみたい」

それは、わたしも感じていた。

「スペイン独特の、一種の泥臭さがなくなったのは、ワインもフラメンコも一緒だね」

ちづるも真里亜も、なぜか急にしゅんとした様子で、口をつぐんでしまう。

二人のグラスに、ワインをついだ。

ちづるはそれに口をつけ、思い出したように言った。

「ところで、真里亜さんのおばあさまのお話って、どんな内容だったの。岡坂さんが、おもしろかったと請け合うからには、ほんとうにおもしろかったんでしょう」

真里亜は、首をかしげた。

「岡坂さんの判断基準は、わたしたちと違うんですよ、先生」

「それは、なんとなく分かってきたわ」

そう言って、ちづるは笑った。

真里亜が続ける。

「母の話によると、祖母は二百年前に死んだハインリヒ・フォン・クライスト、というドイツの劇作家の、末裔なんですって」

ちづるは、いかにも感銘を受けたような風情で、顎を引き締めた。

「ふうん。ということは、あなたのお母さまもあなたも、そのクライストなる劇作家の、末裔になるわけね」

念を押されて、真里亜は困った顔をした。

「まあ、そうなりますね。でも、どうということはないんです。どうせ、だれも知らない作家だし」

「そんなことはないよ。いやしくも、ドイツ文学にたずさわる者なら、知らない人はいない。なんといっても、あの大文豪ゲーテの額から、月桂冠を奪い取ろうとした、熱血漢だからね」

わたしが言うと、真里亜は肩をすくめた。

「ただの、誇大妄想狂じゃないですか。わたしが、カルメン・アマジャをしのぐ踊り手になる、と言いふらすようなものだわ」

ちづるが、指を立てて左右に動かす。

「いえいえ。それだって、まったくありえないことじゃないわ。少なくとも、それを目指して努力するのは、間違ってないわよ」

真里亜は、さすがに笑い出した。

「だったら、とりあえずカルメンはこっちへ置いておいて、当面はちづる先生を超える踊り手になれるよう、努力します」

ちづるも笑う。

「その意気、その意気。今の調子なら、わたしの年になるころには、真里亜さんはきっとわたしを、超えているわよ」

「でも、そのときにはちづる先生は、もっと前に進んでいるでしょう。だとしたら、一生追いつけないわ。アキレスが、亀に追いつけないように」

わたしは、指を立てた。

「アキレスは亀に追いつき、追い越すことができる。すでに、証明されているよ」

真里亜が、眉根を寄せる。

「どんな風に、証明されたんですか。理論上は、どうやっても追いつけないように、思えるんですけど。だって、アキレスが亀のいたところに到達したときは、亀もちょっとだけど前に出ていますよね。それが、無限に繰り返されるわけだから、永久に追いつけないような気が、しませんか」

ちづるも、うなずいた。

「そうそう。あれって、ほんとに不思議。実際には、さっさと追い抜くって分かるのに、理屈では追い抜けないのよね。ちょっと前、ちょっと前が永遠に続いて、無限の時間がかかるわけでしょう」

そう言って、瞳をくるりと回す。

わたしは、割り箸でテーブルの上に、線を引いた。

「今引いた線の中に、いくつ点があると思うかね」

真里亜は少し考え、自信なげに応じる。

「そんなの、数え切れないわ。無限の点がある、といったら答えになりますか」

「そう、無限の点がある。ところで、ぼくが今テーブルに線を引くのに、どれだけ時間がかかったかね」

「一秒。ううん、〇・五秒くらいかしら」

「そう。無限の点を引くのに、無限の時間がかかるわけじゃない。長くても、一秒そこそこだ。アキレスと亀のあいだにも、無限の点が存在するけれども、その距離を縮めたり超えたりするのに、無限の時間はかからない。それと同じことさ」

真里亜は目をぱちぱちさせ、ちづると顔を見合わせた。

ちづるも、思考が一瞬混乱したような、複雑な表情で言う。

「なんだか、分かったような分からないような、哲学的な説明ですね」

「それでいいんだ。こんな、めんどうなパラドックスを考えたのは、どうせ哲学者だからね」

そのとき、どこかで携帯電話の着信音が、鳴り出した。

真里亜が、それこそ〇・五秒ほどのすばやさで、トートバッグに手を突っ込む。

「すみません、ちょっと失礼」

そう言いながら、取り出した携帯電話を片手に、個室を出て行った。

「今の着信音は、グワヒーラじゃなかったかな」

わたしが、フラメンコの曲種の一つを言うと、ちづるは意味ありげな笑みを浮かべて、うなずいた。

「ええ、そうです。今は電子音で、どんなメロディも作れますから」

そう言って、自分の携帯電話をチェックする。

「もう、八時半ですね」

メールではなく、時間を見たらしい。

わたしも腕時計を眺め、すでに八時半近くになっているのを、確かめた。

ちづるは、そろそろ真里亜を追い払おう、としているらしい。

真里亜は、一分ほどでもどって来たが、明らかにそわそわした様子だった。

案の定、席について三十秒とたたないうちに、わざとらしく腕時計を見て言った。

「わたし、そろそろ失礼します。ちょっと、予定がありますので」

前からの予定、と言いたげな口ぶりだが、今の電話に起因することは、明白だった。

ちづるが、眉を上げる。

「あら、予定があるなんて、知らなかった。もうちょっと、いいじゃないの」

しらじらしいほど、心のこもった引き留め方だったので、わたしは笑いそうになった。

「すみません。またいつか、ゆっくりと」

真里亜はそう言い、財布を取り出した。

ちづるが、それを押しとどめる。

「今日は、いいわ。わたしのおごりだから」

「でも」
二、三のやりとりがあってから、結局真里亜は財布をしまい、先に帰って行った。
ちづるが、大きくため息をつく。

「まく必要がなくなって、ほっとしたわ」

真里亜の方から、先に失礼すると言い出すとは、思っていなかったらしい。

「なんだか、急いでいたみたいだね」

「今の、電話のせいね。グワヒーラが鳴り出すと、いつも席をはずすんです。アレグリアスのときは、お母さんからの電話と分かるので、わたしの前でも平気で話すのに」

ちづるの口調には、ちょっと非難めいた色があった。

わたしは、ワインを飲み干した。

ボトルはすでに、からになっている。

「彼女のことで、何か意見を聞きたい、と言ったね」

「ええ。場所を替えませんか。例の、居心地のいいバーに、ご案内します」

そこの勘定は、ちづるに任せた。

ちづるに、どれだけの稼ぎがあるのか知らないが、女が勘定を持つと言い張るときは、それなりの理由があるからだ。

店を出る。

プラチナ通りの一本西側の、静かな住宅街にはいった。

「スタジオは、どのあたりかな」

「この道の、さらにもう一本向こう側です」

「国立自然教育園の、東側の塀に面しているとか、言っていたね」

「ええ。ここからは、ぐるっとプラチナ通りを回らないと、行けないですけど」

「しかし、こんな住宅街の静かな裏通りに、バーなんてあるのかな。まして、居心地のいいバーが」

ちづるは、右手のミニマンション風の、小さな建物を示した。

「そこです」

三階の白壁に、〈Calmada〉とある。

カルマーダとは、スペイン語の動詞カルマールの過去分詞で、平穏な、とか冷静な、を意味する。

ちづるは、建物の横手のガラスドアをあけて、細長い階段をのぼった。

目の前で、引き締まった腰がリズミカルに躍動し、ちょっと気後れする。

二階の、レストランらしい店の前を抜け、三階へ上がる。

踊り場を回ると、そこがもうバーだった。

白いシャツに、黒いスラックス姿の中肉中背のマスターが、カウンターの中から静かな声で、挨拶した。

「いらっしゃいませ。こんばんは」

なぜか、お帰りなさいと言われたような、妙な心地がした。

言い方が、ことさら気負うでもなく、ごく日常的なトーンだったからだろう。

「どうも」

応じたちづるの声も、それにふさわしいものだった。

もしかすると、毎日足を運んでいるのかもしれない。

白と黒を基調とした、シンプルなインテリアのバーで、ガラス張りのカウンターと、奥に引っ込んだところに、テーブル席が一つあるだけの、こぢんまりした造りだ。

マスターは、三十代前半に見える若さのわりに、もの静かな印象の男だった。

バックに流れるのは、アンドレス・セゴビアのギター、とすぐに分かる。

有線放送ではなく、カウンターの内側の奥で、CDプレーヤーが作動していた。

両側の壁の上方に、小型ながら性能のよいスピーカーが、取りつけてある。

カウンターの、いちばん手前にすわった。

透明なガラスの下に、本物の花が飾ってある。

おしぼりを使ったあと、ちづるはマルガリータ、わたしはソルティドッグを頼んだ。

「趣味のいい店だね」

わたしは、わざとマスターに聞こえるように、ちづるに言った。

マスターは、まるっきり聞こえなかった様子で、カクテル作りに専念する。

「そうですか。ただ近いから、来ているだけなんですけど」

ちづるの返事も、マスターの耳を意識するように、おどけていた。

つまり、それ式の軽口を叩ける程度には、なじみだということらしい。

目の前に、酒が置かれた。

グラスを揚げ、乾杯する。

「真里亜さんの話というのは、さっきの電話と関係あるのかな」

32

洞院ちづるは、うなずいた。

「図星です。真里亜さんが、今付き合っている男性のことで、ちょっと」

わたしは、グラスに口をつけた。

妙にそわそわした、神成真里亜の様子を思い出す。

「さっきの着メロは、その男性からの電話かな」

「ええ、たぶん」

もう一口、酒を飲む。

「そんな、個人的なことでぼくに相談とは、うなずけないね。ちづるさんは、彼女と師弟関係にあるわけだから、おせっかいを焼いてもかまわない。しかし、ぼくは彼女と知り合って間がないし、ちづるさんとも同様だ。相談する相手を、間違えちゃいないかね」

ちづるはマスターに合図して、つまみに生チョコレートを頼んだ。

トレイが置かれると、一つ口に入れて言った。

「それは、分かっています。でも、真里亜さんは岡坂さんの言うことに、すごく敏感に反応するんです。彼女が、わたしに岡坂さんの話をするときも、それが感じられるくらい。彼女も、岡坂さんの忠告なら耳を傾ける、と思うんです」

形勢が変わってきた。

「忠告。このぼくに、忠告させようというのかね。意見を聞くだけじゃ、なかったのか」

ちづるは、なんとなく肩をすくめた。

「すみません、話が飛躍しちゃって。岡坂さんのご意見を、真里亜さんに言ってあげてほしいんです。それがきっと、忠告になると思うので」

話の筋が、よく見えない。

「ぼくは、彼女に忠告する立場じゃないし、忠告できるとも思わないよ。彼女だって、もう子供じゃないんだから、なんでも自分で判断するだろう」

ちづるは、マルガリータを一口飲み、少しのあいだ黙っていた。

開き直ったように言う。

「それじゃ、せめてご意見だけでも、聞かせてください」

そのとき、階段に足音が響いた。

男女二人ずつの、若い四人連れが足元を乱しながら、はいって来る。

マスターは、変わらぬ表情で挨拶したが、なんとなく歓迎していないような、ぎこちない雰囲気があった。

若者たちは、どこかのコンサート帰りらしく、わたしの知らない外国人歌手について、声高に話し始めた。

すでに半分以上、できあがっている。

ちづるもわたしも、なんとなく一息入れる感じで、口をつぐんだ。

考えてみると、わたしはちづると一度酒を付き合った、というだけの仲にすぎない。

にもかかわらず、ちづるはなぜこのわたしに、そのような個人的かつ微妙な相談を、持ちかけるのだろうか。

わたしが寄稿する、〈ジャマーダ〉の記事を読んだとしても、相談相手にしたくなるようなことを、書いているわけではない。思いつくままに、フラメンコに関する雑報や評論を、書き散らすだけなのだ。

しかし、それとはまったく関係なく、ちづるがわたしを適切な相談相手、と考える何かしらの理由が、あるのかもしれない。

若者たちの声が、いくらか落ち着くのを待って、口を開く。

「ぼくは、真里亜さんと何度か話はしたけれども、彼女の人となりをよく知っている、とはいえない。意見の言いようがないね」

ちづるは、マルガリータを半分ほど飲み、顔を見ずに言った。

「ご意見を聞こうと思ったのは、もしかすると岡坂さんが真里亜さんのお相手を、知ってらっしゃるんじゃないか、と考えたからなんです」

驚いて、横顔を見直す。

「どうして、そう思うのかね。そもそも、彼女のお相手がだれかどころか、そういう対象がいることさえ、知らなかったんだから」

少し強い口調になったらしく、ちづるはあわてて手を振り、わたしを見た。

「いえ、そうじゃないんです。彼女のお相手が、岡坂さんと面識のある男性なんじゃないか、という意味なんです」

もう一度驚く。

「真里亜さんの彼氏が、ぼくの知っている男かもしれない、ということかね」

「というか、岡坂さんはフラメンコの関係者に、たくさんお知り合いがいらっしゃいますよね。実は、彼女のお相手はベテランの、フラメンコ・ギタリストなんです。それで、もしかしたらご存じじゃないか、と思って」

それを聞いて、どきりとした。

先日の夜、神保町で目にした一人の男の風貌が、まぶたの裏に浮かぶ。

真里亜と一緒に、〈リベルテ〉のビルから出て来た、中年の男だ。

白いものの混じった長髪と、手にさげたギターケースが、目に鮮やかだった。背は真里亜よりも、少しばかり低かった。

初めて見る男だが、たぶんギタリストだろう、と思った覚えがある。

わたしが口をつぐんだので、ちづるは顔をのぞき込んできた。

「心当たりが、おありですか」

酒を飲む。

「いや。そのギタリストは、なんという名前かな。ベテランなら、知っているかもしれない。ぼくも、フラメンコのキャリアだけは、長いから」

ちづるも酒を飲み、静かに言った。

「左近寺一仁、という人です」

わたしは、グラスを置いた。

左近寺一仁か。

ある種の、驚きとなつかしさに胸をつかれて、すわり直す。

三十年近くも前だが、左近寺は一時フラメンコ関係者のあいだで、日本のサビカスと異名を取ったほどの、伝説的なギタリストだった。

その左近寺が、真里亜の付き合っている相手だ、というのか。

わたしは、あらためてグラスを取り上げ、喉をうるおした。

その当時フラメンコは、ギターのパコ・デ・ルシア、踊りのアントニオ・ガデスの人気のおかげで、いくらか世間に知られる存在になっていた。

それでもまだ、狭い世界でしか受け入れられない、マイナーなジャンルには違いなかった。

もし、左近寺がピアノやヴァイオリンの世界で、あれだけのずば抜けた腕を持っていたら、間違いなくメジャーのプレーヤーに、のし上がったはずだ。

それが、不幸にしてフラメンコという、閉ざされたジャンルであったがために、世の注目を集めそこなったのだった。

わたしが、黙ったままでいたので、ちづるは椅子を回し、こちらを向いた。

「左近寺さんを、ご存じなんですか」

「うん、知っている。ぼくの世代で、多少ともフラメンコに関わった人間なら、知らない者はいないだろうね」

ちづるが、少し体を乗り出す。

「わたしがお聞きしたのは、個人的にご存じだったかどうか、ということなんですけど」

わたしは、首を振った。

「いや、個人的な付き合いは、なかった」

それを聞くと、ちづるは軽い失望の色を浮かべ、体の向きをもどした。

「そうですか」

「いろいろなところから、いろいろな噂話が伝わってきたから、よく知っているような気持ちには、なったけどね」

ともかく、真里亜が左近寺と付き合っている、という打ち明け話もさることながら、左近寺その人の名前を久しぶりに聞いて、いささか気分が高揚したのは事実だ。

また酒を、一口飲む。

抜群の弾き手にもかかわらず、左近寺の活動期間はわずか二年足らずで、終わりを告げた。

左近寺は、ギターの腕はいいが人柄が傲慢だ、といわれていた。それがどうも、周囲に敬遠される結果に、つながったようだ。

キャリアを積むほどに、左近寺は自分が正当に評価されていない、という焦りに取りつかれたらしい。

自分より、明らかに腕前の劣るギタリストに、テレビのCMの仕事がはいる。

メディアからの、取材の依頼が自分の脇を素通りして、ほかのギタリストに回る。

専門雑誌の、演奏講座の連載といった仕事を、他のギタリストに奪われる。

そのたびに、左近寺はだれかれかまわず、当たり散らすようになった。

そうしたことが重なって、しばしば仕事をキャンセルするケースが増え、身も心もしだいにすさんでいった、と噂された。

結局左近寺は、自分のせいで世間を狭くしてしまった、ということだろう。やがて、お定まりのように酒と女に溺れ、あげくは覚醒剤や大麻に手を出して、警察のやっかいになる。

それが二度、三度と重なって、しまいにはフラメンコの関係者から、まともに相手にされなくなったのだった。

今度は、ちづるが黙り込んだので、わたしは言った。

「実のところ、彼と親しく話をしたことは、一度もなかった。タブラオのライブなどで、生の演奏は何度か聞いたけどね」

左近寺は確かに、いいギターを弾いた。

当時のギタリストは、だれもが十代でメジャーに躍り出た、パコ・デ・ルシアに入れ揚げていた。パコでなければ、夜も日もあけない時代だった。

その中で、左近寺だけはむしろパコの演奏と、距離を置いた。

それより一世代、ないしは二世代も前に属する、サビカスやラモン・モントヤを信奉し、古風で端正な奏法を、守っていたのだ。

ことに、トレモロの粒がそろっている点では、サビカスやラモンの演奏を彷彿させ、それだけはパコをしのぐ、とさえいわれたものだった。

ちづるが、ぽつりと言う。

「すごい弾き手だったそうですね」

「うん。フラメンコ・ギタリストとしては、伝説的な存在だった。三十年近く前の日本で、あれだけのギターを弾くギタリストは、いなかったと思う。今の腕ききと比べても、たぶん負けないだろうね」

あらためて、記憶をたどる。

当時、左近寺は身長百七十センチ前後だったから、さほど大柄な男ではなかった。引き締まった体つきと、頬のそげた精悍な風貌の持ち主で、ミュージシャンにしては珍しく、髪を短めに刈り上げていた。

とはいえ、わたしは左近寺を二十年以上も見ておらず、消息も耳にしていない。先夜、真里亜と出て来たギタリストを見たとき、左近寺のことなど頭に浮かびもしなかった。あの男が、左近寺であることをうかがわせるものは、何もなかったと思う。合致するのは、せいぜい年格好と背丈くらいで、それ以外の印象はまったく異なっていた。あの男は長髪だったし、体つきもどちらかといえば、小太りに近かった。

別人だとは思うが、年月が外見を変えることもあるから、断言はできない。

ちづるが、また口を開く。

「左近寺さんは、真里亜さんの交際相手として、ふさわしい男性だと思いますか」

すぐには、答えられなかった。

「少なくとも、若いころ彼は対人関係や私生活に、何かと問題があると言われていた。そのために、キャリアをつぶしてしまった、とも聞いた。しかし、ぼく自身もう二十年以上も前から、彼の消息を耳にしていない。まして、今現在真里亜さんと付き合いがあるなんて、知りもしなかった。ふさわしいかどうか、なんて答えられないよ」

ちづるはしばらく考え、あまり気の進まない口調で言った。

「当時、左近寺さんは大麻か何かをやって、何度か逮捕されたんですよね。それがたたって、表舞台から姿を消した、と聞きました」

わたしは、ちづるの顔を見た。

「そう、そのとおりだ。よく知ってるね。ちづるさんが、フラメンコを始めたころには、左近寺はとうに消えていたはずなのに」

ちづるは、グラスを口に運んだ。

「消えたあとも、左近寺さんは細ぼそとですけど、カンテ教室の伴奏やライブの伴奏で、仕事をしていた、と聞きました。でも、岡坂さんがおっしゃるような名人とは、知りませんでした」

「タブラオに出ていたのなら、ぼくも噂くらいは耳にしたはずだけど、覚えがないな」

「ちゃんとしたタブラオでは、仕事をしなかったようです。個人的なパーティとか、会社関係の記念イベントとか、正式のフラメンコの場ではないところで、弾いていたみたいです。フラメンコの人たちとは、ほとんどコンタクトがなかったので、だんだん忘れられたのだと思います」

妙に、感慨のこもった口調だ。

それにしても、ちづるはなぜ左近寺のことを、そこまで知っているのだろう。

「今でも彼は、仕事をしているのかな」

探りを入れると、ちづるはあいまいにうなずいた。

「たぶん。でも、相変わらずタブラオでの仕事は、していないと思います。そういう話は、聞きませんから」

「タブラオじゃなくても、一緒に仕事をする踊り手やギタリストの中に、彼を覚えている者がいても、おかしくないんだがね」

「何年もたって、代がすっかり入れ替わりましたし、過去の左近寺さんを知る人は、まずいませんね」

ちづるは、そう決めつけた。

疑問をぶつける。

「その左近寺が、真里亜さんと付き合っていることを、ちづるさんはどうして知ってるんだ。彼女に直接、聞かされたのか」

　ちづるは、目を伏せた。

「いいえ。わたしの師匠の、小塚静子先生から、聞いたんです。真里亜さんが左近寺さんと、お付き合いしているらしいって。渋谷とか新宿で、仲むつまじく歩いているのを、見かけたそうなんです。それも、一度や二度じゃなくて、四度か五度」

　確かに、小塚静子のようなキャリアの持ち主なら、左近寺や自分の弟子の生徒を見知っていても、不思議はない。

　わたしは、生チョコをつまんだ。

「小塚先生が、ちづるさんにわざわざそれを知らせたのは、何か理由があるのかね」

　口の中が、甘ったるくなる。

「先生は昔、左近寺さんとお仕事をしたことがあって、彼がどんな人かご存じなんです。仕事上のトラブルや、警察のごやっかいになったことも、全部含めて。だから、自分の孫弟子でもある真里亜さんに、気をつけるように言ってあげなさい、とアドバイスしてくれたんです」

　気のせいか、どこか奥歯にものの挟まったような、ぎこちない言い方だった。

「だったら、ちづるさんが直接、真里亜さんにそれを伝えれば、すむことじゃないかな。ぼくの意見なんか、聞く必要はない。だいいち、ぼくは左近寺と付き合いがなかったから、どんな男か知らないんだ。それなのに、真里亜さんに付き合わない方がいい、なんて言えないね」

　わたしはわけもなく、意地悪な気分になっていた。

33

洞院ちづるは、生チョコに手を出した。

「わたしが忠告めいたことを言うと、角が立つような気がするんです」

「どうして。真里亜さんは、ちづるさんの生徒の一人だし、先生が生徒のことを心配するのは、当然じゃないか」

「でも、わたしが何か言ったりしたら、おせっかいと思われそうで」

歯切れが悪い。

「ぼくが意見したら、なおさらだろう。おせっかいを通り越して、よけいなお世話と言われるのが、おちさ」

ソルティドッグを飲み干し、若者たちの相手をしているマスターに、お代わりを頼む。

ちづるは、首をかしげて言った。

「岡坂さんのアドバイスなら、真里亜さんは素直に聞く、と思うんだけどな」

「彼女もおとななんだから、ほうっておいたらどうかね」

わたしがだめを押すと、ちづるは口をつぐんでしまった。

新しいグラスが、前に置かれる。

一口飲んだ。

少し迷ったが、ここまで話を聞かされた以上、引くわけにはいかない。

思い切って言う。

「ちづるさんは、その左近寺と仕事をしたことが、あるんだろう」

答えるまでに、少し間があった。

「ええ。だいぶ前ですけど」

わたしは、さらに続けた。

「ついでながら、仕事だけじゃなくて個人的な付き合いも、あったんじゃないのかね」

ちづるの体が、音もなく凍りついたようだった。

しばらくじっとしていたが、やがてグラスを持ち上げ、ゆっくりと酒を飲み干す。

「確かに、過去にはお付き合いが、ありました」

過去には、を強調する言い方だった。

わたしは何も言わず、その先を待った。

ちづるは、マスターにグラスをかざして、マルガリータのお代わりを頼んだ。

先を続ける。

「初めて会ったのは、踊りを始めて四年くらいたった、二十六のときでした。左近寺さんは、三十七か八だったと思います。どこかの会社の、創業五十周年記念パーティのライブで、一緒になったんです」

「始めてから、たった四年でライブか。ちづるさんも、よほど才能があったんだね」

皮肉を言ったつもりはないが、ちづるは少しむきになった。

「そうじゃないんです。まだ駆け出しでしたから、下手くそな踊りだったと思います。小塚先生は、生徒たちに舞台度胸をつけさせるため、できるだけ早くライブを経験させる、という方針でした。人前で踊って、他人の視線を体で受け止めることが、踊りを磨く最良の薬だ、とおっしゃって」

それも一つの、考え方だろう。

「なるほど。それで、そのときちづるさんは左近寺と一緒に、初めて仕事をしたわけだ」

「ええ。立て続けに、三度くらいそういう機会があって、親しく口をきくようになったんです」

わたしは、別にたいしたことではない、という口調で言った。

「珍しくもないね。仕事との関わりで、ギタリストとバイラオーラが仲よくなるのは、よくあることさ」

マスターが、新しいマルガリータを運んで来た。

ちづるの前にグラスを置き、また若者たちのところへ、もどって行く。

ちづるは、低く言った。

「わたしはキャリアも浅くて、なんでも吸収したい時期でしたから、左近寺さんとのお付き合いは刺激的で、勉強になったことは否定しません」

「分かるよ。男やフラメンコについて、何も知らなかった若い娘が彼と出会って、何もかも知り尽くした女になった、というわけだね」

ちづるは、きっと背筋を伸ばした。

「そういう言い方は、やめてください」

わたしは、グラスを掲げた。

「すまない。ちょっと、意地悪な気分になっただけさ」

むきになったように言う。

「左近寺さんにだって、いいところはありました」

「そうだろうとも」

唇を引き締め、わたしを睨んだ。

「まだ左近寺さんに未練がある、と思ってらっしゃるんでしょう」

「あるとしても、不思議はないがね」

ちづるは一息つき、気を鎮めるように言った。

「別れた直後はともかく、今は未練なんかありません。お付き合いは、二年半くらいで終わりました。長いような気もするし、短いような気もしますけど」

「男をきわめるには長すぎるし、フラメンコをきわめるには、短すぎるね」

ちづるは、その言葉にどんな意味があるのか、考えるような顔になった。

結局、深く考えるほどのことでもない、と思ったらしい。

さばさばした口調で言う。

「どちらにしても、ずいぶん前の話だわ。もちろん今は、まったく接触がありません。それを、疑ってらっしゃるなら」

「疑ったりしないさ。接触があろうとあるまいと、ぼくには関係ないからね」

ちづるは、少し赤くなった。

声を落として言う。

「彼は、わたしと親しい関係にあるあいだも、ほかのバイラオーラと付き合っていました。さすがに、大麻には手を出さなかったようですが、お酒と女性関係だけはお盛んでした。たぶん、わたしと知り合う前と同じか、それ以上に」

わたしは、分別臭い表情をこしらえて、うなずいた。

「それで、別れたわけだね」

ちづるは下を向き、ちょっと考えた。

「いちばん大きな理由は、彼と付き合いを続けていると、わたしのフラメンコがだめになる、と思ったからなんです」

最後の生チョコを、口にほうり込む。

「結局、ちづるさんは左近寺よりも、フラメンコを選んだわけだ」

「ええ。一時は、左近寺さんこそフラメンコそのもの、と思ったこともあったのに」

真綿にくるんだ思い出を、箱からそっと取り出すような、感慨深い口調だった。

話をもどす。

「いやな言い方だけど、自分がかつて付き合った男と、真里亜さんが付き合うのは許せない、ということなのかな」

ちづるは、髪が揺れるほど激しく、首を振った。

「そうじゃないんです。さっきも言いましたけど、左近寺さんにはなんの未練もありません。でも、みすみす真里亜さんがいやな思いをする、と分かっていながらほうっておくことは、できないんです。先は、見えていますから」

「男で苦労するのも、人生の一つじゃないかな。現にちづるさんだって、左近寺から学ぶところがあった、と言ったじゃないか。そのあと、いろいろと紆余曲折があって、最終的にフラメンコを選んだ。真里亜さんにも、どちらかを選択する権利が、あるだろう」

「彼女が、正しい選択をしてくれるなら、いいんですけど」

ちづるは言い、少しためらってから、続けた。

「このところ、真里亜さんのレッスン料の支払いが、滞りがちなんです。左近寺さんに、お小遣いをせびられているに違いない、と思います」

「どうして、そう思うんだ」

ちづるは、肩をすくめた。

「わたしも、そうでしたから」

マスターを呼び、チーズを頼む。

「徹底的に、むしり取られたのか」

ちづるは、いやな顔をした。

「ずいぶん、はっきりおっしゃいますね」

「歯に衣をきせないたちだからね」

ちづるは、笑った。

「ほんとですね」

真顔にもどって続ける。

「いいえ。わたしはそこまで、がまんしませんでした。あの人の性根が、分かったからです。彼は、わたしからせびり取ったお金を、ほかのバイラオーラに貢いでいました。それが、別れる決心をした直接の原因、といっていいかも」

「なるほど。すっからかんになるまで、真里亜さんがむしり取られるのを、見てはいられないというわけだ」

ちづるは、異論のあるようなそぶりを見せたが、結局うなずいた。

「そういうことです。彼女は一人娘で、いちずなところがありますから、引き際が分からないと思います」

出て来たチーズをつまむ。

父親の神成繁生が、真里亜の行動に強い関心を持ったのを、思い出した。

先夜は、真里亜が実際にわたしと一緒にいるかどうか、電話でチェックしようとした。

あれは、一般に父親が未婚の娘に示す種類の、ごく普通の気遣いだったかもしれない。

しかし、あの様子からするともっと具体的に、自分の娘がどこかの好ましからざる男と、ただならぬ関係にあるのではないか、と疑いを抱いている気配が感じられた。

その相手が、左近寺一仁であることまでは、知らないにしてもだ。

わたしは、酒を飲み干した。

「最近、ちづるさんは左近寺と会ったとか、どこかで見かけたとかいうことは、ないのかな」

率直に聞くと、ちづるは迷わずに答えた。

「見かけたことはあります。一年ほど前、去年の暮れごろだったかしら。真里亜さんが、高校時代のお友だちに頼まれて、武蔵小金井の商店街のお祭りで、踊ったことがあるんです。そのために、少し前からふだんのクラスとは別個に、彼女に個人レッスンをつけていました。それで、本番が気になって、こっそり見に行ったのね。そうしたら、その観衆の中に左近寺さんが、いたんです。わたしは、なんだか動転してしまって、真里亜さんの踊りが終わらないうちに、その場を離れました」

記憶がよみがえったのか、少し息がはずんでいた。

「何年ぶりに、出会ったんだ」

ちづるは、視線を宙に浮かせて、考えた。

「十年ぶりくらいかしら」

「すぐに左近寺、と分かったのか」

「いいえ、すぐには分かりませんでした。わたしと付き合っているときは、どちらかといえば筋肉質だったのに、見違えるほど肉がついてしまって。髪も短かったのに、今風の長髪にしていました」

手が汗ばんでくる。

「それで、よく見分けられたね」

「人込みの、わたしの少し前に立っていたのに、しばらくは気がつきませんでした。そのうち、彼が手を腰の後ろに当てるのを見て、はっと気がついたんです。彼は、右手の甲に小さなギターの刺青を、してるんですよね。それが目にはいって、すぐに彼だと分かりました」

「顔は見なかったの」

「見ていません。顔を合わせるのが、いやだったので」

「人違い、ということはないのかな。その種の刺青が、世界でただ一人とは限らないだろう」

なぜか、間違いであってほしいという気持ちが、わたしの中に芽生えていた。

ちづるは、きっぱりと言った。

「あの刺青は、模様も形も特徴があるので、忘れることはありません。後ろから見た背丈とか、立ちはだかった脚の開き具合とかも、変わっていませんでした」

それから、念を押すように続ける。

「小塚先生が、真里亜さんと一緒に歩いている人を、左近寺さんだと気がついたのも、その刺青のおかげだ、とおっしゃいました。真里亜さんの肩を抱く手が、はっきり見えたそうなんです」

わたしは、少し息苦しくなったので、背を起こした。

先夜、神成真里亜と一緒にビルから出て来た、例のギタリストの手の甲までは、目がいかなかった。

しかし、ちづるの話から判断するかぎり、あの男が左近寺である可能性は、きわめて高いように思える。

体型や髪形が、年月によって変わることは、十分にありうるからだ。

とはいえ、真里亜になんの断りもなく、その目撃情報をちづるに告げるのは、フェアではないだろう。

あのとき、真里亜は父親どころかだれに対しても、わたしの口を封じようとはしなかった。

もちろん、それはだれに話してもかまわない、ということではない。

わたしが、だれにもしゃべらないことを信じて、何も言わなかったのだ。その信頼を、裏切るわけにはいかない。

たとえ、相手がちづるであっても、だ。

ちづるが、顔をのぞき込んでくる。

「左近寺さんがちゃんとした人なら、真里亜さんがお付き合いしようがしまいが、口出しする筋合いはありません。ただ、おせっかいと分かっていても、真里亜さんがつらい思いをするのを、黙って見ているわけにはいかないんです」

「だから、ぼくの口から言ってほしい、というわけだね」

ちづるはうなずいた。

「だって、わたしが親切そうに忠告したあとで、あの人とわたし自身が以前付き合っていた、と分かったらどうしますか。真里亜さんだって、いやな気持ちになると思うわ」

「最初から、左近寺と付き合っていたことを打ち明けて、これこれこういう人だからおやめなさい、と忠告するのはどうかな」

ちづるは、眉を寄せた。

「わたしもいっときは、そうしようかと思いました。でも、女同士の立場からすると、その手の忠告はいかにもおためごかし、という感じがするんですよね。とっくに、自分のものではなくなっているのに、ほかの女に取られるのはいやだ、と言っているようで」

わたしは、それに対してなんの意見も、開陳しなかった。

ちづるも、口をつぐんでしまった。

話を変える。

「真里亜さんがいつ、どこで、どうやって左近寺と知り合ったか、聞いているかね」

「いいえ。もちろん、わたしからは聞けませんし、耳にもはいってきません」

「有美子さんなら、知っているかもしれないね」

松野有美子は、真里亜と同じくちづるの生徒で、仲も悪くないはずだ。

「でも、まさかそんなことを有美子さんに、聞くわけにいかないわ」

「そもそも左近寺は、真里亜さんがちづるさんの生徒、と知らずに接近したのかな。それとも、承知の上で口説いたのかな」

わたしが言うと、ちづるは下を向いた。

「最初はともかく、今は分かっていると思います。そのあたりは、ずぶとい人だから」

「左近寺が金目当てなら、真里亜さんの実家はレストランだし、ある程度あてにできる、と読んだのかもしれないね」

ちづるは、顔を上げた。

「でも、真里亜さんはフラメンコに関して、ご両親からいっさい援助を受けていない、と思います」

34

ソルティドッグの、三杯目を頼む。

考えてみると、フラメンコに関わっていないとき、神成真里亜がいったい何をしているのか、聞いたことがなかった。

漠然と、家業のレストランを手伝っているのだろう、と思ったくらいだ。

わたしは聞いた。

「彼女は昼間、何してるんだろう。働いてるのかな」

「もちろんですよ」

洞院ちづるはそう言って、マルガリータを飲み干した。

お代わりを頼んで、話を続ける。

「真里亜さんだけじゃありません。有美子さんだって、正社員じゃなくて派遣社員ですけど、ＩＴ関連の会社で働いています。フラメンコを習う女性で、仕事をせずに遊んでいる人なんか、めったにいませんよ。主婦の生徒さんでも、お稽古代くらいはアルバイトで稼ぐ、という人がほとんどです」

なるほど、そういうものか。

「真里亜さんは、どんな仕事をしてるの」

「市ケ谷の語学学校で、週に二日か三日スペイン語会話を、教えています。ほかに、スペイン語の新聞や雑誌の、記事の要約とかビジネス文書の翻訳とかも。それから、ときどきは通訳の仕事なんかも、しているみたいです」

「そうか。知らなかった。彼女の実家が、ドイツ料理店だということも、このあいだ初めて聞いたくらいだし」

「彼女は個人的なことを、進んで話すタイプじゃないんです。別に、秘密主義というわけでもなくて、聞けば話すんですけどね」

「彼氏がいるかどうか、聞いてみればいい。そうしたら、自分から左近寺のことを、打ち明けるかもしれない」

ちづるは、片方の眉を上げた。

「わたしからは、聞けませんよ」

マスターが、新しいグラスを運んで来る。

わたしたちは、あらためて乾杯した。

そのとき、また外の階段から、足音が聞こえた。

五十代と思われる二人の女と、まだ四十代らしい男の三人連れが、はいって来る。

それをしおに、騒がしかった四人組の若者が、ぞろぞろと出て行った。

全員、足元が怪しくなっていた。

店が急にしんとして、バックにサビカスのフラメンコ・ギターが、流れ始める。

ちづるが、耳元に口を寄せてきた。

「ここのマスターは、わたしが来るとかならず一度は、サビカスのCDをかけるんです」

「ちづるさんが、バイラオーラだということを、知ってるんだろう」

「ええ。でもマスターは、別にフラメンコに詳しいわけじゃなくて、サビカスとかパコ・デ・ルシアのギターが、好きなだけなの」

カウンターの並びで、新しくはいって来た三人連れが、マスターと話し込んでいる。

耳に届いたところでは、三人はどこか近くでフラダンスを習っている、仲間同士らしい。

にわかに、笑いたい気分になった。

「この店は、なぜか〈フラ〉に縁のある連中に、好かれているようだね」

ちづるが、もっともらしくうなずく。

「そうですね。さっきの四人連れも、足元がだいぶ、ふらふらしてたみたいだし」

これには、わたしも笑った。

少しのあいだ、黙って酒を飲む。

やがて、ちづるが口を開いた。

「真里亜さんのことを、岡坂さんに相談する気になったのは、どういう風の吹き回しかしら。自分で言うのも、おかしいですけど。お門違いも、いいところですよね」

しみじみと言って、チーズを食べる。

「ぼくも、最初はそんな気がしていたけど、あながち見当違いともいえないな。左近寺一仁を知るファンは、今ではそんなにたくさんいないからね。ぼくに話を持ち込んだのは、正解かもしれないよ」

「でも、岡坂さんから真里亜さんに忠告してほしい、というのはやはり筋違いでしたね」

わたしは、少し考えて言った。

「彼女のことより、ちづるさんは自分自身が左近寺について、意見を聞きたかったんじゃないのかな。付き合っていた男が、思っていたとおりの食わせ者だったのか、それとも少しは惚れる価値のあるやつだったのか、知りたかったんだろう」

ちづるは天井に目を向け、わたしの指摘をしばらく吟味した。

「そうですね。そうかもしれません」

「ぼくの反応が、左近寺に対して厳しいものだったら、彼と別れる決心をしたきみの判断は、正しかったことになる。そのときは、ぼくに頼らずに思い切って自分の口から、真里亜さんに忠告しよう、と考えたんじゃないか」

ちづるは、またしばらく黙ってから、口を開いた。

「ええ。しつこいようですけど、左近寺さんに未練があるわけでは、全然ないんです。ただ、あの当時わたしのとった行動が、つまり彼ときっぱり別れたことが、正しかったと思えるような結論を、引き出したかったのね、きっと。そうしたら、自分の口から真里亜さんに忠告しても、冷静に聞いてもらえるんじゃないかって」

混乱しながらも、自己分析を試みている。

「ぼくの言ったことが、少しは参考になったかね」

ちづるは、肩を揺すった。

「ならなかったかも。だって、岡坂さんも単に噂話を耳にしただけで、直接には左近寺さんのことを、知らないんでしょう。だったら、無責任な意見を言うわけに、いきませんよね。結局は、わたし自身の判断を頼るしか、ないみたい」

「そのとおり。要するに、ぼくはそういう結論を導き出すための、触媒にすぎなかったわけだ」

ちづるが、ぺこりと頭を下げる。

「すみません。むだなお時間を、とらせてしまって」

「いや、別にむだじゃなかった。今の、フラメンコ界の実情が一部だけにせよ、よく分かったからね」

ちづるはまじめな顔で、わたしを見た。

「今日の話、間違っても〈ジャマーダ〉に、書かないでくださいね。洞院ちづるはこう言った、なんて」

「だいじょうぶ、そんなことはしない。それより、真里亜さんがレッスン料を滞らせている、というのはあまり好ましいことじゃないね。まして、それが実際に左近寺に貢いでいるためだ、としたら」

ちづるは、少し自信を失ったように、上体を引いた。

「別に、はっきりした証拠が、あるわけじゃないんです。ただ、真里亜さんはふだんからむだ遣いしない人だし、月づきのレッスン料くらいスペイン語の仕事で、十分賄えるはずだわ。実家暮らしなので、基本的に食費や住居費は、かからないでしょう。それが滞るというのは、左近寺さんにむしられている、としか思えないんです」

「左近寺は、そんなに金に不自由しているのかな」

「自分が食べるだけならともかく、ほかの女友だちにつぎ込んでいるとしたら、足りなくなっても不思議はないでしょう」

記憶をたどる。

「羽振りのいいころ、左近寺は値の張るギターを何本も持っている、と聞いたことがある。それを処分すれば、真里亜さんなんか当てにしなくても、いい金になるんじゃないかな」

ちづるは、ちょっとたじろいだ。

「わたしも、彼が持っているギターをいくつか、見たことがあります。お父さんが、確か証券会社の役員で、景気がよかった時代に買ってもらった、と言っていました。お父さんっ子だったんですね。ただ、その後会社が倒産したとかで、家計がにわかに苦しくなって、やむなく彼も手持ちのギターを、処分したそうです。でも、いちばんお気に入りのギターだけは、手放さなかったはずだわ」

「どんなギターを、持っていたのかな。ぼくがライブで見たときは、コンデのギターを使っていたけど」

コンデ・エルマノスは、フラメンコのギタリストのあいだで人気のある、スペインのギター製作家だ。

「ライブのときは、酷使するからコンデの安物しか使わない、とよく言っていました。ソロで弾くのに使う、もっといいのを二本か三本、持っていたようです。中でも、気に入っていたのは、ええと、なんだったかしら。ロマ、ロマニ」

わたしは、口を挟んだ。

「まさか、ロマニジョスじゃないだろうね」

ちづるが、目を輝かせる。

「そうそう、そのロマニジョスです。なんでも、ロマニジョスのフラメンコ・ギターは、めったにないんですってね。左近寺さんは、日本では自分の一台だけだろう、と自慢していました」

正直なところ、ひどく驚いた。

「それはすごい。初耳だね」

ホセ・ロマニジョスは、存命の著名なギター製作家の中でも、もっとも評価の高い一人だ。そろそろ、八十歳に近い年だろう。

ただ、クラシック・ギター専門だと思っていたので、ロマニジョスがフラメンコ・ギターも製作していた、とは知らなかった。

日本に一台というのが、ほんとうかどうか分からないが、どちらにしても貴重なものであることは、間違いない。

ちなみにサントス・エルナンデス、ロベール・ブーシェなど、すでに故人となった二十世紀の名工の作品は、数が限られているだけに値が高い。

通常、四百万円をくだることはあるまいし、由緒の正しいものや保存状態のいいものなら、八百万から一千万円くらいするかもしれない。

むろん、ヴァイオリンのストラディバリ、グァルネリなどに比べれば、目をむくほどの値段ではない。

とはいえ、安ければ数万円で買えるギターに、そんな高値がつくことを知る者は、あまりいないだろう。

その中にあって、まだ健在のロマニジョスのクラシック・ギターは、中古でも三百万から四百万円はする、と聞いている。

フラメンコの方は、相対的にずっと安いはずだが、それにしても二百万を割ることはない、という気がする。

日本に一台かどうかは別として、ロマニジョス作のフラメンコ・ギターなら、それくらいの価値はあるだろう。

とはいえ、百万円を超えるギターをぽんと買えるような、裕福なフラメンコのギタリストを探すのは、正直な政治家を見つけるのと同じくらい、むずかしい。

それを思うと、景気のいい時代に証券会社に勤め、息子の才能に遣う金は惜しまぬという、そんな男を父親に持った左近寺は、この上なく恵まれていたわけだ。

ちづるが、ためらいがちに言う。

「岡坂さんが、処分すればいいお金になるのに、とさっきおっしゃったので、正直に言います。実は一年ほど前、ときどき一緒に仕事をするギタリストが、ロマニジョスのフラメンコ・ギターを、持っていたんです」

「ほう。すると日本に、二台あったわけか」

「いえ、そうじゃないんです。そのギタリストは、だれからとは言いませんでしたけど、それを高いお金を出して買った、と自慢しました。ロマニジョスのフラメンコは、日本にこれ一台しかないんだ、と言って」

わたしは、チーズを口に入れた。

「ふうん。つまり、左近寺はロマニジョスの名品を、そのギタリストに売ってしまった、ということかな」

「少なくとも、わたしはそのように理解しました。前に見たときから、だいぶ年月がたっていましたけど、わたしの記憶の中にあるロマニジョスと、同じギターでした」

ちょっと、胸をつかれる。

左近寺に対して、わたしは恩義も恨みもない。

しかし、だいじなギターを手放すときの気持ちは、察することができる。

わたし自身、実質的価値はさほどないにせよ、長年愛用してきた日本の名工の一人、中出阪蔵作《なかでさかぞう》のギターを手放すことなど、考えるだけで冷や汗が出るからだ。

「信じられないな。だいじなギターを売るくらいなら、片方の足を持って行かれた方が、まだましなはずだ。さすがに片方の腕、とは言わないだろうがね」

「よっぽど、切羽詰まったんでしょうね。それを知ったときは、ちょっとかわいそうになりました」

そう言って、うつむく。

「愛用のギターまで売ったとしたら、世間知らずの女の子をたぶらかして、なけなしの金をむしり取るくらいは、どうってことないだろうな」

わたしが言うと、ちづるはマルガリータを飲み、なかば独り言のようにつぶやいた。

「あのロマニジョスを、いくらで手放したのかしら」

少し考える。

「買ったギタリストも、それほどお金があるとは思えないから、かなり買い叩かれたんじゃないか」

「ロマニジョスのフラメンコ・ギターって、どれくらいするんでしょうね」

「それはちょっと、分からないな。一般に日本で取引される、ヴィンテージのフラメンコ・ギターは、高くても百万から百五十万のあいだ、といわれている。クラシック・ギターと比べると、おおよそ半値以下だろう」

ちづるは、瞳をくるりと回した。

「それでも、決して安くはありませんね」

「コレクターなら、もっと出すかもしれないね。なんといっても、ロマニジョスのフラメンコ・ギターは、珍しいから」

「だったら、左近寺さんはどうしてコレクターに、売らなかったのかしら」

「コレクターに売ると、買いもどすのがむずかしいからだろう。コレクターの中には、投機目的で売り買いする者もいる、と聞いたことがある。買いもどそうとすると、相手から二倍の値をつけられることも、珍しくないらしい。その点、知り合いのギタリスト同士なら、売ったときとあまり変わらない値段で、買いもどせるかもしれない。あくまで、当人同士の話し合いだけどね」

ちづるは、マルガリータを飲み干した。

ペースが少し、速まったようだ。

「あまり、飲み過ぎないように」

わたしが言うと、ちづるは酔った様子も見せずに、笑みを浮かべた。

「マルガリータなら、五杯まではだいじょうぶ」

「もういい時間だから、それくらいにしておいたら」

柄にもなく、忠告してしまった。

ちづるは、携帯電話を開いて、時間を確かめた。

「ほんとだ。すみません、遅くまでお引き留めして」

「かまわないさ。ここは、ぼくが持とう」

マスターに勘定を頼む。

バーを出て、階段をおり始めた。

そのとき、初めてちづるが酔っていることに、気がついた。

「足元に、気をつけるんだぞ」

そう言って、わたしが二の腕を支えると、ちづるは小さくげっぷしながら、もたれかかってきた。

髪が鼻先をかすめ、さわやかなにおいが立ち込める。

わたしは、ちづるをそのまま抱き寄せて、キスした。

ちづるは力なく、わたしを押しもどそうとした。

しかし、どうしてもいやだ、という様子ではなかった。

35

火事のようだった。

消防車の、サイレンが鳴っている。

それがだんだん、近づいて来る。

まさか、シャトー駿河台ではないだろう、と思いながら耳をすましていると、しだいに体が熱くなり始めた。

冗談ではない、と思ったとたんに目が覚めた。

電話が鳴っている。

壁の時計を見ると、すでに午前十時二十分だった。いつもより、だいぶ寝過ごした。

ベッドを抜け、キッチンのテーブルに載った電話を、引き寄せる。

相手の番号は、非通知になっていた。

「おはようございます。岡坂さんですか」

女の声だ。

「そうです。そちらは」

「半蔵門署の、知恩です」

知恩炎華だった。

とたんに、頭がはっきりする。

「どうも。ずいぶん、お早いですね」

「そろそろ、十時半ですよ。夜更かしした人には、早いかもしれませんけど」

わたしが、前夜遅く帰ったことを知っている、と言わぬばかりの口ぶりだ。

「今日は、日曜日なんですがね」

「承知しています。これからちょっと、お目にかかれませんか。そちらにうかがおうか、と思ってるんですけど」

受話器を、握り直す。

「まさか、もうマンションの前に、来てるんじゃないでしょうね」

「その方が、よかったですか」

だいぶ、とがっている。

「いや。朝飯の前に、仕事場に人を入れたことは、ないのでね」

「ほんとに」

「前の晩から泊めた場合は、別ですがね」

炎華は、少し間をおいた。

「それでしたら、朝ご飯は軽めにしていただいて、お昼をご一緒しませんか。たとえば、十二時前後に」

「まだ用件を、聞いていませんよ」

「神成真里亜のことです」

その名を出せば、わたしがかならず食いついてくる、と信じているような口調だった。

そしてそれは、正しかった。

「朝は、ヨーグルトとプチトマトだけに、しておくかな」

「そうしてください。神保町界隈で、どこかおいしいお店をご存じですか」

「割り勘ですか」

「ええ。お互いに、メリットのあるお話ですから」

「それじゃ、すずらん通りと靖国通りのあいだの路地に、〈古瀬戸〉というカフェ・レストランがあります。そこなら、日曜日もあいてますから」

場所を説明して、電話を切る。

神成真里亜について、お互いにメリットのある話とは、なんだろう。

わたしは、十二時十分まえに〈古瀬戸〉にはいり、禁煙席に腰を下ろした。

この店は、タレントの城戸真亜子が描いた壁画で、よく知られている。

炎華は、わたしより五分遅れで、やって来た。ベージュのスーツに、ラクダ色のダスターコート、という装いだ。

ビーフシチューを頼む。

炎華は、からかうような笑みを含ませて、のっけから言った。

「ゆうべ、岡坂さんがキスしたお相手は、神成真里亜の先生ですよね。確か、洞院ちづるさん、といったかしら」

わたしも、ぎくりとするほどうぶではないが、まったく驚かなかったといえば、嘘になるだろう。

それとなく、あたりを見回す。

日曜日で客が少なく、話を聞いていそうな者は、だれもいなかった。

前夜、〈カルマーダ〉を出てから五分ほど歩き、洞院ちづるをマンションまで、送って行ったのだ。

炎華が、わたしたちのあとをつけていたとすれば、マンションの前でした二度目のキスを、見たに違いなかった。

一度目は、〈カルマーダ〉の建物の中でのことだから、見えなかったはずだ。

わたしは、キスの現場を見られたことよりも、またまた炎華に尾行されていた事実と、それを気づかなかった自分のうかつさに、いいかげん腹が立った。

炎華は、わたしの腹立ちをあおるように、涼しい顔で続けた。

「送っただけで、部屋に上がらずに帰るなんて、意外と紳士なんですね」

「キスしたぐらいで、部屋に入れてもらえると思うほど、ずうずうしくありませんよ」

わたしの強がりは、壊れかかった洗濯機ほどにも、勢いがなかった。

正直なところ、前夜仕事場を出て白金台へ向かう途上、またあとをつけられる可能性もある、とぼんやり考えてはいたのだ。

地下鉄の中で、二、三度あたりを見回した記憶があるが、別につけられている気配はなく、そのうち気にするのをやめてしまった。

だれにしろ、今さらわたしをつけたところで、なんの足しにもならないはずだ、と思い直したからだ。

ちづるたちと落ち合ったあとは、尾行のことなど考えもしなかった。

よほど、わたしが落ち込んだように見えたらしく、炎華は慰めるように言った。

「わたしがあとをつけた相手は、残念ながら岡坂さんじゃなくて、神成真里亜の方なんです。彼女が、ちづるさんのスタジオで練習したあと、二人連れ立っておばんざいのお店に行くまで、あとをつけて行きました」

わけもなく、ほっとする。

それならば、地下鉄でいやな気配がしなかったのも、当然だろう。

「なるほど。そこで、神成真里亜が落ち合ったのが、またまたわたしだと分かって、さぞがっかりしたでしょうね」

「そうでもないわ。彼女が、そのお店から一足先に出て来たので、またあとをつけたんです。それなりの収穫は、ありました」

わたしは、炎華の顔を見直した。

「だとしたら、あとに残ったわたしたち二人の行動は、把握できなかったはずだが」

ましてて、わたしたちのキスシーンなど、見られるはずがない。

ビーフシチューが運ばれて来た。

肉もジャガイモも、大ぶりのまま盛りつけられ、生野菜のサラダがついている。

炎華は言った。

「岡坂さんたちは、そのあと近くの〈カルマーダ〉というバーに、行きましたね。それから、だいぶ長いこと腰を落ち着けて、飲んだでしょう」

ますます、頭が混乱する。

「見てもいないのに、どうしてそれを知ってるのかな」

炎華は、とっておきといっていいほどの、美しい笑顔を見せた。

「実を言うと、ゆうべはわたし一人じゃなくて、相方の若い刑事が一緒でした。それで、岡坂さんたちの見張りは彼に任せて、わたしは真里亜を尾行したんです。そのあと、彼は岡坂さんとちづるさんが、〈カルマーダ〉に移るのを確認しました。わたしは、彼からケータイに連絡を受けて、真里亜を尾行したあと〈カルマーダ〉へ回った、というわけです」

なるほど、そういうことか。

刑事は、二人一組で動くのが原則だが、特命を帯びているらしい炎華の場合は、例外的に単独行動だと思っていた。

それにしても、おばんざいの店から〈カルマーダ〉まで、別の刑事につけられていたとは、隙だらけもいいところだ。

「もどって来る余裕があったとすると、あなたが真里亜を尾行した時間は、それほど長くなかった、ということかな」

ちづるの読みどおり、真里亜が左近寺一仁と会ったとしても、白金台からさして遠くない場所だった、ということだろう。

炎華は、ナイフとフォークで肉やジャガイモを、小さく切り分けた。

目を上げて言う。

「それもあるけれど、むしろ岡坂さんとちづるさんのお酒が、ゆっくりしていたせいでしょう」

わたしは、耳の後ろを掻いた。

「そのために、寒い中を待たせてしまったとしたら、悪かったね」

「どういたしまして。慣れていますから」

「〈カルマーダ〉の前で、あなたがもどって来るのを待っていた、辛抱強い刑事はなんという名前かな」

「それを聞いて、どうするんですか」

「もし会うことがあったら、親しくその労をねぎらってやりたい、と思ってね」

炎華は、ジャガイモを口に入れ、さして迷わずに応じた。

「チクマソウシロウといいます」

「チクマは、筑摩書房の筑摩ですか」

「そうです。でもソウシロウは、むずかしいかも」

「勇壮の壮に、三郎四郎の四郎かな」

「はずれました。ソウは別荘の荘、シロウのシは司と書きます」

筑摩荘司郎か。

「階級は」

「巡査部長です。そんなに、興味がおありですか」

「あなたのような先輩と、一緒に仕事をするのはどんな気分か、聞いてみたいんです」

炎華は、少しのあいだシチューに専念し、それから言った。

「真里亜がだれと会ったか、興味ありませんか」

一瞬わたしは答えあぐね、しかもそれを炎華に悟られたことに、気がついた。

間をおいてから、おもむろに答える。

「彼女がだれと会おうと、たいして興味はない。しかし、彼女がだれと会うかを追っている、あなたには興味がある。わたしが言う意味は、分かるでしょう」

「ええ。彼女、だれと会った、と思いますか」

「さあね。常識的に考えれば、仕事仲間じゃないかな。フラメンコの歌い手とか、ギタリストとか」

それとなく探りを入れると、炎華は虫を見つけたカメレオンのように、目を光らせた。

「おっしゃるとおりです。会った相手は、ギタリストでした。少なくとも、ギターケースを持っていました。中に、ギターがはいっていたかどうかは、分かりませんけど」

「たぶん、仕事の打ち合わせでしょう」

取り立てて、珍しいことではないという口調で、軽く言い捨てる。

内心は、ちづるが読んだとおりだったので、いくらか動揺していた。

「落ち合った場所は、JR目黒駅の近くにある、オープンテラスのカフェ。お相手は、胡麻塩の長髪を後ろでまとめた、やや小太りの男性でした。年齢は五十前後、というところかしら」

間違いなく、左近寺一仁だ。

炎華が、顔をのぞき込んでくる。

「お心当たりは、ありませんか」

「それだけではね。面識のあるプロのギタリストは、何人かいるけれども」

炎華は一呼吸おき、さりげなく言った。

「サコンジカズヒト、という人ですけど」

驚いた。

あまり驚いたので、取り繕う余裕もなかった。

炎華が、それほど早く正体を突きとめるとは、考えもしなかった。

わたしの表情を見て、炎華は左近寺の名前に驚いた、と思ったらしい。

スプーンを持つ手を止め、軽く乗り出して続ける。

「ご存じなんですか、左近寺一仁を」

わたしは間をおき、少し気を持たせた。

「答える前に、どうしてその男の名前を知ったのか、教えてほしいな。いきなり、職質でもかけたんですか」

炎華は、体を引いた。

「二人がカフェにいたのは、せいぜい四十分くらいでした。そのあと、二人は目黒駅まで歩いて地下にもぐり、東急目黒線に乗りました」

そこで水を飲み、話を続ける。

「四つ目の洗足駅で下車して、十分ほど歩いた住宅街にある、ミナミソウという二階建ての、古いアパートにはいりました。美しい並木、と書く美並荘です」

冷や汗が出るのを感じた。

真里亜と左近寺が、そこまでの仲になっているとすれば、ちづるの心配もあながち見当違い、とはいえないかもしれない。

取り繕うために、意味もない質問をする。

「なんという町ですか」

「目黒区南一丁目。それでミナミ荘、とつけたのかも」

「どのあたりかな。土地鑑がないので、見当がつかないけど」

「環七から、ちょっとはいったあたりです」

「どの部屋か、確かめたんですか」

「ええ。外階段から外廊下を歩いて、二階の奥の部屋にはいるのを、視認しました。二〇四号室でした」

わたしは、うなずいた。

「それで、お得意のメールボックスをチェックして、部屋の主が左近寺一仁だ、と確認したわけだ」

「ええ。どうなんですか。岡坂さんは、左近寺をご存じなんですか」

「面識はないけれども、名前はよく知っています。かなりベテランの、フラメンコ・ギタリストですよ」

「二人は、どういう関係だと思いますか」

「知らないし、知りたくもないな。仕事上の付き合いでしょう」

「仕事上の付き合いで、男の部屋へ行くかしら。それも、二人きりで」

「カルメン・アマジャの珍しい映像を、見せてもらったのかもしれない」

炎華は、瞬きした。

「だれですか、カルメナマジャって」

「カルメン・アマジャ。二十世紀最大のバイラオーラ、つまりフラメンコの踊り手です」

炎華は、首をかしげた。

「ただそれだけの、他人行儀な感じには見えませんでしたね、わたしには。部屋にはいるとき、左近寺は彼女を糊でくっつけたように、しっかり引き寄せていました。もし、ギターケースを持っていなかったら、きっと両腕に抱きかかえて運んだ、と思えるくらい」

とげのある口調だった。

シチューを食べ終わり、コーヒーを注文する。

「そのあと、二人はどうしたのかな」

わたしが聞くと、炎華は肩をすくめた。

「知りません。一晩中、外で待っているつもりは、ありませんでした。それで、相方から連絡があったのをきっかけに、白金台へ引き返したわけです」

そこで言葉を切り、いたずらっぽい表情を浮かべて、続ける。

「おかげでもっといいものを、見せていただきましたけど」

わたしは、その皮肉が聞こえなかったふりをして、勝手に話を変えた。

「あなたの監視の対象は、藤崎研一じゃなかったのかな。あの男の尾行は、やめたんですか」

炎華は、ためらいの色を見せた。

「ほんとうに、真里亜と左近寺の関係をご存じない、とおっしゃるの」

「知ってなきゃ、いけませんか」

36

知恩炎華は、ため息をついた。

「お互いに、情報交換ができると思っていたのに、わたしが一方的に提供しただけで、終わってしまったみたい」

それを聞いて、いくらか良心がとがめなくもなかった。

とはいえ、神成真里亜と左近寺一仁の関係は、前夜洞院ちづるに話を聞かされるまで、実際に知らなかったのだ。

それも、あくまでただの伝聞にすぎないから、事実を知っているとは言いがたい。

わたしは、取引に出た。

「あなたが、藤崎を監視する理由を話してくれたら、何か思い出すかもしれない」

炎華は、答えなかった。

わたしは続けた。

「あなたは、藤崎のつながりで神成真里亜をチェックし、次いでその真里亜のつながりから、わたしをチェックした。そして今度は、左近寺一仁だ。なんのために、そんなきりのない作業を、続けるんですか」

コーヒーが来る。

炎華は、角砂糖入りの小さな包み紙を、丹念にむいた。

コーヒーを掻きまぜながら、わたしを見ずに言う。

「なぜ藤崎が、真里亜に興味を抱くのかが分かれば、理由をお話ししてもいいんですけど」

それに答えず、話を続ける。

「警察がだれかを監視するのは、その人物が犯罪に手を染めているか、これから染めようとしているかの、どちらかだ。藤崎には、なんの疑いがかかってるんですか。ただし、卵子売買の件でないことは、お互いに了解ずみですよ」

炎華は、たっぷり十五秒ほど考え、おもむろに口を開いた。

「それをお話ししたら、岡坂さんはわたしたちに協力せざるをえない、微妙な立場に立たされますよ」

「協力するかどうかは、話を聞いてからのことじゃないかな」

「そういうわけに、いかないわ。話を聞いた上で、もし協力しないとおっしゃる場合は、公務執行妨害の罪に問われる恐れも、なしとしませんから」

問われるわけがないので、苦笑した。

「あまり、おどかさないでほしいな。そういう脅し文句は、いかにも公安らしい発想だ」

炎華はたじろぎ、頰をこわばらせた。

わたしの口から、〈公安〉という言葉が出たことに、驚いたのだろう。

どうやら、桂本忠昭が指摘したことは、当たっていたらしい。

桂本によれば、刑事が〈警務課付〉を自称するときは、仕事の内容を外部に知られたくない場合、たとえば公安関係の捜査に携わる場合が多い、というのだ。

しかし炎華は、わたしがかけたかまを否定もせず、肯定もしなかった。

そっけなく言う。

「藤崎はある種の犯罪、ないしは犯罪的集団と、関係している疑いがあります。それだけは、申し上げておきます」

「その程度のことは、言われなくても見当がつきますよ」

わたしは言い返したが、炎華が少し譲歩する姿勢を見せたことは、感じ取れた。

こちらも少し、歩み寄ることにする。

「ところで、あなたが確認した藤崎の接触相手の中に、岸川芳麿という人物はいますか」

炎華は、眉をひそめた。

「キシカワ、ヨシマロですか」

「そう」

炎華が、首を振る。

「いませんね。初めて聞く名前だわ。わたしも四六時中、藤崎を見張っているわけではないし」

それから、たいして興味はないのだが、という口ぶりで続けた。

「どういう人ですか」

「それを聞いたら、当然藤崎と岸川がどんな関係なのか、調べるんでしょうね。わたしとか、真里亜のときと同じように」

炎華は、小さく肩をすくめた。

「当然、そうなりますね」

「その結果を、あとで教えてくれませんか。わたしもわたしなりに、興味があるので」

炎華は少し考え、うなずいた。

「いいわ。捜査に差し支えない範囲で、ご報告します」

あっさり応じたので、むしろ驚く。

気が変わらぬうちに、急いで岸川芳麿の字を教え、あとを続けた。

「この男は、藤崎のオフィスに近い英京大学で、教授をしています」

炎華の口元が、引き締まる。

「学者先生ですか」

「ええ。文学部独文科の教授です」

炎華の目に、興味の色が浮かぶ。

「その岸川教授と藤崎は、どういう関係なんですか」

わたしは苦笑した。

「だから、それを調べ出すのが、あなたの仕事でしょう。とにかく、二人のあいだに接触があることは、間違いない。あとは、あなたの方で調べてください」

「岸川教授には、何かいかがわしい点とか噂とかが、あるんですか」

「そこまでは、分かりません。別に犯罪とか、犯罪組織に関係しているわけではない、と思います。ただ、かつては一国の国民に熱狂的に支持されながら、今では犯罪的とみなされる過激な思想に、傾倒しているらしい」

わざと、持って回った言い方をしたが、炎華はおかまいなしに聞き返した。

「どんな思想ですか」

その口調は、スピンのかかったピンポン球のように鋭かったが、わたしは軽く打ち返してやった。

「それを調べるのも、あなたの仕事じゃないかな」

炎華は、例の鈴木春信の美人画を思わせる、切れ長の目をきらりと光らせて、わたしに殺人光線を放った。

わたしはそれを、真正面から跳ね返した。

わたしが死ななかったので、炎華は静かにコーヒーを飲み干し、椅子の背にもたれた。

目元を緩めて言う。

「ずいぶんあいまいですけど、とにかく新しい情報には違いないわ。これでどうやら、おあいこですね」

わたしも、コーヒーを飲み干した。

「割り勘になって、ほっとしましたよ」

そう言ったとたん、急に話すことがなくなったような、ぎこちない雰囲気になった。

炎華が、取ってつけたように言う。

「いいお店ですね。シチューも、おいしかったし」

「日曜日にあいてるのが、ありがたい。休みのところが、多いですからね」

互いに、それぞれの代金を払って、外に出る。

「それじゃ、またご連絡します」

炎華は手を振り、路地を地下鉄のおり口の方へ、歩き出した。

わたしは、靖国通りへ向かう。

念のため振り返ったが、さすがに炎華はつけて来なかった。


翌日、十一月最後の月曜日。

午前十時過ぎ、紺野よし子に電話した。

桂本忠昭に、先週金曜日岸川芳麿を紹介されたあと、当の本人から電話がかかってきて、山の上ホテルで会ったことを、報告するつもりだった。

あの日は、岸川との話が意外に長引き、もどりが遅くなった。

そのあと、週末にかかってしまったので、報告できずにいたのだ。

この日、桂本は朝一番で裁判所へ回り、昼ごろ出て来る予定だという。報告があるので、もどったら都合を聞いてくれるよう、よし子に頼んだ。

ワープロの電源を入れ、〈食堂楽〉というグルメ雑誌から頼まれた、単発原稿に取りかかる。

神田神保町の、カレーライスのうまい店を紹介せよ、という注文だ。

神保町のカレー戦争は、よほど編集者や読者の興味を引くらしく、まず年に一度はどこかの雑誌で、特集が組まれる。

専門店を含めて、なじみの店が何軒もあるので、書くのがむずかしい。

今さら、〈ボンディ〉や〈マンダラ〉といった、よく知られる人気店を取り上げるのも、気が引ける。

そこでアプローチを変え、専門店以外でうまいカレーライスを食べさせる店を、紹介することにした。

筆頭に、中華料理の老舗として知られる、〈新世界菜館〉を取り上げる。

気取りのない、昔ながらのカレーライスだが、さすがに中華独特のだしがきいており、あきがこない。専門店以外では、トップクラスだろう。

ほかに何店か紹介したあと、ふとある店を思い出した。

それは一昔前、すずらん通りの南側が再開発されたおり、立ちのいたまま消えてしまった、ロシア料理店の〈バラライカ〉だ。

この店には、有名な伝説がある。

たまたま来店した、当時のソ連大使館の館員が、食後こう述懐した。

「ロシア料理が、こんなにうまいものとは、知らなかった」

再開発で、移転したり廃業したりした店の中で、もっとも客に惜しまれたものの一つが、〈バラライカ〉だった。

再開発が終わったあと、新しいビルにもどるという噂もあったが、結局復活することはなかった。

廃業した理由は分からないが、懐かしむファンはあとを絶たない。

そもそも、ロシア料理にカレーライスがあるかどうか、わたしは知らない。

しかし、とにかくこの店のカレーライスは、抜群にうまかった。

当時、確か二千八百円くらいしたから、破格の値段だった。

そのため、たまにしか食べられなかったが、松阪牛の端切れがふんだんにはいった、とろとろのカレーソースを思い出すと、いまだによだれが出そうになる。

そんな話を、ワープロに打ち込んでいるところへ、よし子が電話をかけてきた。

「桂本先生が、もどられました」

ちょうど、十二時だった。

「都合を聞いてくれたかな」

「その前に、先を越されちゃいました。すまんが岡坂君に、お運びいただけるかどうか聞いてみてくれ、ですって。言葉どおりに、そうおっしゃったんですよ」

また、いやな予感がする。

「それは、うむを言わせず呼びつけろ、という意味さ」

「それだったら、わたしも安心するんですけどね」

そう言って、よし子は電話を切った。

すぐに仕事を切り上げて、桂本の事務所に足を運ぶ。

わたしの顔を見るなり、よし子は親指と人差し指で、ＯＫのサインを出した。

それは、珍しく桂本が上機嫌だという、二人だけの合図だった。

ほっとする。

執務室にはいると、桂本は指を振り立てながら、デスクを回って来た。

「今日は、相手方の弁護士をこてんぱんに、のしてやった。力道山が、フレッド・ブラッシーをやっつけたようにな」

そう言って、応接セットに腰を下ろす。

ソファが、ロードローラーに押しつぶされた、ふいごのような音を立てた。

わたしも、桂本の向かいにすわる。

「ちょっと、たとえが古すぎやしませんか。今どきブラッシーなんて、だれも知りませんよ」

「とにかく、完膚なきまでに、叩きのめしてやった。もう、再起不能だろう」

「社会的致命傷、というやつですかね」

「そうだ。ところで、どうかね。その後の進展は」

金曜日の別れ際、この件はもう忘れていいぞと言ったのを、早くも忘れている。

むろん、わたしも真に受けなかったから、文句を言うつもりはない。

「その件で、わたしの方からご報告しよう、と思っていたところでした」

よし子が、お茶を運んで来る。

今日は、どら焼き抜きだった。

一口飲んで、桂本が言う。

「話を聞こうか」

「実は先週末、ここで先生に紹介された岸川教授から、あのあと仕事場に電話がありましてね」

桂本は、眉毛をげじげじが這うように、動かした。

「岸川が、あんたに電話した、だと」

「ええ。教授が、先生と話をして引き上げたあと、わたしはまたここへやって来て、先生からお二人の話の内容を、聞かせてもらいましたよね」

「ああ。中身は、ほとんど昔話に終始した、と言ったはずだ」

「ええ。それから、仕事場へもどってしばらくすると、彼が電話をかけてよこしたんです。名刺を見れば、番号は分かりますから」

桂本は、あきれたように首を振った。

「初対面で、名刺を交換したばかりだというのに、さっそくあんたに電話したのか」

「初対面でも、わたしのことは佐伯ひよりから聞いて、知っていたと言いました。例の、麴町のドイツ料理店で出会った、彼の教え子ですよ」

桂本は、むずかしい顔をこしらえ、太い指で眼鏡を押し上げた。

「それで、なんの用だったんだ」

「会って話をしたい、と言うんです。一瞬、藤崎の件で探りを入れるつもりか、と思ったんですがね」

「そうじゃなかったのか」

「少なくとも、表向きはね。彼は、クライストの話を聞かせてほしい、と言いました。例の、ドイツの劇作家ですが」

「それなら、岸川の方が専門じゃないか。何も好きこのんで、素人の話を聞くこともあるまい」

桂本はにべもなく言い捨て、お茶をずずっとすすった。

これが桂本の持ち味だから、相手にするのはやめておく。

「素人のわたしとしても、それは口実だと思いました。ともかく、岸川教授の真意を探るつもりで、会うことにしたわけです」

「どこでだ」

「山の上ホテルのバーです。結果的に、おごられることになりましたが」

桂本が、鼻で笑う。

「あの男が、人におごるとはな。ますます、怪しいぞ」

わたしは、人差し指を立てた。

「一つだけ、確認させてくれませんか。金曜日の面談のおり、先生と岸川教授のあいだで藤崎の話は、いっさい出なかったとおっしゃいましたよね」

「そのとおりだ。あんたの方は、どうだったんだ」

「わたしの方も、クライストや独逸現代史会議の話に終始して、藤崎の話は一言も出ませんでした」

「探りを入れてくる気配も、なかったのか」

「なかったですね。教授が、佐伯ひよりからわたしの話を聞いたのなら、わたしが藤崎をつけて英京大学に行ったことも、察しがついているはずなんですが」

なにしろわたしは、岸川が藤崎と面会しているさなかに、建物の前の広場で佐伯ひよりに、話しかけたのだ。

37

桂本忠昭は、腕を組んだ。

「わたしを訪ねる気になったのは、〈アイゼン〉に来たとシェフに聞いたから、と岸川は言っていたな。しかし本音は、藤崎からわたしに関する報告を受けて、探りを入れに来たんだろう」

「でしょうね。しかもそこに、わたしが居合わせたものだから、千載一遇のチャンスと思ったに違いない」

わたしが応じると、桂本は唇を歪めた。

「理由はともかく、岸川の関心はクライストと神成真里亜に、向けられているわけだ。あんたとわたしは、たまたま藤崎と関わりを持ったために、舞台に引っ張り出されただけだろう」

「そんなところでしょうね」

お茶を飲み、話を続ける。

「あと二つ、報告があります。一つは、おとといの夜神成真里亜の師匠で、洞院ちづるというバイラオーラと、一杯やりながら面談した件。もう一つは、昨日の昼半蔵門署の知恩警部補と、食事をした件です」

桂本は顎を引いて、うさん臭げにわたしを見た。

「どうもあんたの周囲には、女の影が絶えないようだな」

それは、桂本にすれば最大級の賛辞、といっていいだろう。

「恐縮です」

わたしは、芝居ではなく大いに恐縮して、頭を下げた。

洞院ちづる、知恩炎華と交わした話の内容を、かいつまんで報告する。

むろん、不都合な部分は、適当にカットした。

ちづるから、神成真里亜が左近寺一仁という、フラメンコのギタリストと付き合っている、と聞かされたこと。

左近寺の評判が、あまり芳しくないことから、ちづるは真里亜に付き合いをやめさせたい、と考えていること。

ただし、ちづる自身が若いころ左近寺と、ただならぬ関係にあったことは、伏せておいた。

同じく一昨夜、ちづるとわたしが会っているあいだに、炎華が真里亜を尾行したこと。

真里亜が、左近寺と目黒でお茶を飲んだあと、一緒に洗足のアパートへ行ったこと。

「それに関連して、警部補から左近寺のキャリアや、真里亜との関係を聞かれましたが、よく知らないと答えておきました」

わたしが話を結ぶと、何も言わずに聞いていた桂本は、少し考えてから口を開いた。

「知恩警部補は、なんだってそんなギタリスト風情に、興味を持つのかね」

「警部補の興味の対象は、あくまで藤崎研一だと思います。警部補は、藤崎に対する容疑を固めるために、先生やわたしを含めて彼が接触した相手を、しらみつぶしに調べてるんです。真里亜もそうだし、左近寺もその一人にすぎません」

桂本は、渋い顔をした。

「藤崎の容疑は、いったい何なんだ」

話は堂々巡りで、いつもそこへもどってしまう。

「わたしが、ためしに公安という言葉を口にしたら、警部補はちょっとたじろぎました。先生が指摘したとおり、彼女はおそらく公安関係の捜査に、携わっていますね。藤崎は、その容疑者か重要参考人の一人、というところでしょう」

「つまり、藤崎は極左か極右集団、不穏な宗教団体などと、関係があるということかね」

「その可能性が大きい。外堀から埋めていって、なんとか藤崎のしっぽをつかもう、という魂胆だと思います」

「しかし、フラメンコの踊り子やギタリストを追ったって、たいした収穫はないだろう。せいぜい、大麻の所持や使用くらいしか、出てくるまい。しかも、その手の捜査は公安じゃなくて、セイアン

(生活安全課)やマトリ(麻薬取締官)の仕事だ」

「知恩警部補も、取っかかりをつかめないために、苦慮している様子でした。このままでは、わたしの方もらちが明かないので、彼女にちょっとした餌を投げておきました」

桂本の目が光る。

「どんな餌だ」

「藤崎が接触した相手の中に、岸川芳麿という男がいることを、教えてやったんです」

わたしが言うと、桂本は顎を引いた。

「ほんとうか。それはちょっと、まずいんじゃないか」

「いいじゃないですか。警部補は、われわれには手の届かないやり方で、二人の関係を調べることができる。その結果を、あとで警部補から聞き出せば、新しい事実が分かるかもしれません」

「相手は公安の刑事だぞ。そう簡単に、捜査情報を漏らすとは、思えんな」

「結果を報告してもらう、という条件で岸川教授の身元や素性を、教えてやったんです。彼女も知らんぷりは、できないでしょう」

桂本は、唇をひん曲げた。

「ふん。自信たっぷりだな。あんたの魅力が、どこまで通用するかお手並み拝見、といこうじゃないか」


それから三日後。

十二月にはいって、なんとなく街に気ぜわしい雰囲気が、漂い始めた。

昼飯からもどったとき、洞院ちづるが携帯電話に、連絡してきた。

「先日は、遅くまでお付き合いいただいて、ありがとうございました」

「いや、こちらこそ」

最初は、形式張った挨拶で始まった。

ちづるが、硬い声で言う。

「酔ってしまって、失礼しました」

「ぼくも、酔ったふりをして、悪かった」

ちづるは、わざとらしく笑った。

なんとなく、ぎくしゃくした感じになり、会話が途切れる。

ちづるは、咳払いをした。

「あの、またお時間をいただけると、ありがたいんですけど」

それから、急いで付け加える。

「真里亜さんの件で、少し進展があったものですから」

いかにも、口実ではないことを強調するような、真剣な口調だった。

「分かった。いつにしようか」

あっさり応じると、ちづるはほっと息をついて、あとを続けた。

「いつも急で、申し訳ないんですけど、今夜かあさっての夜は、いかがでしょうか。わたし、木曜日と土曜日の夜は、レッスンがないので」

「土曜日は、また夕方まで真里亜さんのレッスンが、あるんじゃなかったかな」

「ええ。土曜日だと、またレッスンが終わったあとで、お会いすることになります。もちろん、真里亜さんには黙っていますけど」

「それじゃ、今夜にしようか。別に、予定もはいってないし」

「ありがとうございます。うまい具合に、真里亜さんは火曜と木曜の夜、スペイン語の教室があって、お店には来られませんから」

「お店というと」

「ご両親のお店です」

「〈フランツハウス〉のことかな」

「そうです。今夜はそこでどうかな、と思ったんですけど」

「ご両親の店で、真里亜さんの内密の話をするのは、まずいんじゃないか」

念のため指摘すると、ちづるはちょっと口ごもった。

「実はお父さまからも、真里亜さんのことで相談というか、お声がかかってるんです」

「どんなことで」

「左近寺さんに関することです。それで、岡坂さんにも同席していただきたい、と思って」

神成繁生が、真里亜と左近寺一仁の付き合いを、知っているというのか。

考えてみれば、ありえないことではない。

なんとなく、ちづるの考えていることが、分かるような気がした。

「いきなり、ぼくが一緒について行っても、だいじょうぶかな」

「だいじょうぶです。岡坂さんは、お父さまとすでに面識がおありですし、左近寺さんのこともよく知ってらっしゃるから」

神成が、わたしに一度店に来てほしい、と言ったのを思い出す。

いい機会かもしれない。

「分かった。きみに任せるよ」

「ありがとうございます。予約を、入れておきます」

「店は、荒木町だったね」

「ええ。場所は、わたしが知っています。地下鉄丸ノ内線の、四谷三丁目駅から歩いて数分ですから、どこかそのあたりで待ち合わせませんか」

四谷三丁目の交差点に面した、四谷消防署の前で落ち合うことにした。

六時十五分に着くと、ちづるはほとんど同時に、やって来た。

急に冷えてきたせいか、ジーンズの上に茶のセーターを着込み、同色の薄手のマフラーを巻いている。

「すみません、いつも急なお声がけで」

「かまわないよ。このところ、暇だから」

実際、長引く出版不況のせいもあり、仕事の量が減っていた。

ちづるは、交差点を渡って二、三百メートル、四谷見附の方に歩いた。

銀行の角を左へ曲がり、津の守坂通りと表示の出た道を、靖国通りの方へ向かう。

通りの右側が三栄町、左側が荒木町だ。

並んで歩くうちに、何かの拍子にちづるの肩が、左腕にぶつかった。

ごめんなさい、と言ってちづるは必要以上に、あいだをあけた。

妙に、意識しているようだ。

三栄町と表示された信号を越え、一つ目の一方通行の細い道を、左へはいる。

突き当って、また左へ折れる鉤の手の道になっており、〈フランツハウス〉はちょうどその角にあった。

すぐ横に、目がくらむほど角度のきつい、くだり階段が見える。

店は外壁に赤レンガを使い、本物の蔦葛《つたかずら》を一面に這わせた、重厚な外装だ。

鉄格子のはまった、ガラスの窓と入り口のドアから、オレンジ色の光が漏れてくる。

ちづるがドアを押すと、カウベルが乾いた音を立てた。

赤いクロスのかかった、やや小さめのテーブルが五つだけの、こぢんまりした店だ。

内壁もレンガ造りで、〈アイゼン〉のようなごてごてした飾りは、何も見当たらない。

ただ、小さなドイツとスペインの国旗が、ぶっ違いに張りつけてあるのと、飾り暖炉の上に二つの国の、民芸品らしきものがいくつか、置いてあるだけだ。

カウンター席の奥の厨房から、染み一つない白服を来た男が、きびきびとした足取りで出て来た。

神成繁生だった。

神成が、わたしを見て驚かなかったのは、ちづるが予約の電話を入れたときに、そう言ったからだろう。

「その節は、失礼しました。今日はどうも、ありがとうございます。いつ来てくださるのかと、心待ちにしていたんですよ」

「たまたま、ちづるさんから声がかかったので、ご一緒させてもらいました」

わたしが言うと、神成は意味ありげな目をして、深くうなずいた。

「あとであらためて、ご挨拶します。とりあえず、お部屋へどうぞ」

そう言って、奥を指先で示す。

気がつかなかったが、厨房の横手に目立たぬドアがあり、〈予約〉と小さく表示が出ていた。

中にはいると、四人がけのテーブルがセットされた、思ったより広い部屋だった。

いずれにせよ、二人だけの客には余裕がありすぎるが、神成がそのように設定したのだろう。

「どうぞ、ごゆっくり。今夜のメニューは、任せていただきますよ」

そう言い残して、神成はもう一つ別のドアから、出て行った。そのドアは直接、厨房に通じているようだった。

姿が見えなくなると、神成は体の動きもしゃべり方も、私服のときよりずっと若わかしい、ということに気がついた。

間なしに、黒い前垂れをつけた若い男が、同じドアからはいって来る。

飲み物を聞かれ、ちづるはわたしに意見を求めてから、白のハウスワインをボトルで頼んだ。

運ばれて来たのは、聞いたことのないドイツの銘柄だったが、すっきりしたフルーティなワインだった。

前菜の盛り合わせは、〈アイゼン〉で食べたのと同じものもあったが、先日神成が自慢げに言ったとおり、味は勝るように思われた。

ちづるが切り出す。

「実は、昨日の夜真里亜さんから、電話があったんです。年明けの一月七日と、その次十四日のレッスンを二回、休ませてほしいって」

わたしは、ワインを飲んだ。

「来年の話か。ずいぶん、気が早いね」

「でも、あと一カ月と少しですから」

そう言われればそうだ。

「まさか、レッスン代が滞って払えなくなった、というわけじゃないだろうね」

「そうじゃない、と思います。少なくとも、未払い分は土曜日のレッスンのときに、清算すると言いましたから」

「休む理由は、聞いたのかい」

ちづるは目を伏せ、ワインを飲んだ。

「海外旅行に行く、と言いました」

顔を見直す。

「しかし、彼女も左近寺に貢がされているとしたら、手元不如意じゃないのかな。滞っていた、レッスン代の清算くらいならともかく、海外旅行はお金がかかるだろう」

ちづるは、目を伏せたまま言った。

「もしかして、左近寺さんと一緒に、行くのかしら」

独り言のような口調だ。

「左近寺だって、そんな余裕はないはずだ。真里亜さんに、貢がせるくらいだからね」

否定すると、ちづるは目を上げた。

「そうですよね。だからわたしにも、よく分からないんです」

「どこへ行くか、彼女は言ったのか」

「タイだそうです。年明けの最初の木曜日、一月五日から二週間の予定、ですって」

「二週間。タイだけで二週間とは、いくらなんでも長すぎるだろう」

「タイだけかどうか、分かりません。ほかの国にも、回るかもしれない。そこまでは、聞きませんでした」

白いソーセージに、特製ソースをつけて食べる。

以前、知恩炎華が言ったことを、思い出した。

卵子提供は、日本国内では事実上むずかしいため、韓国やタイ、アメリカなどへ行って採取、施術するという。

排卵を促すのに、排卵誘発剤を使ったりするので、十日から二週間はかかるらしい。

これは、偶然だろうか。

それとも、真里亜はやはり藤崎研一のからみで、卵子提供者になろうとしているのか。

だとすれば、藤崎は何ゆえひそかに真里亜を、尾行したりしていたのか。

真里亜の方から、卵子提供者になりたいと申し出たのなら、藤崎がそんなことをする必要は、ないはずだ。

38

卵子提供者が、健康体かどうか。

あるいは、悪い病気や不都合な遺伝子を、持っていないか。

そういった、基本的に必要なチェック項目は、専門的な検査をすれば容易に分かることだ。

その上に尾行までして、日常の素行調査を行なうとは、まず考えられない。

またまた、堂々巡りになった。

ともかく、藤崎研一が神成真里亜をつけ回す裏に、岸川芳麿がからんでいることは、間違いない。

藤崎と岸川のつながりは、ある可能性を示唆するように見えるが、知恩炎華ならばその確かな答えを、出してくれるかもしれない。

それを視野に入れつつ、あえて岸川のことを教えたのだから、そうあってほしいと思う。

ノックの音がして、厨房に通じるドアが開いた。

神成繁生が、みずからワゴンを押して、スープを運んで来る。

「これは、南ドイツでよく飲まれている、マウルタシェン入りのコンソメです。味見してみてください」

琥珀色のスープの中に、パスタの生地に包まれた、ひき肉がはいっている。

それを、マウルタシェンというらしい。

口に入れると、舌の上でほろほろと柔らかく崩れて、ナツメグの味が広がった。

「うん、これはうまい」

「おいしいですね、いついただいても」

洞院ちづるは、初めてではないらしい。

神成は、ちらりとちづると目を見交わし、ぎこちない笑みを浮かべた。

「どうぞ、ごゆっくり」

それだけ言って、そそくさと出て行く。

しばらくスープに専念したあと、わたしは口を開いた。

「神成さんの相談というのは、どんな内容なんだろうね」

ちづるはスプーンを休め、少し間をおいて答えた。

「順を追って、お話しします。実はきのうの朝、お父さんから電話をいただいて、真里亜さんが左近寺というギタリストと、付き合っているのを知っているか、と聞かれたんです」

やはり、神成は二人のひそかな交際を、承知していたらしい。

「なんと答えたんだ」

「もちろん、知りません、と答えました。ただ、左近寺さんを知っていることだけは、認めました。フラメンコ関係者ですし、知らないのは不自然ですから」

それは、もっともだ。

「お父さんはどうやって、二人が付き合っていることを、知ったのかな」

「真里亜さんが、お母さまに左近寺さんのことを、打ち明けたんです。お父さまは、その話をお母さまから聞かされて、これはほうっておけない、と思ったそうです」

「それって、いつのことだろう」

「一カ月くらい前、とおっしゃってました。それでお父さまは、真里亜さんに付き合うのをやめるよう、かなりきつく意見なさったらしいわ」

「意見ね。神成さんは、二人の交際に反対する理由を、言ったかね」

「年の差のこともあるようですが、やはりフラメンコ・ギタリストという、不安定な仕事のせいじゃないかしら。言葉の端ばしから、そんな感じをうけました」

そう言って、ワインに口をつける。

「そのことで、きみに相談があると言ったのか、神成さんは」

「そうです。できるだけ早く、お店に来てもらえるとありがたい、と言われました」

「彼の相談は、左近寺との付き合いをやめるよう、きみから真里亜さんを説得してもらいたい、ということかな」

わたしが聞くと、ちづるは困ったような顔をして、首をかしげた。

「電話では、何もおっしゃいませんでしたけど、たぶんそういうことだろう、と察しがつきました。それで、お父さまの了解を取った上で、岡坂さんにお声がけしたわけです」

神成が、わたしの同席を認めたとすれば、その理由は見当がつく。

先夜、神成は真里亜がその言葉どおりに、わたしと一緒にいるかどうか、わざわざ電話で確かめようとした。

そのために、わたしにいくらか引け目を感じ、この機会に事情を説明しておこう、という気になったのではないか。

ちづるは、ため息をついて続けた。

「先週、岡坂さんにお願いしようとしたことを、今度はわたしがお願いされる立場になりそう」

ワインを飲み、少し考える。

「このあいだも言ったが、真里亜さんももう子供じゃないんだ。当人の判断に、任せたらどうかな。左近寺がどんな男か、そのうち彼女にも分かるだろう」

「でも、あの子はフラメンコにしろなんにしろ、思い詰めたら一直線なんですよね。わたしみたいに、途中で見切りをつけることができれば、いいんですけど。とことん貢いだあげく、冷たくさよならなんか言われたら、立ち直れないんじゃないかしら」

「それはそれで、いい勉強になるんじゃないか。何度でも言うが、人生にはいろいろなことがあるからね」

ちづるは、わたしを睨んだ。

「岡坂さんくらいの年齢になれば、そういう心境にもなるでしょうけど、彼女はまだ若いですから。それに、そういうアドバイスで、お父さまが納得される、と思いますか」

神成の様子では、まず納得しないだろう。

ドアが開き、先刻の前垂れ姿の若者が、料理を運び入れて来る。

メインディッシュは、シュヴァイネハクセという、香ばしい肉料理だった。

なんでも、ビールや肉汁をかけ回しながら、じっくり焼き上げた豚のすね肉だ、という。

独特の風味があって、うまかった。

食べ終わって、外のトイレに行く。

表のテーブル席は、三人連れが一組いるだけで、閑散としていた。

ほかに二卓ほど、使用ずみらしいテーブルがあったが、この日はあまり客がはいらなかったようだ。

部屋にもどると、神成がデザートをサービスしていた。

前垂れの若者が、飲みものを聞く。

ちづるもわたしも、コーヒーを頼んだ。

神成は、壁際の椅子を引き寄せて、あいた席にすわった。

少しのあいだ、料理についての感想を聞いてから、前触れなしにわたしに言う。

「ところで、ちづる先生から、お話を聞いていただけましたか」

いきなり、直球を投げ込まれては、いやも応もない。

「ええと、まあ、だいたいは」

「先夜は、真里亜とご一緒いただいたとき、電話でしつこくお尋ねしたりして、失礼しました。どうしても、気になったものですからね」

やはり、引っかかっていたらしい。

とはいえ、あのとき神成が抱いた疑いは、的中していた。

実のところ真里亜は、わたしと一緒ではなかった。左近寺一仁と会うために、わたしをだしに使ったにすぎない。

それを取り繕おうと、わたしは真里亜をつかまえるために、深夜の神保町を走るはめになったのだった。

神成は続けた。

「わたしは、左近寺なにがしという男のことを、何も知りません。正直に言って、知りたいとも思いません。真里亜が、フラメンコを習うことにすら、抵抗があったくらいですから。まして、売れないギタリストと付き合うなど、もってのほかだ。そもそも、相手は真里亜より二十歳も年上だ、というじゃないですか。ちゃんとした勤め人なら、もう重役になっていてもいい年ごろですよ。そんな、浮草暮らしの男に嫁がせるために、真里亜を育ててきたつもりはありません」

「しかし二人には、フラメンコという固い地盤が、できていますからね。苦労してでも、一緒にがんばろうという気持ちがあれば、道が開けるかもしれませんよ」

意に反して、真里亜の肩を持つようなことを、口にしてしまった。

神成ばかりか、ちづるまでがあっけに取られた様子で、わたしの顔を見る。

わたしは、咳払いをして続けた。

「まあ、バイラオーラとギタリスト、という組み合わせは仕事の上でも、何かと都合がいい。二人で力を合わせれば、なんとかなるんじゃないですか」

また、よけいなことを言ってしまった。

神成が、不満そうな顔をこしらえて、ちづるに聞く。

「先生も、同じお考えですか」

ちづるは、ちょっとたじろいだ。

「いえ、ええと、そうですね。それも、人によりけりだ、と思いますけど」

ほとんど、しどろもどろだ。

「そもそも、左近寺なんとかいうギタリストは、どういう男なんですか」

神成に詰め寄られて、ちづるは救いを求めるように、私を見た。

予想どおり、話を振ってくる。

「左近寺さんとは、あまり仕事をしたことがないので、よく知らないんです。岡坂さんの方が、ご存じじゃないかと思います」

神成は、わたしに目を向けた。

時間稼ぎに、シャーベットを食べる。

それから、おもむろに言った。

「わたしも直接、左近寺を知っているわけじゃありませんが、あまりいい評判は聞きませんね」

「すると、評判の悪い男ですか」

「ギターの腕は、すごいですよ。今の、一線級の若手ギタリストと比べても、ほとんど弾き劣りしません」

それは、神成が知りたいことの答えには、なっていなかった。

神成は、にべもなく言い捨てた。

「ギターの腕は、どうでもいいんです」

「けっこう、だいじなことだと思いますが」

わたしが応じると、神成はむっとしたように、唇を引き結んだ。

「腕のいい、ちゃんとしたギタリストなら、五十を過ぎて安アパート暮らし、ということはないでしょう」

取りつく島もない口調だった。

どうやら、真里亜は母親のアナにかなり詳しく、左近寺のことを報告したらしい。

コーヒーが三つ、運ばれて来る。

わたしはそれを一口飲み、神成の顔を見直した。

「ちづるさんにも言いましたが、真里亜さんはもう、りっぱなおとなだ。むろん、神成さんの気持ちは分かりますが、彼女自身の判断に任せても、いいんじゃないですか」

神成も、自分のコーヒーに口をつけ、ぶっきらぼうに言った。

「実は二、三日前、真里亜は家内に年明け早々タイに行く、と宣言したらしいんです」

不意打ちを食らった。

わたしは表情を変えなかったが、ちづるは明らかに動揺した。

神成が、そこを突く。

「そのことを真里亜から、お聞きになりましたか」

ちづるは、いかにも気が進まない様子で、うなずいた。

「あ、はい。それで、そのあいだレッスンも二回ほど、お休みしたいということでした」

「一人で二週間もタイに行く、などという話を信じますか、先生は」

神成に詰め寄られ、すぐには答えあぐねたちづるが、また目で救いを求めてくる。

しかたなく、口を開いた。

「神成さんが、それを信じないとおっしゃるなら、どう解釈すればいいんですか」

神成はわたしに目を移し、しぶしぶのように言った。

「わたしの勘では、左近寺と一緒に行くんじゃないか、という気がするんです。タイだかスペインだか、知りませんがね」

ちづるとわたしは、目を見交わした。

ついさっき、ちづるもそれと似たような独り言を、漏らしたばかりだ。

しかしちづるは、逆のことを言った。

「それはない、と思います。何かお父さまの方で、そのようにお考えになる根拠がおありなら、別ですが」

「単なる勘ですよ。タイへ行くなら、たとえ仲のいい女友だちと行くにしても、四日か五日がいいところでしょう」

「惚れた男と行くにしても、二週間は確かに長すぎますね」

口を挟むと、神成はうなずいた。

「そのとおりです。だから、ひょっとするとスペインかな、と思ったりするわけです」

ちづるが言う。

「真里亜さんが、そんなすぐにばれるような嘘を、つくでしょうか。パスポートにも、記録が残りますし」

「家内ならだませる、と思ったのかもしれません。しかし、わたしはだまされない。どうしても行くというなら、わたしもついて行くつもりです」

そう言い切ってから、照れ臭そうに付け加える。

「いい年をして、親ばかと思われるかもしれませんがね」

急に真顔になり、ちづるを見て続ける。

「実は、そうならないように先生に、真里亜を説得していただけないか、というのがわたしのお願いなんです。旅行どころか、左近寺との付き合いを即刻やめるように、言ってやっていただけませんか」

ちづるは、たじたじとなった。

「そんなこと、わたしにはできません。真里亜さんが、お父さまの言うことを聞かないのなら、わたしの言うことなんかもっと聞かない、と思います」

わたしも、口を添える。

「真里亜さんを、子供扱いしすぎますよ。タイでもスペインでも、好きなところへ行かせたら、いいじゃないですか」

それを聞いて、神成が怒り出したらしかたがない、という覚悟で言った。

しかし、神成は思ったよりずっと、がまん強い性格のようだった。

唇を引き結んだものの、むしろ穏やかな口調で応じる。

「岡坂さんは、うちの家内と同じようなことを、おっしゃる。そういう意見を聞くと、わたしの方が間違ってるんじゃないか、という気がしてきますよ」

「ふつうの場合、娘さんのことは母親がいちばんよく、知っていますからね」

どうやらアナの方が、真里亜に理解があるようだ。

ちづるが、約束が違うではないかという目で、わたしを見る。

自分や神成に代わって、今度こそわたしに真里亜を説得してほしい、と思っているのだろう。

どうも、わたしはよけいなことに、首を突っ込みすぎたらしい。

唐突に、神成が言う。

「岡坂さんは、現代調査研究所の所長だそうですが、どんな調査をなさるんですか」

わたしは、顎を引いた。

「まあ、生命に危険が及ぶような調査を除いて、たいがいの調査はやりますよ」

神成は、きっぱりと言った。

「それでは、左近寺なにがしの身辺調査を、お願いできませんか。彼がどんな男か、調べてもらいたいのです」

39

コーヒーを飲み、一息入れる。

「そう言われても、わたしは私立探偵じゃないので、お引き受けしかねますね」

神成繁生に、左近寺一仁の身辺調査を頼まれるとは、毛ほども考えていなかった。

洞院ちづるも、さすがにびっくりした表情で、神成を見る。

神成はしかし、いたって真剣な顔つきだった。

「別に、生命に危険が及ぶような調査には、ならないでしょう。左近寺が実際、犯罪者まがいの危険な男でなければ、ですがね」

「そういう意味じゃありません。わたしは、探偵業の届け出をしていないので、その種の調査はできないんです」

わたしが言うと、神成は顎を引いた。

「アメリカならいざ知らず、日本では探偵事務所を開くのに、許可はいらないと聞きましたが」

「それは、昔の話ですよ。数年前、〈探偵業の業務の適正化に関する法〉、略して〈探偵業法〉というのが、立法化されましてね。今はもう、勝手に他人の秘密を探って、第三者に報告する仕事は、できなくなったんです。正式に、探偵業の届け出をしないかぎりね」

それは、嘘ではない。

神成は疑わしげな顔をして、なおも言いつのった。

「それじゃ、ルポライターやフリーのジャーナリストが、政治家や官僚の不祥事やスキャンダルを、暴くことができなくなりますよ。彼らもいちいち、探偵業の許可を受けなければ、いけないんですか。個人情報保護法でさえ、あれだけ反対されたのに、おかしいじゃないですか」

もっともな意見だ。

「フリーランサーが、報道機関の依頼を受けて行なう調査や、公正な報道のために独自に行なう調査は、例外的に認められています。しかし、左近寺の身辺を調べるのは、まったく個人的な理由によるもので、報道のためではない。除外規定に、当たりませんよ」

神成は腕を組み、おもむろに尋ねた。

「探偵の許可条件は、厳しいんですか」

「許可というよりも、探偵の開業届出書なるものを、所轄の警察署を通じて提出すると、公安委員会から証明書が交付される。それだけのことだ、と聞いています」

神成は腕を解き、人差し指を立てた。

「だったら、話は簡単だ。岡坂さんも、届けを出せばいいじゃないですか。だれでも、できるんでしょう」

「だれでも、じゃないですね。確か、禁固以上の刑を受けた者とか、暴力団に籍を置いた者とかは、きれいな体になって五年以上たたないと、受理されなかったと思います」

ずばりと聞かれて、どちらでもないでしょう」

「岡坂さんは、どちらでもないでしょう」

ずばりと聞かれて、ちょっとたじろぐ。

「まあ、今のところはね。しかしわたしも、そう若くはないですから」

「というと、年齢制限があるんですか」

「いや、別にないと思いますよ。ただ、それなりに体力のいる仕事だから、わたしの年ではもうきついでしょう」

神成は、むずかしい顔をした。

「左近寺は岡坂さんより、腕っ節が強いですかね」

わたしと左近寺が、殴り合いをするような展開になる、と思っているのか。

答える前に、コーヒーを飲んだちづるが、話を変えた。

「たとえば、岡坂さんが〈ジャマーダ〉に記事を書く目的で、左近寺さんのことを調べるというのは、どうかしら。そうしたら、報道のために調査をするという、りっぱな名目が立つわ」

その発想には、苦笑させられる。

「勘弁してくれ。ぼくは、フラメンコ界のスキャンダルを暴くために、〈ジャマーダ〉に寄稿してるわけじゃない。少なくとも、これまで書いた記事の中で、個人攻撃をしたことは一度もないよ」

「それはもちろん、分かっています。でも、左近寺さんのこれまでの活動、実績を紹介するということで、いろいろ調べるのはいいんじゃないですか。その中で、スキャンダルめいた事実が出てきても、神成さんに報告するだけにして、記事にしなければいいわけですから」

わが意を得たり、というように神成がうなずく。

「そうそう。わたしも、わざわざ調査結果を公表して、左近寺をフラメンコ界から葬る気は、毛頭ありません。ただ、真里亜にその事実を示して、目を覚ますように説得したいだけなんです。そうでもしなければ、あの頑固な娘を左近寺から引き離すことは、できませんから」

ちづるも、同じようにうなずいた。

どことなく、歯車の嚙み合わせが狂った感じで、居心地が悪い。

とはいえ、神成もちづるも真里亜と左近寺の先行きに、夜道で薄気味悪い靄《もや》に包み込まれたような、得体の知れぬ不安を覚えていることは、なんとなく察せられた。

わたしもそれに、いくらか感染したきらいがある。

神成が、だめを押すように言った。

「もちろん、ただ働きをしていただくつもりは、ありません。これくらいは、用意するつもりです」

片手をぱっと、広げてみせる。

とっさに、五十万円はちょっと張り込みすぎだろう、と気後れがした。

しかしすぐに、五万円では商売にならないな、と算盤をはじいてしまう。

まさか、五百万円ということはあるまい。

どちらにしても、ゼロの数を確認するだけの度胸は、わたしにはなかった。

だいいち確認すれば、金額によっては引き受ける用意がある、と白状するようなものだ。

コーヒーを飲み、気分を入れ替える。

左近寺のほかに、その足跡をたどりたくなるほど、年季のはいった弾き手がどれだけいるか、思い浮かべてみた。

数は少なくなったが、まだ現役ばりばりで活躍するベテランも、けっこういることに気づく。

エンリケ坂井《さかい》、住田政男《すみだまさお》、三澤勝弘《みさわかつひろ》、鈴木英夫《すずきひでお》等々。

一般には知られていないが、フラメンコの世界では隠れもない、ベテランの名手の名前が何人も、浮かんでくる。

一方、年を重ねるとともに第一線をしりぞき、スタジオでの練習の伴奏を務めたり、個人教授をしたりしながら、地道な仕事を続けるギタリストも、少なくない。

いずれにせよ、好きな道で飯を食っている点では、変わりがなかった。

それを思えば、幸せな生き方といってよかろう。

ともかく、そうした生え抜きの弾き手や、踊り手たちのたゆまぬ努力の上に、今日のフラメンコが成り立っているのだ。

してみると、こうした人びとのキャリアを検証する仕事も、意味のないことではないだろう。

わたしは、コーヒーを飲み干した。

「それじゃ、できる範囲でやってみることにしますか」

それを聞いたとたん、神成もちづるも雲間から日が差したように、顔を輝かせた。

「ありがとうございます。これで真里亜も、目が覚めることでしょう」

神成はそう言って、頭を下げた。

わたしは、それを押しとどめた。

「まあ、待ってください。そんな風に期待されると、こちらの立場がなくなります。左近寺をはじめ、ベテランのアルティスタたちの足跡を追って、今日のフラメンコ界を見直すのも悪くはない、と思っただけです。データを集める過程で、神成さんが知りたいような事実に出会ったら、差し障りのない範囲で報告する。わたしに約束できることは、それくらいですね」

「それで、十分です。わたしもやみくもに、娘に付き合いをやめろと言うのは、ちょっと気が引けます。具体的なデータがあるとないとでは、説得力が違いますから」

そばから、ちづるが割り込む。

「もちろん、直接真里亜さんに関係ないことまで、ほじくり出す必要はない、と思いますけど」

そう言って、意味ありげにわたしを見つめる。

つまり、自分と左近寺の関係については黙っていろと、釘を刺しているのだ。

しかし、その事実こそ左近寺の不行跡を物語る、もっともインパクトの強い情報なのだから、まったく無視するわけにもいくまい。

「関係あるかないかは、ぼくが自分で判断するよ」

わたしが応じると、ちづるは妖女ゴーゴンのような目で、わたしを睨んだ。

その日の勘定は、店持ちになった。

店を出て、表通りの方へ歩きながら、ちづるが言う。

「ちょっと、飲み直しませんか。もしよろしければ、このあいだの〈カルマーダ〉で」

白金台のバーだ。

「いいよ。四ツ谷駅から、地下鉄南北線で一本だし」

時間はまだ、午後十時前だった。

白金台の駅から、葉の落ちたいちょう並木のプラチナ通りを、店まで歩いて行く。

前回と同じように、マスターが〈お帰りなさい〉とでも言わぬばかりの、自然な態度で迎えてくれた。

客はほかに、品のよい初老のカップルが奥の席で、静かに飲んでいるだけだった。

BGMには、まるでわたしたちが来るのを予測したように、またもサビカスのギターが流れている。

手前のカウンターにすわり、マルガリータとソルティドッグを、それぞれ注文する。

乾杯して一口飲んだあと、ちづるはさりげなく言った。

「左近寺さんとわたしのこと、本気で神成さんに報告するつもりじゃないですよね、岡坂さん」

「いけないかね。それが、いちばん説得力のある事実だということは、きみにも分かってるだろう」

「それは、そうですけど」

ちづるは言いさして、酒を飲んだ。

「ほかに、きみのケースに匹敵するだけの、左近寺の不行跡が見つかったら、そちらですませるかもしれない。自分で判断する、と言ったのはそういう意味さ」

「きっと、わたしのほかにもだまされた女性が、何人もいると思います」

ちづるは一度口を閉じ、それから付け加えた。

「悔しいですけど」

「未練はない、と言わなかったかね」

「未練とは違います。なんというか、だまされたのがわたし一人だけなら、まだあきらめもつくんですよね。ワン・ノブ・ゼムというのが、許せないの」

「愛されるのもだまされるのも、自分一人でいたいというわけか」

ちづるは少し、考えた。

「そうですね。そういうことだと思います。考えてみると、わたしも結局は自分中心というか、自己愛の強い人間なんですね」

「そうでない人間がいたら、会ってみたいものだね」

ちづるは、下を向いた。

「自分を犠牲にして、ひとのために身を粉にする人は、たくさんいますよ。たとえば、被災地で復興の手伝いをする人たちなんか、みんなそうじゃないですか。慈善活動に精を出す、ＮＰＯの人たちもそうですし」

「もちろん、自己犠牲の精神がりっぱであることに、異論はないさ。しかし、皮肉な言い方をするようだけど、そういう人たちは自分を犠牲にしたことに、後悔の念を覚えたりしないのかな。ひとのことより、もっと自分のことを考えるべきだった、と」

ちづるは、きっとなって、わたしを見た。

「そんなこと、ありえませんよ。むしろ、自分のことばかり考えてきた人が、あとでもっと他人のことを考えるべきだった、と後悔するのが普通でしょう」

「つまり、自分を犠牲にして他人のために尽くした人は、そのことで満足して後悔などしない、というわけか」

「そうです」

断言したあと、あまり力を入れすぎたと思ったのか、照れ笑いをして言い直した。

「だと思います」

わたしはソルティドッグを飲み、少し考えて言った。

「人が、自分の利益のために何かするのは、当然自分を満足させたいからだろうね」

「でしょうね」

そう応じたちづるの目に、ちょっと不安の色が浮かぶ。

「だとしたら、ひとさまのために何かするのも、結局はそれによって自分を満足させるため、といえないかな」

ちづるは、わたしをまっすぐ見た。

「何が言いたいんですか」

「自分のために利益を図るのも、他人のために身を粉にするのも、結果からみれば自分を満足させるという、最終目標を達成するためじゃないか、ということさ」

ちづるは、あきれたように目を丸くして、首を振った。

「岡坂さんは、ほんとにひねくれ者ですね。人の善意を、そんな風に意地悪く解釈するなんて、あんまりじゃないですか」

「そう言われると、返す言葉がないな」

ちづるは、怒ったようにマルガリータを飲み干し、マスターにお代わりを頼んだ。

また、わたしを睨む。

「要するに岡坂さんは、真の善人などこの世にいなくて、みんな偽善者ばかりだと、そう言いたいわけですか」

「いや、そんなことはない。世の中には、善人やら悪人やらいろいろいるけれども、結局自己満足のために生きるという点では、みんな同じだと言いたいだけさ」

ちづるは、眉根を寄せた。

「人間は、自己満足の動物である、と」

「まあ、そういうことかな。その昔、人間は考える葦であるとかなんとか、こしゃくなことを言った人も、いたようだけどね」

ちづるは笑った。

「パスカルも、岡坂さんにあっては形なしですね」

新しいマルガリータが、ちづるの前に置かれる。

それを、一口飲んで続けた。

「岡坂さんの指摘も、あながち的外れとは、いえないかも」

「弁解するようだけど、だからといってひとのために、自分を犠牲にして働く人たちを、冷ややかに見てるわけじゃない。むしろ、同じ自己満足を求めるなら自分だけじゃなく、ひとのためにも何かするべきだろう。ただ、自分ではなかなかそれができないから、声高に言わないだけさ」

ちづるは笑った。

「岡坂さんは、ひねくれていて、理屈っぽくて、皮肉屋さんですね。それに、酔ったふりが、おじょうずらしいし」

「酔ったふりをするには、もう少し飲まないとな」

ソルティドッグをあけ、マスターにお代わりを注文した。

ちづるが顔をのぞき込み、すがるように言う。

「左近寺さんとわたしのこと、お父さんにも真里亜さんにも絶対言わないって、約束してください」

40

翌日。

インターネットで、〈左近寺一仁〉を検索してみた。

左近寺は、自分のブログを持っていないらしく、直接情報は得られなかった。

フラメンコの情報専門サイトにも、左近寺についての書き込みは少なく、すでにわたしが知っていることばかりだった。

次に都内や近郊のタブラオ、スペイン料理店のブログを、開いてみる。

週に一度か二度、ライブをやっている店がいくつかあったが、出演者に左近寺の名前はない。

洞院ちづるが言ったとおり、左近寺は表舞台ではほとんど、活動していないようだ。

検索対象を広げて、多目的ホールや結婚式場、ホテルなどのホームページにも、アクセスしてみる。

すると、一つだけヒットした。

池袋にある、グランドメゾン・ホテルのレストランの、イベント情報だった。

ベテランのバイラオーラ、長小原雅美《ながこはらまさみ》のディナー・ショーの出演者に、スペイン人のギタリスト、カンタオールと並んで、左近寺の名前があった。

雅美はすでに六十代後半で、その世代の数が少ないフラメンコ界では、大ベテランの部類に属する。

若いころ、よく左近寺と組んでやっていたから、そのよしみで声をかけたのだろう。

雅美のほか、弟子筋に当たる若手の踊り手が二人、出演するようだ。

十二月は毎週金曜日の夜、都合四回ディナー・ショーが、開かれる。

いずれも、午後七時から食事、八時からショーとなっている。

ジャズ、シャンソン、カンツォーネを後ろに控えて、フラメンコは最初の金曜日、つまり本日かぎりの企画だった。

そうと分かると、今日の今ではどうかと思いながら、すぐホテルに電話した。

幸い、まだ空きがあるというので、とりあえず二席予約する。

一人で行くのも芸がないから、紺野よし子でも誘って行こう、と思ったのだ。

一人一万五千円と安くはないが、フレンチのフルコースつきだから、高すぎるともいえない。それくらいの経費は、神成繁生から出るだろう。

よし子に電話した。

「先生は夕方まで、法廷ですけど」

「先生に用はない。きみを、またフラメンコに誘おうかな、と思ってね」

「ほんとですか。うれしいわ。いつですか」

「急で悪いが、今夜なんだ」

「あらら。今夜ですか」

急に声が沈んだ。

「予定がはいってるのか」

「ええ、ちょっと」

歯切れの悪い返事に、力が抜ける。

よし子の場合、いつも空いていると思い込んだのは、こちらの独りよがりだった。

「そうだろうね。今日は、ハナ金だしな」

「そうじゃないんです。ちょっと、蹴飛ばせない用事があって」

「そんなに、だいじな用事か」

「というか、あまり気が進まない用事で」

「珍しいね。いやな用事は、だいたい蹴飛ばすのに」

少し間があく。

「それじゃ、蹴飛ばしちゃおうかしら」

「まあ、蹴飛ばせるものなら、蹴飛ばして損はない。今日のフラメンコは、フルコースつきの、ホテルのディナー・ショーだからね」

「ほんとに。じゃあもう、断然蹴飛ばしちゃいます」

よし子の声が、にわかに明るくなる。

「そうしたまえ、そうしたまえ。どうせ、女子会か何かなんだろう」

「じゃなくて、お見合いなんですけどね」

「お見合い」

さすがに、絶句する。

「ええ。母が、どこからか中年のおじさん銀行員を、探してきたんですよ。会うだけでもいいから、会ってくれって」

「おいおい。それは、とてもじゃないが、蹴飛ばせない用件だろう。フラメンコの話は、なかったことにしてくれ」

「いいんです。釣書の写真を見たら、わたしよりたぶん背が低いし、髪も薄いんです。趣味は、古いお手玉の収集と、ホットドッグの食べ歩き。取り柄といったら、八百万円の年収だけ。お義理にでも、会いたくないわ」

「年収八百万といったら、このご時世じゃりっぱなものだ。銀行マンなら堅いし、髪の毛なんかなくたって、命に別状ないだろう」

「だけど、そのあたりで手を打たせようという、母の期待感のなさが気に入らないの。娘に対して、もう少し幻想を抱いてくれてもいい、と思いませんか」

「それにしたって、直前になってのどたキャンは、よくないよ。せめて、お母さんの顔を立てないと、ばちが当たるぞ」

「でも、フラメンコの方がずっと、魅力的なんですもの」

「フラメンコは、またあらためて機会を作るから、とにかく今夜は義理を果たしなさい」

必死に説得に努めたので、よし子はしぶしぶあきらめた。

電話を切ったときは、冷や汗が出た。

まさか、よし子に見合いの話があるとは、予想もしなかった。

たとえ、相手が好みに合わないとしても、せっかくの機会をふいにするなど、正気の沙汰ではない。

とはいえ、よし子の都合がつかないとなると、ほかにだれも相手を考えていなかったから、はたと困った。

だれを連れて行けば、いいのか。

ただのフラメンコ・ショーなら、洞院ちづるを誘ってもいいところだが、左近寺が出演しているとなれば、そうはいかない。

かといって、一人で行くのは気が重い。

ふと、知恩炎華の顔が、頭に浮かんだ。

炎華には、その後の調査の進展を聞き出すためにも、どのみち電話しなければならない。

名刺を引き抜いて、半蔵門署警務課の直通番号を、確かめる。

炎華は外出中で、つかまらなかった。

名前を告げ、もどるか連絡がつきしだい、電話をほしいと頼んだ。

受話器を取った男が、しつこくこちらの番号を聞くので、固定電話の方だけ教えた。

渡した名刺には、携帯電話の番号も入れてあるから、どちらかにかけてくるだろう。

連絡を待つあいだ、創刊当時の〈ジャマーダ〉のバックナンバーを、当たってみる。

最初のころは、左近寺に関する記事がそこそこに出ており、かなり注目を浴びていたことが分かる。

左近寺は、幼いころからクラシック・ギターを習い、高校生になってフラメンコに転じた。

そのあと、独習で驚異的なテクニックを身につけた、という。

師匠らしい師匠には、ついていないようだ。

それ以外は、左近寺が金沢市出身であること、高卒後上京してプロになったことくらいしか、分からなかった。

その当時、読者の目はギターならギター、踊りなら踊りそのものに集中して、個人情報には関心が向けられなかったのだ。

ある時期を境に、左近寺の記事がにわかに少なくなり、やがて〈ジャマーダ〉の誌面から、名前が消えてしまう。

何も書かれていないが、おそらく大麻所持で逮捕されたため、編集部が距離をおくようになったのだろう。

それでも、誌面で一度も事件に触れていないのは、せめてもの武士の情けだったと思われる。

ちづるが、将来を嘱望される新進の踊り手として、〈ジャマーダ〉に顔を出すようになるのは、ずっとあとのことだ。

収穫のないまま、別の原稿に取りかかる。

夕方までかかって、フィルム・ノワールに関するエッセイを、一本仕上げた。

五時過ぎに、携帯電話に着信があった。

携帯電話からの発信で、登録されていない番号だ。

「知恩です。お電話を、いただいたそうですけど」

炎華だった。

「先日はどうも。その後の進展を、お聞きしたいと思って電話したんですが、何か分かりましたか」

ためらう気配がする。

「ええ、まあ」

あいまいな返事だ。

「今夜、お食事でもどうですか。情報交換のついでに、腹ごしらえをするというのは」

答えが返ってくるまでに、少なくとも五秒は間があいた。

「それは、デートのお誘いですか」

その声は、コンピュータの合成音声と同じ程度の、温かみがこもっていた。

「悪いですか。だれでも、女性の刑事とデートできる、というわけじゃないし」

「岡坂さんの方から、何か提供していただく情報が、ありますか」

「このあいだ、岸川芳麿の名前を教えたじゃないですか。こちらとしては、その結果を聞かせてもらわないとね」

また少し、間があく。

「現代調査研究所は、探偵業の届け出をしていますか」

前夜、〈フランツハウス〉で自分からその話を、持ち出したばかりだった。

奇妙な符合だ。

「いや、していません。原則として、個人調査はやらないのでね。やるとしても、報道目的なら届け出はいらないでしょう」

「報道のため、と証明できなかったら罰金を科せられるか、へたをすると懲役を食らいますよ」

「料金を取って調査したあげく、報道関係者以外のだれかに報告した、という事実を証明しないかぎり、有罪にはできませんよ」

炎華は、含み笑いをした。

「また、いかにも公安らしい発想だ、と言いたそうですね」

「堅いことは、抜きにしましょう。今夜、池袋のグランドメゾン・ホテルで、フラメンコのディナー・ショーがありましてね。そこに二つ、席を確保したんです」

わずかな沈黙がある。

「洞院ちづるさんが、出演するんですね」

「いや、違います」

「だったら、彼女に誘いを断られたんでしょう」

「どちらでもないです。そのショーに、左近寺一仁が出るんですよ」

「左近寺が」

「たいして、収穫は期待できませんが、単純にショーを楽しめば、いいじゃないですか」

少し考えたあと、炎華は誘いに応じた。

「いいわ。お付き合いします。ただし、割り勘で」

「いや、今夜はわたしのおごりです。別に、深い意味はありませんが」

今度は炎華も、ほとんど考えなかった。

「分かりました。場所と時間を、決めてください」

グランドメゾン・ホテルは、JR池袋駅から徒歩五分ほどの、東京芸術劇場の近くにある。

炎華とは、午後六時半にロビーのカフェテラスで、待ち合わせた。

炎華は、薄手のラクダ色のコートの下に、焦げ茶のテーラード・スーツを着ていた。

華やかではないが、ディナー・ショーにふさわしい、整った装いだった。

胸に、花の形をした銀色のブローチまで、つけている。

炎華の住まいが、どこかは知らない。

ともかく、着替えのために帰宅する余裕はない、と思い込んでいた。

それで、釣り合いを取ろうと気を回して、替え上着にノーネクタイという格好のまま、やって来たのだ。

「いつも、そんなきちんとしたスーツで、署に出るんですか」

わたしが聞くと、炎華は眉をぴくりとさせた。

「何があるか分かりませんから、ロッカーに時と場所に応じた服を、いくつか用意してあるんです」

なるほど、そういうことか。

「用意がいいですね」

「いかにも、公安らしい発想でしょう」

先を越された。

「だったらいっそ、イブニングドレスで来ればよかったのに」

「用意はあるけれど、相手にもよりますね」

一本取られた。

コーヒーを飲み終え、七時に十二階のレストランへ、上がって行った。

眺めのいい、横長の大きな窓を背にする位置に、ステージが作られている。

四人がけのテーブルが、二十から二十五くらいセットされ、ほとんど満席だった。

とはいえ、フロアの周囲にやや余裕があるのは、予約がはいった人数に合わせて、席を作ったからだろう。

けっこう、あでやかな装いをしたカップルや、着飾った女性同士の客が多い。

わたしたち二人は、むしろ地味な方だ。

手ごろな値段の、シャンペンを頼んだ。

アミューズから始まり、前菜からサラダ、スープとスムーズにコースが進む。

ショータイムまでに、デザートを出してしまおう、という魂胆らしい。

「岸川のことを、調べてみましたか」

さりげなく聞くと、炎華は目をそらさずにグラスを傾け、シャンペンを一口飲んだ。

「ええ」

「その結果を、報告してもらう約束でしたよね」

炎華は一度目を伏せ、その昔見た日比谷映画劇場の幕が上がるように、ゆっくりと視線をもどした。

「その件より先に、なぜわたしが藤崎研一を監視しているか、お話しします」

予想外だったが、願ってもないことだ。

「聞きましょう。わたしも他言しない、と約束しますよ」

炎華は、もう一口グラスを傾け、続けた。

「藤崎の妻の雪絵は、旧姓をイワミザワといいます。イワミザワタケシの、一人娘です」

「イワミザワ、タケシ」

どこかで、耳にした名前だ。

すぐに、岩見沢武志という表記が、頭に浮かんでくる。

「岩見沢というと、あの岩見沢武志ですか」

炎華がうなずく。

「そうです」

わたしも、シャンペンを飲んだ。

岩見沢武志は、三十年ほど前に新左翼の活動家として、令名をはせた男だ。

確か、革青同（革命的青年同盟）の書記長だった、と記憶する。

「岩見沢は、三十年ほど前に常磐線かどこかで、国鉄の信号や通信ケーブルを切断する、大規模なゲリラ事件を起こした男ですよね」

「そうです。その岩見沢です」

「何年かあとに逮捕されて、ムショ入りしたんじゃなかったかな」

「ええ。一連の事件で、懲役十五年を食らいましたけど、十二年前に刑期を終えて、出獄しました。その後、川崎市高津区の実家で家業を継いで、ステンレスの成型工場を経営しています」

「知らなかった。ひっそりと、市井に紛れたわけですか」

「表向きはね」

思わせぶりに言って、炎華はシャンペンを飲んだ。

41

グラスを置いて、知恩炎華は続けた。

「岩見沢は、今もその成型工場を経営していますが、世間から忘れ去られた五年ほど前、ひそかに新右翼の組織に接近して、また活動を始めたんです」

「新右翼ね。転向したわけですか」

ときどき、新左翼の活動にあきるか、いやけが差して転向する、古手の活動家がいるのだ。

「ええ。そして三年前に、革命的ロマン主義者同盟、略してカクロドウという組織を、みずから立ち上げました」

「カクロドウ。ロマンは漢字ですか、片仮名ですか」

「片仮名です」

革ロ同という字面が浮かぶ。

「聞いたことがないな」

ロシアのロならまだしも、ロマンという場違いな言葉に、引っかかるものを感じた。

魚料理は、真鯛のポワレだった。

「どんな性格の組織ですか、革ロ同は」

わたしの問いに、炎華はきゅっと眉根を寄せた。

「ネオナチスと、よく似ていますね。外国人労働者の排除を訴えたり、反共活動を支援したりする、国粋主義者の集まりといったところかしら」

胃の腑に落ちるものがある。

ロマン、ネオナチスのキーワードから連想されるのは、岸川芳麿だ。

岸川は、浪漫派前後のドイツ文学の専門家だが、ナチスの思想に共鳴するような見解を、しばしば口にする。

単なる偶然とは、思えない。

藤崎研一と雪絵を挟んで、岸川と岩見沢武志のあいだに、何かつながりがあるのだろうか。

炎華が、わたしの考えを読んだように、笑みを浮かべる。

「このあいだ、岡坂さんが教えてくださった岸川が、こんなかたちで岩見沢とつながっていた、とは予想もしませんでした」

それは、わたしも同様だ。

「お互いに情報を提供し合うと、無関係に見えたものがこんな具合に、結びつくことがある。よかったじゃないですか」

「ええ」

「ただ、藤崎雪絵が岩見沢の娘だというだけで、亭主の研一も革ロ同のメンバーだ、と断定していいものかな」

「今のところ、岩見沢と藤崎研一は義理の親子同士、という関係を超えていません。でも、雪絵を通じて強いつながりがあることは、確かでしょう」

「だから、藤崎を監視している、と」

「まあ、そういうことです」

「藤崎はともかく、少なくとも岸川は革ロ同なんかと、関係してないでしょう。彼には、社会的地位もあるから」

「でも、シンパである可能性は、高いんじゃないかしら」

確かに、その可能性はある。

シャンペンを飲み、あらためて聞いた。

「革ロ同は、結成されてからテロ活動を行なうとか、ある種の犯罪に手を染めるとかで、警察の世話になったことがありますか。その種の報道は、見た記憶がないんですが」

「新聞ダネになるような、大きな事件は起こしていません。違法デモで、道路交通法違反に問われたり、銃刀法違反まではいかない、軽犯罪法違反で書類送検されたり、といった程度ですね」

「しかし、半蔵門署が動いているところをみると、今回はもっと重大な犯罪に関わりそうな、なんらかの兆候があるんでしょう」

炎華はくるり、と瞳を回した。

「さあ、どうでしょうか。ともかく、現在革ロ同はわたしたちにとって、恒常的な監視対象の一つになっています」

うまく逃げられた。

魚を食べ終わると、間なしに肉料理が運ばれて来る。

牛の頬肉の、赤ワイン煮込みだった。

矛先を変えて聞く。

「革ロ同のアジトは、半蔵門署の管内にあるんですか」

炎華は、肩をすくめた。

「いいえ。革ロ同の本部は、といっても小さな事務所ですが、新宿区改代町にあります。所轄署じゃない方が、監視しやすいんです」

新宿区改代町といえば、神楽坂と江戸川橋のあいだにある、小さな町だ。

どちらにしても、そうしたアジトを炎華が一人で、あるいは若い刑事と二人だけで見張る、ということは考えられない。

おそらく、隣接する警察署に複数の刑事が待機し、手分けして監視を行なう態勢を、作り上げているのだろう。

わたしは、炎華を見つめた。

「もしかすると、警部補は半蔵門署の正規の署員じゃなくて、警視庁からの出向か何かじゃないんですか。警務課付、というのはそういう意味でしょう」

炎華は返事をせず、表情も変えなかった。

さらに、追い討ちをかける。

「革ロ同が、重要監視対象になったのは、どういう兆候があったからですか」

これには炎華も、苦笑した。

「それは、部外者には言えません」

「わたしは、部外者ですかね」

「そうでしょう。少なくとも、当事者ではないし、関係者ともいえないわ」

「ただの、通りすがりの人間だ、というわけですか」

「ええ。その方が、身のためだわ。万が一、テロ活動なんかに巻き込まれたら、目も当てられませんよ」

「危険な動きの兆候は、いろいろなところに現れますよね。中でも、いちばん目につきやすいのは、資金集めでしょう。特定の団体が、ひそかに資金集めを始める気配がしたら、何かたくらんでいることが分かる」

炎華は、頬をかすかに引き締めたが、何も言わなかった。

炎華が口を閉ざすのは、わたしに図星を指されたとき、と解釈することにした。

話を変える。

「岸川のことは公私ともに、徹底的に調べたんでしょう。そのほかに、どんなことが分かりましたか」

少し考えてから、炎華は言った。

「二十数年前ですが、岸川は独逸現代史会議という右翼寄りの、ドイツ政治史の研究団体に、所属していました。ご存じでしたか」

さすがに、調べるのが早い。

「知っています。しかし、その団体はもうとっくに、解散してるでしょう」

「ええ。でも、革ロ同の同志の中に三人、その団体の生き残りが、名を連ねています」

むろん初耳だが、そんなことがあっても不思議はない、という気がした。

「その生き残りの中に、岸川ははいってなかったんですね」

「ええ。現時点では、岸川が革ロ同となんらかの交渉がある、との確認も取れていません」

「ただ、岸川は藤崎と接触があることからして、岩見沢とも革ロ同ともまったく無関係、とはいえないわけだ」

炎華は、わずかにためらったが、結局口を開いた。

「それどころか、もう少し近い関係があるかも。実は、藤崎雪絵は、聖トマス病院の産婦人科で、十年以上も前からパートタイマーとして、事務の仕事を続けています。パートといっても、かなりのベテランですが」

話がころりと変わり、ちょっととまどう。

わたしは、薄緑色の縁の丸い眼鏡をかけ、ピアスをした女の顔を思い浮かべた。

雪絵は背が高く、藤崎よりいくつか年長に見えた、という記憶がある。

「聖トマス病院というと、代々木にあるあの大病院ですか」

確か、明治神宮の北側にあった、と記憶する。

「そうです」

炎華はうなずき、おもむろに続けた。

「その産婦人科に、岸川と妻のミサキが不妊治療の相談に、かよってるんです」

いきなり、背中をどやされたような感じがして、わたしはすわり直した。

「不妊治療ですって」

そこへ間が悪く、デザートとコーヒーが運ばれて来て、話が中断した。

そのあいだに、炎華が説明する。

「ミサキは、美しいに室戸岬の岬をつけて、ただのミサキと読みます」

岸川美岬か。

気持ちを落ち着けるために、コーヒーを一口飲む。

ひどく苦く感じられて、砂糖とミルクを入れた。

「不妊治療となると、卵子提供とも関係がある。岸川と藤崎のあいだにもう一つ、つながりが出てきた感じですね」

「そのとおりです。岸川と藤崎は、岩見沢とは直接関係のない、不妊治療の方で接触が生じた、と見るべきかも」

「そうかもしれませんね」

わたしは、いかにも気のない相槌を打ったが、ほぼそれに間違いない、と確信した。

おそらく、藤崎は産婦人科で事務をとる雪絵から、不妊治療で来院する夫婦の情報を入手し、卵子提供を斡旋する自分の商売に、利用しているに違いない。

パートだろうと正規の事務員だろうと、病院や患者の内部情報を外部に漏らすことは、倫理を問われる不当な行為だ。

聖トマス病院が、陰でこっそり卵子提供の斡旋や施術を、行なうはずがない。

治療効果のない夫婦が、藤崎から卵子提供の話を持ちかけられれば、まさに干天の慈雨にも思えるだろう。

炎華が言ったとおり、岸川と藤崎を結びつけたのは、岩見沢でも革ロ同でもなく、卵子提供の斡旋なのだ。

ただし、それが単純な斡旋でないことは、これまでの藤崎の奇妙な行動から、容易に察しがつく。

炎華も、当然そうと分かったらしく、体を乗り出して言った。

「岸川との、そういうつながりが認められた以上、藤崎の一連の動きもそれに関係している、とみて間違いないでしょうね」

あいにく、その件を詳しく話し合う前に、照明が暗くなった。

窓外の夜景をバックに、ステージに黒い影が五つ、六つと上がるのが見える。

スポットライトがつくと、お定まりのセビリャナスから、フラメンコのショーが始まった。

スペイン人のギタリスト、カンタオールに交じって、左近寺一仁が第二ギターを務めている。

先夜神保町で、神成真里亜と一緒にいるところを見かけた、あの中年男に間違いなかった。

左近寺は、不摂生がたたったのか風貌も体型も、だいぶ変わってしまった。

スペイン人によるギター、カンテの共演をあいだに挟んで、長小原雅美と若手二人のバイラオーラが、それぞれ長めの踊りを一曲ずつ、披露した。

雅美がフラメンコを始めたころ、日本にはプロの踊り手がまだ少なかったし、練習はほとんど手探りだっただろう。

スペインへ修業に行くのも、容易ではなかったはずだ。

したがって、条件に恵まれた今の若い踊り手が、師匠の世代より技術的に上なのは、当然といえる。

この日の師弟も、例外ではなかった。

雅美はともかく、弟子筋の若いバイラオーラ二人は、日本人らしいグラシア（優雅さ）に満ちた踊りを、行儀よく踊った。

左近寺のギターは、練習不足で技術も指の力も衰えたのか、それとも単にスペイン人の弾き手に気後れしたのか、往年の冴えが見られなかった。

フィナーレは、これもお決まりのブレリアで、締めくくられた。

ショーが終わると同時に、クレジットカードを取り出して、ボーイを呼ぶ。

炎華は黙って、わたしに勘定を任せた。

「話の続きは、この次にしましょう。今夜はこれから、左近寺に用があるので」

炎華が、眉をひそめる。

「どんな用ですか。尾行する、とでも」

「そのつもりですが、もし機会があれば直接本人と、話をするかもしれません」

「なんのために」

とっておきの笑みを、浮かべてみせる。

「わたしにも、守秘義務がありましてね」

炎華は、わたしを睨んだ。

「探偵業の届けを、出してないんですよね、岡坂さんは。くどいようですけど」

「出していないけれども、左近寺のことを調べるのは、報道目的なんです。除外理由になるでしょう」

「どこの報道機関の依頼ですか」

あくまで、食いついてくる。

「〈ジャマーダ〉という、フラメンコの専門誌です」

炎華は、芝居がかったしぐさで、瞳を回した。

「あまり、公共性のある報道機関とはいえないし、公共のためになる調査活動、ともいえませんね」

「見解の相違でしょう」

ボーイが伝票を運んできて、わたしはサインした。

腕時計を見る。

踊り手は着替え、化粧落としに時間をとられるが、ギタリストは手がかからない。

このあと、打ち上げに参加する予定でもないかぎり、左近寺はすぐに出て来る可能性がある。

早くしないと、先に帰られてしまう。

テーブルを立った。

「それじゃ、お先に失礼します」

炎華も、腰を上げる。

「わたしも、ご一緒していいかしら」

まるで、公園へ散歩にでも行くような、けろりとした口調だ。

「二人であとをつけると、目立ちますよ」

「岡坂さんは、左近寺を尾行してください。わたしは、岡坂さんのあとをつけますから」

炎華には、わたしの口から聞き出したいことが、まだ残っているのだ。

「それじゃ、急ぎましょう。ステージからおりたあと、すぐ横手のドアから出て行ったから、控室は隣の小部屋でしょう」

レストランを出る。

すぐ隣に、プライベート・ルームと表示の出た、目立たぬドアがあった。

レストランの横手の、ショーの案内板の陰に隠れて、待機する。

五分もしないうちに、目当ての左近寺が出て来た。

ステージと同じ、白いシャツに黒の上下といういでたちで、古びたギターケースをさげている。

わたしたちは、顔を見られないように左近寺をやり過ごし、少し遅れてエレベーター・ホールに向かった。

左近寺は、わたしの顔を覚えていないはずだし、炎華のことも知らないだろう。

尾行はむずかしくない。

ホテルを出ると、左近寺は池袋駅まで歩いた。

地下鉄有楽町線の改札をはいり、新木場方面行きの電車に乗る。

麴町駅まで行き、そこでおりた。

なんとなく、いやな感じがする。

42

左近寺一仁は、地下鉄麴町駅の階段をのぼって、日本テレビ通りに出た。

午後九時半を回ったばかりで、まだ人の流れがある。

左近寺は、ＪＲ市ケ谷駅の方へしばらく歩き、右手のファミリー・レストランに、はいって行った。

歩きながら、携帯電話でだれかと連絡をとっていたので、なんとなく展開が読めた気がした。

わたしは、一度も後ろを振り返らなかったが、知恩炎華がついて来ていることは、気配で分かった。

左近寺は、窓から離れたテーブル席にすわり、たばこに火をつけた。

店はそこそこに、席が埋まっていた。

わたしは、左近寺を視野に収めるボックス席を選び、窓に背を向けてすわった。

炎華が、わたしの前をさりげなく通り過ぎて、やはり見通しのきくテーブル席に、腰を落ち着ける。

左近寺は生ビールを飲み、サンドイッチを食べた。

ライブのあとなので、腹が減ったのだろう。

わたしも炎華も、コーヒーを飲んだ。炎華はわたしの方を、一度も見ようとしなかった。

二十分ほどして、予想どおり神成真里亜がいそいそと、店にやって来た。

白いトートバッグ、ジーンズに真っ赤なパーカ、といういでたちだ。

この店は、三番町の真里亜の自宅マンションと、さほど遠くない距離にある。

たぶん、こんなことだろうと思っていたが、なんとなく気がめいった。

真里亜は、わたしに目を留めることなく、というよりまわりには見向きもせず、まっすぐ左近寺の席に行った。

真里亜が向かいにすわると、左近寺は頬に軽くパンチを食わせる、なれたしぐさで迎えた。

真里亜は、その拳を両手で包み込んで、軽く唇を当てた。

照れ臭くなって、ちらりと炎華を見る。

炎華は、むきたてのゆで卵のように、無表情だった。

ウエイターに何か注文してから、真里亜が上体を左近寺の方に傾け、話し始める。

斜め後ろからの眺めなので、真里亜の表情は見えなかったが、肩や頭の動きは伸びやかで、くつろいだ感じだった。

左近寺の顔にも、特に緊張感はない。

どうやら、その日のライブの出来具合を、話題にしているようだ。

口や手の動きから、そんな印象を受けた。

しばらくすると、左近寺の対応がおざなりな感じになり、眉のあたりにうんざりした色が、浮かび始めた。

それに気がつかないのか、真里亜は相変わらず熱心に、話を続けている。

ウエイターが、真里亜にコーヒーを運んで来た。

左近寺の顔が、急に引き締まる。

ウエイターが去り、左近寺が二言三言何か口にすると、にわかに真里亜の肩のあたりが、こわばった。

そのまま二人は、しばらく話し込んだ。

一転して、重苦しい雰囲気が漂う。

話をしながら、真里亜がときどきうつむくのを見ると、あまり意に染む話ではないようだ。

一方、左近寺の身ぶり手ぶりは、赤ずきんを説得する狼と同じくらい、熱がこもっていた。

話が進み、真里亜が何か言うたびに、左近寺の顔が少しずつ、緩んでいく。

そのうち、笑みさえこぼれ始めた。

真里亜とのやりとりに、十分満足を覚えた様子が、見てとれる。

真里亜は、左近寺にせかされる格好で、携帯電話を取り出した。

テーブルの陰に、長身をかがめるようにして、だれかと話をする。

通話を切り、真里亜が上体を起こすが早いか、左近寺は伝票を取り上げた。

真里亜は、あわててコーヒーを飲み干し、席を立った。

わたしは窓の方を向き、ガラスに映った二人がレジへ向かうのを、さりげなく目で追った。

真里亜が支払いをするあいだに、わたしも釣銭のないように小銭を数え、コーヒー代を用意する。

二人が出口へ向かうと同時に、わたしも席を立った。

レジに行き、用意した金を置き捨てて、二人を追う。

目の隅に、あとをついて来る炎華の姿が、ちらりと映った。

真里亜と左近寺は、ＪＲ市ケ谷駅の方へ向かった。

三つ目の信号が、駅におりる坂の始まりになっており、二人はその信号を右に折れた。

そこは先日、藤崎研一と雪絵をつけて行った、英京大学がある二七通りだった。

さすがに、人通りが少なくなる。

二人は歩調を緩めず、大学の門前をあっさり通り過ぎて、まっすぐ歩き続けた。

ほどなく信号があり、右手に東郷公園の木立が見えた。

左近寺は、ギターケースを左手に持ち直すと、右手で真里亜の肘をつかんだ。

引っ張るようにして、公園の中にはいって行く。

真里亜は、とまどったようなしぐさをしたが、どうしてもいやだという様子ではなく、左近寺に従った。

目であとを追うと、左近寺は外灯の明かりの届かない木陰にはいり、ギターケースを置いた。

無造作に、真里亜を抱き寄せる。

わたしは、低い石垣の外側から見ていたので、左近寺が背伸びしてキスしたかどうか、分からなかった。

いつの間にか、炎華がそばに立っている。

「まさか、このために夜道を歩いて来た、とは思わないでしょう」

そうささやかれて、肩をすくめるしかなかった。

左近寺と真里亜は、体を寄せ合ったまま小刻みに動き、何かを確かめていた。

わたしは、ふといたずら心を起こして、炎華の手を握った。

すると、炎華は躊躇なくその手を強く、握り返してきた。

急にばつが悪くなり、すぐに手を離す。

十分ほどすると、左近寺がギターケースを取り上げ、先に立って出入り口へ向かった。

真里亜も、のろのろした動きで軽く身繕いをし、左近寺のあとから歩き出す。

炎華はごく自然に、腕を組んできた。

そのまま、二人のあとを追う。

公園を出ると、二人は同じ通りをまた二分ほど歩き、二つ目の角で足を止めた。

真里亜が、目印を探すようにきょろきょろしたので、わたしたちは自動販売機の陰に、身を隠した。

結局二人は、その角を左に曲がった。

さらに、靖国通りの一口坂に出る手前で、もう一度曲がり角を確認したあと、今度は右に折れた。

行く先の見当は、とうについている。

その道の右手に、藤崎夫婦が〈JKシステム〉のオフィスを構える、勝倉ビルがあるのだ。

さっき、真里亜が電話した相手はたぶん藤崎で、オフィスの場所を教わったのだろう。

藤崎は、いつの間にか真里亜ないし左近寺と、接触していたらしい。

案の定二人は、勝倉ビルに姿を消した。

わたしたちは、ひとけのない狭い通りに立って、建設中のスカイツリーでも見るように、三階の〈JKシステム〉を見上げた。

左側のベランダの窓から、下ろされたブラインド越しに、明かりが漏れている。

炎華は、組んでいた腕を離して、わたしに目を向けた。

「これで、筋書きが読めてきましたね」

「まあね」

これは実に、使い勝手のよい相槌だ。

「岸川夫婦が、不妊治療を受けているのを知って、藤崎は卵子提供の斡旋を申し出た。そして、その提供者に神成真里亜を、選んだわけね」

かたちとしては、それに間違いない。

わたしたちは、向かいのビルに暗い窪みを見つけ、そこにはいった。

炎華が続ける。

「藤崎が真里亜を尾行したのは、岸川が提供者の身元をもっと詳しく知りたい、と言ったからでしょうね」

「当たらずといえども遠からず、かな」

これも、便利な言葉だ。

炎華は、わたしを見つめた。

「ほかにもまだ、何かありますか」

むろんあるが、まだ話したくない。

「いっそ、〈ＪＫシステム〉のオフィスに踏み込んで、藤崎を逮捕したらどうですか。そうしたら、詳しい事情が分かるんじゃないかな」

わたしが言うと、炎華は唇を引き締めた。

「卵子提供が、刑事罰に当たらないことは、ご存じですよね」

「そうじゃなくて、探偵業法違反を適用するんです。藤崎が、探偵業の届け出をしているとは、思えない。岸川の依頼で、真里亜の身辺調査を実施して、その結果を報告したとすれば、明らかに違法じゃないですか」

炎華は、眉根を寄せた。

「でも、それではたいした罪には、問えないわ。少なくとも、わたしたちが狙っているような、罪には」

「その罪とは、たとえば凶器準備集合罪か何か、ですか」

炎華は、また強く唇を引き結んで、今度は答えなかった。

図星を指された証拠だ。

星明かりにすかして、腕時計を見る。

ほどなく、十一時になろうとしていた。

「わたしはそろそろ、引き上げることにします。一晩中、こうしているわけにも、いかないのでね」

「一晩は、かからないでしょう」

「これ以上、左近寺と真里亜のあとをつけると、探偵業法に触れそうだ。報道のための取材、とはいえなくなるし」

炎華は、一歩近づいた。

「藤崎がどう動くか、興味ありませんか」

「たぶん、ここに泊まるか、自宅に帰るんじゃないかな。自宅はとうに、調べがついてるんでしょう」

「ええ。でも、まっすぐ帰るかどうか、分かりません。どこかに、寄るかもしれないわ」

「わたしには、興味ありませんね。なんといっても、部外者だから」

炎華は、一本取られたというように、苦笑した。

真顔にもどって言う。

「さっき、左近寺と神成真里亜は、公園の木陰で何をしていた、と思いますか」

鋭い質問だ。

「体をほぐしてたんでしょう。フラメンコというのは、よく筋肉を使う仕事だから」

炎華は、大胆に身を寄せて来た。

「その後、洞院ちづるさんとは、お会いになったの」

「その後とは、どの後ですか」

「あの後」

「会いましたよ。用があったのでね」

炎華は、含み笑いをした。

目を閉じて言う。

「キスしてもいいわよ」

驚かされるのは、これで何度目だろう。

もっとも、洞院ちづるとキスするのを見た、と言われたときほどには、驚かなかった。

「それはキスしてほしい、という意味かな」

意地悪な質問をすると、炎華は閉じた目を見開いた。

「あのときも、ちづるさんにそんな無粋なことを、聞いたの」

「あのときは、何も言わなかった。酒がはいっていたし」

「わたしたちも、ホテルでシャンペンを飲んだわ。それにさっきは、いきなり手を握ったでしょう」

わたしは、一歩下がった。

「あなたは若くて、とびきりの美人だ。わたしより、もっと若くてハンサムな男が、たくさんいる。たとえ、気晴らしにキスするとしても、手近ですませることはない。手を握ったことは、謝ります」

「わたしは、そんなに若くないわ。そうでなければ、あなたにこんなため口を、きかないでしょう」

炎華は、最初に出会ったときから、そこそこの年齢差にもかかわらず、おりに触れてわたしのことを、〈あなた〉と呼んだ。

しかし、今の〈あなた〉はその〈あなた〉と、少しニュアンスが違うようだった。

さらに、一歩下がる。

「わたしから、これ以上何か引き出そうとしても、むだですよ。だいいち、キスして口を割らせるのは、容疑者にカツ丼を食わせて自白させるのと、変わりがない。便宜供与とみなされて、証拠能力を否定されるだけだ」

炎華はあきれた顔で、首を振った。

「岡坂さんは、いつもそんなに理屈っぽいんですか」

またしゃべり方が、他人行儀になる。

「ちづるさんにも、そう言われましたよ。きのうのことですがね」

わたしのしゃべり方も、行ったり来たりする。

炎華の頬が、少し引き締まった。

「きのう、お会いになったの」

「ええ。あなたに、あとをつけられているといけないので、キスはしなかったけれども」

炎華は、思慮深い目をして、腕を組んだ。

「五十代の男性は、人生経験を積んでいるというだけで、もてるんですよね」

「そうかな」

「一緒にいて、なんとなく頼りになりそうだし、安定感があるから。左近寺なんか、神成真里亜よりだいぶ年上で、それほどぱっとした男じゃないのに、あれだもの」

「わたしは、左近寺よりもっと年上だし、もっとぱっとしていない。あなたの好みを、疑いますね」

そのとき、向かいの勝倉ビルの階段に、靴音が響いた。

それに気づくなり、炎華はいきなりわたしに抱きついて、キスした。

とっさに、炎華の頭を両腕に抱え込んで、自分の顔が通りの向こう側から、見えないようにする。

靴音が二つ、アスファルトを打った。

片目をあけ、抱えた炎華の頭越しに、様子をうかがう。

左近寺と真里亜は、ちらりとわたしたちを見た。

しかしそれだけで、気に留める風もなくもと来た方へ、歩き出した。

炎華は、不必要と思われるほど長い時間、唇をつけていた。

わたしは、舌を使わない程度には自制心を保ち、顔を離した。

炎華が一歩下がり、体で大きく息をする。

「二人のあとを、つけてください」

口ぶりだけは、電動歯ブラシを使ったあとのように、冷静だった。

「あなたは」

「ここで、藤崎を待ちます」

わたしは、窪みから顔を突き出して、左近寺たちの後ろ姿を追った。

二人は、さっき曲がって来た角のところで、軽いキスを交わした。

それから、左近寺は靖国通りへ、真里亜は反対方向へと、左右に別れる。

43

翌日の土曜日。

朝のうち、洞院ちづるに電話をかけようとして、はたと困った。

早い時間に、レッスンが始まっていたとしたら、電話には出られないだろう。

逆に、まだベッドの中にいるとしたら、叩き起こすことになるので、少々気が引ける。

十時過ぎまで待って、ためしにかけてみた。

幸か不幸か、携帯電話は留守電になっていた。なんとなく、ほっとした。

電話をほしい、とメッセージを残す。

前夜。

知恩炎華を、一人勝倉ビルの前に残したまま、左近寺一仁のあとをつけた。

神成真里亜は、黙っていてもマンションにもどるはずだから、ほうっておいた。

左近寺は、靖国通りから外濠にかかる市ケ谷橋を渡り、地下鉄南北線の市ケ谷駅にはいった。

日吉行きの電車に乗ったので、左近寺も目黒線洗足駅のアパートへ、まっすぐ帰るものと見当がついた。

そこで、こちらも尾行するのを中止して、次の四ツ谷駅でＪＲに乗り換え、お茶の水の仕事場にもどった。

そのあと炎華からは、なんの連絡もなかった。

もし、〈ＪＫシステム〉の前で夜明かしをしたとすれば、お気の毒としか言いようがない。

五分ほどして、ちづるが電話をよこした。

「ごめんなさい、シャワーを浴びていたものですから」

わけもなく、どきりとする。

「すまなかった、タイミングが悪くて」

「いいんです。それより、おとといはごちそうさまでした」

「どういたしまして。電話したのは、ちょっと聞きたいことが、あったものだから」

「なんですか」

「このあいだ、左近寺が手放したらしいギターを、どこかのギタリストが持っていた、と言ったね」

「ロマなんとかいう、例のギターですか」

「そう、ホセ・ロマニジョスだ。そのギタリストの名前を、教えてもらえないかと思ってね」

「ああ、高石さん。高石英男さんです。ご存じですか」

高石英男か。

わたしの記憶では、高石はすでに六十代に達した、ベテランのギタリストの一人だ。

「知ってるよ。話したことはないけど、何度かライブで見た覚えがある。ついでに、彼のケータイの番号を、知らないかな」

少し沈黙がある。

「番号は、知っています。ときどき仕事で、ご一緒しますから。電話されるんですか」

「うん。そのギターのことで、ちょっと確かめたいことがあってね」

「高石さんには、わたしから番号を教えられた、とおっしゃるんですか」

「もし、聞かれたらね」

ちづるは、急いで言った。

「高石さんは、そのギターを左近寺さんから買った、とは言ってませんよ。ただ、わたしには同じギターだと分かった、というだけのことで」

「それは、承知している。こちらから、左近寺の件を持ち出すつもりはないから、心配しなくていいよ」

また少し、間があく。

「だとしても、無断でケータイの番号を教えるのは、あまり気が進まないわ。まず、わたしから高石さんに電話して、了解をとってもいいですか」

ちづるの言い分にも、一理ある。

というより、個人情報の漏洩にうるさい昨今では、それが当然かもしれない。

「分かった。手数をかけてすまないけど、そうしてもらおうかな。ぼくが、〈ジャマーダ〉に記事を書くのに、彼の話を聞きたがっている、とでも言ってくれたらいい」

「分かりました。ただ、高石さんは宵っ張りなので、お昼より早く起きることは、めったにないんです。電話するのは、午後一時過ぎになりますけど、いいですか」

いい、と答える。

ちづるは一時半過ぎに、あらためて電話をよこした。

高石の了解をとったと言い、番号を教えてくれた。

すぐに、かけてみる。

寝起きのような、くぐもった声の男が出てきた。

「はい、高石です」

わたしは名前を言い、ちづるに番号を聞いたことを、手短に告げた。

高石は、すぐに反応した。

「ああ、さっきちづるさんから、電話をもらいました。岡坂さんのコラムは、よく読んでいますよ。辛辣な記事が多いですが、けっこう当たってますね」

「恐縮です。わたしは、昔ながらのフラメンコで育ったので、今のフラメンコがよく分からないんです。時代の流れに、ついていけないとでもいうか」

「ぼくも同様ですよ。ただ、一応プロの看板を掲げているので、今風のフラメンコもやりますけどね」

そんな話を二分か三分してから、わたしは本題にはいった。

「実は、プロがふだん使用するギターについて、記事を書くつもりなんですが、若手のギタリストに聞くと、コンデ・エルマノスとかレスター・デヴォーとか、今どきの製作家のギターが多くて、あまりおもしろくないんです。それで、ベテランのギタリストのみなさんから、もう少し古いギターの話を聞きたい、と思いましてね」

「古いギターなら、わたしも何本か持っていますよ」

「どんなギターですか」

「たとえば、サントス・エルナンデス。クラシックですがね」

思わず、口笛を吹きたくなる。

「サントスをお持ちとは、すごいですね。何年ものですか」

「一九二六年の製作です。あとはマルセロ・バルベロとか、アルカンヘルとか」

高石は、名のあるギター製作家の名前を、いくつか挙げた。

しゃべっているうちに、声がだんだんはっきりしてくる。

ただ、なぜか高石が挙げた中に、ホセ・ロマニジョスの名前は、はいっていなかった。

いずれにしても、そうした高石のコレクションに、ひどく興味をそそられた。

試しに、聞いてみる。

「お差し支えなければ、お手持ちのギターを拝見しながら、お話を聞かせていただくことはできませんか」

「いいですよ。土日はだいたい、家にいますから。今日も、三時から四時までレッスンですが、そのあと六時半ごろまでなら、時間があります。七時から、地元の飲み会なんで」

思ったより、きさくな男だ。

「それでは、急で申し訳ありませんが、今日四時半におじゃましても、かまいませんか」

「かまいませんよ。どちらから、お見えになりますか」

「お茶の水ですが」

「それじゃ、中央線で一本だ。うちは、阿佐谷ですから」

高石は住所を言い、マンションの名前をコーポ・タカムネ、と教えてくれた。

地図を広げ、だいたいの場所を確かめて、三時半過ぎに仕事場を出た。

コーポ・タカムネは、ＪＲ阿佐ケ谷駅の北口から線路沿いに、新宿方面へ五分ほどもどったあたりにあった。

二十年前には、おそらく瀟洒だったに違いない、四階建てのデザイナーズ・マンションだ。

一応オートロックになっており、高石に解錠してもらって、階段を二〇一号室に上がった。

高石は、実年齢より若く見える背の高い男で、黒のとっくりセーターに白のコットンパンツ、という服装だった。

カールした胡麻塩の髪を、肩先まで伸ばしている。

玄関のすぐ横の、六畳ほどの部屋に通された。

ギター教室用の部屋らしく、譜面台や椅子、足台がいくつか置いてある。

部屋の隅に無造作に並ぶ、五つのギターケースが見えた。

「一人暮らしなもんで、なんのおかまいもできませんが」

高石はそう言って、生徒用の折り畳み椅子を、わたしに勧めた。

向かい合ってすわる。

のっけから、高石はわたしが寄稿するコラムについて、好意的な感想を述べ始めた。

それは社交辞令というよりも、比較的近い世代の同志に対する、エールのようなものだった。

話が一段落すると、高石は五つ並んだうちからいちばん古い、傷だらけのギターケースを引き寄せて、蓋を開いた。

いかにも時代がかった、重量感のあるギターが、そこに収まっていた。

ヘッドの形から、すぐにサントス・エルナンデスのギターだ、と分かる。

高石はそれを取り出し、膝に載せて軽く和音を弾いた。

驚くほど豊かで、大きな音が出た。

サントスの音は、ずしんと心臓に響くといわれるが、近くで聞くとそれがよく分かる。

「このサントスは、若いころスペインのラストロ（蚤の市）で、ほこりをかぶっていたのを、発見したんですよ」

「ほんとですか」

「ええ。当時は、まだそういうことが、あったんですね。そのときの値づけが、五千ペセタ。当時の日本円にして、たったの三万円ですよ。ただの、ぼろギターとして売ってるのなら、とんでもないハッタリ値段でしょう。だから、こっちもそれに乗ったつもりで、目一杯値切り倒しました」

「結局、いくらで買ったんですか」

「二千ペセタ。当時の大卒の初任給より、ずっと安い金額です。文字どおりの、掘り出しものでした」

思わず、首を振ってしまう。

このサントスを、たったの一万二千円で手に入れたとは、とても信じられない。

「まさか、偽物じゃないでしょうね」

意地悪な質問をすると、高石は笑った。

「汚れていますが、底板に貼ってあるラベルは、確かにサントスのものですよ」

そう言ってギターを差し出し、サウンドホールの中をのぞかせてくれる。

変色してはいるが、確かに底板のラベルはサントスのもので、当人の手書きの署名も見える。

「なるほど、間違いないですね」

「ときどき、ラベルだけ本物につけ替える、悪いやつもいますがね。でもそれだったら、もっと高く売るでしょう。ただ、わたしとしてはたとえ偽物でも、かまわないんです。日本へ持ち帰って、なじみの製作者に修復させたら、こんなにいい音で鳴るまでに、生き返りましたからね」

もう一度、和音を鳴らしてみせる。

それから高石は、自分の持っているほかのギターについても、ケースから取り出して蘊蓄を傾けた。

マルセロ・バルベロの、一九五四年もの。

ホセ・ラミレスの、一九六〇年もの。

アルカンヘル・フェルナンデスの、一九六七年もの。

見ただけでも、一介のフラメンコ・ギタリストにしては、すごいコレクションだと分かる。

かつての左近寺と同じように、よほど実家の金回りがいいか、特別の入手ルートを持っているかの、どちらかだろう。

しかし、なぜかそのコレクションの中に、ホセ・ロマニジョスがなかった。

一つだけ、開かれていないケースが、残っている。

それとなく、水を向けてみた。

「あそこに残った一本も、由緒ある製作家のものですか」

高石は、ケースにちらり、と目をくれた。

「ああ、あれはホセ・ロマニジョス、といいましてね。主に、クラシック・ギターを作る製作家の、珍しいフラメンコ・ギターです」

ほっとする。

「ロマニジョスの名前は、聞いたことがあります。フラメンコ・ギターも作るんですか」

とぼけて聞き返すと、高石は少し自慢げな顔になった。

「ええ。数は少ないですが、作っていますよ」

そう言って、最後のケースを手元に引き寄せ、蓋を開く。

明るい色の、非常に保存状態のいいギターが、そこにあった。

高石はそれを取り出し、わたしにラベルをのぞかせた。

ホセ・ロマニジョスのサインがあり、一九七九年製作となっている。

端の方にナンバー4、〈La Flamenca〉と書き添えてあるのは、製作番号とギターの名称のようだ。

わたしは、素直に感心した。

「なるほど。やはり、ロマニジョスにもフラメンコの作品が、あったんですね。知りませんでした」

高石が、得意げに言う。

「ロマニジョスのフラメンコは、確認されたものだけで五本ある、という話でね。彼はもういい年だし、息子に代を譲ったらしいですから、それ以上増えないんじゃないかな」

「高石さんがお持ちなのは、その五本のうちの一本、ということですか」

「ええ。ナンバー4とあるのは、フラメンコ・ギターとして四本目、ということでしょう」

「だとすると、かなりのレアものですね。おそらく、ロマニジョスのフラメンコ・ギターは、日本でこれ一本だけじゃありませんか」

「たぶん、そうでしょうね」

「差し支えなければ、どちらで入手されたのか、教えていただけませんか。海外ですか」

「いや、国内です。だれとは言えませんが、あるプロのギタリストから、ね」

あいまいな言い方だ。

「ほう。どなたか知りませんが、よくそんな貴重なギターを、手放しましたね」

もう一度水を向けると、高石はちょっと肩をすくめた。

「いろいろと、いきさつがありましてね」

そこで、言葉を切る。

「いい値段だったでしょう」

「ええ、まあ、そこそこに」

歯切れが悪い。

一息ついて、わたしは言った。

「実はわたしの知人に、ギターのコレクターがいましてね。サントスはもちろん、フリアン・ゴメス・ラミレス、モデスト・ボレゲーロといった、珍しい製作家の作品を持ってるんです。彼が聞いたら、そのロマニジョスをぜひ譲ってくれ、と言い出すに違いありませんよ」

高石は、咳払いをした。

「ゴメスやボレゲーロをお持ちとは、かなりの凝り性ですね、そのかたも」

フラメンコのギタリストで、ゴメスやボレゲーロを知っているとは、高石も相当の消息通だ。

「参考までに、聞かせていただけませんか。高石さんが、もしこのロマニジョスを手放すとしたら、どれくらいの値段をつけますか」

高石は、首を振った。

「売る気はありませんよ」

きっぱりとした口調だった。

44

屈託のない笑いを、浮かべてみせる。

「もちろん、分かっていますよ。売るとしたら、どれくらいの値段をつけるかという、かりにの話です」

わたしが補足すると、高石英男はあらためてロマニジョスのギターを、見下ろした。

独り言のように言う。

「そう。わたしだったら、たとえ一千万円積まれても、売りませんね」

ちょっと驚く。

一千万円とは、言いも言ったりだ。

フラメンコはもちろん、クラシックでも一千万円に達するギターは、めったにない。

あえて挙げれば、十九世紀後半のスペインの名工、アントニオ・デ・トーレスの状態のいいものか、生涯に百五十三本しか製作しなかった、二十世紀後半のフランスの鬼才、ロベール・ブーシェの逸品くらいだろう。

しかし気になったのは、そのことではなかった。

高石がさりげなく口にした、〈わたしだったら〉という前置きに、引っかかるものがあったのだ。

「なんだか、高石さんご自身のギターではない、という口ぶりですね」

わたしが指摘すると、高石はわれに返ったように瞬きして、顔を上げた。

「そもそも、ロマニジョスのフラメンコは数が少ないから、相場などというものはないんです。だから、値段のつけようもないわけでね。もちろん、一千万もするはずはありませんが、わたしにとってはそれくらいの価値がある、ということです」

答えになっていない。

わたしも、話を合わせた。

「フラメンコは、クラシックと比べて値が出ないから、中古のアルカンヘルで二百万どまり、サントスでもせいぜい二百五十万が、いいところでしょう。このロマニジョスも、そうした名器といい勝負でしょうし、二百万くらいはするんじゃないかな」

高石は、顎をつまんだ。

「まあ、そんなところかな。フラメンコのギタリストは、そこまで高いギターを買えるほど、稼いでいませんしね。わたしの場合は、死んだ伯父がギターの収集家だったので、それを引き継いだだけなんです。大きな声では言えませんが、税金もたいしてかからなかった。税務署には、ギターの価値を判断できる人間が、ほとんどいませんからね。ヴァイオリンは、けっこう目をつけられますが」

なるほど、と納得がいく。

「伯父さんから遺贈を受けたとは、高石もよくよく恵まれた男だ。

「いや。せいぜい、ギタリストだったんですか」

「いや。せいぜい、引っ搔く程度でした。ただの、収集家にすぎませんよ」

わたしは少し考え、ためしに言ってみた。

「差し支えなければ、ちょっとだけでもそのギターに、さわらせてもらえませんか。こんな機会は、二度とないと思うので」

高石が、あっさり応じる。

「いいですよ。ただし、ボタンやファスナーで、裏板に傷をつけないようにね」

まったく、気のおけない好人物だ。

ギターを受け取り、裏板にボタンが当たらないように、ジャケットの前をはだける。

親指で、軽くミの和音を一なでした。

それだけで、そのギターの価値がすぐに分かり、冷や汗が出てくる。

ソレアの頭の部分を、弾いてみた。

あまりのことに、指が止まらなくなる。

音量といい、輝かしい音質といい、また弾きやすさといい、これほどのギターに出会うのは、久しぶりだった。

高音の伸びがすばらしく、トリル（顫音《せんおん》）も楽々と出る。

専門店で、数多くのギターを試奏してきたが、その中でも一、二を争う逸品といってよい。

わたしは、もう一度ギターを眺め回してから、うやうやしく高石の手にもどした。

「いや、すばらしい楽器ですね。このロマニジョスは、希少価値があるだけではない。音量も音質も、クラシック・ギターに負けていません。サントスまではいかないにしても、やはり二百万はくだらないでしょう」

また水を向けると、高石は一度唇を引き結んだあと、意を決したように言った。

「実を言うと、わたしはこのロマニジョスを百万で、手に入れたんです」

本心から驚く。

「百万。ほんとうですか。信じられないな」

高石は、肩をすくめるしぐさをしたが、何も言わなかった。

「だとすると、これもさっきのサントスと同様、かなりの掘り出しものになりますね」

わたしが続けると、高石は複雑な表情になり、言いにくそうに言った。

「白状しますと、このロマニジョスはまだ、わたしのものじゃないんですよ。半月ほどすれば、そうなる可能性もあるんですが」

わけが分からず、黙って先を待つ。

高石は、ギターをもとのケースにもどし、すわり直した。

「このギターは、古い友だちのギタリストから、預かったものなんです。借金のかたとしてね」

虚をつかれる。

「借金のかた。すると、正式に買い取ったわけじゃない、ということですか」

高石はうなずいた。

「一年ほど前、その友だちに泣きつかれましてね。仕事がなくて、家賃も滞るようなありさまなので、いくらか都合してもらえないか、というんです。わたしは、たまたまネットの株取引で当てて、けっこう遊んでいる金があったものだから、百万円貸してやったんですよ」

いきなり、百万円か。

ほんとうだとすれば、ずいぶん金回りのいい、そしてきっぷのいい男だ。

「そのかたとして、ロマニジョスを預かったわけですか」

「そうです。向こうは最初、十万か二十万貸してくれ、と言ったんです。しかし、そんな中途半端な金は、すぐに遣い切ってしまう。そうすると、また金を貸せと言ってくる。それを繰り返すうちに、間違いなく貸し倒れになる。その結果、友だちをなくすことは、目に見えています。それで思い切って、担保なしでは貸さない、と言ってやりました」

「それで」

「相手は、担保にするものなんかない、と答えました。そこでわたしは、ロマニジョスがあるじゃないか、と指摘したわけです。むろん彼は、ロマニジョスだけは引き渡せない、と抵抗しました。それで、ロマニジョスを担保に差し出すなら、十万や二十万の小金じゃなくて、百万円貸すと言ってやったんです」

わたしは何も言わずに、高石の次の言葉を待った。

高石は続けた。

「彼も、さすがにしばらく考え込んでいましたが、結局はその申し出を受け入れました。わたしとしては、だいじなロマニジョスを担保に取られたら、石にかじりついても金を返すだろう、と読んだわけです。まあ、質屋に持ち込むよりは、ましな金額でしょうしね」

「どんな条件で、貸したんですか」

「半年以内に返済すれば五分、半年を過ぎて一年以内の返済なら、一割の利子。ただし、一年を過ぎても返せなかったら、ギターはわたしのものになる、という条件です」

わたしは、汗の浮いた手を握り締めた。

「すると、あと半月ほどで、その一年が過ぎる、というわけですか」

「そういうことです」

ひとごとながら、憂鬱な気分になる。

そうまでして借金したとすれば、左近寺一仁はよほど生活に窮していたのだろう。

高石が、顔をのぞき込んでくる。

「つい、しゃべってしまったけれども、この話は記事にしないでくださいよ。名前を出さなくても、当人には自分のことだと分かるし、いい気分はしないでしょうから」

「分かりました。ちなみに、そのギタリストは金を返す当てが、あるんでしょうかね」

高石は、耳の後ろを掻いた。

「二カ月ほど前だったか、あと百万出してくれたら、預けてあるロマニジョスを譲る、と言ってきました。返済のめどが、つかなくなったんでしょう」

「それで高石さんは、なんとお答えになったんですか」

高石は、腕を組んだ。

「わたしも、ロマニジョスが気に入っていたので、ちょっと食指が動きました。だけど、ギターはもう十分数がそろっているし、このところ株の方も調子が悪いので、その話には乗りませんでした。ただし、手持ちのアルカンヘルと交換ならいい、と返事をしました。つまり、ロマニジョスをあきらめてくれたら、かわりにアルカンヘルを引き渡す、とね」

頭の中で、整理する。

「貸した百万円とアルカンヘルで、ロマニジョスを買うかたちになるわけですね」

「そうです。アルカンヘルだって、売れば百万くらいの値がつくから、損にはならない」

うっかり、それで左近寺の反応は、と聞きそうになって、危うく言葉をのみ込んだ。

「お友だちは、なんと答えましたか」

「キャッシュじゃないとだめだ、と言いました。それで結局、話はまとまらなかった」

「それきりですか」

「相手は、それならば利子を増やすので、一年の期限をあと半年か一年、延ばしてくれないか、と食い下がってきました。だけど、断りました。古い付き合いですが、ずるずると引っ張られるのは、いやですからね。それに、わたしもほぼ一年間弾き続けて、ロマニジョスを自分のものにしたい、という気持ちが強くなったものだから」

正直な男だ。

しかし、高石はすぐにため息をついて、あとを続けた。

「ところが急転直下、状況が変わってしまった。今日の午後、岡坂さんと電話でやりとりしたあと、三十分もしないうちにその相手から、連絡がありましてね。返済のめどがついたので、期限内にきっと金を返しに行く。間違っても、ロマニジョスを処分したりするな、と言ってきたんですよ」

わたしは、思わず唾をのんだ。

ジグソーパズルのピースが、磁石で吸い寄せられるように、形をなしていく。

高石は、わたしが絶句したのに気づかぬ様子で、話を続けた。

「彼が、どうやって金策したのか知りませんが、わたしとしてはよかったような、残念なような気分でした。金の問題は別として、これほどのギターに出会うことは、めったにありませんからね」

「二カ月ほどで、急に返済のめどがつくというのも、妙な話ですね。十万、二十万の金ならともかく、百万となればかなりの大金だし」

わたしが言うと、高石は眉根を寄せた。

「ええ、確かに。ほんとうに返せるかどうか、怪しいものだという気がする。期限がくるまで、信じるつもりはありませんがね」

それから、自嘲めいた笑みを浮かべて、付け加える。

「借金のかたとはいえ、返すとなると惜しくなってくるんです。いっそ二カ月前、あと百万出して買っておけばよかった、という気がしますよ」

「どこで、金策したんですかね、そのお相手は」

「さあ。宝くじでも、当てたのかな」

そう言って、また真顔にもどる。

「くどいようですが、岡坂さん。あくまでこの話は、オフレコに願いますよ」

わたしはうなずいた。

「分かってますよ。今うかがったお話はいっさい、書かないことにします。ロマニジョスに触れるだけで、そのお友だちに分かってしまいますからね」

高石が、頭を下げる。

「すみません、つまらない話を聞かせちゃって。それ以外のことは、何を書いてもらっても、かまいませんから」

五分後に、マンションを出た。

少しのあいだ、ほてった顔を寒風にさらして、混乱した頭を整理する。

どうやら左近寺は、神成真里亜から金を引き出す目当てを、つけたようだ。

前夜の二人の様子で、なんとなく見当はついていたが、これではっきりした。

左近寺は生活に困って、ロマニジョスをかたに高石から、借金をした。

おそらく半年か、遅くとも一年以内には返済できる、と考えていたに違いない。

いやしくもギタリストなら、あのロマニジョスほどの逸品を、簡単には手放さないだろう。

どんなことがあっても、借金を返済して取りもどす、という心づもりでいたはずだ。

しかしあてがはずれて、返済するめどがつかなくなった。

そこで、左近寺はうまく真里亜をたらし込み、金策に利用しようとしたのだ。

口の中に、苦いものが込み上げてくる。

高石は、初対面の相手にも警戒心を見せることなく、なんでも話してしまう無防備な男だ。

そういう人の好い男から、わたしは手の内をいっさい明かさず、聞きたいことを聞き出してしまった。

そのことで、何がなし後ろめたい気持ちになったのは、わたしにもいくらか良心のかけらが、残っていたからだろう。

阿佐ケ谷駅に歩きながら、オフにしてあった携帯電話の電源を、入れてみた。

着信の知らせが、残っていた。

知恩炎華からだった。

自動販売機を見つけ、ペットボトルの緑茶を買う。

それを飲みながら、炎華にコールバックした。

「岡坂です。ゆうべはどうも」

「こちらこそ。今、どちらですか」

「阿佐ケ谷です。あなたは」

「渋谷のあたりです」

「お買い物ですか」

「仕事です」

相変わらず、切り口上だ。

「今日は土曜ですよ。週休二日じゃないんですか」

「サラリーマンとは、違いますから。どこかで、お目にかかれませんか」

「これからですか」

「ええ、ご予定がなければ。もし、仕事場にもどられるんでしたら、こちらからうかがいますけど。神保町なら渋谷から、半蔵門線で一本ですし」

「ゆうべのことなら、たいした報告はありませんよ。真里亜も左近寺も、自分の家にまっすぐ帰りましたから」

炎華は、間をおいて言った。

「ほかにもまだ、わたしに報告していないことが、あるでしょう」

どうやら、察しをつけているようだ。

「わたしは、あなたの部下ではない。ただの部外者ですよ」

軽い笑い声。

「部外者、と言ったことは謝ります。とにかく、お会いしたいの。晩ごはんでも、ご一緒しましょうよ。もちろん、割り勘で」

「お会いしたいの、なんて言われたのは久しぶりだな。子供のころ、原節子がそう言うのを聞いて、くすぐったくなったのを思い出しますね」

「原節子ねえ。岡坂さんて、ほんとはおいくつですか」

「自分の年は、おふくろにも言ったことがないんでね。おっと。このギャグは、前にも使いましたかね」

結局、神保町の交差点で六時半に、落ち合うことになった。

45

土曜日の夜の神保町は、閑散としていた。

土日は、勤め人や学生が少なくなるので、飲食店も休業するところが多い。

知恩炎華は、クリーム色のトレンチコートに、紺のパンツスーツという装いだった。

元日を除き、土日も営業している中華料理の老舗、〈新世界菜館〉にはいる。

休みの店が多いせいか、一階はそこそこに混んでいたが、地下はがらがらだった。

わたしたちは、だれもいない個室の丸テーブルに、一つ席をあけてすわった。

前菜を注文し、温かい老酒で乾杯する。

メインは、シーズン盛りの上海蟹を、食べることにした。

炎華が、冗談めかした口調で言った。

「何か隠してらっしゃるのなら、さっさと白状した方が身のためですよ」

両手を立てて、それをさえぎる。

「その前に、一つ。ゆうべ、あれから藤崎研一にどんな動きがあったか、あるいはなかったか、それを聞かせてくれませんか」

注文をつけると、炎華は軽く唇を引き締めて、わたしを見返した。

「それを話したら、岡坂さんも正直に話してくれますか」

「そのつもりです」

炎華は、信用していいかどうか見極めるように、口をつぐんだ。

それから、あらためて口を開く。

「岡坂さんが消えたあと、十分ほどして藤崎と雪絵が勝倉ビルから、出て来ました」

藤崎研一だけでなく、妻の雪絵も〈ＪＫシステム〉にいた、ということだ。

「そのあとは。自宅へ、帰りましたか」

「いいえ。近くの、月極駐車場に停めてあったＢＭＷに乗って、新宿区改代町の革ロ同の事務所に、行きました。間違いなく、岩見沢に会いに」

虚をつかれる。

革命的ロマン主義者同盟は、雪絵の父親岩見沢武志が組織した集団だ、と前夜炎華から聞かされたばかりだ。

あのあと、藤崎が岩見沢に会いに行ったとすれば、やはり二人のあいだには義父と婿以上の、深いつながりがあるに違いない。

ただ単に、妻が父親のご機嫌うかがいに立ち寄るのに、付き合っただけとは考えられない。

「それから」

「念のため、パートナーの筑摩を呼んで、見張りを交替してもらいました。わたしはそのまま、帰宅しました」

炎華のパートナーは、巡査部長の筑摩荘司郎という男だった、と記憶する。

「その後、筑摩巡査部長から前夜の報告が、ありましたか」

「ええ。藤崎夫婦は、午前零時過ぎまで事務所にいたあと、ＢＭＷで田園都市線の池尻大橋のマンションに、もどったそうです」

藤崎夫婦の自宅は、池尻大橋か。

「二人の見張りは、そこまでですか」

「今朝から、わたしが革ロ同の事務所へ出向いて、筑摩と入れ替わりに張り込みを続けました。事務所には、何人かメンバーが出入りしただけで、目立った動きはなし。夕方から、また筑摩に見張りを引き継いで、そのあと岡坂さんに電話したわけです」

ご苦労なことだ。

上海蟹が来る。

しばらく、食べることに専念したあと、炎華はさりげなく言った。

「わたしがお話ししたんですから、今度は岡坂さんの番ですよ」

わたしは指をなめ、おもむろに応じた。

「ゆうべの、左近寺と真里亜の振る舞いを見て、ぴんとくるものがありませんでしたか」

炎華は軽く、首をかしげた。

「なんとなくね。ただ、藤崎と真里亜のあいだに、左近寺がからんできたので、ちょっと混乱しています」

少し黙って、考えをまとめる。

「とりあえず、筋道を整理してみよう。岩見沢は、何かの計画を実行に移すのに、まとまった資金が必要になった。そのため、娘の雪絵を通じて婿の藤崎に、資金の調達を依頼する。藤崎は、神成真里亜を利用して金をひねり出す、うまい算段を考えた。つまり、真里亜の卵子を岸川芳麿に提供させ、岸川は藤崎を通じて真里亜に、謝礼を払う。同時に藤崎にも、仲介斡旋料を払う。藤崎はその金を、岩見沢に回す。これまでの経緯から、そんな図式が思い浮かびませんか」

炎華はうなずいた。

「そんなところでしょうね。でも、左近寺の役割は、何かしら。役割があるとして、ですけど」

「おそらく、卵子提供を躊躇する真里亜を、説得する役じゃないかと思う。ゆうべの二人の様子から、そんな感じを受けましたがね」

　炎華は、片方の眉を上げた。

「わたしも、そう感じたわ。少なくとも、左近寺が真里亜の卵子提供の件を、承知していたことは確かですね。わざわざ〈ＪＫシステム〉まで、ついて行ったくらいだから」

「こちらが知らないうちに、藤崎は真里亜に卵子提供の件を、持ちかけていたようですね。真里亜は、その申し入れを左近寺に打ち明けて、どうすべきか相談した。あるいは、藤崎が二人の関係を嗅ぎつけて、独自に左近寺に真里亜を説得するよう、働きかけたのかもしれない」

　炎華は唇を引き締め、うなずいた。

「ええ。どちらにしても、それで左近寺は卵子提供のことを、知ったわけね。ともかく、女にそれを強要するなんて、男の風上にもおけないやつだわ」

　さげすむように、言い捨てる。

　炎華が、個人的な好悪を口にするのは、珍しいことだった。

「金がほしかったんでしょう」

　左近寺一仁には、金を必要とする理由がある。

　炎華は、口調をあらためた。

「でも、分からないわ。藤崎にしても真里亜にしても、わずかな報酬のためにこれほど、手間をかけるかしら。藤崎の仲介斡旋料は、せいぜい二十万か三十万。卵子を提供する真里亜だって、六、七十万がいいところよ。体外受精の処置や、ケアそのものにはかなりのお金が、かかるけれど」

「どれくらい」

「百万とか、場合によっては二百万くらい、かかりますね。でも、それは藤崎や真里亜とは関係ない、おおやけの医療費よ。たかだか六、七十万のお金のために、左近寺が真里亜に卵子提供を強要する、とは思えないわ」

わたしは、おもむろに言った。

「藤崎が、真里亜に申し出た謝礼の額は、そんなものじゃないと思う」

炎華は真意を探るように、わたしを見た。

「どういうことですか」

それに答えず、話を続ける。

「当然、岸川が藤崎に支払う仲介料も、通常のものよりはるかに、高額になるでしょう。仲介料と提供料を合わせて、五百万を軽く超えるはずだ。それ以外の医療費を含めれば、一千万くらいかかる可能性もある」

炎華の喉が、かすかに動く。

「どうして、そんな金額になるんですか」

「勘としか、言えないな。普通に考えれば、いくら奥さんが不妊症だからといって、一介のドイツ文学者がそれだけの金を、すぐに用意できるとは思えない。だから、断言はできません」

炎華は、いかにも思い当たるものがある、というようにうなずいた。

「金策については、まったく問題ないわ。なんといっても、岸川美岬の父親はヤスモリ電機の、社長ですから」

わたしは、炎華の顔を見直した。

「ヤスモリ電機。ほんとうですか」

「ええ。岸川夫人は、社長の安森太一郎《たいちろう》の娘で、旧姓安森美岬。かわいい娘のためなら、安森社長は一千万でも二千万でも、ぽんと出すに違いないわ」

わたしは、おしぼりで指をふいて、腕を組んだ。

ヤスモリ電機は、街の電器屋のおやじだった安森太一郎が、一代で興した家電の安売りチェーン店だ。

この二十年で、他のチェーン店を吸収合併しながら、急成長してきた。

それで、納得がいった。

「だとしたら、もっと大きな金額になるかもしれない。岩見沢が、何をたくらんでいるにせよ、必要としているのは百万、二百万のはした金じゃないはずだ。藤崎を通じて、かなりの額を吹っかけるんじゃないか、という気がする」

「かりに、岸川が義父の援助を受けるとしても、相場を大幅に上回るような大金を、支払うかしら」

「理由があれば、払いますよ」

「どんな理由ですか」

「それを確かめたら、きちんとお話しするつもりです」

炎華は、わたしを睨んだ。

「話す、話すと空手形ばかり切って、肝腎のことは、口を閉ざしたまま。ここが取調室なら、担当刑事をとことんてこずらせる、いやなタイプの容疑者ですね」

「それは最大限の賛辞、と受け取っておきましょう」

炎華はため息をつき、しばらくわたしを見つめた。

それから、眉間にしわを寄せて続ける。

「話は変わりますけど、どうしても腑に落ちないことがあるの。一連の流れを見ると、真里亜の方から卵子提供を申し出たわけじゃなくて、藤崎の方から真里亜に接近したとしか、思えないんです。違いますか」

わたしは、すなおに認めた。

「そのとおりですね。おそらく、藤崎は岸川からの依頼で、真里亜に接近したんです」

炎華の顔に、薄笑いが浮かぶ。

「それが、聞きたかったことの一つよ。やっと、白状しましたね。岡坂さんは、そのことをずっと、隠していたんだから」

「隠したわけじゃなくて、確信がなかったから黙っていた、という方が正しいな」

「今は確信できた、ということですか」

「百パーセント、というわけじゃない。左近寺がからんできたことで、ようやく先が見えたというだけです」

「その先とやらを、話してくれませんか」

「だから、それをはっきり確かめた段階で、お話しします。たぶん、二、三日中に」

炎華は不満そうな顔をした。

「どうして、今じゃいけないんですか」

わたしは、ばらばらになった上海蟹の残骸を、皿に集めた。

「真里亜の卵子提供を、思いとどまらせたいからです。左近寺が、真里亜にそれを決意させたのは、彼女が手にするはずの謝礼金を、自分のものにするためだ。これぱかりは、阻止しなければならない」

炎華は、しばらく考えていたが、やがて口を開いた。

「これでお互いに、貸し借りなしということで、いいでしょうか」

やぶからぼうに言われて、ちょっととまどう。

「別に異存はないけれども、わたしが話さずにいることを聞かずに、わたしを舞台から引っ込めても、いいんですか」

「岡坂さんは民間人ですから、トラブルに巻き込みたくないんです」

わたしは、老酒の残りを飲み干した。

「要するに、手を引け、ということかな」

炎華は笑みを浮かべたが、目は笑っていなかった。

「あとは、わたしたちに任せてほしい、ということです。詳しくは言えませんが、岡坂さんの身に危険が及ぶと、たいへんですから」

「革口同が、武装蜂起でもたくらんでいる、とでも」

その問いに、炎華は答えなかった。

わたしは続けた。

「このまま手を引く、というわけにはいかない。今言ったとおり、わたしには真里亜に卵子提供をやめるよう、説得する義務があるのでね」

炎華の眉が、ぴくりと動く。

「義務なんか、ないでしょう」

「いや、あるんです。彼女を説得してもらいたい、という依頼を受けているもので」

炎華は、目を見開いた。

「依頼。だれからですか」

「それは、言えませんね。おなじみの、守秘義務というやつです」

炎華は、反論しようと口を開きかけたが、言葉が出ない。

わたしは、さらに続けた。

「別に探偵業法には、違反しないと思いますよ。人の依頼を受けて、だれかを説得してはいけない、という条項はありませんからね」

炎華が、頬を引き締めて言う。

「岡坂さんに勝手に動かれると、捜査に支障をきたします。真里亜とはここしばらく、接触しないでいただけませんか」

「接触したら、また例の公務執行妨害とやらで、逮捕するとでも」

炎華は、笑わなかった。

唐突に言う。

「かりに、真里亜が卵子を提供しても、人工授精をさせなければ、何もなかったことになりますよね」

わたしは、炎華の顔を見つめた。

「いや、そういう問題じゃない。一度採取されたら、卵子は当人の手を離れて、どこでどう利用されるか、知れたものではない。いったい、何を考えてるんですか」

炎華は、少しのあいだ口をつぐみ、おもむろに言った。

「彼らの取引を、成立させたいんです。岸川から藤崎へ、藤崎から岩見沢へお金が流れるまで」

思ったとおりだ。

「なるほど。資金がはいれば、岩見沢がなんらかの行動に出る。たとえば、どこかの繁華街で爆弾を爆発させて、無差別大量殺人事件を起こす、とかね。そうすれば、岩見沢を逮捕することが可能になる、というわけだ」

「まさか、そこまで黙って見ているわけが、ないでしょう。ご存じのように、事件が起こる前に芽を摘むのが、わたしたちの仕事ですから」

「一応、そう言われてますね。でも、その見切りを間違えたら、どうなりますか」

「それは、岡坂さんが心配なさることではない、と思います」

「これから、仕事場に来ますか」

前置きなしに言うと、炎華はさすがに面食らって、頬をこわばらせた。

「それは、どういう意味ですか」

「言葉どおりの意味ですよ」

炎華は、気持ちを落ち着けるように、飲み残した老酒に口をつけた。

「遠慮しておきます。このあと、別件の用事があるので」

「それは、別件の用事さえなければ行ってもいい、ということかな」

炎華はきっとなって、わたしを睨んだ。

「なぜ急に、そんなことを言い出したんですか。わたしが仕事場に行ったら、この件から手を引くとでも」

「手を引くつもりは、ありませんよ。ただ、脈があるのかどうか、知りたくてね。なんといっても、キスした仲だし」

炎華は、老酒のせいだけではなく、赤くなった。

「からかうのは、やめてください」

そう言って、伝票を取り上げる。

「割り勘だったね」

わたしが指摘すると、炎華はあまり気の進まない様子で、伝票を見せた。

わたしは、半額を炎華に渡した。

46

〈新世界菜館〉を出る。

人通りは、さらに減っていた。

知恩炎華が、手を差し出して言う。

「機会があったら、仕事場にお邪魔します。今日はどうも、ありがとうございました」

わたしは、手を握り返さなかった。

「今日を逃がしたら、またという日はありませんよ」

炎華は、少しのあいだその言葉の意味を、考えていた。

それから、何も言わずに手を引っ込め、きびすを返した。

わたしも、炎華に背を向ける。

なぜ、炎華を仕事場に誘ったか、自分でも分からなかった。

ただ、いかにも取りすました炎華の分別を、何かで揺さぶってやりたい、という気があったのは確かだ。

もっとも、実際に仕事場について来られたら、途方に暮れたかもしれない。

もどったときは、午後九時半を回っていた。

わたしは、佐伯ひよりの名刺を取り出し、携帯電話の番号にかけた。

最初のコール音で、ひよりが出てくる。

「はい、佐伯です」

「突然電話して、すみません。先日、ドイツ文芸センターでお目にかかった、岡坂神策です。前に、〈アイゼン〉で名刺を交換したのを、覚えてますか」

「ああ、岡坂さんですね。もちろん、覚えてますよ。どうなさったんですか、突然」

ひよりの声は、はずんでいた。

後ろで、にぎやかな声がするのは、宴会か何かの最中らしい。よくコール音に、気づいたものだ。

「ちょっと、お願いがありましてね。お取り込み中なら、またあとで都合のいいときに、かけ直すけど」

「今、新宿の居酒屋でワンダーフォーゲル部の、飲み会の最中なんです。一度外へ出て、かけ直しますから」

ひよりはそう言って、こちらの返事を待たずに、通話を切った。

一分もしないうちに、かけ直してくる。

「すみません、外へ出ました」

周囲の騒音が、聞こえなくなっていた。

「ありがとう。すみませんね、せっかくのところを」

「いいんです。ちょうど、冷たい風に当たりたいな、と思っていたので。なんですか、お願いって」

「実は岸川先生と、緊急に連絡を取りたいんですよ。ところが、土曜日のこんな時間だし、先生からもらった名刺には、大学の電話番号しかはいってなくてね」

「あら。いつ岸川先生と、お会いになったんですか」

驚く声を聞いて、ひよりはそのことを知らないのだ、と思い当たる。

岸川芳麿と名刺交換をしたのは、ドイツ文芸センターでひよりと出会った、あとのことだ。

岸川は、わたしと会って話をしたことを、ひよりに報告していないのだろう。

「一週間ほど前かな。たまたま、ぼくと同じマンションにいる弁護士が、岸川先生と旧知のあいだ柄でね」

「へえ。世の中って、狭いですね」

声がはしゃいでいる。

「いや、まったく。ぼくが、その弁護士と事務所で話をしているとき、ひょっこり先生が訪ねて来ましてね。紹介されて、名刺を交換したわけです。あとで先生から、ぼくのことは佐伯君から聞いている、と言われた」

「そうなんですか。ええ、先生には確かに岡坂さんのことを、話しました。姪御さんが、英京大学の独文科を志望してらして、ご自身もクライストに詳しい人だって」

またちくり、と胸がいたむ。

独文科志望の姪がいないことを、これほど残念に思ったのは初めてだった。

話をもどす。

「それで、岸川先生の名刺には、自宅の電話もケータイの番号も、はいってなくてね。もし、ひよりさんが先生の番号を知っているなら、かわりに先生に連絡してもらって、ぼくの仕事場かケータイに電話するように、伝えてくれるとありがたいんだけど」

「番号は両方とも、知っています。お教えしましょうか」

「いや。今は、個人情報の管理がうるさい時代だから、本人の了解なしに教えない方がいい。手数をかけてすまないけど、ひよりさんから連絡してもらえませんか」

洞院ちづるに言われたことが、頭に残っていたのだ。

「ええと、そのとおりですね。それじゃ、これからでも先生に、電話してみます」

「ありがとう。先生には、できるだけ早く電話をほしい、と言ってくれませんか」

「分かりました」

通話を切る。

岸川が、携帯電話に連絡してきたのは、一時間ほどたってからだった。

「遅くなって、すみません。だいぶ前に、佐伯君から電話をもらったんですがね。友人の、出版記念パーティの二次会で、すぐにはかけられなかったもので、失礼しました」

「いや。それより、急に電話をほしいなどと伝言を頼んで、申し訳ありませんでした」

「とんでもない、お気になさらずに。それより何か、急なご用件ですか」

「ええ。お目にかかった上で、お話ししたいことがありましてね」

「ほう。だいぶ、お急ぎですか」

「早ければ早いほど、ありがたいです。今、どちらですか」

「神楽坂です。パーティが、出版クラブ会館だったので」

神楽坂なら、比較的近くだ。

「これから少しだけ、お時間をいただけませんか。こちらは、いつでも出られますので」

わずかに、間があく。

「これからとは、ずいぶんお急ぎですね。重要なお話ですか」

声が少し、硬くなった。

「おそらく、そちらのパーティの二次会や三次会より、重要な話だと思います」

岸川は、小さく笑った。

「ドイツ文学の話なら、酒のはいっていないときの方が、いいんじゃありませんか」

いくらか、迷惑そうな雰囲気が漂う。

思い切って言った。

「話というのは、藤崎研一に関することなんですがね」

一瞬、電話の向こうで空気が固まった感じの、妙な手ごたえがあった。

「藤崎、というと」

様子をうかがうような、硬い声になる。

「ご存じでしょう。〈ＪＫシステム〉の、藤崎研一ですよ。藤崎からも、わたしのことをお聞きになっている、と思いますがね」

少し強い口調で言った。

長い沈黙がある。

やがて岸川は、沈んだ声で応じた。

「分かりました。どこで落ち合いますか。わたしの方から、お仕事場へうかがっても、かまいませんが」

ちょっと、考える。

まさか、さっき別れた知恩炎華が取って返し、今現在このマンションを見張っている、とは思えない。

とはいえ、用心するに越したことはない。

「仕事場は、やめておきましょう。こちらから、神楽坂に出向きます。あの辺は、土地鑑がありますから」

今度は、岸川が考えた。

「それじゃ、毘沙門天はご存じですか」

「ええ」

「その向かいに、郵便局があるのは」

「知っています」

「郵便局の並びの、坂下側の路地をはいって行くと、十字路の手前の右側に〈ブラック・ウィドー〉という、小さなバーがあります。そこで十一時半、ということでどうですか」

「分かりました」

裏口の階段から、マンションを出た。

尾行がないのを確かめ、神楽坂へ向かう。

十一時三十分ちょうどに、〈ブラック・ウィドー〉に着いた。

化粧張りらしい、安っぽい黒の一枚板のドアに、飾り文字で〈Black Widow〉と書いてある。

ただし、ドアのノブに〈Closed〉の札が、かかっていた。

ためしにノブを引いてみると、ドアは抵抗なく開いた。

中にはいる。

黒いカウンターだけの、ひどく小さなバーだ。

カウンターにいた、紺のオーバーコート姿の男が、向き直る。

岸川だった。

カウンターの中も含めて、岸川のほかにだれもいない。

岸川は、硬い笑みを浮かべた。

「ママも追い出して、貸し切りにしておきましたよ」

確かに、そうする理由があるだろう。

わたしも気をきかして、ドアの内鍵をかけた。

岸川は、何も言わなかった。

隣にすわると、岸川は手元の氷と水とウィスキーで、水割りを二つ作った。

乾杯を促すしぐさをするので、わたしもそれに応じる。

岸川は、たばこを取り出し、火をつけた。

「お話を、うかがいましょうか」

そう言って、わたしを見る。

わたしは、どんな風に話を切り出したらいいか、タクシーの中で考えてきた。

しかし、この場に臨んだとたんに、どうでもよくなった。

前置きなしに言う。

「神成真里亜に、卵子を提供させるという考えは、捨てていただけませんか」

岸川は、さすがにぎくりとしたように、顎を引いた。

最初は、とぼけようかどうしようかと、迷っている様子だった。

しかし、わたしの口調があまりにきっぱりしていたので、しらを切ってもむだだ、と考え直したらしい。

一口吸ったたばこの灰を、床に叩き落とすしぐさをして、声を抑えぎみに言い返す。

「なぜご存じなのか知りませんが、その件は岡坂さんに関係ないことだ、と思いますよ」

「そうですかね。藤崎は、桂本弁護士のあとをつけたり、わたしと近づきになろうとしたり、なりふりかまわず動き回っていた。それもこれも、わたしたちを通じて真里亜と親しくなり、おりをみて卵子提供の話を、持ちかけるためでしょう。結果的に、それがうまくいかなかったので、彼女に直接接触を求めることに、なったようだが」

岸川は、二口吸っただけのたばこを、灰皿に押しつぶした。

「藤崎がお二人に、多少とも不快感を与えたとすれば、わたしからもおわびします。これには、いろいろと事情がありましてね」

「そうでしょうとも」

皮肉に聞こえたらしく、岸川は少しいやな顔をした。

わたしは続けた。

「不妊症に悩む夫婦が、卵子提供による人工授精を求めるときは、まず匿名の候補者のデータを事こまかに、検討する。年齢やら健康状態やら、いろいろな属性をチェックした上で、自分の望む条件に適合しなければ、別の候補者を探してもらう。細かいことは知らないが、それが普通でしょう。岸川さんのように、自分から提供者に白羽の矢を立てて、一人だけ狙い撃ちするケースは、きわめてまれですよ」

わたしの指摘に、岸川は唇を引き締めた。

「まれかもしれませんが、それには理由があるんです。別に、こちらから無理じいしたわけではないし、ご当人も提供することに同意した、と聞いていますよ」

すでに藤崎研一から、報告が上がったようだ。

「真里亜は、なぜあなたが彼女の卵子を求めているか、知ってるんですか」

岸川は、たじろいだ。

「知らないと思いますし、知る必要もないでしょう。これは単なるビジネスで、互いに身元を明かさずに取引するのが、ルールですから」

「彼女は、あなたの素性を知らないが、あなたは彼女を知っている。不公平だとは、思いませんか」

岸川の頬が、ぴくりと動く。

「たまたま理由があって、わたしは彼女を指名しましたが、彼女がわたしを知る必要はない。それで別に、不都合はないはずです」

「不都合がないかどうか、藤崎にいろいろと調べさせましたよね」

「それは、当然でしょう。好ましくない遺伝子とか、犯罪者の血とかが混じっていたら、困りますからね。もちろん、わたしの家系はだいじょうぶですが」

「それなら、あなたがなぜ彼女の卵子を求めているか、彼女に知られてもいいんですね」

岸川は、じろりとわたしを見た。

「知らせるつもりですか」

「知られると、何か不都合がありますか」

聞き返すと、岸川は目を伏せた。

「別に不都合は、ありませんよ」

「理由を知った上で、彼女が卵子を提供するというなら、わたしもあえて止めるつもりはない」

本心ではないが、牽制球を投げる。

岸川は、頰を緩めた。

「彼女が拒否する理由は、何もないですよ。謝礼だって、十分払うつもりですから」

「取引したあとで、真里亜が左近寺の子供を生んだりしたら、あなたのお子さんと血のつながった、異父兄弟になりますね」

左近寺一仁の名を聞くと、岸川はふたたび頰を硬くした。

わたしは続けた。

「左近寺一仁は、ご存じでしょう。藤崎から、報告を受けているはずです。真里亜から、無慈悲に金をしぼり取る、ダニのような男ですが」

岸川は、喉を動かした。

「藤崎は左近寺を、真里亜の説得に協力してくれる、話の分かる男だと言っていましたよ」

「それだけですめば、いいですがね」

含みのある言い方をすると、岸川の目に不安の色が浮かんだ。

「左近寺には、別に謝礼を払う約束をしたので、めんどうなことにはならないはずだ。それに藤崎とは、卵子の提供先を真里亜や左近寺はもちろん、だれにも明かさないということで、話がついてるんです」

わたしは、とっておきの微笑を浮かべ、言い返した。

「いつかは、分かってしまいますよ。現にこうして、わたしが知ってるくらいだから」

岸川は、まじまじとわたしを見つめ、水割りをがぶりと飲んだ。

低い声で言う。

「告げ口をするつもりですか」

「場合によってはね。あなたも、別に不都合はない、とおっしゃった」

岸川は、指の関節が白くなるほど強く、グラスを握り締めた。

そのまま、握りつぶすのではないか、と心配になるほどだった。

「あんたには、不妊症の妻を持った男の気持ちが、分からないだろう。このままでは、わたしたち夫婦は一生子供を持てずに、終わることになるんだ」

言葉遣いが、にわかにぞんざいになった。

47

わたしはことさら、冷静に応じた。

「卵子の提供者は、神成真里亜だけじゃないでしょう。ほかを当たることを、検討なさったらどうですか」

岸川芳麿の顔が、青くなる。

「真里亜でなくちゃ、ならないんですよ」

わたしも、そのことは承知していたが、まだそれには触れなかった。

「岸川さん。ほんとうは、真里亜も卵子の提供者なんかに、なりたくないんです。左近寺が、あなたの出す謝礼金目当てに、強引に説得にかかったものだから、しぶしぶ承知しただけだ」

「理由はどうあれ、承知したならそれでいいでしょう。邪魔をしないでください」

ていねいな口調にもどったが、目は怒りを含んだままだ。

わたしは水割りを飲み、少し間をおいた。

岸川も同じように、喉を潤す。

わたしは、声を抑えて言った。

「そこまで、あなたが真里亜の卵子にこだわる理由を、聞かせてくれませんか」

岸川が、首を振る。

「岡坂さんには、関係ないことでしょう。そもそも、わたしたちのビジネスに、なぜ口出しするんですか。岡坂さんは、真里亜の後見人か何かですか」

「そうじゃありませんが、父親の代理人のようなものです」

「代理人」

岸川は、言葉を途切らせた。

わたしは続けた。

「年が明けたら、真里亜はタイへ二週間ほど旅行する、と両親やフラメンコの先生に、宣言しています。卵子を採取するための、施術旅行でしょう。表向きは単なる観光旅行、と言っているようですがね」

岸川はただ、喉を動かしただけだった。

「真里亜が、藤崎に最終的に承諾回答を与えたのは、ついゆうべのことでした。しかし、どうやら彼女はそれよりだいぶ前に、肚を決めていたらしい」

「そこまで、彼女に覚悟ができているなら、ますます問題ないじゃないですか」

岸川の口調が、にわかに勢いづく。

わたしは少し黙り、おもむろに言った。

「あなたは、真里亜に流れるクライストの血に、強いこだわりがあるようですね」

それを聞くなり、岸川はぎくりとして背筋を伸ばし、目をそらした。

「そ、それは、どういう意味ですか」

「とぼけなくてもいい。真里亜を通じて、クライストの血をご自分の家系に、引き入れるつもりでしょう」

岸川は、一瞬言葉を失ったかたちで、頰をこわばらせた。

急いで、たばこに火をつける。

ライターを持つ手が、かすかに震えていた。

むろん岸川も、わたしに真意を見抜かれるのではないか、と不安を抱いていたはずだ。

しかし、これほどむきつけに図星を指されるとは、思っていなかっただろう。

岸川は、煙を吐いて言った。

「ご存じだったら、わたしの気持ちも分かるでしょう。口出しは、しないでください」

「いや、分かりませんね。ハインリヒ・フォン・クライストを、あなたが崇拝していることは、理解できる。しかし、その血を自分の家系に引こうとする、その気持ちが分からない。どんな意味が、あるんですか。生まれた子供が、文豪になるとでもいうんですか」

岸川は、妙に熱っぽい目をして、わたしを見た。

「ひとさまから見れば、わたしの考えていることは、正気とは思えないかもしれない。しかし、クライストはわたしにとって、特別な人物なんです。あれほど、優れた才能に恵まれながら、彼は家族にも世間にも受け入れられず、自死するほかに道がなかった。岡坂さんだって、いやしくもクライストの愛読者ならば、その気持ちが分かるはずだ」

「もちろん、分かりますよ。ただ、わたしには自殺願望なんかないし、あなただってそうでしょう」

岸川の喉が、また動く。

「その答えは、保留にします。ただ、クライストの評伝を書き上げるまでは、わたしも死ぬわけにいかない。それだけは、申し上げておきます」

評伝の話は、初耳だった。

少し、心配になる。

岸川が、これほど思い詰めた様子を見せるとは、予想していなかった。

話を変えてみる。

「ちなみに、岸川さんはどこでどうやって、真里亜がクライストの血を引くことを、お知りになったんですか」

岸川は、高ぶった気持ちを抑えるように、深く息をついた。

「一カ月ほど前でしたか、なじみのドイツ料理店の店主から、たまたま神成一家の話を聞かされたんですよ」

「なじみというと、麹町の〈アイゼン〉ですか」

「そうです。いらしたことがあるんですよね、桂本さんと」

「ええ、一度だけ。あそこの店主の飯島さんは、同じドイツ料理店の〈フランツハウス〉の、神成繁生氏と顔なじみでしたね。つまり、真里亜の父親ですが」

岸川は、わたしがあまりに詳しいので、驚いたようだった。

「おっしゃるとおりです。池島氏とは、かなり長い付き合いになりますが、〈フランツハウス〉や神成氏の話が出たのは、そのときが初めてだった。わたしが、クライストの催しに出席するために、ドイツへ出張すると言ったのがきっかけで、そういう話になったんです」

「池島さんは、どんな風に言ったんですか」

「神成夫人の母親はドイツ人で、旧姓をフォン・クライストというのだ、と教えられました。同業だけあって、お互いによく知ってるんですね。わたしは、フォンがつくクライストと聞いて、すぐにぴんときたわけです」

フォンは、ドイツでは貴族の家名につく前置詞で、歴とした古い家柄であることを意味する。

「しかし、それだけではかならずしも、ハインリヒとつながらないでしょう」

「それはそうですが、フォン・クライストとつくからには、どこかでハインリヒの家系につながるはずだ、と直感したんです。ハインリヒが、由緒ある家柄の出だということは、すでに明らかになっていますからね。ただ、わたしとしては今少し詳しいデータを、手に入れたかった」

「そのために、藤崎を使って真里亜を見張らせ、彼女につながる人脈から詳しい情報を取ろう、としたわけですね」

岸川は、いかにもばつが悪そうに、目を伏せた。

「まあ、そんなところです。ドイツに出張しているあいだ、藤崎から例のドイツ文芸センターの催しに、神成一家が顔を出したと聞きましてね。それで、これはもう間違いない、と確信しました。それで藤崎に、真里亜に直接アプローチしてほしい、と指示したわけです」

「藤崎とは、どこで知り合ったんですか」

岸川は、水割りを飲んで、一息入れた。

思い切ったように、話し始める。

「家内とわたしは、不妊治療のため聖トマス病院に、かよっていました。詳しい経緯は省きますが、不妊の原因はわたしではなしに、家内の方にあることが分かりましてね。それで、いろいろな治療法を試みましたが、うまくいかなかった。そんなとき、そこの産婦人科でパートをしていた、藤崎の奥さんから声がかかったんです。主人が、卵子提供の斡旋をしているので、相談に乗れるかもしれない、と」

知恩炎華から、聞いたとおりだ。

岸川は、また水割りを飲み、話を続けた。

「わたしたち夫婦は、日本では卵子提供による人工授精が、公式に認められていないことを、承知していました。むろん、聖トマス病院も同様で、そんな仲介をしてはくれない。わたしは、藤崎の手を借りる決心をして、卵子提供の候補者のデータをもらい、あれこれと検討しました。数だけでも、何十人となくチェックしたんですが、帯に短し襷に長しとでもいうか、なかなか気に入った相手が、見つからない。そうこうするうちに、池島氏から神成一家の話を聞いて、これこそ天啓に違いない、と思ったわけです」

そう言って、目を伏せる。

むろん、不妊症に悩む夫婦の気持ちなど、わたしに分かるはずがない。

それについて、何か言う資格もない。

ただ、なんとなく納得できないものが、わだかまっているのだ。

岸川が、ふたたび目を上げ、聞いてくる。

「逆に、岡坂さんは真里亜がクライストの末裔だと、どこで知ったんですか」

「例の、ドイツ文芸センターの催しで、神成一家と会ったあとです。一緒に食事をしに行って、なぜあの催しに顔を出したのか、と尋ねたのがきっかけでした。そこで初めて、真里亜の母親にクライストの血が流れている、という話になったわけです」

岸川の目が、貪欲に光る。

「どんな話だったんですか」

「末裔とはいいながら、どこでどうつながっているか分からない、というあいまいな話ですよ」

岸川は、小ずるい笑みを浮かべた。

「わたしの気持ちに、水を差そうというつもりでしょう」

「そんなつもりはないけれども、すでに何世紀も代を重ねているとすれば、ハインリヒの血なんか残っていない、と思いますね」

「理屈ではそうですが、たとえ〇・一パーセントでも混じっていれば、りっぱな末裔といえますよ」

まったく、耳を貸す気配がない。

また、話を変える。

「ところで、藤崎は左近寺といつ接触した、と言ってましたか」

岸川は、気勢をそがれたように顎を引き、たばこに火をつけた。

一口吸って言う。

「真里亜が、目黒線の左近寺のアパートに、ときどき出入りしているのを見て、声をかけたそうです。将を射んと欲すれば、まず馬を射よのたとえでね」

「左近寺は今、たぶんアパートの家賃も滞るくらい、金に窮しています。真里亜の代理人になって、相当の額を吹っかけてきますよ」

とたんに岸川は、たばこをもみ消した。

グラスをあけ、新しい水割りを作る。

「それは、覚悟の上です。左近寺には、十分な謝礼を支払います。真里亜とも別れるように、話をつけるつもりです」

そう簡単に、いくものだろうか。

「岸川さんは、金策の当てがあるんですか」

とぼけて聞くと、岸川はわずかに躊躇したものの、すぐに応じた。

「うちには、たいした蓄えはありません。ただ、家内の父親が家電の量販店の、社長をやってましてね。わたしに、辛気臭い学者なんかやめて、仕事を手伝えとやかましいんですが、金に関しては頼りになる存在なんです」

「ほう」

安森太一郎のことは、炎華から聞いていたが、口にはしなかった。

「娘が不妊症と分かると、父親はいくら金がかかってもいいから、跡継ぎを作れと強要するんです。むろん、卵子提供のことも承知していて、今かいまかと待ち構えています」

岸川は言葉を切り、酒をあおった。

探りを入れる。

「そういうお父さんでは、クライストのような血を入れることに、賛成しないんじゃないかな。どこかの、豪商の末裔ならともかく」

「父親には、クライストのクの字も、言っていません。真里亜のことも、ざっとプロフィルを見せただけで、名前も出身も年齢も仕事も、伏せてあります。それが通例ですから」

「かりに、筋書きどおり奥さんが赤ん坊を産んだ、としましょう。その赤ん坊を見れば、たとえ何分の一にもせよ、外国人の血がはいっていることは、一目瞭然だと思う。お父さんは、ショックを受けませんかね」

岸川は、唇を引き結んだ。

「産んでしまえば、なんとでもなります」

「奥さんは、どうなんですか。真里亜の出自を、ご存じなんですか」

今度は、少したじろぐ。

「どういう血筋かは、まだ話していません」

「万が一、金髪の赤ん坊が生まれてきたら、卒倒するかもしれませんよ」

岸川は、早くも水割りを飲み干した。

「家内には、おりを見て話します。分かってくれる、と思います」

考えを変えるつもりは、ないらしい。

最後の手段に出るしか、ないようだ。

「岸川さん。冷静に考えてみましょう。あなたは、クライストの血にこだわっている。さっきも言いましたが、あまり長く代を重ねれば、それだけ血も薄くなる。それに、忘れてならないのはハインリヒ・フォン・クライストが、生涯独身だったことだ。ハインリヒには、子供がいなかったんです。つまり、ハインリヒの直系の子孫というのは、この世に存在しないことになる」

岸川は、薄笑いを浮かべた。

「そんなことは、百も承知ですよ。たとえ直系の子孫でも、二百年もたてば血はどんどん薄くなります。真里亜の母親に、どの系統のクライストの血がはいっているか、そんなことは分からないし、知る必要もない。ただ、彼女と同じ家系にソ連を相手に奮戦した、ドイツ陸軍の名将エヴァルト・フォン・クライスト将軍がいる、という事実だけで十分です」

わたしも、笑みを浮かべる。

「やはり、そうですか。あなたは、いまだにヒトラーやナチス・ドイツの、シンパなんですね」

岸川は、顎を引いた。

わたしに指摘を受けて、いくらか冷静さを取りもどしたようだった。

「シンパじゃありませんが、ヒトラーやナチス・ドイツにもいくつかは、評価すべき点があると思います。戦後の、世界のパワー・オブ・バランスを、見てごらんなさい。スターリンやルーズヴェルト、チャーチル、トルーマンが正しくて、ヒトラーが間違っていたと言い切れますか。常に、戦争に勝った方が正しいとみなされる、というだけのことですよ。日本が、ロシアや中国、韓国に領土問題でこれだけこけにされるのも、ひとえに戦争に負けたせいじゃないですか。ソ連が日ソ中立条約を破っても、アメリカが原爆で一般市民を大量虐殺しても、勝てば官軍になってしまう」

岸川の顔は、酒のせいだけではなく、紅潮していた。

わたしも、岸川が指摘したことを全面的に間違いだ、と否定することはできない。

論点を変える。

「先日も言いましたが、クライスト家の末裔はエヴァルトのように、ヒトラーのために働いた軍人ばかりではない。反ヒトラー派の人間も、いたんです」

岸川は、いかにもうんざりした顔で、肩をすくめた。

「それは、このあいだうかがいましたよ。要するに、ヒトラー暗殺計画にたずさわったとか、自爆志願をしたとかいう連中でしょう。男なら、だれしも自分の利益や身の安全を図って、節を曲げることがありますからね」

わたしも、水割りを飲み干す。

岸川は、思い出したように自分の分と、わたしの分を新しく作った。

また、乾杯のしぐさをする。

わたしは言った。

「男だけじゃありませんよ。女の中にも、ヒトラーに反旗をひるがえした、クライスト一族がいます」

岸川の目が光る。

「女も、ですか」

48

わたしは、うなずいた。

「そう。女であるだけに、みずからヒトラー暗殺計画に関わったとか、そういうことはない。しかし、自分の夫や父親、あるいは息子の反ヒトラー運動を、陰で支えることはできた。そんな女たちが、たくさんいるんですよ」

岸川芳麿は、おもしろくなさそうに、しかしまんざら興味がなくもない顔で、そっけなく応じた。

「ほう、そうですか。まあ、女もいろいろだから、そういう例外もあるでしょうね」

例外、を強調する。

「なるほど、例外かもしれません。ヒトラーは、女性に人気があったおかげで、長く政権の座にい続けることができた、という説もある。男っぷりとかじゃなくて、あの自信たっぷりな熱っぽい演説で、女心をたぶらかしたんです。しかし、考える頭と反抗する勇気を持った女は、決してだまされなかった」

岸川は、新しいたばこをくわえたものの、すぐには火をつけなかった。

そのまま、たばこを唇のあいだで揺らしながら、気のない口調で言う。

「その、勇気あるヒトラー嫌いとやらは、たとえばどんな女ですか」

「例外とはいっても、一人や二人じゃありません。クライスト一族でいえば、まずエヴァルト・フォン・クライスト＝シュメンツィンの妻、アニング。同じく後妻のアリーセ。反ヒトラー運動の核となった、陸軍少将ヘニング・フォン・トレスコウと、その副官ファビアン・フォン・シュラブレンドルフ、国防軍情報部の軍属ハンス・フォン・ドナニの、それぞれの妻。さらに、こうした男たちの一族に含まれる、多くの女性群がいます。彼女たちはこぞって、自分の夫や縁戚につながる男たちの抵抗運動を、支えていたんです」

岸川は、鼻を鳴らした。

「それは単に、亭主の好きな赤烏帽子というやつで、主義主張とは関係ありませんよ」

「そうかな。自分や子供たちを、危険にさらしたくないと思えば、無鉄砲な夫や男たちと縁を切ることも、できたはずだ。しかし、だれもそうはしなかった。みんな、彼らの大義に殉じて苦境を忍び、場合によっては獄にもくだりましたよ」

わたしが辛抱強く続けると、岸川は冷笑を浮かべた。

「その程度のことは、問題になりませんよ。当時の社会状況を見ても、夫のすることに反対しないのが、妻の美徳とされていた時代だ。ただ盲目的に、従っただけでしょう」

いっこうに、自説を曲げようとしない。

わたしは、水割りを飲んで喉を潤し、話を続けた。

「わたしが調べたところでは、そういうことと関係なしに、反ヒトラー運動を支えた女性が、少なくとも一人います。彼女は、直接陰謀に関わった男たちだけでなく、彼らの家族を含む一族全員にとって、精神的支柱ともいうべき存在でした。ルート・フォン・クライストという女性ですが、ご存じですか」

岸川は、火のついていないたばこを、口から離した。

「知りませんね」

「この女性も、系統を区別するためにクライストのあとに、レッツォウがつきます」

「クライスト＝レッツォウね。クライスト＝シュメンツィンと、同じ伝ですね」

「そうです」

「要するに、それはクライスト一族の傍流、ということでしょう。ハインリヒ・フォン・クライストの本家とは、関係ありませんよ」

「それを言い出したら、きりがない。枝分かれして、どれが本家か分からないんだから」

岸川は、軽く肩を動かした。

「その、ルートなんとかという女性は、本流か傍流か知らないが、ともかくクライスト一族の出なんですか」

「ルートは、ツェドリッツ＝トリュチュラー伯爵家の跡継ぎで、ユルゲン・フォン・クライスト＝レッツォウと結婚して、クライスト一族に加わった女性です」

岸川は、小ばかにしたように首を振り、言い捨てた。

「それじゃ、当人にはまったくクライスト家の血が、混じっていないわけだ」

「確かに、血は混じっていないけれども、それは重要なことではない。夫のユルゲンの祖先は、ヒトラーに反抗して処刑された、シュメンツィンのエヴァルトと、同じ系統のクライスト一族です。また、ルートとユルゲンのあいだにできた娘マリアは、鉄血宰相ビスマルクの血統につながる、ヘルベルトという男と結婚しました。彼ら二人の娘、つまりルートの孫娘に当たる、ルイトガルデの結婚相手は、ヒトラーの暗殺計画に関わりながら、からくも戦後まで生き延びた、例のシュラブレンドルフです」

一息ついて、また喉を潤す。

「さらに、ルートの別の孫娘の婚約者には、やはり抵抗運動で積極的な役割を果たした、牧師のディートリヒ・ボンヘファがいます。ただ、彼が収容所で処刑されたため、二人は結婚できなかった」

もう一度息をつき、さらに続けた。

「ルート自身の妹の、マリア・アグネスはさっき名を挙げた、ヒトラー暗殺計画の中心人物、トレスコウ少将の母親です。ルートは、こういう人たちの家長のような立場で、抵抗運動を支えたんです」

話し終えて、岸川の顔を見る。

岸川は、わたしの長い説明にうんざりした様子で、おざなりに言った。

「よくそれだけ、調べましたね。しかし、ややこしすぎて普通の人には、何がなんだか分からないでしょう。わたしでさえ、とてもついていけないくらいだから」

「普通の人は、どうでもいい。あなたに、分かってほしいんです。クライストの血筋は、ナチスのシンパどころかその逆で、むしろ反ヒトラー一色といってもいい。その事実を、しっかり認識してください」

岸川は、あらためてたばこをくわえ直し、ゆっくりと火をつけた。

煙を吐きながら言う。

「そういったややこしい話を、どこから仕入れてきたんですか」

「十四年前に、あるキリスト教関係の出版社から出版された、『ヒトラーと闘った女性たち』という本です。体裁はルートの伝記ですが、ヒトラーに対する抵抗運動の歴史、あるいは側面史といってもいい、と思う。その本に、とても一目では把握しきれない、複雑な反ヒトラーの一族の系図が、出ています。それを、切り貼りしてつなぎ合わせると、今わたしが長広舌を振るった人間関係が、浮かび上がってくるという寸法です」

その伝記は、だいぶ前に古書店で買われながら、つい昨日の夜まで書棚に眠っていた、不運な本だった。

前夜、左近寺一仁の尾行を中止して仕事場にもどり、気分直しにギネスをあけた。

飲みながら、なんとなく書棚の前に立ったとき、たまたま目にはいったのがその本だった。

それまで見落としていた、〈ルート・フォン・クライスト＝レッツォウ夫人の生涯〉という副題に気づき、もしやクライストと関係あるのでは、と拾い読みしてみた。

するとまさに、ルートがハインリヒ・フォン・クライストの家系に嫁いだ、なかなかの女傑だということが分かったのだ。

岸川が、おおげさにため息をつく。

「岡坂さんは、なんとかクライスト一族に反ナチス、反ヒトラーの血筋を見つけようと、やっきになっていますね。しかし、このあいだも申し上げたように、ヒトラーのために身命を賭して闘った、クライスト一族の軍人も少なくないんですよ」

「たとえば、エヴァルト・フォン・クライスト元帥ですか、ソ連の収容所で死んだ」

「そうです。しかも、わたしが調べた範囲では、ヒトラーは自分の暗殺計画に関わっていた、エヴァルトの息子を収容所から釈放してやった、という事実があります。ヒトラーには、たとえ自分に弓を引く者であっても、勲功を立てた軍人の息子と分かれば、許すだけの温情、度量があったんですよ」

わたしはまた、とっておきの愛想笑いを、浮かべてみせた。

「それは、あなたの思い違いですよ。ヒトラーが釈放した、エヴァルト・ハインリヒはフォン・クライストの息子ではなくて、フォン・クライスト=シュメンツィンの息子だった。ヒトラーはそれを、自分に忠実な方のクライストの息子だ、と思い込んで釈放したにすぎない。もし、シュメンツィンの息子だと知っていたら、絶対に釈放したりしなかった。父親のエヴァルトは、ヒトラーにとって憎んでも余りある、不倶戴天の敵でしたからね」

岸川は言葉を失い、唇を引き結んだ。

たばこを灰皿に突き立てて、必要以上に丹念にもみ消す。

それによって、自分の思い違いをなかったことにしたい、と言わぬばかりだった。

やがて顔を上げ、さげすみの色を目に浮かべて、わたしを見る。

「岡坂さんは、どうでもわたしたち夫婦の希望に、水を差すつもりなんですね」

「とんでもない。あなたがた夫婦が、卵子提供によって子供を作ることに、異議を唱える気はまったくありません。それを止める権利は、だれにもないでしょう。わたしはただ、神成真里亜があなたの意図を知らずに、卵子を提供することに反対するだけだ」

「彼女は、金を必要としています。わたしは、その期待にこたえる用意がある。何も問題ないでしょう」

「金が必要なのは、彼女ではない。何度でも言いますが、彼女を餌に金を手に入れようとしているのは、左近寺なんです」

「どちらだろうと、彼女が納得しているのなら、それでいいじゃないですか」

わたしは、岸川を見つめた。

「あらためて、お願いします。クライストのことはあきらめて、別の適切な卵子提供者を探すよう、考え直していただけませんか。ドイツ文学とも、ナチスやヒトラーとも関係ない、純日本的な提供者が、きっと見つかりますよ」

「分かっていませんね、岡坂さん。卵子ならだれのでもいい、というわけじゃない。わたしは、真里亜さんただ一人の卵子に、こだわってるんです。そしてその理由は、すでにお話ししたとおりです」

「奥さんや、義理のお父さんがそれを知ったら、どんな気持ちになりますかね。生まれてきた赤ん坊に、外国人の血が交じっていることは、一目瞭然でしょう。くどいようですが」

「わたしが説明すれば、分かってくれます」

「こういう問題は、事前に家族と話し合って決めるのが、普通じゃないですか。事後承諾ですむ問題ではない、と思いますがね」

痛いところを、突かれたようだ。

岸川は顔をそむけ、ゆっくりと水割りを飲み干した。

息を吐きながら言う。

「厚生労働省の、厚生科学審議会が設置した部会の一つに、生殖補助医療部会というのがあります。簡単に言えば生殖補助医療制度、つまり精子や卵子の提供による、不妊症への対応を法制化するための、検討機関です。八年ほど前でしたか、この部会が法整備に向けての報告書を、作成しました。そこで、初めて匿名の第三者からの精子、卵子提供による体外受精が、認められたんです。しかしいまだに、法制化されていない」

息を継いで、話を続けた。

「さらに二年半ほど前、今度は日本生殖医学会が、匿名でない第三者、つまり姉妹、親戚や知人に限って、体外受精のための卵子提供を認める方針を、打ち出しました」

わたしは、ほとんど水のようになった水割りを、口に含んだ。

つい先日、知恩炎華から卵子提供問題に関して、レクチャーを受けたことを思い出す。

しかし、岸川が今説明したような話は、出なかった。

むろん、そのあたりの事情について、岸川が炎華より詳しいのは、当然だろう。

「しかし、日本産科婦人科学会はあらゆる卵子提供に、反対してるんでしょう」

「ええ。しかし世界的な趨勢からして、そういつまでも反対しているわけには、いかないと思います。生殖医学会と足並みをそろえて、匿名の第三者はもちろん、姉妹等についても許容する方向で、国に法制化を求めていくはずです」

「いつごろ実現しますかね」

「いつとは言えませんが、時間の問題でしょう。そうすれば、匿名でない第三者という範疇に、わたしのようなケースも、はいってくるに違いない」

わたしは失笑した。

「それは、短絡的にすぎますよ。卵子が、安易に売買されるようになれば、それこそ収拾がつかなくなる。そういう、我田引水的な考えは、捨てた方がいい」

岸本は、背筋を伸ばした。

少しのあいだ、グラスを回して氷をからからいわせ、わたしを見ずに口を開く。

「ともかく、この問題に関するかぎり、わたしはだれの指図も、受けませんよ」

「指図するつもりは、ありません。考え直してほしい、とお願いしてるんです」

「カイネス・イーレス・ウンターネーメンス（Keines Ihres Unternehmens.）」

突然、ドイツ語らしき言葉が、出てくる。

わたしは、首を振った。

「ドイツ語は、分からないんですがね」

「ナン・ノブ・ヨア・ビジネス、という意味ですよ」

「なるほど。だったらこちらも、イエス、ザッツ・マイ・ビジネス、と言わせてもらいますよ。わたしは、神成真里亜の父親から、卵子提供をやめるよう娘を説得してくれ、と頼まれてるんです。あなたが、どうしてもあきらめないと言うなら、彼女にこうした事情を全部話して、やめるように説得するしかありませんね」

岸川の頬が、ぴくりと動く。

「彼女がやめようとしても、左近寺がやめさせませんよ。藤崎の話では、彼女は左近寺に首ったけで、あの男のためなら魂でも売りかねない、ということらしいから」

あくまでも、頑迷な男だった。

ハインリヒ・フォン・クライストに傾倒するあまり、ハインリヒその人になってしまったかのようだ。

わたしは、水割りを飲み干した。

「では、その魂を買いもどせるかどうか、やってみるしかなさそうだ」

岸川は、ちらりとわたしを見たが、すぐに目を伏せた。

「どうぞ、お好きなように」

わたしは、一万円札を抜き出して、カウンターに置いた。

「今日の勘定は、わたしが持ちます」

岸川は、札を見下ろした。

「こんなに、いりませんよ。安い店ですから」

「先週ごちそうになった、山の上ホテルのバーに比べたら、安いものです。あなたには、これ以上借りを作りたくないし、ここは払わせてもらいましょう」

ストゥールをおり、ドアの内鍵をはずす。

外に出たが、岸川は追って来なかった。

神楽坂は逆転式の一方通行で、車は午前零時を過ぎると東行き、正午を過ぎると西行きの流れになる。

49

すでに、午前一時近い。

タクシーを拾って坂をくだり、お茶の水へ向かった。

翌朝。

日曜日にもかかわらず、午前七時には起き出した。

前夜、神楽坂からもどったあと飲み直し、寝ようとしたが眠れなかった。

明け方、少しうとうとしたが、熟睡とはほど遠かった。

眠るのをあきらめ、無理に早起きしてみたものの、何もすることがない。原稿の締め切りはまだ先だし、だれかに電話して〈おはよう〉を言うには、時間が早すぎる。

コーヒーを飲み、フレンチトーストとヨーグルトで、朝食をすませた。

わたしのマンションは、小さな寝室とそれより少し広いリビングルーム、そしてさらに少し広い仕事場から、成り立っている。

もっとも、仕事場は資料の詰まった背の高い書棚と、横二・五メートル、縦一・五メートルの大きな作業デスクに占領され、ほとんど遊びスペースがない。

隅の方に、こぢんまりした四点応接セットと、休憩用のリクライニング・チェアが、置いてあるだけだ。

そのチェアにすわって、書評を頼まれた新刊のミステリーを、読み始める。

すると、なぜかたちまち睡魔に襲われて、眠り込んだ。

目が覚めたときは、とうに午前十時を回っており、読みかけの本が床に落ちていた。

携帯電話を取り、シャワーを浴びていなければいいが、と祈りつつボタンを押す。

洞院ちづるは、すぐに出てきた。

「おはようございます。高石さんと、連絡とれましたか」

「うん、おかげで助かった。あれからすぐに電話して、会いに行った。いい人だった」

ちづるは笑った。

「すばやいですね、岡坂さんは。ロマニジョスについて、お話しされたんですか」

「した。やはり、左近寺のギターだった」

「だから、そう言ったでしょう」

「というか、今現在は高石氏が使用しているけれども、所有権はまだ左近寺にあるんだ」

「へえ。それじゃ、高石さんは借りているだけ、ということですか」

「その辺について、詳しく報告したい。今日のうちにでも、時間を作ってくれないかな」

「今日ですか。ええと、今日は午後から、個人レッスンが三つも、はいってるんです。夕方六時以降なら、だいじょうぶですけど」

「それでいいよ。ついでに、真里亜さんにも声をかけて、一、二時間あとで合流してもらうように、セッティングしてくれないかな」

「真里亜さんも、ですか」

「そうだ。彼女にも、話があるんでね」

ちづるは、少しのあいだその意味を考え、まじめな声で言った。

「分かりました。電話しておきます」

午後六時半。

都営地下鉄三田線で白金台に行き、指定されたプラチナ通りの〈アーロンズ〉、というダイニング・バーで、ちづると落ち合った。

ちづるは細身のジーンズに、フードつきの紺の半コートを、身につけていた。

神成真里亜は、八時にプラチナ通りに着いてから、ちづるに電話する段取りになっている、という。

その店は、白いカウンターだけの小さな造りだが、きびきびした女性のシェフが一人で切り回す、明るい雰囲気のダイニング・バーだった。

日曜日にもかかわらず、カウンターは常連らしい男女で、ほぼ満席になっている。

ちづるもなじみらしく、シェフと気軽に挨拶を交わした。

バーとはいえ、ダイニングと頭につくだけに、料理のメニューは豊富だった。

シェフのおすすめに従って、わたしたちは舌平目のムニエルと、チキンのローストを頼んだ。

ワインを飲みながら、前日の高石英男とのやりとりを、ざっと報告する。

聞き終わると、ちづるは眉を曇らせた。

「そうだったんですか。そんな、貴重なギターをかたに、お金を借りるなんて。武士の魂を、質に入れるようなものですよね」

ちづるらしくないたとえに、なんとなくおかしくなる。

ちづるは、ため息をついて続けた。

「左近寺さんも、落ちたものだわ」

「もちろん、左近寺もロマニジョスのギターを、あきらめたわけじゃない。なんとか、期日までに高石氏から取りもどそうと、金策にやっきになってるんだ」

ちづるが、わたしを見る。

「でも、大枚百万円の借金となったら、半端じゃないですよね。左近寺さんが、いくら真里亜さんを当てにしても、とうてい無理な金額だわ」

「それが、そうでもないんだよ。きみには黙っていたが、真里亜さんは左近寺のために体を張って、その金を作ろうとしているのさ」

ちづるは顎を引き、わたしを見直した。

「体を張って、とはどういう意味ですか」

これまで、真里亜の卵子提供の一件について、ちづるにはいっさい話をしていない。

頭の中で、どう説明するか考えた。

「唐突な話だけれども、驚かないで聞いてほしいんだ」

ちづるの口元が、引き締まる。

「もう、驚きました。岡坂さんが、そんなまじめな口調になることって、めったにないんですもの」

苦笑が出る。

「そう、しごくまじめな話でね。このあいだ、小川町の〈サンブラ〉のライブのとき、きみの帽子を受け取った男がいただろう」

ちづるは、ちょっととまどったものの、すぐにそのことを思い出した。

「ええと、あれはわたしが、ガロティンを踊ったときですね」

「そうだ」

ちづるは、ガロティンの途中で帽子を客席に投げ、それを藤崎研一が受け止めたのだ。

「あの男は、藤崎研一といってね。市ケ谷の近くに、〈JKシステム〉という怪しげなオフィスを、持ってるんだ」

「フジサキ、ケンイチ。それって、わたしたちにビールを差し入れようとして、岡坂さんに突っ返された人ですよね」

「うん。藤崎はあのとき、たまたま〈サンブラ〉に来たわけじゃなくて、真里亜さんのあとをつけていたんだ。雪絵という名前の、かみさんと二人でね」

ちづるは言葉を失い、ワインに伸ばしかけた手を、引っ込めた。

「真里亜さんを」

わたしは続けた。

「そうだ。あの日だけじゃない。ぼくが、知り合いの弁護士と〈サンブラ〉へ行って、真里亜さんや有美子さんと知り合った日も、藤崎夫婦は店の前で待ち伏せしていた。そのあと、一緒に行った神保町のバーにも、ついて来た。真里亜さんのことを、ずっとつけ回していたのさ」

ちづるは、あらためてグラスを手に取り、ワインを一口飲んだ。

「藤崎夫婦は、なぜ真里亜さんのあとを、つけていたんですか」

少し間をおく。

「藤崎は、〈JKシステム〉の看板のもとに、卵子提供の仲介斡旋業をしてるんだ」

ちづるは、背をぴんと伸ばした。

「卵子提供。不妊症の女性に、別の女性が卵子を提供する、あれですか。海外に行って、卵子の採取手術を受ける、とかいう」

「そう、それだ。日本では、いろいろと賛否両論があって、まだ公式に認められていない。藤崎のかみさんは、聖トマス病院の産婦人科で、パートの仕事をしていてね。そこへ、不妊治療にかよって来る患者たちのうちで、なかなか妊娠しない夫婦に声をかけて、卵子提供の斡旋を持ちかけるんだ。話に乗ってくれれば、亭主の藤崎を紹介する。夫婦で二人三脚の、闇商売をやっているわけさ」

注文した料理が、カウンターに置かれる。

ちづるは、すぐにはそれに手をつけず、またワインを飲んだ。

首をひねりながら言う。

「でも、そのことと真里亜さんと、どういう関係があるんですか」

「少し話をはしょるけど、藤崎夫婦は不妊治療でその病院にかよっていた、ドイツ文学者の岸川芳麿という人物に、卵子提供の話を持ちかけた。岸川はすぐに話に乗ったが、リストの中に適当な候補者が、見つからない。そうこうするうちに、突然岸川はある女性の名前を挙げて、藤崎に事前調査を頼んだ。その女性というのが、真里亜さんだったのさ」

ちづるは、目を丸くした。

「ほんとですか」

わたしも、ワインを飲む。

「ほんとうだ」

ちづるは眉を曇らせ、少し考えてから言った。

「卵子提供って、お互いにだれと分からないように、実施するのが普通ですよね。あらかじめ、特定の女性に狙いを定めて交渉する、などという話は聞いたことがないわ。提供する側もされる側も、いっさい身元を明かさないのが、ルールじゃなかったかしら」

「建て前はそうだが、真里亜さんの場合は、特殊なケースでね。岸川は、藤崎夫婦から話を持ちかけられたあと、真里亜を提供者に指名せずにはいられない、ある事実に直面したんだ」

ちづるは、また眉根を寄せた。

「意味が分かりませんね。その岸川という人が、それほど真里亜さんにこだわる理由は、何なんですか。卵子の提供者はいくらでもいるし、真里亜さんでなくちゃいけない、ということはないでしょう」

「それには、特別な事情がある。とにかく、冷めないうちに食べようじゃないか」

わたしはそう言って、ナイフとフォークを取り上げた。

ちづるも、なんとなく釈然としない様子のまま、それにならう。

ローストチキンは、抜群にうまかった。

腕のいい、女性のシェフはめったにいないが、この店は数少ない例外のようだ。

チキンはもちろん、付け合わせの温野菜もすばらしい。

食べながら、口を開いた。

「実は、こういうことなんだ」

岸川芳麿が、真里亜の卵子をほしがるにいたった理由を、手短に話して聞かせた。

問題の、ハインリヒ・フォン・クライストについても、おおざっぱに説明する。

ちづるは、あっけにとられた顔で聞いていたが、わたしが話し終わるのを待って、フォークを置いた。

「真里亜さんが、そんな由緒ある家柄の人だったとは、知らなかったわ。もちろん、クライスト一族と言われても、ぴんとこないですけど」

「たいがいの人は、知らないだろうね」

「でも、岸川という人がそのために、真里亜さんにこだわるなんて、ナンセンスですよ。わたしには、信じられないわ」

「ところが、岸川はいたって大まじめでね。思い込んだらなんとやら、というやつさ」

「真里亜さんは、知ってるんですか。その人にとって、クライストの血を引き継ぐことが、卵子を提供させる真の目的だ、という裏の事情を」

「知らないだろうね」

「でしょう。知ったら、絶対に断ると思います。彼女が、そんな突拍子もない話に乗るなんて、考えられないもの」

「真里亜さんだけなら、そのとおりだろう。しかし、実は彼女の後ろに例の左近寺が、控えているのさ。左近寺は、例のロマニジョスを取りもどすために、卵子提供で真里亜さんが受け取る謝礼を、手に入れるつもりなんだ」

ちづるは、呆然となった。

「ほんとですか。でも、卵子の提供がそれほどの金額に、なるのかしら」

「彼女の分だけじゃないんだ。左近寺自身も、真里亜さんが卵子を提供するよう、そばから言葉巧みに説得することで、別途謝礼をもらうらしい。両方の謝礼を合わせれば、ロマニジョスを高石氏から取りもどしても、優にお釣りがくるだろう」

ちづるの目に、怒りの色が浮かぶ。

「とんでもない人ね。見そこなったわ」

吐き出すように言ったあと、ふと気がついたように、上体を乗り出した。

「まさか真里亜さん、もう決めたんじゃないでしょうね。年明けにクラスを休んで、タイに旅行すると言ったのは、もしかして」

そこで言葉を、途切らせる。

「そうだと思う。少なくとも、それを言い出したときは、すでに肚を決めていたはずだ。まあ、正式に藤崎に承諾の返事をしたのは、おとといの夜のことだけど」

ちづるは、思い出したようにフォークを取り直し、舌平目を一口食べた。

「岡坂さんは、どうしてそのことを、知ってらっしゃるんですか」

「さきおととい、一緒に〈フランツハウス〉に行ったとき、真里亜さんのお父さんから、左近寺の素行を調べてほしい、と頼まれただろう」

「はい。それで岡坂さん、左近寺さんを見張ったり尾行したり、したんですか」

「そんなところだ。おととい、左近寺は池袋でディナーショーに出演したあと、真里亜さんと麴町近辺で落ち合って、一緒に藤崎のオフィスに行った。たぶんそこで、正式に卵子を提供することに、同意したんだと思う」

ちづるは、歯型がつきそうなほど強く、唇を嚙み締めた。

肩をいからせて言う。

「今夜真里亜さんと会ったら、岡坂さんはその同意を撤回するように、説得するつもりですか」

「そのつもりだ。実は、ゆうべその岸川という男と会って、今回の一件を白紙にもどすように、説得してみた。説得どころか、ほとんど懇願したといってもいい。しかし、敵は思いのほか頑固で、どうしてもうんと言わない。こうなったら、真里亜さんに翻意を求めるほかに、手立てがないんだ」

「左近寺さんを、説得できないかしら」

それは、ただ口にしたというだけのことで、多少ともその可能性がある、と考えているようには、見えなかった。

「たぶん、無理だろうね」

わたしが応じると、ちづるはまたフォークを置いて、深くため息をついた。

「真里亜さんを、説得できるかな」

「彼女には、本来匿名で行なわれるべき交渉が、道義に反して進められつつある事情を、正直に伝えるしかない。彼女も、自分の体に流れるクライストの血が、いわば狂信的な理由で求められている、と知ったら考えをあらためるだろう」

「そうだといいですけど」

「彼女さえ翻意すれば、左近寺の方はぼくがなんとかする」

ちづるが、不安そうな顔をする。

「このあいだ、真里亜さんのお父さんも言っていたけれど、左近寺さんと岡坂さんのどちらが、腕っ節が強いかしら」

わたしは笑った。

「だれも、腕っ節で話をつけるなんて、言ってないよ。ぼくもそれほど、若くはないからね。ぼくの年は」

言いかけると、ちづるが割り込んだ。

「お母さまにも、言ったことがないんでしょう」

ちょっと鼻白む。

前に同じギャグを言ったことを、ころりと忘れていた。

50

携帯電話の、着信音がした。

洞院ちづるが、ジーンズのポケットを探りながら、ストゥールをすべりおりる。

携帯電話を耳に当て、店を出て行った。

腕時計を見ると、午後八時を二、三分過ぎている。

神成真里亜が、プラチナ通りに到着したらしい。

わたしは、女性のシェフに勘定を頼み、カードで支払った。

ちづるがもどって来る。

「すみません。ごちそうさまでした」

「いいんだ。ぼくが誘ったんだから」

「ええと、真里亜さんが着きました。こっちの方へ、歩いて来ます」

「このあいだの、〈カルマーダ〉に行かないか。確か、奥の引っ込んだところに、一つだけボックス席があったよね」

「ええ。あそこなら、ゆっくり話ができるかも。電話で、聞いてみます」

外へ出ながら、ちづるは携帯電話を操作して、〈カルマーダ〉に電話した。

少しのあいだ、低い声でマスターと話していたが、やがてぱたりと電話を閉じ、向き直った。

「奥の席、あいてますって」

そう言って、わたしの背後に目を移す。

振り返ると、目黒通りの方から足早にやって来る、白いパンツに黒のブーツをはいた、背の高い女の姿が見えた。

真里亜だった。

真里亜は軽く手を振り、小走りに近づいて来た。

臙脂色の薄手のニットに、茶の革のジャケットを着ている。

「どうも、その節は」

「その節って、どの節だい」

聞き返すと、真里亜は笑った。

「からんできますね、岡坂さん」

そう言ってから、ちづるに目を向ける。

「昨日はどうも」

「お疲れさま」

そのやり取りで、土曜日は真里亜のレッスンの日だった、と思い当たる。

ゆっくり歩き出しながら、ちづるは真里亜に言った。

「この近くに、小じゃれたバーがあるの。行ってみる」

「ええ、どこでもいいです。だけど、今日の岡坂さんは、あまりご機嫌がよくなさそう。眉根も寄ってるし」

なかなか、観察が鋭い。

「日本のフラメンコ界について、いささか苦言を呈したいことがあるのさ」

わたしが言うと、真里亜はまた笑った。

「それはぜひ、聞かせてほしいですね。耳の痛い話かもしれないけれど」

それも、かなり痛い話になるだろう。

ちづるは、先に立ってプラチナ通りの信号を渡り、いつもの静かな道にはいった。

「こんな静かな住宅街に、バーなんかあるんですか」

真里亜が、いぶかしげに言う。

わたしも、最初のときそう思った覚えがあるが、黙っていた。

マスターが、わたしの顔を見て何か言うのではないかと、それが少し心配だった。

しかしその前に、ちづるがやけにあっさりと、ばらしてしまった。

「先週の土曜日、三人でこの近くのおばんざいの店で、食事したわよね。あのとき、真里亜さんが先に帰ったあと、岡坂さんとわたしと二人で行った、顔なじみのバーなのよ」

真里亜は、一瞬足を止めた。

「あらら。先生も、隅におけませんね」

そう言って、また歩き出す。

「別に、いいでしょう。あなたも、もしかしてあの電話で彼氏に呼び出されて、デートしたんじゃないの」

ちづるの質問は、冗談めかしたものだったが、その言い方に少しとげがあるのに、真里亜も気づいたようだった。

真里亜は、いくらか硬い声で応じた。

「すみません。あれは、前からの約束だったので」

「それだったら、わたしたちの方は別の日にしても、よかったのよ。せっかく、岡坂さんがお付き合いしてくださる気に、なったんだから」

わたしは、急いで割り込んだ。

「いいじゃないか、すんだことは。どうせぼくは、暇な体なんだし」

そもそも、あの日はちづるがどこか適当なところで、真里亜をまく予定になっていたのではなかったか。

それが、真里亜の方で先に帰ってくれたのだから、ちづるにすればむしろありがたかったはずだ。にもかかわらず、そのことをおくびにも出さないとは、なかなかいい度胸をしている。

階段をのぼり、〈カルマーダ〉にはいる。

その日、カウンターは一席だけしかあいておらず、ずいぶん混んでいる印象だった。

マスターは、わたしたちをいつもの笑顔で迎え、だれもいない奥のボックス席を示した。

ちづるを先頭に、ボックス席に直行する。

ちづるは、いちばん奥の席に真里亜をすわらせ、その向かいにわたしを押し込んだ。

自分は、真里亜の隣に腰を下ろす。

その席からだと、上体をちょっと斜めに振るだけで、真里亜とわたしを等分に眺めることができる。

ちづるは、わたしたち二人の意見を聞いてから、カバ（スペインのスパークリング・ワイン）をボトルで頼んだ。

マスターが、ボトルと一緒にシャンペングラスを三つ、運んで来る。

乾杯したあと、真里亜は前日のレッスンについて、ちづるに質問を始めた。首を長く見せると、踊り手の立ち姿が美しくなる、とちづるは言ったらしい。どうしたら、首を長く見せることができるのか、と真里亜は聞いた。

ちづるは、あまり気乗りのしない口調で、それに答えた。

「キリンと同じよ。キリンのまねをすればいいの」

「でも、キリンは生まれつき、首が長いじゃないですか。少なくとも、わたしの首はあんなに長くは、伸びませんよ」

「キリンの肩をごらんなさい。すごい、なで肩でしょう。あれを、まねするの。つまり、肩を思い切って下げて、首を上へ伸ばす感じね」

言われたとおり、真里亜はすわったまま両肩を下げて、顎を高く上げた。

なるほど、首の線が美しく伸びる。

「うん、美しいね。キリンとまではいかないが、ダチョウくらいには伸びた」

わたしがほめると、真里亜は横目で睨んできた。

「ダチョウ、はひどいですよ。同じ首が長い鳥でも、もっときれいなのがいるじゃないですか。たとえば、タンチョウヅルとか」

「タンチョウヅルくらいには、伸びた」

言い直したが、もう遅かった。

真里亜は瞳を回して、ちづるに目をもどした。

「それと、わたしって踊りながらときどき、というかしょっちゅうですけど、バランスが崩れたりして、乱れるんですよね。あの乱れって、なんとかなりませんか」

「わたしだって、乱れるときがあるわよ。でもね、そのときにうろたえずに少しずつ修正して、最後にぴたりと整えるの。つまり、整えるためにわざと乱した、という形にするわけね。そのバランスが、大切なの」

そんな話が、しばらく続いた。

カバの二杯目がつがれたとき、真里亜がおどけた口調で、わたしに言った。

「それで岡坂さん、日本のフラメンコ界への苦言って、どんなことですか」

わたしはカバを飲み、ずばりと言った。

「きみは正月明けに、タイへ旅行に行くと聞いたが、ほんとうか」

真里亜は、すぐには話の飛躍についていけず、一瞬ぽかんとした。

しかし、たちまち頰がこわばる。

真里亜は、ちらりとちづるに目をくれて、またわたしに視線をもどした。

「先生から、お聞きになったんですか」

ちづるが口を開く前に、わたしはすかさず言った。

「きみの、お父さんからだ」

少なくとも、それは嘘ではない。

真里亜は、思いもよらぬことを耳にした、というように瞬きを止めた。

「父が」

そこで言いさし、唾をのんで続ける。

「父が、そんなことを言ったんですか」

「そんなことって、娘の海外旅行を人に話すのは、別に珍しいことじゃないだろう。それとも、そのタイ行きとやらには、何か特別な意味でもあるのかね」

われながら、意地の悪い質問だ。

真里亜は一転して、せわしげに瞬きを繰り返した。

「いいえ。ただの、観光旅行ですけど。でも、父はなんでそんなことを、つまり娘の海外旅行のことなんかを、岡坂さんに話したりしたのかしら」

声に不安の色がある。

「お父さんは、きみにタイ行きをやめてもらいたい、と思ってるんだ」

真里亜は、たじろいだ。

「なぜですか」

「娘が海外旅行に行くのに、心配しない親はいないだろう」

真里亜は目を伏せ、カバを一口飲んだ。

「岡坂さんは、父からいつそんな話を、お聞きになったんですか」

「三日前の、木曜日だ」

そこで、ちづるが割り込む。

「わたしも、ご一緒したの。ていうか、わたしがお店に、ご案内したの。お父さまから、相談があると言われて」

真里亜はきっとなって、ちづるとわたしを交互に見た。

「どんな相談ですか。わたしの、タイ行きのことですか」

「それもある。はっきり言うが、お父さんはきみと左近寺の付き合いに、反対してるんだ」

左近寺一仁の名前を聞くと、真里亜は突風を食らった葦のように、上体を揺らした。

「あの、やぶからぼうに、そんなことを、父が、お話ししたんですか」

言葉が、切れぎれになる。

「そうだ。お父さんは、きみが左近寺と二人でタイへ行くんじゃないか、と疑っている」

真里亜は、とげのある笑い声を立てて、乱暴にカバを飲んだ。

「まさか。左近寺さんなんかと、行きませんよ。一人で行くんです」

「一人で行かないと、不都合な旅行なんじゃないかね」

真里亜の顔が、またきっとなる。

「それは、どういう意味ですか」

無視した。

「ただし、付き添いが一緒に行くんだろう。藤崎研一、あるいは研一と雪絵の夫婦が、コーディネーターとして」

カバを飲んだにもかかわらず、真里亜の顔が急速に青ざめていく。

恥辱に打ちのめされ、はた目にも言葉を失った様子が、よく分かった。

ちづるが、なだめるように言う。

「真里亜さん、よく聞いて。あなたがタイへ行って、卵子提供の施術を受けるつもりなのは、もう分かっているのよ。岡坂さんが、調べてくださったの」

真里亜は目を伏せ、唇をぎゅっと引き結んだ。

青ざめた顔に、徐々に血の気がもどったかと思うと、やがてそれは怒りで逆に赤くなった。

わたしを睨み、食いつくように言う。

「岡坂さんに、わたしのプライバシーに口出しする権利は、ないはずです。よけいなおせっかいは、やめてください」

この期に及んでも、真里亜はかろうじて理性を保ち、声を抑えていた。

背後に、二十年前に死んだ天才的カンタオール、カマロンの歌が流れる。

わたしも、低く応じた。

「ぼくに、そんな権利がないことは百も承知だし、大きなお世話だということも、よく分かっている。しかし、今度の卵子提供を巡る話には、きみの知らない不純な要素がいくつか、ひそんでいるのさ。お父さんもちづるさんも、それからおせっかい焼きのこのぼくにも、それをほうっておけない事情がある。おおげさに言えば、日本のフラメンコ界にとっても、好ましい話じゃないんだ」

真里亜は、まっすぐにわたしを見た。

「不純な要素って、なんですか」

「まず、被提供者についてだ。きみは、自分の卵子がだれに提供されるか、知っているのかね」

「知りません。お互いに、相手を知らずに手続きを進めるのが、ルールだと聞きました。たとえお金がからんでも、別に違法ではないはずです」

「確かに、違法ではないよ。しかし今度の場合、卵子を提供される相手はきみのことを、よく知ってるんだ」

真里亜は、愕然とした。

「わたしのことを知ってるって、いったいだれなんですか」

「きみ自身は、知らない人だ。相手も、きみのことを個人的に、知ってるわけじゃない。ただ、きみの体に流れている血のことを、よく知ってる人間なんだ」

真里亜は、虚をつかれたように、顎を引いた。

「わたしの血って、どういうことですか」

「きみは、自分の家系に流れる血のことを、忘れはしないだろう。このあいだ、きみのお母さんがぼくに詳しく、話したことだしね。きみの体に流れる、ハインリヒ・フォン・クライストの血が、今回の一件にからんでいるのさ」

「ハインリヒ」

真里亜は、反射的にそう繰り返そうとして、口をつぐんだ。

「そうさ。藤崎を通じて、きみに卵子提供の話をもちかけたのは、英京大学のドイツ文学の教授で、岸川芳麿という男なんだ」

「キシカワ、ヨシマロ」

半分、上の空だ。

「岸川芳麿は、早死にした劇作家のクライストの血と併せて、その家系につながるナチス・ドイツの陸軍元帥、エヴァルト・フォン・クライストの血も、引き込みたがっている。岸川は、ナチスやヒトラーのシンパで、クライスト元帥に強い共感を抱いてるんだ。これが、不純な動機でなくて、どうする」

真里亜は、喉を動かした。

「なんのことだか、わたしにはよく分からないわ。それに、藤崎さんはそんな話を一言だって、口にしませんでした」

「そうだろう。藤崎は、この卵子提供を成立させることで、世間相場をはるかに上回る謝礼を、手に入れるつもりだからね」

51

一息ついて、わたしは続けた。

「そして、きみにも同じようにたっぷりと、謝礼が支払われるはずだ」

神成真里亜は、反射的に何か言い返そうとしたが、また口をつぐんでしまった。

さらに続ける。

「藤崎ときみだけじゃない。左近寺も同様に、破格の謝礼を受け取るだろう」

今度はすぐに、反応した。

「左近寺さんは、このことと全然、関係ありません」

その声は、半分悲鳴のように聞こえた。

たまたまマスターが、フラメンコのフィエスタのＣＤに切り替えていたので、ほかの客の耳には届かなかったようだ。

「ぼくは、当の岸川芳麿と二人きりで、話をしたんだ。その岸川が、左近寺にも相応の謝礼を払う、と言ったんだから間違いない。左近寺は、きみが卵子提供に同意するように、なりふりかまわず説得に努めることで、別途謝礼を受け取る手筈になっているのさ」

真里亜は、少しのあいだ唇を引き結んだまま、考えていた。

それから、声を抑えて応じた。

「そんな話は、聞いていません」

「そうだろうとも。きみがもらう謝礼と、二重取りをたくらんでるんだからね、彼は」

「そんな」

真里亜は絶句して、右手の爪を嚙み切ろうとするように、食いしばった歯に当てた。

洞院ちづるが、口を開く。

「真里亜さん。あなたは、左近寺さんにずいぶんお金を、融通しているようね。お月謝も滞るほどに」

しぼりとられるのを融通とは、ずいぶん穏当な言葉を選んだものだ。

真里亜は沈黙し、目を伏せた。

ちづるは続けた。

「岡坂さんの言うとおり、左近寺さんはあなたに卵子提供を承諾させて、お金を手に入れようとたくらんでいるのよ」

真里亜は目を上げ、すがるようにちづるを見た。

「そんなこと、ありません」

そう否定したものの、ためらいながら続ける。

「かりに、かりにそうだとしても、それにはわけがあるんです。左近寺さんは、だいじにしているギターをかたに入れて、町金融からお金を借りました。借りたのは、たった三十万円かそこらなのに、一年たっていざ返済しようとしたら、目の玉が飛び出るような利子を、要求された。借りたお金の、十倍近くにもなっていた、というんです。相手は、ヤクザまがいの会社だったらしくて、期限までに耳をそろえて返さなければ、ギターを叩き売る。それでも足りなければ、すぐにも残りを取り立てるから、覚悟しろとも言われたらしいわ」

ちづるは、いかにもあきれたという顔で、わたしをちらりと見た。

「それは、嘘っぱちだな。町金融は、かたや担保を取らないのが、売りなんだ。それに、法定以上の利子を要求したら、たちまち手が後ろに回る。たとえヤクザまがいでも、そんなリスクは冒さないよ」

わたしが言うと、真里亜は首を振った。

「左近寺さんの話では、そのギターはちゃんとした専門店なら、五百万円前後で取引されるくらいの、逸品らしいんです。たとえ、町金融から三百万で取りもどしても、絶対に損にはならないから、と言いました」

こちらの話を、全然聞いていない。

「あのギターは、確かにめったにない逸品だが、それほど高くは取引されないよ」

真里亜は、わたしを見直した。

「そのギターのこと、ご存じなんですか」

「知っているよ。現にこの指で、弾いてきたくらいだ」

あっけにとられた様子で、瞬きする。

「まさか、そんなこと。どこの町金融だか、分かるはずがないわ」

「あいにくだが、左近寺が借金した相手は、町金融じゃない。彼の古いなじみの、ベテランのギタリストさ。きみも名前くらいは、聞いたことがあるかもしれない」

ショックを受けた体で、喉を動かした。

かすれた声で聞く。

「だれなんですか、そのギタリストは」

「それは、言えない。当人から、他言しないでほしい、と頼まれたからね」

真里亜は、じっとわたしを見つめた。

「左近寺さんが、ギターをかたにその人から借金したことを、なぜご存じなんですか」

「問題のギターは、ホセ・ロマニジョスという製作家が作った、おそらく日本に一台しかない、貴重な楽器でね。以前は、左近寺が持っていたのに、最近そのギタリストが使うのを見た、という話を耳にした。それで、会いに行って事情を聞いたところ、左近寺がそのギターをかたに、彼から借金したことが分かったんだ」

話の筋道が、通っているかどうか検討するように、真里亜は少し考えた。

わたしは、あまり考える時間を与えたくなかったので、急いで言った。

「ちなみに、借りた金は三十万どころじゃなくて、百万だったそうだ」

真里亜が、信じられないという顔つきで、顎を引く。

「ほんとですか」

「ほんとさ。利子も、半年以内に返済すれば五分、半年を過ぎて一年以内なら一割と、順当なものだった。ただし、一年過ぎて返せなかったら、ギターは没収という条件つきだ」

「没収。そんな貴重なギターを、たった百万で取り上げる、というんですか」

「確かに、想定される取引価格と比べると、安いと思う。しかし、貸し手の立場からすれば、そういう条件でもつけないかぎり、左近寺は期限内に返済しないだろう、と考えるのが当然だ。その一年が、もうすぐきてしまいそうなので、左近寺は焦っているわけさ」

ちづるが割り込む。

「つまり、期限までに借金を返さなければ、左近寺さんはギターを取りもどすことが、できなくなる。切羽詰まったところへ、降ってわいたようにあなたの卵子提供話が、持ち上がった。それで、左近寺さんは渡りに船とばかりに、その謝礼金でギターを取りもどそう、と肚を決めたんだわ。町金融うんぬんは、あなたに卵子提供を同意させるための、作り話よ」

わたしも、うなずいてみせた。

「そのとおりさ。左近寺は、ギターを取りもどすだけじゃなくて、稼げるだけの金を稼ぐつもりで、きみを説得したんだ。きみが受け取る謝礼に加えて、自分の説得協力謝礼金もそれと同じくらい、要求しているかもしれない」

真里亜は顔を伏せ、膝の上で関節が白くなるほど強く、手を握り合わせた。

「それはあくまで、臆測にすぎませんよね」

「臆測には違いないが、岸川の話を聞いたかぎりでは、かなり蓋然性の高い臆測だ」

真里亜が、うつむいたままで言う。

「謝礼がいくらかは別として、左近寺さんがギターを取りもどすのに、お金が必要なことは確かなんです。だとしたら、少しでも多く謝礼をもらおうと考えるのは、当たり前じゃないですか」

「そのために、あなたがつらい思いをしてまで、犠牲になる必要があるかしら」

ちづるの指摘に、真里亜は顔を上げた。

「藤崎さんの話では、卵子の採取は危険を伴う施術ではない、ということでした。痛みがあるとしても、生理痛程度のものだとか」

「でも、ピルや排卵誘発剤を飲まされたり、施術のときは麻酔をかけられたりするから、まったく危険がないわけじゃないのよ」

真里亜が、胸を張る。

「それくらいは、覚悟しています」

わたしは、口を挟んだ。

「もし、きみに万一のことがあったら、日本のフラメンコにとって、大きな損失になる。それを考えたことが、あるかな」

真里亜が驚いた顔で、わたしを見る。

「そんな、おおげさな」

「おおげさじゃない。これまでどおり、きみがフラメンコと真剣に取り組むなら、いずれはちづるさんのあとを継ぐような、すばらしい踊り手になる。自分のスタジオも、持てるだろう。その可能性の芽を、こんなことでつんでしまって、いいものかな」

自分でも、持ち上げすぎだということは、分かっていた。

むろん、そのあやは真里亜にも分かったはずだが、だからといって悪い気はしないだろう。

今のわたしは、それで真里亜の心を動かすことができるなら、木にでもよじのぼってみせたい気分だった。

真里亜は、複雑な表情を浮かべた。

「わたしの、フラメンコに対する気持ちは、何があっても変わりません。それに」

そこで言葉を切り、きっぱりと続ける。

「左近寺さんは、わたしのフラメンコを裏で支え、高めてくれると思います。これまでにも、彼からずいぶん多くのことを、学びました。わたしは、少しでもそのお返しをしたい、と思ってるんです」

間をおくために、わたしはそれぞれのグラスに、カバをつぎ足した。

ボトルを置いて言う。

「きみの血と遺伝子が、縁もゆかりもない夫婦の子供に、引き継がれることになるんだ。その意味を、考えたことがあるかね」

真里亜は、唇を嚙み締めた。

「でも、赤ちゃんができないご夫婦に喜んでもらえるなら、別に悪いことじゃないと思いますけど」

「どこのだれとも分からない相手なら、漠然とそう考えることもできるだろう。しかし、今度の場合は英京大学の岸川教授、と身元が知れてるんだ」

「聞かなかったことにします」

「今はそう思っても、実際にきみの卵子で岸川夫婦に子供ができたら、冷静ではいられないだろう。将来、きみがだれかと結婚して子供を産めば、子供同士は血のつながった異父兄弟、ということになるんだぞ」

真里亜は、喉を大きく動かしただけで、何も言わない。

わたしは続けた。

「それに、さっきも話したとおり、岸川がきみの卵子をほしがる理由は、まともなものとはいえない。

それは岸川自身も、分かってるんだ。だからこそ、きみにたぶん相場を上回る金額を提示し、左近寺にまで謝礼を出すことにした。たぶん、中継ぎをする藤崎夫婦にも、多額の仲介料を支払うだろう」

真里亜は眉をひそめ、不思議そうな顔をした。

「そうかしら。大学教授って、そんなにお金持ちだとは、思えませんけど」

なかなか、冷静な観察だ。

「まあ、詳しい話はできないけれども、岸川にはそれが可能なだけの、強力なバックがついているのさ」

真里亜はカバを飲み、大きく息をついた。

「とにかく、わたしは左近寺さんに言われなくても、卵子提供に応じるつもりでした。その謝礼を、左近寺さんのギターのために、一時的に融通することも、決めていました。左近寺さんが、それとは別に謝礼をもらうとしたって、わたしには関係ないことだわ」

思った以上に、頑固な娘だ。

少し矛先を変える。

「きみは、左近寺が好きなのか」

少したじろいだものの、真里亜は胸を張って応じた。

「ええ、好きです」

「人間としてか。ギタリストとしてか」

畳みかけると、今度は迷った。

「それはその、ええと、両方ですけど」

「結婚するつもりか」

真里亜は、目をいからせた。

「岡坂さんには、関係ないことでしょう」

言い返したものの、すぐに付け加える。

「でも、したいと思っています。年の差なんか、気にしませんから」

わたしは、指を振り立てた。

「年の差より、自分のだいじなギターのために、女を利用するような男との結婚を、お父さんは許さないだろう。かりに、ぼくがきみの父親だとしても、同じだ」

真里亜は、とげのある笑いを漏らした。

「岡坂さんは、わたしの父親ではないわ」

「もし、ぼくがきみの卵子提供の一件を、お父さんたちに話したらどうする」

真里亜は、きっとなった。

「話すつもりですか」

その見幕に、少し腰が砕ける。

「きみを説得できなければ、話すかもしれないよ」

真里亜の頰に、ぞっとするような笑みが浮かんだ。

「話したければ、どうぞ。たとえ両親に反対されても、わたしの決心は変わりません。左近寺さんと、結婚するかどうかについても、自分で決めます。わたしはもう、子供じゃないんです」

飛鳥の岩船のように、揺るぎない口調だった。

わたしはカバを飲み、奥の手を出すことにした。

「左近寺が、なぜそれほどまでに金をほしがるのか、考えたことがあるかね」

真里亜は、すかすようにわたしを見た。

「それじゃ岡坂さんは、お金をほしくないんですか。わたしを説得したら、父から謝礼が出るんじゃないんですか」

鋭いところを、突いてくる。

わたしは、内心少なからずたじろいで、またカバを飲んだ。

まったく、油断のならない娘だ。

「話をそらさないでくれ。左近寺が金をほしがるのは、ギターを取りもどしたいから、というだけじゃないんだ」

「分かっています。左近寺さんは、踊り手と安易な妥協をしないので、仕事があまりはいらないんです。そのために、つましい生活をしているの。あれだけ才能がありながら、ろくに仕事がないなんて、信じられますか」

「信じられなくもないよ」

「いつかまた、左近寺さんのやり方が認められるときが、きっときます。それまでなんとか、食べていかなくてはならないの。そのために、お金が必要なんです」

「それは、甘いな。左近寺は、ギターの腕も昔より落ちたし、それ以上に女にだらしがない。きみがこれまで融通した金も、これから手に入れようとしている金も、ほかの女に貢ぐための資金なんだぞ。左近寺にとって、きみのような女はたぶん、一人や二人じゃない。本命は一人で、きみを含むほかの女たちは、みんなその一人のための資金源なのさ」

そう言いながら、自分でもとんでもないことを口にしている、という意識があった。

真里亜の顔が、ほとんど蒼白になる。

「左近寺さんのことを、そんな風に言うのはやめてください。それとも、何か証拠があるんですか」

ぐっと詰まった。

わたしは、何一つ左近寺一仁の私生活を、知らない。

ただ、真里亜のようなまともな娘が、ろくでもない男にもてあそばれている事実に、いらだちともどかしさを覚えるだけだ。

あるいは、ただの嫉妬かもしれない。

そのとき、そばでじっと聞いていたちづるが、かすかに身じろぎした。

おもむろに、口を開く。

「りっぱな証拠があるわ。わたし自身、以前左近寺に貢がされてだまされた、ばかな女の一人なのよ」

52

店の中が、急にしんとなった。

BGMが途切れ、マスターがCDを取り替えるまでに、なにがしかの時間がかかる。

そのあいだ、カウンターで話し込んでいたほかの客も、なぜか口をつぐんでしまった。

わたしたちも、深海魚のようにじっとしていた。

新たに、アンドレス・セゴビアのクラシック・ギターが、流れ始める。

神成真里亜は、できたての氷柱のように、凍りついたままだった。

わたしは、背筋を虫が這い回る感覚に襲われて、もぞもぞとすわり直した。

洞院ちづるが、スポーツドリンクでも飲むように、カバを一息に飲み干す。

あれほど隠したがっていた、左近寺一仁とのいとわしい過去を、まさか真里亜に打ち明けるとは、思いもしなかった。

真里亜が、気持ち悪くなるほど物静かな声で、ちづるに聞き返す。

「嘘ですよね、先生。わたしを、左近寺さんから引き離そうとして、嘘をおっしゃったんでしょう」

ちづるは唇を引き締め、ゆっくりと首を振った。

「嘘じゃないわ。ほんとうのところ、あなたを傷つけたくなかったし、言わずにいるつもりだったの。でもあなたが、そこまで思い詰めているとしたら、言わないわけにいかないでしょう」

真里亜は、薄笑いを浮かべた。

「先生の気持ちは、よく分かります。わたしのことを、心配してくださってるんですね。でも、わたしはだいじょうぶです。岡坂さんの言うことなんか、気にしていませんから」

「もちろん、岡坂さんは左近寺のことを、わたしほどよくは知らないでしょう。でも、今おっしゃったことはだいたい、当たっていると思うわ」

わたしはちづるを、ちらりと見た。

ちづるが、左近寺を呼び捨てにしたのは、それが初めてだった。

真里亜も、そのことに気がついたらしく、口元が引き締まる。

「嘘でしょう、先生。左近寺さんが、岡坂さんの言ったような人なら、わたしにもとうに分かったはずだわ。まして、先生とお付き合いがあったなんて、嘘に決まっています」

声がずっと、硬くなった。

「いいえ、嘘じゃないわ。わたしが彼と知り合ったのは、今のあなたよりもっと若い、二十六のときよ。彼はまだ、三十代の後半だったわ」

真里亜は、にこりともしない。

「年格好だけは、合ってますね」

まだ、わずかに余裕の残る口調だが、頬がさらに引き締まった。

ちづるは、かまわず続けた。

「彼は、わたしと付き合い始める何年か前まで、日本のフラメンコ界ではナンバーワンの、ギタリストだった。それが、あるとき大麻に手を出して、警察に逮捕されたの。それを境に、あっさりフラメンコの世界から、締め出されたわけ。わたしと知り合ったのは、そのあとのことよ」

真里亜がうなずく。

「大麻の件は、左近寺さんから若気の過ちだった、と聞かされました。ずいぶん前のことだし、今は大麻とも覚醒剤とも縁のない、健全な生活を送っています」

ちづるは、苦笑を漏らした。

「若気の過ち。健全な生活。彼には、もっともふさわしくない言葉だわ」

「そうでしょうか。そばにいると、彼の考え方や日常生活が、よく分かるんです。お酒だけは相変わらず、好きですけど」

ちづるは、瞳をくるりと回した。

「まあ、大麻はやめたかもしれないけれど、女遊びだけは変わらないはずだわ。そう、付き合った二年半ほどのあいだに、わたしが知るだけでほかに三人、関係のあった女性がいた。それもみんな、バイラオーラよ」

真里亜は、ちづるを睨んだ。

「よく、そんな嘘が言えますね、先生」

わたしは、割ってはいった。

「だれが好きこのんで、そんな嘘を言うものか。ちづるさんは、ぼくにも左近寺と付き合いがあったことを、打ち明けてくれたんだ。知り合って間もない、このぼくにだぞ。そんな、みじめな作り話をする必要が、どこにあるのかね」

真里亜が、ちづるとわたしを交互に見る。

「それじゃ、どうして先生はそんなみじめな話を、岡坂さんになさったんですか」

ちづるが、口を開くより先に、わたしは答えた。

「ちづるさんは、きみが左近寺と付き合っていると知って、やめるように忠告しようと思った。しかし、ちづるさん自身がそれを言い出せば、過去の自分と左近寺の関係を、話さざるをえなくなる。すると、きみと左近寺の関係をねたんで、じゃまをしてるんじゃないか、と受け取られる恐れがある。それでちづるさんは、ぼくを介してきみに忠告してもらおう、と考えたわけさ」

真里亜は、首をかしげた。

「そこに、なぜわたしの父がからんでくるのか、分かりませんね」

「お父さんは、お母さんからきみたちのことを聞いて、ちづるさんに相談する気になったんだ。そこへたまたま、ぼくが首を突っ込んだわけさ」

「母は、左近寺さんとわたしのことを、認めてくれました。好きなようにしなさいって。母自身も、父との結婚を祖父に反対された、苦い経験があるからです。でも、今は遠い日本で、幸せに暮らしてるじゃないですか」

ちづるは、小さく笑った。

「左近寺と、あなたのお父さまとでは、比較にならないわ」

真里亜はそれを無視して、唐突にちづるに質問した。

「先生は、わたしが左近寺さんと付き合っていることを、どうやって知ったんですか」

ちづるは、上体を引いた。

言葉を選びながら言う。

「名前は言えないけれど、左近寺の人となりや日ごろの行状を、よく知っている人から聞いたのよ。

あなたたち二人が、一緒に歩いているところを、何度か見たって。その人に、わたしからあなたに注意してあげなさい、と言われたの」

真里亜の唇に、あざけりの色が浮かぶ。

「その人といい先生といい、それに岡坂さんといい、世の中にはずいぶんとおせっかいな人が、いるものですね」

「わたしはただ、あなたにわたしのようなつらい思いを、させたくないだけよ」

真里亜は、頑固に首を振った。

「先生が、左近寺さんと付き合っていたなんて、わたしは信じません。そんな話、左近寺さんの口から一度だって、聞いたことがないですもの」

「彼が話すはずはないでしょう。あなたが、わたしの生徒だということは、とうに耳にはいっているはずだから」

「そうとは、限りませんよ。左近寺さんは、今の若手のフラメンコの人たちと、めったに仕事をしませんから」

「それじゃ、彼に聞いてみたら。若いころ、わたしの先生と付き合っていたのは、ほんとですかって」

ちづるの反撃に、真里亜は冷笑で応じた。

「そんなこと聞いたら、おまえばかかって笑われますよ。それより、そういうわざとらしい作り話は、やめてください。左近寺さんの人となりは、わたしがよく知っていますから」

一度こうと決めたら、てこでも動かない性格らしい。

ちづるは、それでもあきらめずに、辛抱強く言った。

「どうしてわたしが、そんな作り話をしなければいけないの。どうしたら、ほんとうだと分かってもらえるの」

「別に、分かる必要はありません」

にべもない返事に、ちづるは少し考えたあと、さりげなく言った。

「左近寺の右手の甲に、小さなギターの刺青があるのを知っている、と言ってもだめかしら」

真里亜の眉が、ぴくりと動く。

「それが、どうしたんですか。ちょっと観察すれば、そんなのはだれにでも見えますよ」

ちづるは、恐ろしい笑みを浮かべた。

「それじゃ、彼の右脚のももの付け根にも、同じ刺青がある、と言ったら」

それを聞いたとたん、真里亜の顔から血の気が失せ、死人のようになった。

わたしは、真里亜がその場に倒れ伏すのではないか、と思ったほどだ。

実際、真里亜の上体がかすかに揺れ、わたしは腰を浮かしかけた。

しかし、真里亜は持ちこたえた。

真里亜とちづるは、まるで早撃ちの決闘に臨むガンマンのように、じっと睨み合っていた。

バックに、セゴビアが弾くアルベニスの、〈朱色の塔〉が流れる。

真里亜は、超人的ともいうべき自制心を見せて、穏やかに言った。

「かりに、お付き合いがあったとして、先生はなぜ左近寺さんと、別れたんですか。先生の方から、別れたんですか。それとも、捨てられたんですか」

あまりにもむきつけな物言いに、わたしはひやりとした。

ちづるも、負けてはいなかった。

「わたしの方から、別れたのよ」

「なぜ」

「彼の目当てはわたしじゃなくて、ささやかながらわたしが稼ぐお金だ、と分かったからよ」

「そのお金を、ほかの女性に貢いでいることが、分かったからじゃないんですか」

真里亜は、追及の手を緩めない。

「それもあるわ」

ちづるが少し、受け身になる。

「今度の場合、左近寺さんが付き合っている女性は、わたしのほかにいませんよ」

真里亜がきっぱりと言うと、ちづるは首を振った。

「あなたが、そう思っているだけのことよ」

「だったら、証明してください」

ちづるは、失笑した。

「そんな義理はないし、それほど物好きじゃありません」

真里亜が、わたしに目を向ける。

「岡坂さんは、いかがですか。そういうのを調べるのって、お得意なんでしょう」

どうも、攻守ところを替えた感じだ。

カバを飲む。

「少し、落ち着きたまえ。頭を冷やして、よく考えるんだ」

「わたしは、これまでにないくらい、落ち着いてますよ。かりに左近寺さんが、ほかの女性と付き合っていても、わたしはかまわないわ。きっと、わたしのものにしてみせます」

年ふりた女狐のように、自信たっぷりだった。

「そうなればいいけれど、わたしはうまくいくと思わないわ」

ちづるが応じると、真里亜はカバを一口飲んで、唐突に言った。

「付き合っているあいだに、先生が左近寺さんから学ぶものは、何もなかったんですか」

その質問は、ちづるを動揺させた。

同じように、カバを飲んで答える。

「なかったとは、言わないわ」

「どんなことを、学んだんですか」

「あなたはどうなの」

質問に質問で応じるのは、自分の劣勢を白状するようなものだ。

真里亜は、してやったりという表情で、微笑した。

「わたしは、フラメンコの神髄がどんなものかを、彼に教えられました。彼は、その神髄を理解している、と思います」

とっさに、口を挟む。

「それはどうかな。前にも言ったかもしれないが、フラメンコの神髄などというものは、どこにも存在しない。たとえ存在するとしても、だれもその域に到達していない。到達した、などとうそぶくのはフラメンコの神さまか、大ばか者のどちらかだよ」

「それじゃ左近寺さんは、フラメンコの神さまだわ」

ぬけぬけと言うので、むしろあっけにとられた。

これほどまでに、真里亜を崇拝者に仕立て上げた左近寺とは、いったいどんな男なのだろう。

ちづるが、皮肉めいた口調で言う。

「かりに、左近寺がフラメンコの神髄を極めたとしても、わたしと別れたあとのことに違いないわ」

真里亜が、しんから惜しい顔をする。

「それは残念。もう少し、がまんしてお付き合いすれば、よかったんです。そうしたら、先生もフラメンコの神髄に、近づくことができたのに」

しだいに、雲行きが怪しくなりそうな気配に、少し水を差すことにした。

「きみの先祖の、クライストの大先輩にレシング、という劇作家がいてね。そのレシングが、こんなことを言ってるんだ」

出端をくじかれたように、二人そろってわたしを見る。

真里亜が言った。

「どんなことですか」

「レシング、いわく。神がわたしに、こう言ったとする。『そなたに〈絶対の真理〉と、真理を求めるあくなき〈探究心〉の、いずれかを授けよう。ただし、〈探究心〉には絶えず迷いがつきまとうゆえ、よく考えて返答するがよい』と。それに対して、わたしはこう答えよう。『〈絶対の真理〉は主のものですから、求めようとは思いませぬ。なにとぞ、〈探究心〉の方をお授けください』と」

二人とも、場違いな話を聞かされた体で、きょとんとわたしを見る。

わたしは、もったいぶって続けた。

「レシングは、正しかった。フラメンコの神髄には、だれも到達することができない。大切なのは、その神髄に近づこうとする、あくなき探究心なんだ」

真里亜とちづるは、われに返ったように息をつき、ちらりと目を見交わした。

どうやら、二人を煙に巻いて気勢をそぐことに、成功したようだ。

真里亜が、落ち着いた声で言う。

「少なくとも、左近寺さんはフラメンコの神髄に、限りなく近づいています。わたしは、彼と一緒にその境地に、達したいんです。それを実現するためにも、わたしは左近寺さんについていきます。卵子提供も、やめるつもりはありません」

それを聞いて、思わずため息が出た。

どうやっても、真里亜を翻意させることは不可能だ、と思い知る。

しかしちづるは、まだあきらめなかった。

「確かにわたしは、左近寺の言うフラメンコの神髄とやらを、極めていないわ。だけど、そのことを後悔しても、いないわ。レシングじゃないけれど、神髄を追い求める気持ちだけは、だれにも負けないつもりよ」

「今さら言っても始まらないけれど、先生がもっと辛抱強くお付き合いしていたら、左近寺さんのすごいところを、知ることができたと思います」

「彼のすごいところは、セックスが強いことだけ。もちろん、知ってるでしょうけど」

その不意打ちに、真里亜ばかりかわたしも肝をつぶして、ついグラスを落としそうになった。

53

神成真里亜は、表情を硬くした。

洞院ちづるが、そこまで言うとは思っていなかったので、わたしもさすがに動揺する。

真里亜は、黙ってちづるを見つめたあと、抑揚のない声で言った。

「分かりました。先生はまだ、左近寺さんに未練があるんですね。だから、わたしと別れさせたいんだわ」

ちづるは、首を振った。

「とんでもない。未練なんか、これっぽっちもないわ。信じてほしいんだけど、わたしはあなたを才能のある踊り手だ、と思っているの。それを、この手で開花させるためにも、左近寺と別れてほしい。彼と縁を切らないかぎり、あなたは今より上のレベルには、行けないわよ」

「いいえ、行ってみせます」

セゴビアが終わり、バッハのバイオリン・パルティータが、流れ始める。

真里亜は、目を伏せて続けた。

「左近寺さんと別れない理由は、別にセックスとは関係ありません。もし、先生がそう考えていらっしゃるなら、ですけど」

ちづるは、自分でカバをついだ。

一口飲んで言う。

「わたしが別れた理由の一つは、彼のセックスに対する、異常な執着心ね。最初はいいけれど、おしまいにはもう勘弁してほしい、という状態になったわ。しかも、彼は同時に複数の女性と、そうしていたのよ。わたしは、とてもじゃないけれど、体が続かなかったわ」

真里亜は、少なからずどぎまぎしたが、何も言わなかった。

きまずい雰囲気が漂う。

ちづるは、どんなかたちでもいいから、真里亜に強いショックを与え、翻意させようとしている。

とはいえ、それもなんら功を奏するようには、見えなかった。

わたしは咳払いをして、またその場の滞った流れを、変えることにした。

「もし差し支えなかったら、教えてくれないか。きみは、岸川夫婦に卵子を提供することで、藤崎からいくら受け取る約束になってるんだ」

わたしの問いに、真里亜は目を上げた。

したたかな笑みを浮かべて言う。

「そんな質問に、答える義務はないと思いますけど」

「もちろん、義務なんかないさ。ただ、岸川がクライストの血というものに、どれだけの値をつけたのか、知りたいんだ。なにしろ、前代未聞の取引だからね」

真里亜はカバを飲み、少し考えた。

やおら、口を開く。

「父が、わたしの説得に成功した場合、岡坂さんにいくら謝礼を出すと言ったか、白状したら教えてさしあげます」

なかなかの、駆け引き上手だ。

「お父さんから、そういう具体的な話はなかった。ただ、左近寺の身辺を調査して、彼の正体を暴いてほしい、と頼まれただけさ」

嘘でもほんとうでもない、われながらこずるい返事だった。

真里亜が、怖い顔をする。

「左近寺さんのことを、調べたんですか」

「ほんのちょっとだけね」

実際には一昨日、知恩炎華とディナーショーを見たあと、左近寺一仁が真里亜と会うのを確認し、二人のあとをつけて〈ＪＫシステム〉に行った、ただそれだけのことだ。

もっともその翌日、ギタリストの高石英男と会い、左近寺の借金の話を聞き出したことも、調査のうちにはいるかもしれない。

真里亜は、思慮深い顔で言った。

「父は、岡坂さんが調べた結果をわたしに突きつけて、左近寺さんと別れさせる根拠にしよう、という肚なのね」

「まあ、そんなところだろうね」

「それで岡坂さんは、その仕事をいくらで請け負ったんですか」

容赦ないストレートだ。

「正式の仕事として、受けたわけじゃない。ただ、お父さんがこれくらいは用意する、と言っただけだ」

片手を広げてみせる。

真里亜は、瞬きした。

「たったの、五万円ですか」

「五百万円かもしれないよ」

言い返すと、真里亜はまさか、という顔をした。

わたしは続けた。

「実のところ、ゼロがいくつつくのか、お父さんは言わなかった。これは、嘘じゃない」

「確かめずに、引き受けたんですか」

「そういうことだ。今度はきみの番だぞ」

間をおかず、反撃に出た。

真里亜も、負けていない。

カバを飲んでから、目の前に指を三本突き出した。

「ゼロはいくつだ。まさか、七つじゃないだろうね」

「六つです」

三百万円か。

タイでの施術としては、炎華が言った相場より、はるかに高い金額だ。

ちづるも、やはり度肝を抜かれたのか、口をつぐんだままでいる。

言葉を失ったわたしたちに、真里亜は弁解がましく付け加えた。

「わたしも、ちょっと相場を調べてみたんですけど、常識はずれの金額かもしれません。でもそのお金は、左近寺さんのギターを取りもどすのに、回すつもりですから」

ようやく、言葉が出る。

「さっきも言ったが、彼が借りた金は百万円だけだし、貸した側も一割以上の利子は、取らないだろう。それに、左近寺がきみとは別個に、説得協力の謝礼金を手にすることも、確実なんだ」

「もう一度言いますけど、ギターを取りもどすだけじゃなくて、左近寺さんには生活を維持するための資金が、必要なんです。相手方も、わたしの卵子に価値を認めるからこそ、それだけのお金を出すんでしょう」

真里亜の信念は、揺らぎそうもない。

やむなく、最後のパンチを繰り出す。

「その金は、きみや左近寺だけじゃなくて、ほかの女性の生活を維持するために、遣われるかもしれないんだぞ」

真里亜は唇を嚙み、また目を伏せた。

強い口調で言う。

「とにかく、わたしが卵子を提供しないかぎり、何も始まらないことは確かです」

わたしはおおげさに、ため息をついてみせた。

「それじゃ、どうあっても気持ちは変わらない、というわけか」

「変えたくても、変えられません。おとといの夜、契約書にサインしましたから」

不意打ちを食らって、あっけにとられる。

それまで、口を閉じていたちづるも、衝撃を受けた様子で、身を起こした。

「ほんとうに。サインしてしまったの」

真里亜は、目を上げた。

「ええ。左近寺さんと一緒に、〈ＪＫシステム〉のオフィスへ行って、サインしてきました」

冷や汗が出る。

あのとき、炎華と外で待機しているあいだに、真里亜は契約を結んでしまったのだ。

さすがに、そこまで速戦即決で事が行なわれるとは、予想していなかった。

岸川芳麿も、当然その夜のうちに藤崎研一から、契約成立の報告を受けたはずだ。

しかし、岸川は前夜神楽坂で話したとき、そのことをおくびにも出さず、わたしの説得をかわすことに、終始した。

なかなかの役者だ。

ちづるが、焦った声で言う。

「その契約は、破棄できないの」

「もし、わたしの方から破棄したら三百万、相手方が破棄した場合は倍の六百万を、違約金として支払う約束です」

真里亜の口調は、どこか得意げだった。

ちづるは、全身の力が抜けたように、背もたれに体を預けた。

「早まったことを、してくれたわね。わたしが、左近寺とのことを打ち明けたあとなら、サインしなかったでしょうに」

真里亜は、首を振った。

「いいえ。先生と左近寺さんのあいだに、なんらかの関係があったとしても、わたしは気にしません。

過去のことは、過去のことですから。わたしは、前を向いて生きます」

それは事実上の、独立宣言だった。

BGMも凍りそうな、冷えびえとした沈黙が訪れ、わたしは身震いした。

やがて、ちづるが低い声で言う。

「よく考えて、決めてちょうだい。左近寺を取るか、フラメンコを取るかを」

真里亜は、一瞬わけが分からぬという顔をして、聞き返した。

「それは、どういう意味ですか」

ちづるは、答えなかった。

真里亜は唾をのみ、恐るおそる言った。

「つまり、左近寺さんと別れなければ、破門するということですか」

「そうよ」

決然とした口調だった。

真里亜は、たっぷり三十秒ほども考えてから、静かに立ち上がった。

深ぶかと、頭を下げる。

「長いあいだ、お世話になりました」

ちづるは、動かなかった。

わたしは、ほとんど息もせずに二人の様子を、見守っていた。

ちづるが、ゆっくりと言う。

「あなたは、フラメンコを捨てるのね」

真里亜はそれに答えず、ハンドバッグから財布を取り出した。

一万円札を抜き、テーブルに置く。

「わたしの分は、これで足りますか」

「しまいたまえ。ここは、ぼくのおごりだ」

「いいんです。手付金がはいりますから」

もはやだれも、真里亜の気持ちを変えることは、できないようだった。

真里亜は、ちづるに目を向けた。

「これまで、へたくそなわたしを教えてくださって、ありがとうございました」

そう言って、もう一度頭を下げる。

ちづるは顔をそむけ、何も言わなかった。

真里亜は、わたしの方に向き直った。

「父には、岡坂さんからお好きなように、報告してください。父に何を言われても、契約を破棄するつもりは、ありませんから」

肩をすくめて、さらに続ける。

「破棄したくても、違約金を払うことができないし」

「払う必要がある、とは思えないね」

わたしの声は、深い霧に吸い込まれたように、空しく響いた。

真里亜が、ちづるに言う。

「すみません。通していただけますか」

ちづるは黙ったまま、不自然なほどぎくしゃくした動きで、立ち上がった。

わたしも、腰を上げる。

真里亜は、体を横にしてあいた席をすり抜け、ボックスから出た。

あらためて、わたしたちにていねいに頭を下げ、出口へ向かう。

マスターが厳粛な顔で、ありがとうございました、と呼びかけた。

真里亜は、振り向かずに出て行った。

わたしはすわり直し、立ったままでいるちづるに、声をかけた。

「すわりたまえ」

ちづるは、一転してのろのろした動きで、腰を下ろした。

わたしは、余ったカバを二人のグラスに、つぎ足した。

一口飲んで、ちづるがぽつりと言う。

「あんなに頑固な子だとは、思いませんでした」

「フラメンコをやる子は、頑固でないと続かないよ」

ちづるは、しばらく無言で考えていたが、やがて大きくため息をついた。

「奥の手と思って、左近寺とのことを打ち明けたのに。あの子ったら、歯牙にもかけませんでしたね」

「よっぽど左近寺に、惚れてるんだろう」

ちづるはカバを飲み、遠いところを眺める目で、わたしの背後の壁を見た。

独り言のように言う。

「ここのマスターは、いつも開店の三時間前に、店に出て来るらしいわ。三時間かけて、隅から隅までぴかぴかに磨き上げないと、気がすまないんですって」

唐突な話の変化に、少しとまどう。

「それがプロ意識、というものなんだろう」

「そうですね。自分の職場を、いつもきれいにしておかなくては、いい仕事はできないということなんでしょうね」

「きみのスタジオも、そうなのかね」

「マスターの話を聞いてから、そのように心がけています。レッスンをしたり、練習したりするたびに、床が汚れますよね。傷もつきますし。毎日とはいきませんけど、まめにふき掃除をするようにしています。ときどき、気がつくと一時間くらい、磨いていることもあるわ」

「いい心がけだ。ぼくも、たまにはギターやモデルガンを、磨いているがね」

ちづるは肩を落とし、また深いため息を漏らした。

「真里亜さんは、けっして器用な踊り手じゃないんです。でも、一皮むけたら見違えるように、うまくなる可能性を秘めています。その一皮が何なのか、彼女にはまだ見えていないし、わたしにも見えてないんです。あと、少しなのに」

そう言って、唇を嚙む。

「くどいようだが、彼女も一人前のおとななんだ。自分の体を傷めて、惚れた男に尽くしたあげく、裏切られるのもまた人生さ。それが一皮むける、きっかけになるかもしれないだろう」

ちづるは考え、ゆっくりとうなずいた。

「そうですね。人それぞれ、ですね。もしかすると、わたしも左近寺と別れてから、一皮むけたのかも。自分では、分かりませんけどね」

わたしは、腕時計を見た。

午後十時半を回っている。

「疲れただろう。人を説得するのは、エネルギーがいるからね。失敗したときは、なおさらだ」

「そうですね。お開きにしましょう」

わたしは、マスターに合図して、勘定を頼んだ。

いつの間にか、カウンターの客は二人だけに、減っていた。

店を出て、急な階段をおりる。

二階のレストランは、もう閉店していた。

踊り場におりたとき、ちづるは突然顔をおおって、その場にしゃがみ込んだ。

わたしは、ちづるの震える肩を押さえた。

「気持ちは分かるが、きみは十分力を尽くしたんだ。これ以上、できることはないよ」

二の腕を支えて、無理やり立たせる。

くるりと体を回すなり、ちづるはわたしの胸にしがみつき、声を上げて泣き出した。

わたしは、ちづるの背中をやさしく叩きながら、少し途方に暮れた。

泣く女を、抱いて慰めるのは初めてではないが、いつも持てあましてしまう。

しかし、ちづるが泣きたくなる気持ちは、よく分かった。

「十分くらいなら、泣いていてもいいよ」

わたしが言うと、ちづるは涙で濡れた頬を押しつけ、熱い息を吐いた。

「十分じゃ、足りないわ。今夜は、一人になりたくない。一緒に、部屋に来て」

54

左側に、国立自然教育園の白壁が延々と、続いている。

街灯はあるが、かなり暗い。

右側には、小さなマンションや民家が、ひっそりと建ち並ぶ。

洞院ちづるの住まいは、部屋数が十戸にも満たない、三階建てのマンションだ。

スタジオは、もう少し先のビルの地下にある、という。

店を出てから、ちづるはわたしを逃がすまいとするように、左腕をしっかりつかんでいた。

同時にそれは、地の神に地中へ引きずり込まれるのを、恐れているようでもあった。

天に向かって踊るバレエとは逆に、フラメンコは地に向かって踊るものだ。

サパテアード（足の踏み鳴らし）は、地の神に捧げる荒あらしい祈り、ともいえる。

ちづるは、神成真里亜を説得できなかったことで、フラメンコの神の怒りを買った、と感じているのかもしれない。

わたしは、玄関ホールへ引っ張り込もうとする、ちづるの腕を押さえた。

「部屋に上がるのは、遠慮するよ」

ちづるは、唇を引き結んだ。

「どうしたんですか。もしかして、怖じけづいたんですか」

「怖じけづきはしないが、今夜のきみはいつものきみじゃない、と思うからさ」

「どこが、いつものわたしじゃないの」

「きみは、いつも生徒がやめるたびに、おいおい泣くのかね」

ちづるは、目を伏せた。

「才能のある子が、やめるときだけです」

涙でアイシャドウが崩れ、目の下に隈ができている。

入り口周辺に人影はないが、玄関ホールから漏れる照明が、異様に明るい。

防犯のためだとしても、なんとなく落ち着かない。

「ともかく、今夜のきみはいつものきみじゃない。一人になりたくない、という気持ちは分かるよ。

しかしそれは、相手がぼくでなけりゃいけない、という理由にはならない」

ちづるは視線を上げ、恨めしそうな目でわたしを見た。

「どうしてそんなに、理屈っぽいんですか」

「いつものことさ」

また、唇を引き締める。

「今夜を逃したら、もうチャンスはないかもしれませんよ」

わたし自身、似たようなせりふをつい昨日の夜、口にしたことを思い出す。

「ぼくの人生は、ここぞというチャンスを逃すことで、成り立ってきたんだ」

「自慢してるんですか」

「いけないかね」

ちづるは、含み笑いをした。

「とか言って、ほんとうは自信がないんでしょう」

なかなか、鋭い指摘だ。

「左近寺の武勇伝を、聞いたあとではね」

ちづるは少し、たじろいだ。

「別に、何もしなくてもいいんです。ただ、一緒にいてくれるだけで、気が休まるの。男の人には、分からないかもしれないけれど」

「男は、むしろだれかと一緒にいると、気が休まらないんだ」

ちづるは笑った。

「そのだれかって、わたしのことですよね」

押し問答をしているうちに、だいぶ落ち着きを取りもどしたようだ。

あきらめを含んだ口調で続ける。

「真里亜さんの気持ちは、変わりそうもありませんね。ほんとうに、頑固な子だから」

「彼女が、左近寺とこのままうまくいく可能性は、ゼロとはいえないまでもきわめて低い、と思う。もし、きみの言うことが正しいと分かれば、彼女はまたレッスンにもどってくるだろう。そのときは、温かく迎えてやることだね」

ちづるは答えず、しばらく考えてから口を開いた。

「真里亜さんのお父さまには、どう報告するつもりですか」

急に、気が重くなる。

「卵子提供の話などしたら、ただじゃすまないだろう。左近寺のことは、当たり障りのないように、報告するつもりだ」

そのとき、同じマンションの住人らしい若い女が、玄関ホールにはいって行きながら、ちづるに挨拶した。

ちづるも挨拶を返し、わたしにこっそり舌を出した。

女が、エレベーターに姿を消すのを見届けて、ちづるは言った。

「見られてしまったわ。どうしましょう」

「部屋にはいるつもりなら、普通はこんなところで、立ち話をしないだろう。送ってもらっただけ、と思うに違いないよ」

ちづるが、斜めにわたしを睨む。

「帰る口実ができて、よかったですね」

「別に口実なんか、必要ないさ」

そう応じると、ちづるは迷わずわたしの方に、身を寄せた。

あたりが明るいので、ちょっとたじろぐ。

しかし、ちづるはまったく躊躇せず、わたしにキスしてきた。

考えた以上に、濃厚なキスだった。

ちづるは身を引き、微笑した。

「それじゃ、おやすみなさい」

わたしは、指を立てた。

「今日のきみは、いつものきみじゃないが、いつものきみにもどったときに、あらためて考えることにするよ」

ちづるが、とぼけて応じる。

「考えるって、何をですか」

わたしは、こめかみを掻いた。

「いいんだ。おやすみ」

そのまま、ちづるに背を向ける。

三十メートルほど離れた曲がり角で、さりげなく後ろを見返ると、ちづるはまだ同じ場所に立ち、無邪気に手を振ってきた。

わたしも振り返して、角を曲がった。

そこに人が立っていたので、ぎくりとして足を止める。

地味なグレイのコートに、かかとの低い茶のパンプスという、目立たぬ装いの女だ。

街灯の明かりに、ゆっくりと顔をさらしたのは、知恩炎華だった。

わけもなく、腹が煮えてくる。

ぶっきらぼうに聞いた。

「あとをつけて来たんですか」

逆に炎華は、愛想よく応じる。

「ええ」

「ご苦労なことだ」

無愛想になったのは、またまたちづるとのキスシーンを見られた、という引け目があったからだ。

この女が、見逃すはずはない。

炎華は、眉をぴくりとさせた。

「見張られることは、分かっていたはずですよ」

「まあね」

一昨日、炎華に釘を刺された。

卵子提供の話が成立するまで、つまり岸川芳麿から藤崎研一に、そして藤崎から岩見沢武志に金が流れるまで、勝手に動かないでほしい。真里亜とも、接触しないでくれ、と言われたのだ。

要するに、岩見沢が手に入れた資金をもとに、なんらかの動きを見せるまで、邪魔しないでもらいたい、ということだろう。

それをチェックするために、炎華がわたしの動きを監視するはずだ、ということは承知していた。

しかし、この日はマンションを出たときから、つけられている気配はなかった。

むろん、炎華も尾行を悟られないように、それなりに気を遣ったに違いない。

どうやら、裏をかかれたらしい。

わたしを見つめながら言う。

「卵子提供をやめるように、神成真里亜を説得したんですか」

「いけませんか」

応じると、炎華の顔に強い失望の色が、広がった。

「あれほど、お願いしたのに」

「説得したけれども、真里亜を翻意させることは、できなかった。彼女はもう、契約書にサインした、と言いましたよ」

それを聞くと、炎華は一瞬とまどいの色を浮かべたが、すぐに頬を緩めた。

しかし、まだいくらか不安の残る表情で、一歩わたしに近づく。

「ほんとうですか」

「ええ。期待に添えなくて、悪かった」

瞬きする。

「なぜですか。真里亜は、説得に応じなかったんでしょう」

「結果はそうだが、わたしがあなたの意に反して、説得を試みたことに違いはない」

炎華は、余裕のある笑みを見せた。

「岡坂さんとしては、そうせざるをえなかったのでしょう。でも、結果的に説得に失敗したのなら、それでいいわ」

「まだ、あきらめてはいない。彼女だって、これから気が変わるかもしれない」

「でも、契約書にサインしたんですよね」

「少なくとも彼女は、そう言っていた」

「契約を破棄するのに、彼女はペナルティを払う余裕が、あるかしら」

「余裕はないだろうけど、法的に払う必要があるとは、思えないな」

炎華は、少しのあいだ考えていた。

それから、急に思いついたように、背後を振り返った。

「あそこでちょっと、飲みませんか」

路地の少し先の、プラチナ通りに出る手前の右側に、茂った竹の葉がのぞく塀がある。

門灯の下に、〈竹林〉と書かれた掛行灯が出ており、ほのかな光を放っていた。

「バーかしら。それとも、料亭かしら」

「分からない。行ってみましょう」

そばに近づくと、〈竹林〉の横上に小さく酒亭と、添え書きがしてある。

炎華は、先に立って飛び石を伝い渡り、入り口の格子戸をあけた。

意外に奥行きのある、白い一枚板のカウンターだけの、和風バーだった。

席は飛びとびに、半分くらい埋まっている。

明かりは、薄茶の土壁の四隅にかかった、渋い掛行灯だけだ。

バックに、三味線が流れている。

紺の作務衣を着た、胡麻塩頭の男が無愛想な顔で、いらっしゃい、と言った。

わたしたちは、あいた席に並んで腰を下ろし、日本酒だけのメニューを見た。

不思議なことに、年配の客はわたしくらいのもので、ほとんどが二十代から三十代の、カップルだった。

辛口の酒の、二合入りを頼む。

わたしたちは、大きめのぐい飲みを軽く持ち上げて、乾杯のまねごとをした。

「つけられているのに、気がつかなかった。仕事場からですか」

「ええ。今回はわたしたちも、細心の注意を払いましたから」

その口ぶりから、相方の筑摩荘司郎も一緒だったらしい、と分かる。

「筑摩君はどうしました」

「真里亜のあとを、追っています」

炎華は、あっさり答えた。

「なるほど。彼女は、また左近寺のアパートに、行くかもしれないな」

「そうね。いずれ、連絡がくるでしょう」

「それまで、時間つぶしに付き合ってくれ、というわけですか」

炎華が、含み笑いをする。

「岡坂さんだって、真里亜の説得に失敗したのなら、一杯飲みたい気分でしょう」

わたしは黙って、ぐい飲みをあけた。

酌をしながら、炎華がさりげなく言う。

「今日も、紳士的でしたね。今度こそ、お部屋に上がる、と思ったのに」

「たぶん、あなたに見張られていることを、本能的に察知したんだな」

「そうかしら。けっこう、熱のはいったキス、という感じだったわ。岡坂さんは、自制心が強いんですね」

「彼女に、自信がないんでしょうと指摘されても、言い返せなかった。要するに、そういうことですよ」

炎華は酒を飲み、唐突に言った。

「真里亜は、いくらで契約書にサインしたか、言いましたか」

「ええ」

「いくらですか」

「それは、言えないな。ただ、あなたが前に教えてくれた、タイで施術する場合の相場より、だいぶ高かった」

こちらを見た目が、きらりと光る。

「タイ。タイで、施術するんですか」

そう言えば、その話はまだ炎華にしていなかった。

「たぶんね。ちづる先生の話では、真里亜は正月明けにタイへ行くので、レッスンを休みにしてほしい、と言ったそうです。それも、契約の前だというから、気持ちはとうに固まっていたらしい」

炎華は、うなずいた。

「それじゃ、今さら契約を破棄することはない、とみていいですね」

安心した、という口調だ。

ためしに、聞いてみる。

「さっきも言ったけど、この種の反社会的というか、反倫理的な契約の場合には、法律上違約金を払う必要はない、と思う。たとえば、愛人契約なんかには、法的拘束力がないでしょう」

わたしが聞くと、炎華は首をひねった。

「民法にはうといので、よく分からないわ。でも、争うことはできるんじゃないかしら」

そういうケースがあるのかどうか、桂本忠昭に確かめてみる必要がある。

炎華はあらためて、わたしを見た。

「契約が終わったとしたら、もう教えてくださってもいいでしょう。なぜ、岸川が真里亜の卵子に、そうまでこだわるのか」

わたしは、ぐい飲みをあけた。

ハインリヒ・フォン・クライストへの、岸川芳麿の傾倒ぶりから説き起こして、ヒトラーやナチスに対する偏った志向まで、ざっと事情を話して聞かせる。

聞き終わると、炎華は理解に苦しむといった風情で、何度も首を振った。

「分からないわ、わたしには。いくら、奥さんが不妊症だからといって、そんな理由で特別な卵子を買うなんて、どんな頭の構造をしているのかしら」

「クライストに傾倒する人間は、どうもクライストに似てしまうらしい」

そのとき、携帯電話の着信音がした。

炎華は、コートのポケットに手を入れ、そのまま店の外へ出て行った。

そのあいだに、わたしは勘定をすませた。

炎華がもどるのを待って、席を立つ。

「お勘定は」

「すませました。筑摩君からかな」

「ええ。真里亜は、やはり左近寺のアパートへ、行ったそうです。まだ、出て来ないみたい。わたしも、行かなくては」

外に出る。

飛び石の上で、炎華は足を止めた。

ハンドバッグを探りながら言う。

「お勘定、いくらでしたか」

「今日は、おごりますよ。それより、真里亜が家に帰るのを、見届けてください」

「ええ」

炎華はうなずき、突然寄り添って来た。

「わたしにも、キスして」

回そうとする腕を、すばやく押さえる。

「やめておきましょう」

「どうして」

わたしは笑った。

「キスは一晩に一度、と決めてるんでね」

55

街にちらほらと、クリスマスを告げる飾りつけが、目立ち始めた。

相変わらず不景気が続き、のんびりクリスマスを楽しもう、という気運はあまり見られない。

飾りつけも中途半端で、どこか腰が引けている。

わたしは、来夏刊行される予定の映画の本の、監修を頼まれていた。

仮題は『さらばフィルムノワール』で、ともにクラシック映画の通として知られる、ある作家と評論家の対談をまとめて、補注をつける仕事だ。

夏ごろから、出版社の依頼を受けていたのだが、作家も評論家も多忙で日程が合わず、ようやく十日ほど前に見通しがついた。

対談は、この暮れから来春まで数回に分けて、行なわれることになった。

その第一回対談が、十二月中旬に実施された。

わたし自身、西部劇とともにこの分野については、相当詳しい方だと自負している。

とはいえ、二人の対談者はわたしより年長なだけに、映画館でリアルタイムに見た作品の数では、とても太刀打ちできなかった。

対談が始まると、予想どおり二人とも思いつくまま、勝手にしゃべりまくった。

おかげで、〈対談〉というよりも〈放談〉に近い、おもしろい内容になった。

わたしの役目は、ほとんど脈絡のない二人の発言を、ある程度筋道をつけてまとめることにある。

その仕事に時間を取られて、わたしは神成真里亜の一件を少しのあいだ、忘れていた。

たまたまにせよ、洞院ちづるからも知恩炎華からも、なんの連絡もなかった。

ただ、対談が行なわれる一週間ほど前に、父親の神成繁生が電話をかけてよこし、左近寺一仁について何か分かったか、と聞いてきた。

これには少々、閉口した。

忙しくて、今のところ調査はほとんど進んでいない、と答えるしかなかった。

神成の口ぶりでは、真里亜が藤崎研一と契約書を交わしたことも、ちづるとわたしが真里亜と話し合ったことも、知らないようだった。

当然ながら真里亜は、そのいきさつを父親にも母親にも、話していないのだ。

逆にこちらから、それとなく真里亜の様子を、聞いてみた。

「娘とはここしばらく、口をきいてないんです。母親とも、話をするのを避けているらしくて、わたしもアナも当惑しています」

それが、神成の返事だった。

真里亜は、スペイン語の講師を週二回きちんと務めており、フラメンコの練習も続けているようだ、という。

神成は続けた。

「ただ、そういうふりをしているだけで、実際には左近寺と会っているのかもしれない。今のところ、問いただすのは控えていますがね。どうせ、正直には答えないだろうし」

ほとほと持て余した口調だ。

「スペイン語の講師はともかく、フラメンコを続けているというのは、ほんとうですか」

「だと思います。ときどき、自分で練習着を洗ったり、干したりしていますから」

神成の返事に、腑に落ちないものを感じた。

もしも、真里亜がレッスンに復帰したのなら、ちづるはかならず連絡をよこすはずだ。

そのちづるが、何も言ってこないところをみれば、真里亜がわびを入れたとは思えない。

もっとも、ちづるのスタジオに行くのではなく、別の貸しスタジオで自主練習をしている、という可能性もある。

神成は、なるべく早く左近寺のことを調べてほしい、と言って電話を切った。

もう一つ、真里亜が藤崎研一と交わしたという契約書に、どの程度の法的拘束力があるのか、あのあと桂本忠昭に相談してみた。

桂本によれば、契約書の内容を見てみなければ、なんとも言えないそうだ。

しかし、内容が公序良俗に反する場合や、契約者がそうと知らずにサインした場合は、契約無効の申し立てができるだろう、とのことだった。

それを聞いて、多少の希望がわいた。

第一回対談が終わった直後の、金曜日の午後。

ワープロに向かっているとき、固定電話が鳴った。

受話器を取ると、女の声が言った。

「もしもし。岡坂さんですか」

「そうですが」

「神成真里亜です。先日は、申し訳ありませんでした」

予想外の電話に、ぎくりとする。

「ああ、真里亜さんか。その節はどうも」

とっさには、言葉が続かない。

「いろいろとご心配いただいたのに、逆に岡坂さんに不愉快な思いをさせてしまって、心からおわびします」

のっけから、それもばかていねいに謝られて、逆にどぎまぎする。

「いや、こちらこそ」

せりふを忘れた、俳優のような気分だ。

「わたしって、ずいぶん失礼なことを申し上げたみたいで、すみませんでした」

口調はしっかりしているが、どことなくうつろな声だった。

「いや、こちらこそ」

同じ言葉を、繰り返してしまう。

息を吸い、気持ちを落ち着けた。

「ぼくのことは、気にしなくてもいいよ。ただ、ちづる先生はかなりショックだった、と思う。一番弟子のきみに、背を向けられたんだからね」

ため息が聞こえる。

「そうですね。わたしも、いろいろな意味でショックでした。ちづる先生には、申し訳ないことをしました。あらためておわびしなければ、と思っています」

「それがいい。先生もきっと、きみのことを気にしているだろう」

少し間があく。

「あの、ちづる先生からその後何か、連絡はありませんでしたか」

「いや、何もない。電話もメールもない」

「そうですか」

そのまま、口をつぐんでしまう。

わたしは、受話器を握り直した。

神成真里亜が、電話してきたわけを知りたかったが、なんとなく聞くのが怖かった。しかし、黙っていると切られてしまいそうで、焦りを覚える。

「ええと、何かきみの役に立てることが、あるかな」

わたしが言うと、真里亜はおずおずと口を開いた。

「あの、岡坂さんは、まだわたしのこと、見捨てていませんか」

額の汗をふく。

「そう簡単に、見捨てたりしないさ。いつでも、きみの味方だよ」

真里亜は、また黙り込んだ。

あまり沈黙が長いので、電話が切れたかと思った。

「もしもし。もしもし」

繰り返し呼びかけると、ようやく返事があった。

「すみません。わたし」

その声で、真里亜が泣いていることが分かり、わたしはうろたえた。

「まあ、落ち着きたまえ。なんだったら、あとでかけ直してくれても、かまわないよ」

つい、逃げ腰になる。

電話で泣く女を、どう慰めたらいいか知っている男は、めったにいない。

「いいえ、だいじょうぶです。わたし、なんと言ったらいいか、岡坂さんに、ご相談というか、お力を、お借りしたいんです」

涙ながらに、そう言った。

「いいとも。力なら、いつでも貸すよ。もちろん、相談にも乗るさ」

真里亜は、それからしばらく泣いたあと、ようやく言った。

「すみません。ごめんなさい。これから、そちらへうかがっても、いいですか」

「こちらって、神保町にという意味か。それとも、この仕事場にかね」

「できれば、お仕事場に」

考えてみれば、こんな取り乱した状態のときに、人のいるところで話すことなど、できるものではない。

仕事場なら、邪魔がはいらずにすむ。

「今、どこにいるんだ」

「目黒です。駅の近くに、貸しスタジオがあって、そこへ練習に、来てるんです」

つかえながらも、ようやく泣きやんだ。

「それなら、地下鉄に乗って神保町まで、来ればいい。どこか駅の近くで、分かる場所があるかな」

「ええと、〈ヘンデル〉の場所なら、分かります。昼間は、あいてないでしょうけど」

バー〈ヘンデル〉は、最初に一緒に行った店だから、見当がつくだろう。

「それじゃ四十分後、三時半ごろに店の前まで、迎えに行くから」

電話を切ったあと、水を二杯飲んだ。

あの夜、〈カルマーダ〉を出てから、洞院ちづるが号泣したことを、思い出す。

いっそちづるに電話して、仕事場へ来てもらおうか。

ちづるなら、真里亜の扱いを心得ているだろう。

しかし、ちづるはレッスン中かもしれず、邪魔をするわけにいかない。

それに、真里亜がちづるにではなく、わたしに連絡してきたのは、それなりの理由があるからに違いない。

今日のところは、わたし一人で真里亜と会おう、と考え直した。

三時半前に、〈ヘンデル〉に着いた。

さすがに昼間は、前をたまに通り過ぎるだけで、店をしげしげと眺めることはない。

建物自体は、おそらく一九七〇年代までさかのぼる、年代ものだ。

しかし、〈ヘンデル〉の木の扉だけは、マスターの萱野信夫が毎日のように、時間をかけて磨き上げるので、ひときわ渋い光沢を放っている。

三時半を少し回ったころ、真里亜が裏道を白山通りの方から、小走りにやって来た。

紺のライダーズ・ジャケット、ジーンズにスニーカーといういでたちだ。ほとんど、化粧気がない。

両手に、バッグをさげている。

一つはいつもの、練習着や靴がはいっているらしい、黒いナイロン製のバッグ。

もう一つは帆布製の、大きめのハッチバッグ。

わたしが手を上げると、真里亜はにわかに足元を緩め、五メートルほども離れたところで、立ち止まった。

思い詰めた顔で、わたしを見る。

ぺこりと頭を下げた。

「ご迷惑をおかけして、すみませんでした」

お返しに、愛想よく笑ってみせる。

「迷惑だなんて、思ってないよ。もともと、ひとさまの悩みを聞くのが、ぼくの仕事だからね」

真里亜は、臆病な子犬のように頼りない足取りで、そばにやって来た。

「それじゃ、行こうか」

先に立って、歩き出す。

お茶の水小学校から、錦華公園を抜けて階段をのぼり、錦華坂に出た。

「お父さんと、しばらく口をきいていないんだってね」

「ええ。父と、話をしたんですか」

「うん。何日か前、電話でね。きみはお母さんとも、話をしてないそうじゃないか」

「いえ、母とは話をしています。ただ、例の件に触れないだけで」

例の件、か。

並んで歩きながら、重い沈黙が漂う。

やがて真里亜は、口を開いた。

「左近寺さんのこと、まだ調べてらっしゃるんですか」

「お父さんにも、進展具合を聞かれたよ」

「それで」

急き込むように、聞いてくる。

「実は、あれから何も調べてない。ぼくも忙しくなったし、いくらがんばったところで、きみを翻意させることはできない、と思ったから」

そう言いながら、横目で様子をうかがう。

真里亜は、ポケットからハンカチを取り出し、鼻に当てた。

涙ぐんでいるのが分かる。

やはり、様子がおかしい。

例の件とやらで、何か劇的な変化があったような、そんな雰囲気だ。

しかし、聞くのはやめておいた。

山の上ホテルの裏手を抜け、シャトー駿河台に向かう。

真里亜は、白壁の古い建物を見上げて、自分を元気づけるように、明るい声で言った。

「わあ。ずいぶん、おしゃれなマンションですね」

「三十年前にしてはね」

エレベーターを使わず、階段を三階へのぼる。

廊下に出ると、真里亜はまた声を上げた。

「中廊下って、まるでホテルみたい」

「マンションには、珍しいだろう」

仕事場の鍵をあけながら、斜め前が桂本弁護士の事務所だ、と教える。

ドアを開き、真里亜を中に入れた。

「コーヒーをいれるから、その辺を見物していたまえ」

真里亜が、書棚を眺めているあいだに、沸かしておいた湯で、コーヒーをいれた。

応接セットに、腰を落ち着ける。

「いいお仕事場ですね」

「便利なだけが、取り柄さ」

そんな話をしながら、まるでそれだけが目的のように、ゆっくりとコーヒーを味わった。

やがて、真里亜が口を開く。

「いろいろと、ご心配をおかけしました。左近寺さんとは、きっぱりと別れました」

56

「そうか。それはよかった」

わたしが応じると、神成真里亜は拍子抜けしたように、顔を見直してきた。

「あの、左近寺さんと別れた、と言ったんですけど」

「聞こえたよ」

なんとなく、話の展開が読めていたので、別れたと聞いてもさほどの感慨は、わいてこなかった。

遅かれ早かれ、そうなるものと予想していたし、そのときが考える以上に早くきた、というだけのことだ。

一方で、あれほど左近寺に惚れ切っていた真里亜が、そう短時日に別れることができるのか、という疑念もある。

別れたと宣言しながら、よりをもどすのは珍しくないし、むしろよくあることなのだ。

「あまり、驚かないみたいですね」

不満そうな口ぶりだった。

「お尻に火がついたコウモリみたいに、窓から飛び出せばよかったかね」

真里亜は、瞬きした。

「だって、〈カルマーダ〉でお二人とお話ししたとき、わたしは未来永劫彼とは別れないって、そう言いましたし」

真里亜が、そんな言葉を遣った記憶はないが、気持ちはそうだったに違いない。

わたしは言った。

「恋愛に関するかぎり、永遠とか未来永劫とか死ぬまでとかいう言葉は、限定されたごくごく短い期間、という意味でしかないのさ」

真里亜は目を伏せ、また泣きそうな顔になったが、どうにか踏みとどまった。

いくらか、自制心を取りもどしたようだ。

「あの日、〈カルマーダ〉を出たあとで、左近寺さんに会いに行きました」

「そうか」

真里亜は、何か言おうとして、やめた。

どうやら、わたしがいっこうに驚かないのが、おもしろくないらしい。

真里亜が、左近寺のアパートへ回ったことは、あの日のうちに知恩炎華から聞いた。

ただし、それからあとは連絡がないので、何も知らない。

真里亜は、あらためて口を開いた。

「左近寺さんに、ちづる先生と岡坂さんから二人がかりで、卵子提供をやめるように説得されたけれど、わたしはうんと言わなかった、と報告したんです。それを聞くと、左近寺さんはこれで何もかもうまくいく、と言ってすごく喜びました」

一度言葉を切り、話を続ける。

「そのあと、左近寺さんは急に翌日から、ライブの仕事で地方へツアーに出るので、しばらく会えない、と言い出しました」

「ふうん。今まで暇だったのに、突然そんな仕事がはいるとはね」

「わたしも、そういう話は聞いていなかったので、変だなという気はしたんです。でも、すなおによかったと思って、その日はそのまま帰りました」

唇を引き結んで、さらに続けた。

「それから三日間、なんの連絡もありませんでした。四日目にさすがに心配になって、ケータイに電話しました。そうしたら、つながらないんです」

ぴんとくる。

「ケータイを、替えたんじゃないか」

わたしが言うと、真里亜はうなずいた。

「たぶん、そうだと思います。それで、心配になって翌日、左近寺さんのアパートに、行ってみたんです。東急目黒線の、洗足駅の近くですけど」

炎華によれば、目黒区南一丁目の美並荘という、古いアパートだそうだ。

「それで」

真里亜はまた、唇をぎゅっと結んだ。

目を伏せて言う。

「ドアをノックしても、返事がないんです。思い切って、部屋にはいりました。つまりその、ええと、合鍵をもらっていたので」

恥ずかしそうに、下を向いてしまう。

左近寺が出て行ったあと、大家はまだ鍵を替えていなかったらしい。

「はいってみたら、部屋の中がきれいさっぱり、片付いていたんだね」

そう指摘してやると、真里亜は身をすくめながら、うなずいた。

「ゴミ袋が一つだけ、ぽつんと残っていました。どこかに、引っ越しちゃったんです」

言いながら、顔を紅潮させる。

悲しみではなく、怒りのあまりだろう。

「それから、どうしたんだ。まさかそれだけで、きっぱり別れることにしたわけじゃあるまい」

真里亜は、こくりとうなずいた。

「きっと、何か人に言えない事情があって、姿を隠しただけなんだ。少しすれば、連絡をくれるに違いないって、そのときはそう思いました。だって、わたしはまだ手付金さえ、受け取っていませんでした。それに、全額支払われるのはタイへ行って、ちゃんと卵子を採取したあと、という約束になっていました。少なくとも、そのお金を待たずに左近寺さんが、わたしから離れるはずはない、と信じてたんです」

わたしは、首を振った。

「人がよすぎるね。このあいだも言ったが、左近寺はそれとは別にきみの説得料として、同じくらいの額を手にするはずなんだ。その金だけで十分、と思ったのかもしれないよ。借りたのは、百万だけだしね」

本心はおそらく、真里亜が受け取る金もほしかったはずだが、さすがにそこまであこぎなまねは、しかねたのだろう。

真里亜は、気合を入れ直すように髪を振り立て、まっすぐに顔を上げた。

「わたしも、そのことを思い出しました。それで、藤崎さんに手付金を受け取りに来るように、と言われていたこともあって、その足で〈ＪＫシステム〉に行くことにしました。ついでに、事情を聞こ

う と思ったんです」

「藤崎は、岸川教授の言いなりだから、口が堅い。何も、教えてくれなかっただろう」

真里亜は、肩をすくめた。

「というか、あいにく藤崎さんは外出していて、不在でした。でも、奥さんの雪絵さんがいました。前に一度、オフィスで会ったことがあるので、中に入れてもらったんです」

雪絵の名を聞いて、興味を引かれる。

「そうか。それで、どうしたんだ」

「わたしは、左近寺さんと連絡が取れなくなった事情を、雪絵さんに話しました。それから、どういうことなのか説明してほしい、と迫ったんです。頭にきていたので、岸川という人の名前を持ち出して、卵子の行く先もお見通しだし、正直に話さないのなら出るところに出る、とおどかしてやりました」

思わず、笑ってしまった。

「威勢がいいね。その調子だ」

真里亜はにこりともせず、コーヒーに口をつけた。

「そうしたら、雪絵さんもちょっとやばいと思ったのか、それともわたしに同情したのか分かりませんが、しぶしぶ裏の事情を打ち明けてくれたんです」

少しのあいだ、気持ちを落ち着けるように考えたあと、真里亜はぽつりぽつりと話し始めた。

藤崎雪絵が、問わず語りに語ったのは、次のような話だった。

雪絵は、夫の藤崎より三つ年上で、自身も六年前の二十八歳のとき、卵子を提供した経験がある、という。

そのおり、当の卵子斡旋業者の下で雪絵を担当した、藤崎と親しくなった。

雪絵は当時、すでに聖トマス病院の産婦人科で、パートの仕事をしていた。そのため、不妊治療についても、詳しかった。

二人はほどなく結婚し、独立した藤崎は新たに〈ＪＫシステム〉を興して、雪絵とともに卵子斡旋の仕事を始めた。

産婦人科には、不妊治療にかよう患者がたくさんおり、その中から卵子をほしがる夫婦を見つけるのは、さしてむずかしいことではなかった。

岸川芳麿と美岬も、そうした夫婦の一つだった。

美岬は、数年前卵巣嚢腫の手術をしたあと、妊娠することができずにいた。

岸川の要望に従って、藤崎は卵子提供の候補者を、何人か提示した。

しかしどの候補者も、岸川の気に入らない。

結論が出ぬまま、一年ほどたった。

それが、今年十一月の初めごろだったか、岸川はにわかに藤崎に対して、神成真里亜の身辺を調査してほしい、と依頼してきた。

条件さえ整えば、真里亜に卵子を提供してもらい、自分の精子で受精させる。

その受精卵を使って、美岬に子供を生ませたいというのが、岸川の考えだった。

それから先は、だいたいわたしが想像したとおりに、話が進んだようだ。

藤崎も雪絵も、岸川がなぜ真里亜の卵子をほしがるのか、知らなかったらしい。

雪絵は真里亜から、ハインリヒ・フォン・クライストの血統の話を聞かされて、ようやく事情が分かったそうだ。

事前調査のために、藤崎は桂本忠昭やわたしに接近したほか、真里亜と左近寺の関係も突きとめた、という。

そこで、藤崎は独自に左近寺と接触を図るとともに、説得に協力してほしいと持ちかけた。その結果、左近寺は別途謝礼を受け取ることを条件に、真里亜の説得に協力するという契約書を、藤崎と取り交わした。

「その点は、岡坂さんがおっしゃったとおりでした。ただ、わたしもそこまではしかたがないかな、と思っていたんです。だって、左近寺さんが行き詰まった状態なのは、よく承知していましたから」

真里亜はそう言って、一度口を閉じた。

唇を嚙み締め、あらためて口を開く。

「でも、雪絵さんの話によれば、契約にはそのほかにも条件が、ついていたんです」

「どんな」

真里亜ははなをすすり上げ、声を途切らせながら言った。

「わたしが、卵子提供の契約書に、サインしたら、左近寺さんはできるだけ早く、支払いを受けること。同時に、できるだけ早く、わたしと別れること、という条件です」

わたしは黙って、真里亜がハンカチを取り出し、涙をふくのを見ていた。

真里亜は、ぎゅっとハンカチを握り締め、喉から声を絞り出した。

「わたしが、もし左近寺さんと結婚して、子供を産みでもしたら、岸川さんの奥さんが産んだ子供と、異父兄弟になる。それが、トラブルのもとになってはいけない、という理由だったに違いないわ。あのとき、岡坂さんもそのことを、指摘しましたよね」

「うん。それをネタに、左近寺が言いがかりをつける、という可能性もある。岸川は、そういうトラブルに巻き込まれるのを恐れて、左近寺にきみと別れるように、藤崎を通じて因果を含めたんだろうね」

真里亜は、肩を落とした。

「左近寺さんは、わたしがサインした翌日に早ばやと、藤崎さんから現金で謝礼を全額受け取った、ということでした」

驚いて、顔を見直す。

「ほんとうか」

「ええ。金額は、聞きませんでしたけど」

どうやら岸川は、速戦即決で取引をまとめるために、あらかじめ藤崎に金を回しておいたらしい。

左近寺に渡った謝礼は、おそらく高石英男からギターを取りもどしても、十分お釣りがくる金額だろう。

話はなおも続く。

「わたしと別れたら、決してよりをもどさないようにって、藤崎さんはしつこく左近寺さんに、念を押したんですって。もし、約束を破るようなことがあったら、謝礼金を倍返しするという条項も、はいっていたらしいわ」

わたしは、あきれて首を振った。

そんな、常識とかけ離れた契約条項に、法的な拘束力はないだろう。素人相手の、脅し文句にすぎない。

桂本に聞かなくても、それくらいは見当がつく。

真里亜は、強い口調でさらに続けた。

「それを聞いて、左近寺さんは笑いながら、こう言ったそうです。真里亜とのことは、単なる遊びにすぎないから、すぐにでも別れられる。契約を破って、謝礼金をふいにするようなばかなまねは、絶対にしませんよって」

目に涙が盛り上がったが、真里亜は顔を紅潮させながら、それをどうにかのみ込んだ。

わたしは、口を開いた。

「それが左近寺の、本音だろうね。しかし、あの男が強気でいられるのは、受け取った金が手元にあるうちの話さ。一文なしにもどったら、性懲りもなくきみに声をかけて、よりをもどそうとするだろう。きみに卵子提供をさせれば、何度でも金を稼げるからね」

真里亜は憤然として、鼻をふくらませた。

「そんなこと、わたしが許さないわ」

「さあ、それはどうかな。左近寺がきみに、こう言ったらどうする。きみと別れたのは、契約を守るふりをするための、一時的なポーズにすぎない。いずれ、ほとぼりが冷めるのを待って、よりをもどすつもりだった。そう言われたら、きみもふらっとくるだろう」

真里亜の目から、大粒の涙がこぼれる。

「どうして、そんな、意地悪なことを、言うんですか。わたしは、絶対に左近寺と、よりをもどすつもりは、ありませんから」

もしそこに、花瓶でも置いてあろうものなら、わたしに投げつけかねない勢いだった。

わたしは、まじめな顔で応じた。

「今、きみは初めて左近寺のことを、呼び捨てにした。やっと、肚が決まったようだね」

真里亜は、悔しそうに唇を嚙んだ。

「それだけじゃないわ。絶対によりはもどさない、と決心したわけがあるんです」

「どんな」

迷いを断ち切るように、ハンカチをポケットにしまう。

「雪絵さんに、左近寺の居場所を知りませんかって、尋ねたんです。そうしたら、何かのときのために、緊急連絡先を聞いておいたと言って、固定電話の番号だけ教えてくれました。だれの電話かは、雪絵さんも聞かなかったそうですけど」

「それで、かけてみたのか」

「ええ」

うなずいたきり、口をつぐんでしまう。

わたしは、辛抱強く続きを待った。

真里亜はようやく、口を開いた。

「女性が出てきて、タベルナ・ヒターナですって、そう言ったんです」

「タベルナ・ヒターナ」

ジプシーの居酒屋、といった意味だ。

「ええ。どこかの、スペイン料理店かと思ったんですけど、とりあえず間違えましたと言って、電話を切りました。切ったあとで、すぐに思い出したんです。そういう名前の、フラメンコのスタジオがある、ということを」

「ほう。だれのスタジオだ」

真里亜は唇をゆがめ、にがいものでも吐き出すように、言い捨てた。

「トウドウキヨノさん」

とっさには、その名前を思い出せなかったが、すぐに字面が浮かんだ。

「あの、藤堂清乃か」

「そうです」

藤堂清乃は、日本舞踊からフラメンコに転身した、変わり種のバイラオーラだ。

日本舞踊とフラメンコを融合させた、独特の踊りで一部に熱狂的なファンがいるが、フラメンコの世界では白い目で見られる、特異な存在だった。

N.N.

57

念を押す。

「つまり左近寺は、藤堂清乃のスタジオを連絡先にした、ということか」

神成真里亜は、涙をこらえてうなずいた。

「そうです。ちづる先生がおっしゃったとおり、左近寺には別の女性がいたんです」

「左近寺はきみを捨てて、藤堂清乃のところに転がり込んだと、そう言いたいんだね」

「だって、そうとしか、考えられないでしょう」

言い捨てて、唇を嚙み締める。

わたしはソファを立ち、時間をかけてコーヒーをいれ直した。

「すみません」

頭を下げた真里亜は、少し落ち着きを取りもどしたようだった。

「藤堂清乃は、むろん左近寺より若いはずだが、きみよりはだいぶ年上だろう。ぼくだったら、彼女よりきみを選ぶね」

わたしが言うと、真里亜はカップを持ちそこない、コーヒーを少しジーンズの上にこぼした。

あわてて、カップを受け皿にもどし、ハンカチで染みを押さえる。

恨めしそうに言った。

「こんなときに、変なお世辞はやめてください」

「別に、お世辞を言ったつもりはないけど、悪かった。どちらにせよ、藤堂清乃が左近寺の本命と断定するのは、早計じゃないかな。単なる、女友だちかもしれないよ」

それを聞くと、真里亜はきっとなった。

「岡坂さんは、単なる女友だちの電話を、自分の緊急連絡先として、ひとに教えますか」

嚙みつきそうな口ぶりだ。

「まあ、そこまで緊急を要する女友だちは、いないいな」

意味のない冗談を言ったが、真里亜は笑わなかった。

「ですよね」

「そもそも、タベルナ・ヒターナというのが、彼女のスタジオだけの名称とは、限らないんじゃないか。きみが言ったとおり、どこかのスペイン料理店とか、別の踊り手のスタジオとか、そういうこともありうるだろう」

そう指摘すると、真里亜は目をきらきらさせて、得意げに言った。

「いいえ、間違いありません。夜になって、もう一度電話して、確かめましたから」

これには驚く。

「二度も、電話したのか」

「ええ。二度目は、公衆電話から。昼間と同じ女性が、出てきました。それで今度は、藤堂さんのスタジオですかって、聞いてやったんです。そうしたら、たぶん藤堂清乃ご本人だと思いますが、そうですって答えました」

「なるほど。それで、すぐに切った、と」

真里亜がとんでもない、という顔をする。

「まさか。左近寺さんをお願いします、と言ってやりました」

たいした度胸だ。

真里亜は続けた。

「そうしたら、どちらさまですか、と聞き返してきたんです」

「だろうね。正直に名乗ったのか」

「いいえ。〈ＪＫシステム〉の、藤崎雪絵ですけどって、嘘をつきました」

けろりとしている。

「左近寺は、電話口に出てきたか」

「出てきました。確かに左近寺の声でした。だから、思い切りがちゃん、と切ってやりました。当然、わたしからだということは、分かったはずです」

「その話は、いつのことなんだ」

「先週の木曜です」

もう、一週間以上たっている。

「それからどうした」

真里亜は、急に気が抜けたように、肩を落とした。

「いっときは、スタジオに乗り込んで、二人と正面から対決しようか、と思いました。こう弁解したら、こう言い返してやろうと、セリフまで考えたくらい。でも」

そこで口を閉じ、背筋を伸ばして続ける。

「でも、急にばかばかしくなったんです。わたし、何やってるんだろうって。左近寺と付き合った、一年ほどの記憶が急に色あせてしまって、自分でも愕然としたくらいです」

「にわかに、目が覚めて正気にもどった、ということかね」

真里亜は喉を動かし、それから悔しそうに言った。

「なんとでも、言ってください」

一呼吸おいて続ける。

「正直言って、わたしもこれでいいのかという思いが、ずっとありました。左近寺が、フラメンコのことを熱く語るのを聞いて、すごく刺激を受けたことは確かです。尊敬する気持ちが、いつの間にか好意から恋に育って、抜き差しならなくなったのかもしれません。でも、ひとから左近寺の悪口を言われたり、別れるように強要されたりすると、つい意地になってしまうんです。それに」

わずかに間をおき、さらに続けた。

「きのうの夜になって、左近寺から突然わたしのケータイに、電話があったんです。それも、非通知で」

少し緊張する。

「なんと言ったんだ、彼は」

「前置きもなしに、藤堂清乃とは昔からの付き合いで、ただの友だちにすぎない、と弁解しました」

それはとうに、読み筋だ。

「やはり左近寺も、スタジオに電話してきたのがきみだ、と察したんだね」

「ええ。雪絵さんに問い合わせれば、彼女が電話していないことは、分かりますから」

「それから、どんな話になったんだ」

「わたしは真っ先に、なぜ黙って急に引っ越したのか、と問い詰めてやりました。すると左近寺は、実は〈ＪＫシステム〉から別途謝礼金が出たので、いくらかましな部屋に移っただけだ、と自分から言い出したんです。たぶん雪絵さんから、わたしに裏の事情を話してしまったことを、聞いたんだと思います。それで、自分が裏金をもらったこともばれたと知って、先手を打ったのね」

そう言って、鼻の頭にしわを寄せる。

「どっちにしても、それが急に引っ越した理由になるとは、思えないね」

「ですよね。それでわたし、いくらかましな部屋というのは、藤堂さんのスタジオのことか、と聞いてやったんです」

「なかなか、言うじゃないか」

「そうしたら、あわてて違うちがう、と否定しました。ただ荷物が片付くまで、居候しているだけだ、と」

「片付けるほど、荷物もないだろうに」

真里亜は、くすりと笑った。

「わたしも、そう言ってやりました。そうしたらむきになって、ほんとに部屋を借りたんだ、と言い張るんです。もしよかったら」

そこで急に、言いよどむ。

「もしよかったら」

先を促すと、真里亜はちょっとためらい、つっけんどんに続けた。

「もしよかったら、新しい部屋を見に来ないか、と言われました」

「ふうん。見に行ったのかね」

真里亜は、わたしを睨みつけた。

「だったら、わたしが今ここにいるわけが、ないじゃないですか」

その見幕に、たまらず降参する。

「冗談だよ、冗談」

真里亜は、いかにもあきれたという顔で、瞳を回した。

「岡坂さんたら、ひとの話をまじめに聞いてください」

「悪かった。気分がよくなると、ついからかってみたくなるのさ。それから、どうした」

真里亜は、大きく息を吐いた。

「向こうが、一人でしゃべっているあいだに、二度と連絡しないでと宣言して、電話を切りました。それから、大泣きしました。でも今日になったら、だいぶ気持ちが落ち着いたので、岡坂さんにお電話したわけです」

「しかし、さっきの電話でも泣いていたし、今だって半べそをかいてるじゃないか」

またからかうと、むっとして言い返す。

「これは、自分のばかさかげんに愛想がつきた、ただの悔し涙です」

それから、にわかに居住まいを正し、膝に手を置いて続けた。

「ここからが、ご相談なんです。雪絵さんと話した翌日、わたしはあらためて藤崎さんに電話して、卵子提供の話を白紙にもどしてほしい、と正式に申し入れました。すると、それでは契約を交わした意味がない、今さらやめると言われても困る、となじられました」

「当然だろうね」

「ええ。それから、あの手この手で説得されて、わたしも言葉に詰まるほどでした。手付金だけでなく、すぐにも全額支払う用意があるから、考え直すようにとも言われました。先方から、すでに謝礼金を預けられていて、いつでも手渡せるというんです。だから、もうあともどりはできない、と」

思ったとおりだ。

岸川芳麿は、真里亜の気が変わらないうちに、いつでも謝礼を支払えるようにと、〈ＪＫシステム〉に金を回しておいた。

それで、左近寺一仁もいち早く謝礼金を、受け取ることができたのだ。

「それできみは、どう対応したんだ」

「もちろん、考えは変えませんでした。すると、藤崎さんは案の定違約金のことを、持ち出してきました。倍額の六百万円を、どうやって支払うつもりなのか、と」

「そんな金を、払う必要はないよ。請け合ってもいいが、桂本先生に相談すれば間違いなく、違約金なしで解約できる」

真里亜は、下を向いた。

「だとしても、うかつにそんな契約書にサインしたわたしにも、落ち度があると思うんです。違約金を払うかわりに、何か別のことでカバーできないか、岸川さんに聞いてみてくださいって、そう頼みました」

世間知らずというか、世間ずれしていないというか、あきれるより感心してしまう。

「それで、何か反応があったのかね」

「ありました。おとといの夜になって、岸川さんから直接わたしのケータイに、連絡がはいったんです。藤崎さんに番号を聞いた、と言って」

「自分で直接、説得しようというつもりか」

「だと思います。実際、最初の十五分くらいは、その話ばかりでした。なぜ気が変わったのかとか、謝礼金が足りないからかとか、いろいろ聞かれました。先ざき、トラブルになるのが怖いのなら、その心配は絶対にないから、とも言われました。物柔らかな、いかにも辛抱強い話し方の人なので、ほんとに申し訳ない、と思ったくらいです」

「しかし、考えは変えなかったんだろう」

「ええ。どうしても、わたしの気持ちが変わらないと分かると、岸川さんはあらかじめ用意していたように、奇妙な交換条件を出してきました」

それを聞いて、顔を見直す。

「奇妙な、とはどんな」

真里亜は、途方に暮れたような表情で、わたしを見た。

「わたしの母の手元に、ドイツから持って来た、ある人物の肖像画があるはずだ。違約金のかわりに、それを譲ってくれないか、と言うんです」

一瞬、頭が混乱する。

真里亜でなくても、とまどいを覚えずにはいられない、奇妙な交換条件だ。

しかし、すぐに記憶の留め金がぴんとはじけ、頭に浮かんだことがあった。

三週間ほど前の、十一月下旬。

岸川と、初めて山の上ホテルで酒を飲んだとき、それに関連するような話が出たのを、思い出した。

岸川は、少し前にドイツに出張したとき、山科幸三という在独の学友に会った、という話をした。

山科は、神成アナの兄のビセンテ・ナバロが、ベルリンで経営するレストラン〈サラマンカ〉の、なじみ客だと言っていた。

「どうかなさったんですか」

真里亜が、顔をのぞき込んできたので、われに返る。

「いや、なんでもない。実際に、そういう肖像画を持っているのかね、お母さんは」

「ええ。ドイツから、持って来たんです」

「そうか。ちょっと、トイレに行ってくる」

わたしは、不審顔の真里亜を残してソファを立ち、リビングにはいった。

手を洗いながら、考えをまとめる。

山科によれば、ビセンテの祖父フリアン・ナバロは、第二次大戦後サラマンカの自宅レストランに、ドイツから亡命して来た四人の女性を、かくまった。

親しくしていた、スペイン軍部の高官の頼みだった、という。

四人のうち三人は、エリカ・ヴァグナーと娘のエファ、ブリギッテ。

あとの一人は、エリカの遠縁に当たるルイゼで、この娘は成長したのちフリアンの息子ヘススと結婚して、ビセンテとアナを産んだ。

わたしは、その話をそれより先に、もっと詳しく、アナ自身から聞いている。

ただ、岸川によれば山科は、エリカ母娘を元ドイツ国防軍情報部長官、ヴィルヘルム・カナリス提督の遺族だ、と断定したという。

確かに、カナリス提督の妻の名はエリカで、ヴァグナーは旧姓のヴァアグと似ており、変名の可能性を示唆する。

エファ、ブリギッテも提督の娘の名前と、まったく同じだ。

その後ナバロ一家が、ベルリンへ移住することが決まると、エリカ母娘はくだんの軍高官に、引き取られた。

そのとき、エリカはなぜか自分の夫の肖像画を、ルイゼの手元に残して去った。それを精査すれば、エリカの夫がカナリス提督かどうか、すぐに分かるはずだ。

ただし、その肖像画はのちに紛失したか、あるいはだれかに託されたかして、行方が知れなくなった、という。

岸川によれば、山科が話したのはそこまでで、それ以上詳しいことは知らない、と言ったそうだ。

しかし、今聞いた真里亜の話が事実だとすれば、問題の肖像画はルイゼの手から、神成繁生と結婚した娘のアナに、託されたことになる。

さらに、それはアナとともに日本に渡り、現在もその手元にある、というわけだ。

そして、岸川はどうやらそうした事情を、承知しているように思われる。

山科は、おそらくその肖像画の消息を、岸川に詳細に語ったに違いない。ただ、岸川が詳しく聞かなかったと嘘をつき、わたしに黙っていただけなのだ。

ソファにもどると、真里亜は待ち兼ねたように、口を開いた。

「母は今言った肖像画を、とてもだいじにしています。なぜ、その絵のことを知っているのか、岸川さんに聞いてみたんですけど、ある人に教えられたからとだけしか、答えてくれませんでした」

「それできみは、岸川にどう返事をしたんだ」

「事情を話して、ひとさまに譲ることはできない、とお断りしました。岸川さんは、手を替え品を替えして、しばらく食い下がりました。それでも、わたしを説得できないと分かると、見るだけでもいいから見せてくれないか、と譲歩してきました。そこまで言われると、こちらにも負い目がありますし、断ることができませんでした。それで」

真里亜は、かたわらに置いたトートバッグを、膝に移した。

「岡坂さんに、たまたまその肖像画の話をしたら、ぜひ見たいと言われたと母に嘘をついて、持ち出す許しを得たんです」

あっけにとられて、そのバッグを見る。

「それがそこに、はいってるのか」

「ええ。これを岡坂さんから、岸川さんに見せてあげてください。岡坂さんなら、岸川さんとやり合っても、負けないと思うので」

58

翌日の土曜日。

午後二時過ぎに、インタフォンが鳴った。

ドアをあけると、岸川芳麿がやや緊張した顔で、わたしを見た。

「先日はどうも」

そう言って、軽く頭を下げる。

わたしは、愛想よく迎えた。

「こちらこそ。お休みの日に、お呼び立てしてすみません」

「いや」

岸川は短く応じて、中にはいった。

紺のオーバーコートを脱ぎ、コート掛けに掛ける。

グレイの、ホームスパンのジャケットに、同色のコージュロイのスラックス。

グリーンと赤の、チェックのシャツ。

相変わらずの、しゃれた装いだ。

いかにも、興味を引かれたという様子で、岸川は書棚の前に足を運んだ。

ざっと眺めたあと、向き直って言う。

「洋書も含めて、スペインや現代史関係の本が、ずいぶん多いですね。ただ、ドイツ文学関係の本が、一冊も見当たらないのは不思議だ。あれだけ、詳しくていらっしゃるのに」

わたしは、応接セットのそばに立って、岸川の問いに答えた。

「ドイツ文学関係の本は、奥のリビングの書棚に並べてあります。専門とは、ほど遠いので」

「ご謙遜でしょう」

きっぱりと、お世辞であることを隠さぬ口調で言い、応接セットに移って来る。

コーヒーをいれて、テーブルに運んだ。

「いただきます」

岸川は、ブラックのまま、口をつけた。

それから、前置きなしに言う。

「今月初め、神成真里亜は〈ＪＫシステム〉と、卵子提供の契約書にサインしました。ご存じでしょうね」

「ええ。彼女がサインしたのは、わたしたちが神楽坂でお話しした日の、前日だったと理解しています」

「そのとおりです」

眉一つ動かさずに言い、カップを置く。

「しかし、あのときあなたはすでに契約が成立したことを、おくびにも出さなかった。当然藤崎から、報告を受けていたはずなのに」

率直にぶつけると、岸川はたじろぐ様子も見せず、ゆっくりと瞬きした。

「言う必要がない、と思ったからですよ」

「わたしが、あなたを翻意させようとして、むだなおしゃべりをするのを、辛抱強く聞いていましたね。それにあなたは、わたしが卵子提供を思いとどまるよう、真里亜に事実を伝えて説得する、と言っても動じなかった。契約がすんでいたのだから、心配する必要はなかったわけだ」

岸川は、小さく首を振った。

「とんでもない。内心は、不安でいっぱいでした。契約書を取り交わしても、実際に卵子を採取するまでは、安心できなかった」

少し間をおき、続けて言う。

「岡坂さんも、人が悪いですね。とっくに、ご存じなんでしょう。真里亜が、そのあと藤崎に契約破棄を、申し入れてきたことを」

睨むように、わたしを見た。

わたしは、うなずいた。

「ええ、承知しています。真里亜から、聞きました」

岸川の口元が、わずかに歪む。

「岡坂さんが、卵子提供を考え直すように、説得したんですね」

わたしは、コーヒーに口をつけた。

「そのとおりです」

「わたしのことや、左近寺がからんでいることも、話したそうですね」

「話しました」

岸川が、何か言おうとするのを押しとどめて、あとを続ける。

「ただし、そのとき真里亜はまったく、耳を貸そうとしなかった。洗いざらい、あなたや左近寺のことをぶちまけても、説得に応じなかった。なぜなら、彼女はその二日前に藤崎のところで、契約書にサインしていたからです」

岸川は、意味が分からないというように、瞬きした。

「わたしが、あれやこれやと説得に努めているあいだ、彼女はすでに契約をすませてしまったことを、におわせもしなかった。最後の最後になって、やっとその事実を打ち明けたんです。となれば、それ以上説得しても、しかたがない。そう思って、あきらめたわけです」

岸川は、信じられないというように、わたしの顔を見つめた。

「だったら、彼女はなぜあとになってその契約を、破棄する気になったんですか」

「それが、自分にとって理不尽な契約であることに、気づいたからでしょうね」

岸川はポケットに手を入れ、たばこを取り出した。

わたしは、指を立てた。

「すみません。ここには、灰皿を置いていない。どこか外で、と言いたいところですが、千代田区は路上禁煙区でね。しばらく、がまんしてください」

岸川は唇を引き締め、たばこをしまった。

硬い表情のまま、口を開く。

「あなたの説得が、あとでボディブローのように、効いてきたのかもしれない。どちらにせよ、一度契約書にサインしておきながら、それをあっさり反故にするのは、ルール違反でしょう」

そう言ううちにも、頰に血がのぼった。

「そもそも、そうした契約書に法的拘束力があるとは、思えませんね。自分でも、お分かりじゃないんですか」

軽く受け流すと、むっとした顔になる。

「わたしとしては、出るところへ出てもいいんですよ。桂本弁護士に、相談することもできますしね」

胸を張る岸川に、わたしは首を振った。

「十中八九、桂本先生はそちらの側にはつかない、と思いますよ」

岸川は、少しのあいだその意味を考え、それから悔しそうに口を開いた。

「なぜ彼女は、気が変わったんですか」

「変わったというより、正気にもどったんです。彼女はとにかく、謝礼金がほしかった。自分のためじゃなく、左近寺のためにね。しかし、契約書にサインしたとたん、左近寺に捨てられた。それで、目が覚めたんです」

岸川は、顎を引いた。

「左近寺がそうしたのは、真里亜ときれいさっぱり別れる、というのが条件だったからですよ。そのために、左近寺にも高額の協力謝礼金を、支払いました。血縁問題で、あとあとトラブルになるのは、ごめんなのでね」

「要するに、左近寺は金で真里亜を売った、というわけだ。真里亜が、頭にきて契約を破棄するのは、当然でしょう」

岸川は、頰の筋をぴくりと動かし、コーヒーを飲んだ。

「左近寺は、真里亜にはいるはずの謝礼金まで、狙っていたようでした。だから、自分の金がはいったとたんに別れる、とは思わなかった」

「左近寺との契約に、具体的にいつ別れるという項目は、入れなかったんですか」

「入れませんでした。ただ藤崎を通じて、真里亜から卵子を採取するまで、別れ話を持ち出さないように、と釘だけは刺しておきました。もっとはっきり、指示しておけばよかったんです。わたしが、甘かった」

「左近寺に、金を返せ、と言ったらどうかな」

わたしが言うと、岸川は苦い顔をした。

「藤崎の話では、左近寺は一度自分の懐に入れた金を、返すような男ではないらしい。結果はどうあれ、真里亜はとにかく契約書に、サインしたわけです。左近寺の仕事は、そこで終わったことになる」

「だとすれば、争っても勝ち目はないでしょうね」

岸川は、しぶしぶのようにうなずき、ため息をついて言った。

「いわば契約書は、真里亜や左近寺に足かせをはめて、プレッシャーをかけるためのものでね。普通の人間は、それがどのような内容であれ、契約書というものに一度サインした以上は、守らなければならない、と考えますからね」

コーヒーを飲み干し、あらためてわたしに目を向ける。

「それより、今日わたしに呼び出しをかけられたのは、なんのためですか。ただ単に、真里亜が契約破棄したことを、確認したかったわけじゃないでしょう」

わたしも、コーヒーを飲み干した。

「実は、きのう真里亜が電話をよこして、相談ごとがあると言うので、ここへ来てもらいましてね。そこで初めて、藤崎に契約破棄を申し入れた、と聞かされたんです」

岸川の目に、警戒の色が浮かぶ。

「それで」

「彼女はさきおととい、あなたから電話をもらった、と言いました。ひとしきり、もう一度考え直すように、説得されたそうですね」

ふてくされたように、肩を揺すった。

「ええ、しましたよ。しばらく冷却期間を置けば、気が変わるんじゃないかと思ってね」

「しかし、彼女はうんと言わなかった」

「そう、言わなかった。頑固な娘だった」

それはわたしも、承知している。

「そうと分かると、あなたは契約を白紙にもどすかわりに、ある交換条件を持ち出した。山の上ホテルで、あなたがわたしに話してくれた、例の肖像画のことですよ。もちろん、心当たりがありますよね」

岸川はたじろぎ、上体を引いた。

「そんな話まで、したんですか。それこそ、ルール違反もいいところだな」

腹に据えかねる、という口ぶりだ。

「ルールなんか、はなからありませんよ。そちらにも、こちらにもね」

岸川は口を閉じ、わたしの言葉を待った。

それに応じて、続ける。

「ドイツで、山科さんというお友だちに会ったとき、彼は問題の肖像画がルイゼの手を離れて、娘の神成アナとともに日本へ渡ったことを、あなたに話したんでしょう。なぜ、あなたがそのことを伏せていたのか、分かりませんがね」

岸川はただ、肩をすくめただけだった。

さらに、話を続ける。

「真里亜も言ったと思いますが、あの絵は母親のアナにとっても、むろん祖母のルイゼにとっても、非常にだいじなものだそうです。したがって彼女も、あなたに譲るわけにはいかない、と断ったはずだ」

「どれほどだいじなものにせよ、違約金六百万円ほどの価値は、ないでしょう」

わたしは、首を振った。

「違約金など、払う必要はない。それに、あの絵に値段をつけることなんか、できませんよ」

「その絵が、カナリスの肖像画だとすれば、それなりの価値があるはずだ。画家にもよるが、五十万から百万くらいの値は、つくでしょう。契約を、一方的に破棄された代償として、それを譲っていただくくらいの権利は、わたしにもあると思う。必要ならば、さらに謝礼を上乗せしてもいい」

わたしは、言葉をのんだ。

問題の肖像画に、岸川はどれほどの価値がある、と考えているのだろうか。

むろん、ヴィルヘルム・カナリス提督の肖像画ともなれば、かなりの珍品に違いない。

ある程度、世に知られた画家の手になるものなら、千万単位の値もつきかねないだろう。

しかし、そこまで岸川が固執する理由が、今一つ分からない。

わたしが黙り込んだのを見ると、岸川は勢い込んで続けた。

「真里亜には、どうしても譲ってもらえないなら、見るだけでもいいから見せてほしい、と頼みました。彼女は、見るだけなら母親の意向を聞いてみる、と言ったんです。岡坂さんは、それまでも阻止しよう、というつもりですか」

邪魔は許さぬ、と言わぬばかりの思い詰めた目で、わたしを見据える。

「いや、そんなつもりはありません。実は真里亜に、自分のかわりにわたしから、あの絵をあなたに見せてやってくれ、と頼まれましてね。やむなく、預かりました」

岸川は驚き、膝を乗り出した。

「ほんとうですか。すると、今、岡坂さんのお手元に、その肖像画がある、と」

急き込む声が、半分喉に詰まっている。

「あります。見るだけでいい、ともう一度約束してくださるなら、たった今でもお見せします」

わたしが言うと、岸川は獲物を狙うかまきりのように、体の動きを止めた。

「ええ。それで、かまいません。見るだけでいい、と約束します」

ソファを立ち、リビングにはいった。

神成真里亜から預かった、トートバッグを持って、仕事場にもどる。

岸川は、期待に目を光らせながら、わたしの動きを見守った。

バッグの中から、不織布の袋にはいった額縁を、慎重に取り出す。

「どうぞ、見てください」

岸川は、まるで生まれたばかりの赤子を、恐るおそる抱き上げるような手つきで、それを受け取った。

袋に手を入れ、額縁を引き出す。

縦四十センチ、横三十五センチほどの、古い飾り額縁だ。

それを膝の上に立て、絵を一目見た岸川の眉間に、たちまち険しいしわが寄る。

「こ、これは」

膝の上から、袋がすべり落ちた。

岸川は、こめかみまで血をのぼらせて、わたしを睨んだ。

「これは、この肖像画は、カナリスじゃないじゃないですか」

わたしは、岸川を見返した。

「カナリス提督の顔を、ご存じなんですか」

「知っていますよ。何度も写真で、確認していますから。からかうのも、いいかげんにしてください」

「からかうつもりは、ありませんよ。アナの所持している絵が、カナリス提督の肖像画だなどとは、だれも言っていない。ただ、山科さんがそう決めつけて、あなたがそれを信じただけだ」

岸川は呆然として、また絵に目を落とす。

「しかし、しかし山科君の話によれば、エリカ夫人は夫の肖像画を、ルイゼの手元に置いて家を出た、ということだった。彼が嘘をついたり、聞き間違いをしたりするなんてことは、ありえませんよ」

わたしは、一呼吸おいた。

「だとすれば、考えられる理由は、三つあります。一つ目。エリカ母娘は、名前が偶然一致しただけで、カナリス提督の遺族ではなかった。二つ目。エリカは、実際に提督の妻だったが、その絵をルイゼに渡すときに、夫の肖像画だと嘘をついた。三つ目は、ルイゼがなんらかの理由で、山科さんに偽りの話をした。そのどれかでしょう」

岸川は、唇をひくひくさせながら、わたしが挙げた答えを、考えていた。

かすれた声で言う。

「妻と娘の名前が、三つとも完全に一致する確率は、非常に低い。彼女たちが、カナリスの妻と娘だったことは、間違いないはずだ」

それから、急に思いついたように額縁を持ち直し、四隅の継ぎ目を調べ始める。

そのうちに、よじるように力を加え出したので、わたしは声をかけた。

「やめてください。壊れたら、どうするんですか」

59

岸川芳麿は、額縁をよじる手を止めた。

わたしに目を向け、緊張した声で言う。

「だったら、裏蓋をあけても、いいですか」

「いや、それも遠慮してもらいましょう。原状を損なったら、その絵を真里亜に委託された、わたしの責任になりますから」

岸川は、喉を動かした。

「これには、わけがあるんですよ」

「どんな」

岸川は、一度深呼吸をしたあと、考えをまとめるように、少し間をおいた。

「山科君によると、この肖像画のどこかに、非常に重要なものが隠されている。少なくとも、その可能性がある、というんです」

何を言い出すのか、と思う。

わたしは、岸川をじっと見た。

「重要なものとは、どんなものですか」

「彼が言うには、歴史を動かすほど貴重な、ある文書だそうです」

「あなたが真里亜に、この肖像画を譲ってほしいと申し出たのは、それを確かめるためですか」

そう問い詰めると、岸川はしぶしぶという感じで、うなずいた。

「おっしゃるとおりです」

「その貴重な文書とは、どんなものですか」

岸川は、少しのあいだ考えてから、ようやく口を割った。

「カナリスの日記を撮影した、マイクロドット・フィルムです」

さすがに驚く。

というより、にわかには信じられず、岸川が冗談を言ったのか、とさえ思った。

しかし、岸川の顔はこれ以上ないほど、真剣だった。

この期に及んで、ヴィルヘルム・カナリス提督の日記、などというものに話題が及ぶとは、考えてもみなかった。

岸川は続けた。

「カナリスが戦前、国防軍情報部の長官に就任したときから、ずっと日記を書き継いでいたことは、ご存じでしょうね」

「そうらしいですね」

あいまいに応じると、岸川は首を振った。

「らしいじゃなくて、確かな事実ですよ。山科はそう断言していたし、わたしも帰国後あれこれと文献を調べて、間違いないと確信しました。カナリスは、秘書に命じて日記の複写を作らせたほか、マイクロドット・フィルムにも撮影して、保存したという話です」

すわり直し、頭の中を整理する。

実は、山の上ホテルのバーで岸川から、カナリス提督の話を聞いたあと、わたしは数日かけて関連する資料を、読み返してみた。

その結果、岸川が言うとおりカナリス提督は、国防軍情報部長官を事実上解任された、一九四四年の春ごろまで数年にわたって、まめに日記をつけていたことが、確認された。

問題の日記には、ヒトラーとナチスを断罪する克明な記録が、含まれていたといわれる。

提督の逮捕後、ゲシュタポはカーボンで複写された、その膨大な日記の貴重な一部分を、情報部の金庫の中から発見、回収した。

報告書の提出を受け、日記を読んだヒトラーは激怒して、ただちに提督を含む反体制派の、徹底的な追及を命じた。

ちなみに、その報告書はドイツ敗戦の直前に、焼却されてしまったらしい。

オリジナルの日記も、提督からそれを託された将校の未亡人によって、やはり焼却されたと伝えられる。

いずれにせよ、日記は少なくとも紙の文書としては、もはや存在しないとみてよい。

マイクロドットは、レターサイズ一枚分の文書を、ピリオッドの点一つの大きさに縮小する、特殊な撮影技術だ。

国防軍情報部は戦時中、機密文書を安全にやりとりするために、その技術を開発していた。当たり障りのない手紙の、ピリオッドの部分に機密文書を仕込んで、相手方に送る。受け手はそれを、顕微鏡で読み取るのだ。

その技術を利用して、カナリス提督がカーボンの複写のほかに、マイクロドット・フィルムで日記のコピーを作り、妻に託したことは十分に考えられる。

目を上げて、岸川を見る。

「山科さんもあなたも、ドイツ文学者らしくない方面に、関心をお持ちですね」

皮肉を込めて言うと、岸川は顎を引いた。

「ドイツ文学者なら、ドイツ現代史について知ることも、研究課題の一つです。その分野には、以前から関心を持っていました」

もっともらしい言いぐさだ。

「あなたの関心の対象は、もっぱらヒトラーとナチスの周辺に、限られるのでしょう」

そう指摘したが、岸川は動じなかった。

「ヒトラーとナチスを含む、二十世紀のドイツ現代史全般、と考えていただきたい」

山科幸三はともかく、岸川の狙いはカナリス提督の日記の中の、ヒトラーとナチスに関する記述に、あるはずだ。

その記述から、提督が真にヒトラーに抵抗する愛国者だったのか、それとも単なる日和見主義者にすぎなかったのか、明らかになる可能性がある。

ドイツ現代史の研究者にとって、その問題は最大の関心事の一つ、といってよい。

岸川自身も、ドイツに関わる学究の一人として、事の重大性に気づいた。

そこでなりふりかまわず、真偽を確かめようとしたに違いない。

あらためて聞く。

「山科さんもあなたも、カナリス提督が自分の肖像画の額縁に、そのマイクロドット・フィルムを仕込んで、妻のエリカに託したんじゃないか、と推測されたわけですか」

岸川は、目をきらきらさせて、うなずいた。

「そのとおりです。山科は、そう信じていますし、わたしもその説を支持します」

「それで、どこかに仕掛けがありはしないかと、額縁を調べてみた。カナリス提督の肖像画ではない、と分かったにもかかわらず」

岸川の頬が、少し赤くなる。

「万一、ということもありますからね。しかし、どうやら額縁そのものには、なんの仕掛けもないらしい。あとは裏蓋を開いて、中を確かめるしかないでしょう」

「だから、それは」

わたしが言いかけるのをさえぎり、岸川は額縁を差し出してきた。

「わたしがだめでも、岡坂さんなら裏蓋をあけて、中を確かめることができます。持ち主から、委託されたわけですからね」

反射的に受け取ったものの、わたしもさすがにためらった。

岸川は続けた。

「別に、絵を傷つけるわけじゃない。裏蓋の内側に、何か隠されていないかどうか、見るだけのことです。差し支えないでしょう」

「それは、そうですが」

なかなか、決心がつかない。

しかし、好奇心に負けた。

もし何か出てきたら、そのことを正直に神成真里亜に、報告すればいいではないか。

そう自分に言い聞かせ、額縁を裏返して留め金をはずした。

裏蓋を取りのけ、慎重に中を開く。

渋紙や、ボール紙を持ち上げて、隅ずみまで調べた。

それから、岸川に首を振ってみせる。

「フィルムらしきものも、それ以外の不審なものも、ありませんね、あるのは、ほこりと木屑、絵の具のかすだけです」

岸川の目に、焦りの色が浮かんだ。

わたしは額縁を傾け、裏蓋を取ったあとの内側を、見せてやった。

岸川は体を乗り出し、目を皿のようにして調べた。

三十秒ほどそうしていたが、最後にはあきらめて身を起こした。

その口から、ため息が漏れる。

「確かに、何もありませんね」

「考えすぎだったようですね。山科さんも、あなたも」

わたしは、ボール紙や裏蓋をもとにもどして、留め金を掛けた。

岸川が、手を差し出す。

「その絵をじっくり、見せてください」

額縁を渡すと、岸川は肖像画に目を近づけて、子細に眺めた。

絵そのものに、何か仕掛けがあるのではないか、と疑っているようだった。

さらに、もう一度額縁そのものを丹念に、眺め回す。

結局、岸川はいかにも気落ちした様子で、顔を上げた。

失望を隠さず、わたしに額縁を返す。

「これは、カナリスの肖像画じゃないわけだから、中にマイクロドットが隠されていなくても、当然かもしれませんね」

負け惜しみのように聞こえた。

わたしが言うと、岸川は眉根を寄せた。

「やはり、エリカはカナリス提督の妻ではなかった、ということでしょう」

「妻の立場なら、カナリスの妻であれだれの妻であれ、自分の夫の肖像画を理由もなく、手放すことはないはずです。ただし、その絵を持っているのを見つかると、自分の身元がばれる恐れがあり、しかもそれが命取りになるとすれば、話は別かもしれませんが」

一度口をつぐみ、わたしをじっと見る。

「その絵が、カナリスでないことは、分かりました。それなら、本物はどこにあるのか。そもそも、カナリスの肖像画なるものは、存在したんですかね」

「わたしにも、分かりませんね」

岸川は、わたしをじっと見た。

「その絵の人物は、だれでしょうね」

「知りません」

それは嘘でもあり、ほんとうでもあった。

実のところ、その肖像画は岸川にも一度話した、ハインリヒ・フォン・クライストの末裔の一人、エヴァルト・フォン・クライスト＝シュメンツィンに、よく似ていた。

昨夜、本の中の写真と見比べたから、間違いない。

エヴァルトは、反ヒトラーの抵抗運動に加わった一人で、暗殺未遂事件に連座して逮捕され、死刑になった男だ。

ついでに言えば、はずした裏蓋のすぐ内側の隅に、消えかかった黒い絵の具で、あるドイツ人の名前が、手書きされていた。

岸川は、あらわになった額縁の内部に気を取られて、はずされた裏蓋に注意を払わなかったため、それを見落としたのだった。

書かれていた名前は、ヨゼフ・フォン・クライスト。

肖像画に描かれた男の名前、とみて差し支えあるまい。

記憶するところでは、ヨゼフは神成アナの母であり、真里亜の祖母に当たるルイゼの、父親の名前だった。

真里亜の母、アナがわたしに語った話によれば、ルイゼはエリカの遠い縁戚に当たる、リゼロッテ・ミュラーとヨゼフ夫妻の遺児、ということだった。

そしてルイゼは、ヨゼフから脈々たるクライスト一族の血を、受け継いだのだ。

そのヨゼフ夫妻が、戦争中に亡くなったため、親しかったエリカがルイゼを引き取り、一緒にスペインへ亡命することになった。

それ以上のことは、聞いていない。

エリカが実際に、夫の肖像画だと言ったのかどうか、ベルリンに健在のルイゼに確かめることも、不可能ではない。

しかしルイゼが、アナにそのように説明したとすれば、そこには何かしらの事情があるに違いない。

いずれにせよ、今さら何が真実かを探ることに、意味があるとは思えなかった。

エリカにはエリカなりの、またルイゼにはルイゼなりの理由が、あったのだろう。

岸川が、ゆっくりと立ち上がった。

「お騒がせしました。この上はおとなしく、引き下がることにします」

われに返って、わたしも腰を上げる。

わけもなく、岸川に対して同情に近いものが、込み上げてきた。

身から出たさびとはいえ、岸川もつらい目を見たものだ。

岸川の立場からして、〈ＪＫシステム〉への仲介料はともかく、左近寺一仁への謝礼金を取りもどすのは、むずかしいだろう。

もっとも、岸川自身は大金を失ったことよりも、真里亜の卵子を手に入れそこなったことに、打撃を受けているように見える。

結局は、クライストの血筋にこだわったことが、あだとなった。

子供がほしい、という気持ちに偽りはなかっただろうが、あまりにも策を弄しすぎた。

「真里亜のことは、許してやってください。彼女もこの件では、なんの利益も得ていないし、むしろ被害者の一人ですから」

わたしが言うと、岸川は力なく笑った。

「今度の件では、わたしも義父にかなりの額の金銭的援助を、受けましてね。それに報いるためにも、今取りかかっているクライストの伝記を、完成させなければならない。それについて、岡坂さんの力を借りることが、あるかもしれません。その節は、よろしく」

「たいして、お役に立てないと思いますが、何かあったら声をかけてください」

「ありがとうございます。では」

岸川は軽く手を上げ、戸口へ向かった。

ドアをあけ、出ようとしたところで足を止めて、体半分振り向く。

「もし、真里亜さんの気持ちが変わったら、連絡していただけませんか」

返事を待たずに、岸川は仕事場を出て行った。

わたしは、ソファにすわり直した。

あらためて、肖像画を取り上げる。

実際、ヨゼフとエヴァルトの顔立ちは、よく似ている。

父と子。兄と弟。伯父と甥。従兄弟同士。

いずれの関係でも、おかしくはない。

いや、似ているどころか二人は双子のように、そっくりだ。

エヴァルトに、ヨゼフという兄弟がいたかどうか、分からない。

それ以外の、縁戚関係がどうなっているかも、よく知らない。

天井を睨む。

もしかして、この男はヨゼフではなく、エヴァルト本人であり、ルイゼはエヴァルトの娘だということが、ありうるだろうか。

ふと、ひび割れのできた白い天井に、真里亜の幻影を見たような気がして、めまいを覚えた。

この絵が、事実ルイゼの父親だとするならば、真里亜にも当然その血が、受け継がれていることになる。

祖父の面影が、真里亜に伝わったとしても、別に不思議はなかった。

しかし、実のところ真里亜は肖像画に似ている、とは言いがたい。

ほかに、だれか似た者がいるような気がしたが、すぐには思い出せなかった。

わたしは、肖像画をもとどおり袋に入れ、トートバッグにしまった。

ここ一カ月ほどの出来事を、一緒にしまい込んだような気分だった。

それから六日後。

年の瀬も迫った二十三日、金曜日の朝のことだ。

前夜、『さらばフィルムノワール』の二回目の対談のあと、対談者の作家と評論家に付き合って、したたかに飲んだ。

仕事場にもどったのは、おそらく午前三時近くだろう。

目が覚めたときは、すでに午前十時半を回っていた。

メールボックスから、新聞を取って来て驚いた。

トップではないが、第一面の下の方に目を引く見出しが、載っていたのだ。


〈手投げ弾、ロケット砲で襲撃準備〉

60

見出しに続いて、記事に目を走らせたわたしは、知恩炎華のことを思い出した。

記事の概要はこうだ。

警視庁の発表によると、革命的ロマン主義者同盟（革ロ同）の書記長、岩見沢武志以下七人の活動家が凶器準備集合罪、銃刀法違反および爆発物取締罰則違反の容疑で、逮捕されたという。

同時に、新宿区改代町にある本部事務所も、捜索を受けたらしい。

岩見沢は、今は消滅した新左翼系の過激派組織、革青同（革命的青年同盟）の書記長を務めた男で、かつて国鉄に対する一連のゲリラ事件で逮捕され、服役したことがある。

出所後は、川崎市高津区で家業を引き継いで、ステンレスの成型工場を経営していた。ほどなく、一転して民族派の陣営に接近を図り、三年前に新右翼の革ロ同を組織して、みずから書記長に収まる。

その革ロ同に、ここ半年ほど不穏な動きが見られたことから、警視庁公安部が内偵を進めていた、というのだった。

このあたりまでは、炎華から聞かされたとおりで、わたしもすでに承知している。

岩見沢をはじめ、逮捕されたのはいずれも五十代から、六十代の男たちだった。

この世界も、かなり高齢化が進んでいるようだ。

前夜十一時過ぎ、岩見沢らは幌つき大型トラックに、手投げ弾や散弾銃、ロケット砲などの武器を積み込み、本部を出発した。

しかしわずか五分後、本部周辺を固めていた警察車両、機動車両十数台に進路をふさがれ、抵抗する間もなく逮捕された。

記事から推察すると、どうやら炎華の読みが的中したらしい。

岸川芳麿は、十二月の初めに早ばやと〈ＪＫシステム〉に、仲介料や左近寺一仁、神成真里亜への謝礼相当分を、支払っている。

藤崎研一は、その仲介料をただちに岩見沢に回し、岩見沢はおそらくそれを資金に、武器を手配した。

月初から二十日過ぎまで、三週間近い余裕があれば、ロケット砲も含めてそこその武器を、調達できるだろう。

調達先は、手っ取り早いところで暴力団があるし、自衛隊や米軍基地からの横流しも、考えられる。

今どき、金で手にはいらないものなど、ほとんどないのだ。

岩見沢らが、どこを襲撃しようとしたかについては、何も報じられていない。

また、藤崎と岩見沢の関係についても、触れられていなかった。

朝刊の締め切り時間に、間に合わなかったのか。それとも警察発表が、必要最小限に抑えられたのか。

たぶん、その両方だろう。

十二月の最初の土曜日、神保町の〈新世界菜館〉で食事をしたとき、炎華は真里亜を説得するのは控えてほしい、とわたしにかなり露骨に迫った。

岸川の金が、藤崎経由で滞りなく岩見沢に流れるまで、勝手なまねをするなというのだ。

資金を手にすれば、岩見沢はかならず行動を起こす。

そのときまで泳がせ、ぎりぎりのところで逮捕する。

そのもくろみが、みごとに当たったのだ。

そうしたことを、わたしはほとんど忘れていたのだが、結果的に炎華の思惑どおりになったようだ。

テレビのニュースも、新聞報道と似たりよったりで、詳しいことは分からなかったし、これからもそうだろう。

しばしば言われるように、公安事件はそれが明らかになった時点で、終わってしまうのだ。

ブランチをとろうと、早めにマンションを出た。

錦華坂をくだり、猿楽通りを神保町へ向かう途中、こつこつというなつかしい靴音が、背後から聞こえた。

足を止めて、振り向く。

知恩炎華は、グレイのコートの裾をなびかせながら、にこりともせずに近づいて来た。

「うまいハンバーグでも、食べますか」

前置きなしに誘うと、炎華は予想していたとでもいうように、うなずいた。

「お付き合いします」

わたしたちは、互いに黙ったまま靖国通りを、神保町の交差点に向かった。

街は、妙に人通りが少なく、静かだった。

そのまま、白山通りを渡って裏通りにはいり、〈華房《かぼう》〉のドアを引く。

開店時間を過ぎたばかりで、ほかに客の姿はなかった。奥の、四人がけのテーブルに、腰を落ち着ける。

この洋食屋は、日曜日以外終日営業しており、とくにハンバーグとビーフシチューに、人気がある。

ハンバーグを食べながら、炎華はようやく沈黙を破った。

「今朝の新聞、ごらんになったでしょう」

「見ましたよ。どうやら、あなたがもくろんだとおりに、事が進んだようだ」

炎華は首をかしげ、わたしを見た。

「岡坂さんのおかげですね」

「とんでもない。わたしは何もしなかった」

「そのおかげです」

にこりともせずに、言い切る。

わたしはハンバーグを食べ、少し間をおいて言った。

「公安事件は、いつもながら新聞報道があいまいで、よく分からない。岩見沢は、何をしようとしていたのかな」

「それは、これからの取り調べで、明らかになります」

「どうですかね。この事件はこれきり、なんとなく忘れ去られる、という気がする。そもそも、何も起きないうちに、芽をつまれたわけだから」

炎華はフォークを止め、わたしを見た。

「岩見沢は、新右翼も新左翼も活力を失い、だらけ切っていると言いました」

確かに、岩見沢の世代の活動家にとって、今の世の中はそう見えるだろう。

「そうかもしれない。こう不景気では、連中もやる気が出ないでしょう」

「それで、世の中に活を入れるために、一騒動起こすつもりだった、と言っています」

「ロケット砲まで持ち出して、都庁にでもぶち込むつもりだったのかな」

「都庁ではないわ。騒ぎにはなるけれど、人が多いので怪我人、死人が出ますから」

「でも、それが目的でしょう」

「結果はともかく、死傷者を出すのが目的ではない、と岩見沢は供述しています」

ふと、気がつく。

「そう言えば、取り調べが始まったばかりじゃないかな。こんなところで、のんびりハンバーグなんか食べていて、いいんですか」

「取り調べをする方も、される側と同じように休まないと、もちませんから」

言われてみれば、炎華の整った顔に薄いかげりが出て、いかにも疲れた様子だ。化粧の乗りも悪い。

話をもどす。

「怪我人や、死人の出る恐れが少ないところというと、どのあたりになりますかね」

そのとき、OLらしい四人連れがはいって来て、壁の反対側のテーブルに着いた。

炎華は、それにちらりと目をくれ、低い声で言った。

「今日がなんの日か、忘れたんですか」

一瞬、何のことか分からずに、とまどう。

それから、街を行く人がいつもより少なかったことに、思い当たった。

なるほど。

うっかり忘れていたが、今日は十二月二十三日で、国民の祝日だった。

わたしの表情を見て、炎華はうなずいた。

「そういうことです」

「もしかして、あそこにずどんと一発撃ち込もう、というつもりだったんですか」

「ええ、わたしの勘ですけど。あそこは広いし、人を殺傷する可能性が比較的低くて、確実に大騒ぎになりますから」

首をひねる。

「しかし、岩見沢は新右翼でしょう。狙う場所が、違うんじゃないかな」

炎華は、肩をすくめた。

「今、日本をおおっている政治的、経済的、精神的閉塞状況を打破するため、日本人に痛棒を食らわす必要がある。今や、右も左もないというのが、岩見沢の主張です」

「それを、信じるんですか」

「信じていけない理由はないわ」

「あそこに、ロケット砲を撃ち込んだところで、世の中が変わるとは思えないな。岩見沢の本音じゃないでしょう」

「そんなことは、問題じゃありません」

わたしは、フォークを置いた。

「過激派集団が、何かしら不穏な事件を起こす前に、その芽をつむ。それによって、社会正義を実現し、治安の維持を図る。りっぱなものじゃないですか、公安の仕事は」

「それは、皮肉ですか」

「そう聞こえたら、あなたにもまだ見込みがある」

炎華もフォークを置き、突然話を変えた。

「神成真里亜は、例の話を断ったんですね」

わたしは、炎華の顔を見直した。

「だれに、聞いたんですか」

炎華が、薄い笑みを浮かべる。

「情報源は、言えません」

「岸川教授ですか」

炎華は、笑みを消した。

「たとえ、一度は契約書にサインしても、彼女が決心をひるがえすことは、分かっていました」

「答えになっていませんよ」

「決心をひるがえす前に、岸川教授が〈ＪＫシステム〉にお金を払ってくれて、助かりました。そうでなかったら、岩見沢は武器を調達することができず、行動を起こすこともできなかった」

「そして、あなたたちも連中を逮捕することが、できなかった」

「ええ」

わたしは、上体を乗り出した。

「さっさと〈ＪＫシステム〉に、金を払え。さもないと、脅迫と虚偽による不当契約の容疑で、逮捕するぞ。そう脅して、岸川にいち早く金を払うよう、強要しませんでしたか」

炎華は目を見開き、唇をぴくりとさせたものの、それ以上は動じなかった。

「何をおっしゃっているのか、分かりませんね」

そうだろう。

それがありえないことは、わたしもよく知っている。

ただ、言ってみたかっただけだ。

わたしは財布を取り出し、自分の分をテーブルに置いた。

「割り勘にしましょう」

「野菜の付け合わせが、残っていますよ」

「いいんです。急に、食欲がなくなった」

わたしが席を立つと、炎華はすくい上げるように、わたしを見た。

「一度、お仕事場に、おじゃましたいわ」

「このあいだ、またという日はない、と言ったはずですよ」

そう言い残して、そのまま店を出た。


「オーレー、オーレー」

桂本忠昭のだみ声が、〈サンブラ〉の天井にこだまする。

わたしは、脇腹をつついた。

「先生。かけ声の、かけすぎですよ。ここぞというところで、うまくかけないと」

桂本は、頬をぶるんと震わせて、わたしを睨んだ。

「うるさいぞ。いちいち、指図せんでくれ」

そう言ったものの、にわかにかけ声を控えて、しばらくだんまりを決め込んだ。

ステージでは、神成真里亜がアバニコ（扇子）を巧みに操り、グワヒーラの締めにかかっている。

ギターの盛り上がりとともに、真里亜は上体をそらしながら、後方の椅子にもどって行った。

すわると同時に、アバニコをさっと頭上に掲げ、決まりのポーズを取る。

桂本は、たまらず椅子から立ち上がり、グラブのような手を勢いよくばんばん、と叩き合わせた。

それに呼応するように、満員の店内にも拍手の渦が、巻き起こる。

桂本は叫んだ。

「オーレー、ブラーボー」

ほかの客が、うさんくさそうな目を向けてきたが、気に留める様子もない。

拍手が収まるのを待って、桂本はいかにも満足したように、すわり直した。

椅子がぎしぎし、と断末魔の悲鳴を上げる。

前の席から、神成繁生とアナが顔を振り向かせ、桂本に軽く頭を下げた。

桂本が言う。

「いや、今日のお嬢さんは、みごとな踊りっぷりだった。わたしはすっかり、ファンになりました」

真里亜の体型は、桂本好みの太めではまったくないのだが、背の高いところが気に入られたらしい。

神成が、わたしにささやく。

「久しぶりに見ましたが、ずいぶんうまくなったようだ。最近、わたしとも口をきいてくれますし、だいぶ元気になりました。岡坂さんには、たっぷりお礼をしないと、いけませんね」

わたしは、唇に指を当てた。

「その話は、またあとで」

大みそかの特別ライブに、これほどの客が押し寄せるとは、思わなかった。

むろん、出演者の洞院ちづる、真里亜、それに松野有美子の身内や関係者が、だいぶ混じっていることは確かだが、四分の三以上はわたしや桂本のような、ひいき筋とみてよい。

ステージでは、ちづるがすわったまま気を溜め、ほの暗いシギリージャのギターの旋律に、耳を傾けている。

カンタオール（男の歌い手）が、出だしの喉慣らしを始めると、ちづるは黒い衣装の裾をさっとさばいて、椅子を立った。

その日のちづるの踊りは、ふだんにも増してドゥエンデ（妖気）を漂わせ、死を舞う闇の女王のようだった。

得意のパリージョは、見る者をその深い闇の国にいざなう、しるべの音に聞こえる。

あまりの迫力に、さすがの桂本もかけ声をかけそびれ、息をのんで踊りを見守った。

踊りが終わると、店内にわずかのあいだ静寂が流れ、一瞬後にどっと歓声がわいた。

緊張が一挙に解け、あたりを支配していた冷気に、異様な熱気が取って代わる。

ひとしきりアプローズが続いたあと、ステージはフィナーレにはいった。

ちづる以下、真里亜も有美子も熱に浮かされたように、ブレリアを踊りまくる。

アナが振り向き、わたしに大声で言った。

「ありがとうございます、岡坂さん。ちづる先生から、真里亜にもどってよいとお許しが出たのは、岡坂さんのおかげです」

「ちづる先生は、真里亜さんの才能を殺したくないと、必死だったんですよ。こうなるのが当然でした」

わたしが言うと、アナはにこりと笑った。

その頭の向こうに、ステージで踊り狂う真里亜の顔が、重なった。

とたんに、どきりとする。

そうだ。

真里亜は、アナによく似ている。

そしてアナは、かのハインリヒ・フォン・クライストの肖像画に、そっくりだった。
もしかすると真里亜は、クライストの生まれ変わりかもしれない。
ステージの狂騒に負けないほど、わたしの頭の中で嵐が荒れ狂った。

〈了〉

初出　「サンデー毎日」二〇一一年十月三十日号～二〇一三年一月六・十三日号

バックストリート

印刷　二〇一三年六月一〇日
発行　二〇一三年六月二五日

著者　逢坂　剛

発行人　黒川昭良
発行所　毎日新聞社
〒一〇〇-八〇五一
東京都千代田区一ツ橋一-一-一
出版営業部〇三(三二一二)三二五七
図書編集部〇三(三二一二)三二三九

印刷　精興社
製本　大口製本印刷

　ISBN 978-4-620-10795-0